UN PARADIS POUR KENNA

HAWAÏ : SOLDATS D'ÉLITE, TOME 3

SUSAN STOKER

DU MÊME AUTEUR

<u>Autres livres de Susan Stoker</u>

Hawaï : Soldats d'élite

Un paradis pour Élodie

Un paradis pour Lexie

Un paradis pour Kenna

Un paradis pour Monica (10 May 2022)

Un paradis pour Carly

Un paradis pour Ashlyn

Un paradis pour Jodelle

Forces Très Spéciales : L'Héritage

Un Sanctuaire pour Caite

Un Sanctuaire pour Brenae

Un Sanctuaire pour Sidney

Un Sanctuaire pour Piper

Un Sanctuaire pour Zoey

Un Sanctuaire pour Avery

Un Sanctuaire pour Kalee

<u>Mercenaires Rebelles</u>

Un Défenseur pour Allye

Un Défenseur pour Chloé

Un Défenseur pour Morgan

Un Défenseur pour Harlow

Un Défenseur pour Everly

Un Défenseur pour Zara

Un Défenseur pour Raven

Ace Sécurité

Au Secours de Grace

Au Secours d'Alexis

Au Secours de Bailey

Au Secours de Felicity

Au Secours de Sarah

Forces Très Spéciales Series

Un Protecteur Pour Caroline

Un Protecteur Pour Alabama

Un Protecteur Pour Fiona

Un Mari Pour Caroline

Un Protecteur Pour Summer

Un Protecteur Pour Cheyenne

Un Protecteur Pour Jessyka

Un Protecteur Pour Julie

Un Protecteur Pour Melody

Un Protecteur pour l'avenir

Un Protecteur Pour Les Enfants de Alabama

Un Protecteur Pour Kiera

Un Protecteur Pour Dakota

Delta Force Heroes Series

Un héros pour Rayne

Un héros pour Emily

Un héros pour Harley

Un mari pour Emily

Un héros pour Kassie

Un héros pour Bryn

Un héros pour Casey

Un héros pour Wendy

Un héros pour Mary

Un héros pour Macie

Un héros pour Sadie

Un héros pour Annie (Feb 2022)

CHAPITRE UN

— Alors, si je comprends bien, reprit Carly avec un grand sourire espiègle, tu as sauté *sur* le pauvre homme ? Tu n'as rien trouvé de mieux pour essayer de le sauver que de lui sauter littéralement dessus ?

— La ferme, grommela Kenna avec un petit sourire. Je n'avais pas l'intention d'atterrir sur lui. J'ai mal jugé la distance.

— Apparemment, dit Paulo d'un ton ironique en se penchant sur le bord du bar.

— Et c'étaient des SEAL ? demanda Kaleen, au travail derrière le bar avec Paulo.

— Oui, confirma Kenna. Je courais le long du parc près du lagon de Magic Island, en ne demandant rien à personne, quand j'ai jeté un coup d'œil et que je l'ai vu flotter sur le ventre dans l'océan. Je n'ai pas réfléchi. J'ai enlevé mes chaussures et mon t-shirt et j'ai sauté dans l'eau pour le sauver. Mais, comme vous le savez tous, il n'avait pas besoin d'être sauvé. Il surveillait ses amis sous l'eau qui faisaient une espèce d'entraînement militaire. J'étais horriblement gênée et je n'arrive pas à croire que j'ai vraiment fait ça.

— C'est vraiment le meilleur « meet-cute » qui soit, dit Kaleen.

— Qu'est-ce que ça veut dire ? demanda Paulo.

— Sérieusement ? répliqua Kaleen.

— Je ne te l'aurais pas demandé si je n'étais pas sérieux.

Kenna sourit en écoutant les moqueries de ses collègues. Elle adorait travailler chez Duke's. Les autres serveurs et serveuses étaient tous plutôt sympa et c'était comme une grande famille. Le restaurant était situé au cœur de Waikiki sur Oahu, et il était à peu près toujours bondé. Il était situé sur la plage, au fond de la station balnéaire Outrigger Waikiki.

Le restaurant était nommé d'après Duke Kahanamoku, un natif d'Hawaï, six fois nageur olympique et médaillé au water-polo, ainsi que le père du surf moderne. Il y avait trois de ses restaurants à Hawaï et trois en Californie, tous bien connus pour leurs cocktails et leur dessert glacé décadent, le *hula pie*.

C'était vendredi soir, un moment toujours très animé au restaurant, ce qui signifiait qu'il y avait de bons pourboires.

— C'est une rencontre mignonne, expliqua patiemment Kaleen, c'est quand un type et une fille se rencontrent d'une façon super charmante et unique dans un film romantique.

— Seulement un type et une fille ? demanda Paulo.

— Eh bien, non, je suppose que non.

— Je veux dire, est-ce un « meet-macho » si c'est pour deux hommes qui se plaisent ? Ou une « folie-féminine » s'il s'agit de deux femmes ?

— La ferme, dit Kaleen en levant les yeux au ciel.

Kenna avait toujours apprécié les piques que s'envoyaient les deux amis travaillant au bar. Ils étaient la raison mille vingt-deux pour laquelle elle adorait travailler ici.

Tout le monde chez Duke's savait aussi que Paulo voulait vraiment trouver un petit ami sérieux. Une fois par soir au moins, ils essayaient d'organiser une rencontre pour lui. Jusqu'ici, tout le monde – y compris Paulo – avait échoué. Ce qui était dommage, parce que c'était l'un des hommes les plus sympas que Kenna connaissait. Il proposait toujours de raccompagner les gens à leur voiture et insistait pour que toutes les serveuses envoient un texto en arrivant chez elles.

— Qu'ai-je raté ? demanda Charlotte, une autre serveuse, en se précipitant vers le bar avec son plateau et la commande de boissons de l'une de ses tables.

— Kenna était sur le point d'expliquer pourquoi elle pensait que c'était une bonne idée d'inviter ici ce soir le SEAL sur lequel elle a sauté, suggéra Carly avec obligeance et un grand sourire.

— Ce n'est pas que je pensais que c'était une bonne idée, mais il a demandé s'il pouvait me revoir et mon cerveau a court-circuité, se défendit Kenna.

— Il a dit dix-neuf heures, n'est-ce pas ? demanda Kaleen.

— Oui.

— Eh bien, il est sept heures et quart. Il est en retard, nota Paulo en fronçant les sourcils.

— Il y a souvent des embouteillages pour venir ici, dit Kenna en défendant Marshall alors qu'elle ne le connaissait même pas.

— Tu vas demander à Vera de le mettre dans ta zone ? demanda Charlotte.

— Je ne suis pas sûre que ça plaise à Alani, fit remarquer Paulo.

Alani était la gérante de service ce soir. Et même si elle était assez sympa, elle n'aimait pas que les serveurs bavardent avec des amis et de la famille venant au restaurant. Kenna ne pouvait pas lui en vouloir. En général, ils étaient toujours très occupés et le travail était le travail. C'était pour cette raison qu'elle avait eue une très mauvaise idée d'inviter Marshall à venir chez Duke's ce soir. Ce n'était pas comme si elle pouvait traîner avec lui et apprendre à le connaître.

— Demande à Vera de le placer au bar, dit Paulo avec une lueur dans les yeux.

— Oui, nous l'approuverons pour toi, acquiesça Kaleen.

— Surtout pas, dit Kenna en riant. Vous allez le faire fuir, c'est sûr.

Tout le monde gloussa.

— Bon, d'accord. Mais si j'ai de la chance, il ramènera ses amis SEAL avec lui, dit Paulo. Ça ne nous ferait pas de mal d'avoir de quoi nous rincer l'œil par ici.

Il posa un cocktail Mai Tai et un Lava Flow sur le plateau de Carly.

— J'espère qu'il emmènera ses amis. Et qu'ils sont célibataires, répondit Charlotte avec un clin d'œil.

— Pas moi, dit Carly en équilibrant son plateau. J'en ai fini avec les hommes.

— Ce n'est pas parce que Shawn n'était pas le bon que tu dois abandonner l'idée de fréquenter les hommes, lui dit Kaleen.

— Les hommes sont des chiens, rétorqua Carly avant de se tourner et de marcher vers la table du couple ayant commandé les boissons.

Kenna regarda son amie s'éloigner et fronça les sourcils.

— Qu'est-ce que son ex lui a fait, au fait ? demanda Paulo.

— Il l'a traitée comme de la merde, l'a fait culpabiliser de venir au travail ou de traîner avec ses amis, l'a rabaissée. Carly en a eu assez et quand elle a dit à Shawn que leur relation était terminée, il a boudé, supplié, pleuré, et fait tout ce qu'il pouvait pour qu'elle reste. Puis, quand elle n'a pas marché... il est devenu méchant, expliqua Kenna.

Carly et elle étaient assez proches, même si l'autre femme avait cinq ans de moins que les trente ans de Kenna. Elle avait beaucoup parlé de Shawn, et Kenna avait été très heureuse quand Carly avait enfin rompu avec lui. Ou essayé.

— C'est nul, marmonna Paulo en essuyant le bar.

— Tout à fait, acquiesça Kenna.

— Dieu du ciel ! S'il te plaît, dis-moi que l'un de ces spécimens parfaits est ton Marshall, murmura Charlotte.

En se retournant, Kenna vit un groupe d'hommes et de

femmes se faire guider dans le restaurant par Vera. Tout le monde semblait se retourner sur leur passage. Ce n'était pas seulement parce qu'ils étaient beaux, c'était surtout leur air confiant qui semblait suinter de chaque pore alors qu'ils suivaient l'hôtesse jusqu'à leur table. C'était peut-être fantaisiste, mais ils donnaient l'impression que l'on pouvait compter sur eux s'il y avait des problèmes.

— Waouh, dit Paulo en s'éventant avec la main.

— Alors ? C'est l'un d'entre eux ? demanda Kaleen.

— Oui. Et je vais aller dire à Alani que je démissionne, plaisanta Kenna. J'ai trop honte pour lui parler. Je vais déménager sur une île déserte.

Charlotte rit.

— Pas du tout. Tu aimes bien trop cet endroit.

Elle avait raison... mais bon sang.

Normalement, Kenna avait une bonne estime d'elle-même. Elle n'était pas mannequin pour maillots de bain, mais elle faisait du sport et faisait de son mieux pour limiter les en-cas. Elle aimait ses longs cheveux châtains, mais elle faisait fréquemment des expériences avec des couleurs amusantes. Parfois, une mèche, une autre fois simplement les pointes. Elle faisait un mètre soixante-treize, alors elle était assez grande, avec des jambes et des bras musclés, et les gens lui disaient toujours que son sourire illuminait son visage.

Dans l'ensemble, elle était satisfaite de son apparence... mais à ce moment précis, elle ne put réprimer un manque d'assurance en revoyant Marshall.

Il ne portait pas de combinaison de plongée cette fois et il était très visiblement en forme. Son âge était difficile à deviner, mais elle supposait qu'il avait sans doute à peu près le même qu'elle. Il faisait une dizaine de centimètres de plus qu'elle, et la barbe de trois jours sur son visage était sexy plutôt que négligée. Il portait un t-shirt noir qui mettait en évidence ses énormes biceps et ses épaules larges.

Oui, c'était officiel. Kenna était intimidée.

— Je suppose que ton Marshall n'est pas un des hommes tenant la main de ces femmes, fit observer Kaleen.

— Non. C'est le dernier, dit Kenna.

Il scrutait le restaurant comme pour apprécier l'ambiance… ou peut-être pour chercher quelqu'un.

Elle.

— Alors ? Va lui dire bonjour ! l'encouragea Charlotte en donnant un coup de coude à Kenna.

— Non. Je pense que je vais faire comme si je ne le connaissais pas.

— Euh… mais il sait qui *tu* es, dit Paulo, perplexe.

— Merde, maugréa Kenna.

Kaleen éclata de rire.

— L'indémontable Kenna Madigan est démontée.

— Qu'est-ce que ça veut dire ? demanda Paulo. Ça ne veut rien dire.

— Mais si, insista Kaleen.

— On dirait que Vera les a placés dans la zone de Carly, annonça Charlotte en interrompant les moqueries derrière le bar. Tu dois aller leur dire bonjour.

Kenna inspira profondément avant de hocher la tête.

C'était elle qui avait invité Marshall à venir ici après avoir presque atterri sur sa tête dans l'eau pendant sa course matinale. Il aurait été impoli de l'ignorer. Et Paulo avait raison, même si elle voulait faire semblant de ne pas le connaître, il la connaissait de toute façon.

— J'y vais, dit-elle à ses amis.

— S'il commande une de nos boissons avec tous les chichis, tu le rayes de ta liste, souffla Paulo. Quoique… il pourrait valoir le coup quand même.

Paulo avait la mauvaise habitude de juger les gens d'après le type d'alcool qu'ils commandaient. Kenna supposait que c'était une déformation professionnelle… et elle ne pensait pas que ça allait aider le pauvre homme à se trouver un partenaire.

En respirant profondément, Kenna se dirigea vers la table

de six hommes et deux femmes. Vera les avait installés dans le grand box circulaire que les serveurs appelaient « la scène ». Il était situé sur une plateforme légèrement surélevée au fond de la salle, en face de la plage. Les clients installés là avaient une bonne vue de toute la zone du restaurant et du coucher de soleil. Normalement, une dizaine de personnes pouvait facilement s'asseoir autour de la grande table, mais vu la taille de Marshall et ses amis, il ne restait pas beaucoup d'espace libre.

— Allez, viens, tu peux m'aider avec la table, dit Carly en se matérialisant subitement à côté d'elle.

Kenna gloussa.

— Le jour où tu auras besoin d'aide pour une table de huit, c'est le jour où je démissionne pour devenir danseuse de hula.

Carly fit un clin d'œil.

— Tu ne vaux rien quand tu danses, alors ça ne fonctionnerait pas. Mais ne t'inquiète pas, je rapporterai tout ce que j'entends qui pourrait indiquer que ton Marshall est un crétin.

— Il n'est pas à moi. Et ce n'est pas un crétin.

Carly se contenta de sourire.

Kenna secoua la tête, exaspérée.

— Bien, dit Carly. Il te cherche et tu dois lui expliquer ce qu'il se passe.

C'était vrai. Kenna le savait, mais elle redoutait de voir l'irritation qu'il allait sans doute ressentir en comprenant qu'elle ne pouvait pas rester avec lui. Qu'elle travaillait !

D'un autre côté, il était venu ici avec sept autres personnes. Il ne pouvait pas vraiment s'être attendu à un rendez-vous intime, si ?

Marshall continuait à la surprendre. Et positivement. Il ne s'était pas énervé quand elle avait interrompu son entraînement du matin. Ni râlé qu'elle aurait pu lui faire mal si elle avait atterri sur son dos, par exemple. Il était venu avec ses amis ce soir, ce qui était... inhabituel. Kenna ne savait pas quel avait été son raisonnement, mais elle était soulagée qu'il ne soit pas arrivé avec des fleurs et habillé pour l'impressionner.

Oh, elle était impressionnée par son jean et son t-shirt noir, mais il ne donnait pas l'impression de faire des efforts exagérés, ce qui était un soulagement. Même si elle n'était pas contre les rencards, elle était contente de sa vie telle qu'elle était. Elle n'avait pas *besoin* d'un petit ami pour être heureuse. Elle adorait son travail, son appartement était agréable et elle avait des amis fabuleux.

Mais il y avait quelque chose chez Marshall qui la poussait à agir différemment. Comme l'inviter chez Duke's alors qu'elle travaillait.

S'il te plaît, ne sois pas un crétin, pensa-t-elle en s'approchant de la table.

* * *

Marshall « Aleck » Smart vit Kenna depuis l'autre côté du restaurant quand il s'avança vers leur table. Elle était près du bar et elle riait à cause de quelque chose qu'avait dit le barman. Il fut immédiatement frappé par son sourire. Il voulait découvrir ce qui était si drôle, ce qui la rendait si heureuse.

— C'est-elle ? demanda Jag lorsqu'ils arrivèrent près du grand box circulaire.

Pendant qu'Élodie et Lexie faisaient le tour de la table pour s'asseoir au milieu, Aleck hocha la tête.

— Elle est mignonne.

Aleck tourna brusquement la tête pour jeter un regard noir à son coéquipier.

Jag se contenta de rire.

— Du calme. C'est juste que je ne l'ai pas bien vue ce matin. De plus, elle était différente avec les cheveux mouillés.

— Votre serveuse sera bientôt avec vous. Il y a un menu des cocktails sur la table, et nous avons du vin et des bières à la pression. Je recommande chaudement la blonde de chez Duke's si vous aimez ça, ou le Mai Tai traditionnel, ou alors un mojito à la noix de coco, pour une touche des îles. Aloha !

Aleck ne regarda même pas la blonde qui s'éloignait de leur table. Il n'avait d'yeux que pour une personne.

— La voilà, dit Pid à côté de lui.

Aleck avait déjà remarqué Kenna qui marchait vers leur table avec une autre femme. Pas besoin d'être un génie pour voir à leurs uniformes qu'elles travaillaient toutes les deux au restaurant. Pendant une fraction de seconde, Aleck fut un peu perplexe, et il ne put s'empêcher de ressentir une pointe de déception parce qu'il n'allait évidemment pas dîner avec elle et apprendre à la connaître comme il l'avait prévu.

— Bonjour ! Je m'appelle Carly. Je serai votre serveuse ce soir, dit la plus petite des deux femmes.

— Et je m'appelle Kenna. Je suis la femme qui a sauté sur votre ami ce matin. Enfin, pas sauté sur lui, mais presque.

Il était évident que Kenna était nerveuse, mais Élodie le prit de vitesse pour la rassurer.

Elle se leva du mieux qu'elle pouvait dans le box et elle tendit la main au-dessus de la table ronde.

— Je suis ravie de te rencontrer ! s'extasia-t-elle. Quand Scott est rentré à la maison ce matin et qu'il m'a dit ce qui était arrivé, j'ai sérieusement imaginé la scène.

— Et je peux jurer que c'est quelque chose que j'aurais pu faire, ajouta Lexie avec un grand sourire.

Elle serra également la main de Kenna.

Kenna leur sourit à toutes les deux.

— Merci. Mais c'était tellement gênant. Je suis certaine que le pauvre Marshall se demandait ce qu'il se passait. Il vous supervisait tous, puis d'un seul coup il y a eu un gros plouf et j'étais là.

Aleck se leva lentement et tendit la main. Kenna leva la tête en lui souriant timidement, et il ne put s'empêcher de remarquer la douceur de sa main quand il la serra. Sa propre main était toute calleuse à cause de son travail et des entraînements.

— C'est vrai que j'ai été surpris, lui dit-il. Mais quand j'ai compris ce qui était arrivé, j'ai été impressionné. Peu de gens auraient fait comme toi. En s'impliquant. En fait, personne n'a jamais fait comme toi jusqu'à aujourd'hui.

Elle rougit et cela la rendit encore plus jolie. Sa queue de cheval avait une boucle mignonne au bout et ses yeux marron foncé étaient très expressifs. Il aimait qu'elle ne fasse que quelques centimètres de moins que lui, de sorte qu'il puisse clairement voir son regard. En ce moment, il voyait qu'elle se sentait gênée et peut-être un peu embarrassée par leur rencontre.

— Ce qui signifie simplement que tous les autres sont assez malins pour se rendre compte que vous étiez dans l'océan pour une raison et que tu n'étais pas en train de te noyer, précisa Kenna.

Tout le monde éclata de rire et il vit Kenna se détendre.

— Je m'appelle Jag, dit son coéquipier, et Aleck comprit qu'il devait présenter Kenna à ses autres amis.

Mais quand il se retourna, il vit que Jag ne regardait pas Kenna.

Il fixait l'autre serveuse.

— Je m'appelle Carly, répondit-elle en regardant Jag comme s'ils étaient les deux seules personnes du restaurant.

Sachant qu'il allait se moquer de Jag plus tard, Aleck présenta rapidement les autres à Kenna.

— Voici Mustang et sa femme Élodie. Ça, c'est Midas et sa petite amie Lexie. Jag s'est déjà présenté lui-même, et voilà Slate et Pid.

— Bonjour, dit Kenna en les saluant d'un air gêné avant de se retourner vers Aleck. Puis-je te parler une seconde ?

— Bien sûr, dit-il sans hésiter.

Comme si c'était la chose la plus naturelle au monde, il attrapa son coude. Il n'y avait pas beaucoup d'intimité dans le restaurant bondé, et Aleck entendit Carly demander aux autres ce qu'ils voulaient boire pendant qu'il conduisait Kenna dans un petit couloir reliant la zone de restaurant à l'accueil.

— Je suis désolée de ne pas t'avoir dit que je travaillais ici, commença Kenna sans hésiter. Je n'essayais pas de t'induire en erreur. Franchement, tu m'as prise au dépourvu en me demandant un rendez-vous, et quand tu m'as demandé où et quand, c'est Duke's qui m'est venu en tête. Sans doute parce que je suis beaucoup ici.

— Ce n'est pas grave. Je suis certain que tu ne t'attendais pas non plus à ce que j'arrive avec tous mes amis. Mais quand j'ai dit à Midas que je te rejoignais ici ce soir, il s'est invité avec Lexie. Puis Lex l'a dit à Élodie, et ensuite, tout le monde s'est invité à notre rendez-vous.

Elle rougit encore, et Aleck dut se forcer à ne pas poser la main sur sa joue.

— J'aurais aimé pouvoir traîner avec vous et apprendre à connaître tout le monde, mais je travaille vraiment ce soir, s'excusa-t-elle.

— Ce n'est pas un problème. Il nous faudra simplement prévoir quelque chose un autre soir, dit Aleck, les mots lui venant facilement et naturellement.

Il ne les disait pas simplement pour être poli, il voulait vraiment la revoir.

— Je pense que ça me plairait.

— Bien. Moi aussi.

— Kenna ! La table trente-cinq veut la note, lança un homme depuis l'extrémité du petit couloir dans lequel ils se trouvaient.

— J'arrive, Justin. Merci, lui dit Kenna.

L'homme les salua de la main et disparut dans la zone du restaurant.

— Je suppose que je dois aller m'en occuper, dit-elle en levant les yeux vers lui.

— D'accord.

— Si ça te va... je passerai autant que possible pour te parler.

— Ça me va très bien, répondit Aleck.

— Et... à vingt heures trente, j'ai une pause d'un quart d'heure, ajouta-t-elle. Si ça t'intéresse de traîner avec moi ?

— Tout à fait.

— D'accord.

— D'accord, répéta Aleck.

Ils se fixèrent longuement avant que Kenna glousse et fronce le nez.

— C'est bizarre. Je suis désolée.

— Mais non. Ça va, la rassura Aleck. Élodie et Lexie seront ravies d'avoir une sortie entre filles. Je parie qu'elles vont nous lâcher à un moment donné et aller traîner au bar.

— Paulo va adorer ça. Il va sûrement les interroger sur vous tous. J'imagine qu'aucun de tes amis n'est gay ?

Aleck rit.

— Non, désolé.

Kenna haussa les épaules.

— C'est sans doute pour le mieux. Paulo est un peu un queutard. Dans le bon sens, bien sûr.

— Bien sûr, acquiesça Aleck alors qu'il ne savait pas du tout ce qu'elle voulait dire.

— Et maintenant, je dis n'importe quoi. Quoi qu'il en soit, merci d'être venu ce soir. C'est agréable de te voir.

Aleck savait qu'il la dévisageait des pieds à la tête, mais il ne pouvait pas s'en empêcher. Il avait eu un gros plan sur son derrière ce matin quand elle avait grimpé sur les rochers pour sortir de l'océan, et il aurait menti en disant qu'il n'avait pas admiré la vue. Mais bizarrement, la voir avec un short kaki, un t-shirt Duke's noué à la taille et des tennis confortables était encore plus excitant que son short et sa brassière de running.

En secouant légèrement la tête, il comprit qu'il l'avait fixée sans dire un mot.

— Tu m'as intriguée ce matin, dit-il. Je voulais te revoir.

— Et maintenant, tu sais que je suis une simple serveuse qui ne réfléchit pas toujours avant d'agir, plaisanta Kenna.

— Et je suis encore *plus* intrigué, avoua Aleck. Vas-y, l'encouragea-t-il en sachant qu'il pouvait rester dans ce couloir à lui parler toute la nuit, ce qui allait sûrement lui causer des problèmes. Il y a des gens qui t'attendent.

Kenna fit un pas en arrière.

— Merci de ne pas être fâché pour ce soir, lui dit-elle.

Aleck hocha la tête et la regarda s'éloigner de lui.

Il resta un peu plus longtemps, puis il retourna à sa table. Les choses ne se déroulaient pas comme il s'y était attendu ce soir, c'était certain. Il avait prévu de demander si Kenna voulait s'installer à une table à l'écart de ses amis, afin de pouvoir apprendre à se connaître avant de rejoindre le groupe. Il espérait qu'elle s'entendrait bien avec Élodie et Lexie, ainsi que son équipe.

Même s'il était déçu de ne pas pouvoir lui parler comme il l'avait espéré, il ne pouvait pas être contrarié de passer la soirée avec ses amis.

— Alors ? demanda Pid quand il revint vers le box.

— Alors, quoi ? dit Aleck.

— C'est quoi l'histoire ? Il est évident qu'elle travaille ce soir. Savais-tu qu'elle était serveuse ? Vas-tu pouvoir lui parler ?

— Bon sang. Je ne savais pas que tu étais aussi intéressé par ma vie amoureuse, plaisanta Aleck.

— Je ne le suis pas, protesta Pid. C'est juste bizarre qu'elle t'ait suggéré de venir ici quand tu lui as proposé un rendez-vous, et qu'elle ne peut pas passer de temps avec toi.

— Ce n'est pas bizarre, dit Élodie en intervenant dans la conversation. C'est malin. Réfléchissez.

— Oui, acquiesça Lexie. Je pense que votre rencontre est hilarante, mais tu restes un inconnu. Et te faire venir ici, où elle connaît tout le monde et pas toi, c'est bien plus sûr que de te rencontrer dans un restaurant au hasard.

Élodie hocha la tête.

— Ça va, dit Aleck. Elle a dit qu'elle passerait autant que possible. De plus, je peux passer du temps avec vous, maintenant.

Jag leva les yeux au ciel.

— Bien sûr, parce que ça fait siiii longtemps que nous ne nous sommes pas vus. Il y a quoi, une heure que nous t'avons vu à la base avant de nous rejoindre pour venir ici ?

— Je me demande combien il faudra de temps pour que le repas arrive. C'est assez plein, maugréa Slate.

Tout le monde rit à cause de son mauvais caractère. C'était hilarant de voir comme leur ami était toujours impatient pour tout. Même sa nourriture.

— Je suis certaine que tu ne te mangeras pas de l'intérieur, lui dit Élodie avec un sourire. Carly revient bientôt avec nos boissons. Nous commanderons des hors-d'œuvre pour te faire patienter.

Aleck n'écouta plus ses amis : il regardait Kenna qui souriait à un couple en passant devant leur table, de l'autre côté du restaurant. Elle bougeait vite et avec grâce, et elle semblait être dans son élément. Son langage corporel montrait qu'elle aimait son travail.

Pendant qu'il l'observait, elle jeta un coup d'œil dans sa direction. Aleck hocha légèrement la tête et elle lui sourit en réponse, avant de reporter son attention sur les clients d'une autre table.

Mince. Il n'était peut-être pas assis à côté d'elle, mais la voir en action et l'observer de loin était assez sympa. Et Aleck appréciait que son regard revienne systématiquement vers lui. Ce genre de séduction avait quelque chose d'agréable. C'était... intéressant. Et différent. Un peu comme Kenna elle-même. Ça lui plaisait vraiment.

CHAPITRE DEUX

— Oh, mon Dieu, vous exsudez assez de tension sexuelle pour me rendre tout émoustillée, lâcha Carly pour taquiner Kenna, un peu plus tard.

Kenna fit de son mieux pour cacher son sourire, mais elle échoua quand Carly leva les yeux au ciel.

— Il ne semble pas trop contrarié de ne pas pouvoir passer beaucoup de temps avec moi ce soir, dit-elle en cherchant à obtenir plus d'informations.

— C'est vrai, je crois, dit Carly en apaisant immédiatement ses craintes. Je veux dire, chaque fois que je vais à leur table il est très aimable.

Kenna fut soulagée. Et heureuse qu'il soit gentil avec son amie. Carly était incroyable et merveilleuse, mais elle devait toujours supporter son ex horrible, alors ce qu'elle pensait des hommes était en général assez négatif.

Sans y réfléchir, elle jeta un coup d'œil vers la table où Marshall était assis avec ses amis. Et comme les cinq cents fois qu'elle l'avait fait, elle vit qu'il la regardait déjà.

— Tu vois ? C'est de ça que je te parle, soupira Carly. Mais je ne serais pas une bonne amie si je ne te prévenais pas...

Kenna se raidit un peu et regarda son amie.

— À quel sujet ?

— C'est ainsi que Shawn et moi avons commencé également, et je pensais que c'était parce qu'il était protecteur. Il me regardait tout le temps. Il voulait me garder dans sa ligne de mire. Tu te souviens de la première fois qu'il est venu ici et qu'il est resté assis au bar toute la soirée ? Nous avons tous pensé que c'était trop mignon qu'il s'énerve quand ce touriste m'a draguée ?

Kenna s'en souvenait effectivement. Mais si elle se rappelait correctement la situation, c'était *Carly* qui trouvait ça trop mignon. Paulo et Kaleen lui avaient dit plus tard qu'ils avaient pensé que Shawn était un peu effrayant. Et ce n'était pas sympa de la part de Shawn de presque déclencher une bagarre au milieu du restaurant. Il était évident que Carly n'avait pas été intéressée par le touriste qu'elle servait, et Shawn aurait dû s'en rendre compte.

Mais elle savait que Carly avait un grand cœur et elle préférait une amie qui serait franche avec elle plutôt que de s'extasier pour n'importe quel type.

— Je sais, merci, lui dit Kenna.

Carly hocha la tête.

— Et ses autres amis ? Ils te semblent sympas ? demanda Kenna.

— Oh oui. Les deux filles sont hilarantes. Lexie a renversé toute sa boisson sur son petit ami, mais il ne s'est pas énervé du tout. Il s'est contenté de rire et lui en a commandé une autre.

Kenna aurait bien fait remarquer que le fait de renverser accidentellement un verre n'était pas une raison pour s'énerver, mais elle ne voulait pas déprimer son amie. Shawn l'avait vraiment perturbée et ce soir semblait être la première fois depuis longtemps qu'elle était un peu plus elle-même.

— Que penses-tu de Jag... c'est son nom, n'est-ce pas ?

— Le type qui donne l'impression de pouvoir tuer quelqu'un juste avec l'intensité de ses yeux ? demanda Carly.

Kenna ricana.

— Quoi ? demanda encore Carly.

— Rien. Il est gentil, lui aussi ?

— Oui. Ils le sont tous, dit Carly. C'est bientôt l'heure de ta pause, non ?

— Oui.

— Cool. Je vais surveiller tes tables pour toi, ainsi, tu pourras prendre un peu plus de temps, si tu veux.

— Ça ne serait pas juste, souligna Kenna.

— On se fout de ce qui est juste. Écoute, je laisse peut-être tomber les hommes pour longtemps, mais ça ne veut pas dire que toi aussi. Et Marshall a l'air gentil. Il n'est pas impatient de ne pas pouvoir te parler beaucoup ce soir. Il se contente de t'observer avec ses yeux de braise et son petit sourire. Kenna, tu es une des personnes les plus sympas que j'ai rencontrées ici. Tu as été d'un grand soutien et tu m'as toujours aidé avec mes tables. Alors, te rendre service pour un quart d'heure de plus, ce n'est pas grand-chose.

— Merci beaucoup, dit Kenna en serrant la femme plus jeune dans ses bras. Sérieusement.

— Bref, conclut Carly. Quand vous vous marierez et que vous aurez une dizaine de bébés, tu pourras me remercier.

Kenna éclata de rire.

— Maintenant, si je pouvais faire en sorte que les crétins de la table vingt-sept mangent plus vite, ma soirée serait parfaite.

— C'est quoi leur problème ? Les femmes sont absolument horribles, et les types avec lesquels elles sont ne disent rien.

— Je sais. J'aurais pu jurer qu'elles inventent des choses pour me pourrir la vie. La dernière fois que je suis allée voir s'ils avaient besoin de quoi que ce soit, la blonde a demandé une fourchette propre parce qu'elle avait fait tomber la sienne – *encore* – et la brune voulait d'autres serviettes. Elle dit que c'est ridicule de supposer qu'elle peut manger ses ailes de poulet avec ce que je lui ai déjà apporté.

— Ce qui aurait été un argument valable si *elle* les mangeait vraiment, et pas le type avec elle, et si tu ne lui avais pas déjà donné une vingtaine de serviettes, compatit Carly.

— Il vaut mieux que j'aille m'occuper des princesses, je ne voudrais pas qu'elles fassent une scène. Encore merci de me donner du temps supplémentaire avec Marshall.

— Quand tu veux, dit Carly.

Kenna se rendit à la cuisine pour attraper une autre fourchette et plus de serviettes avant de revenir vers la table vingt-sept. Elle passa devant le box où Marshall et ses amis étaient assis et elle s'arrêta juste un instant. Elle avait fait cela toute la soirée, trouvant des excuses pour passer à côté de leur table et s'arrêtant pour dire bonjour. Elle aurait aimé pouvoir s'asseoir et vraiment apprendre à connaître tout le monde, parce que franchement, ils donnaient l'impression d'être un super groupe.

— Salut, tout va bien ? demanda-t-elle.

— C'est génial ! lui dit Élodie.

Elle avait les joues rouges et il était évident qu'elle profitait beaucoup des Mai Tai qu'elle avait commandés.

— Après notre dessert – le hula pie machin – Lexie et moi nous allons au bar faire comme si nos hommes n'étaient pas là.

Kenna regarda le mari de celle qui parlait et le petit ami de Lexie, et elle ne vit rien d'autre que de l'amusement sur leurs visages.

Lexie se pencha au-dessus de la table et Midas déplaça vite son assiette pour qu'elle ne soit pas couverte de nourriture. C'était un petit geste, mais Kenna avait observé de nombreux couples au cours des années, et l'attention que portait cet homme à sa petite amie était digne d'éloges.

— Je ne pourrais jamais faire ce que tu fais. Ces femmes là-bas sont vraiment des connasses, chuchota-t-elle d'une voix assez forte.

Surprise, Kenna cligna des paupières. Elle savait que ces femmes n'étaient pas aimables, bien sûr, mais elle ne les laissait pas l'atteindre. Elle gérait toutes sortes de crétins dans son travail, mais elle préférait se concentrer sur les clients plus agréables. Elle haussa les épaules.

— Elles ne sont pas si terribles.

— Pas si terribles ? s'exclama Élodie. Tu fais des allers-retours vers leur table depuis qu'elles sont là. Mais ne t'inquiète pas... Lexie et moi avons un plan.

Kenna fronça les sourcils.

— Un plan ?

— Ne demande pas, dit Marshall doucement.

Kenna le regarda. Dès l'instant où leurs regards se croisèrent, une décharge électrique sembla la traverser une fois de plus. C'était arrivé tout au long de la soirée. Chaque fois qu'elle le regardait, elle avait la chair de poule sur les bras. L'alchimie qu'il semblait y avoir entre eux était surprenante.

— Rien de mal, promis, dit Lexie en attirant l'attention de Kenna.

— Je dois retourner au travail, mais...

Elle regarda à nouveau Marshall.

— J'ai une pause dans dix minutes et Carly a dit qu'elle pouvait s'occuper un peu de mes tables afin que je puisse prendre plus de temps.

— Bonne nouvelle, dit Marshall avec un grand sourire.

Kenna eut l'impression d'être à nouveau au collège. Elle était grisée par l'excitation et il lui tardait d'apprendre à connaître cet homme.

— Si nous ne sommes pas là quand tu reviens, nous serons au bar, dit le mari d'Élodie. En train de veiller sur elle et Lexie.

— Je pense que je vais partir, dit Pid.

— Pareil, acquiesça Slate.

— Vous pouvez rester aussi longtemps que vous le voulez, leur dit Kenna. Ce n'est pas un problème. En général, nous n'avons pas de grands groupes si tard, alors nous n'aurons pas besoin de la table.

Elle ne voulait pas qu'ils s'en aillent s'ils n'en avaient pas vraiment envie.

— Ça va, dit Midas.

— Je pense que je vais rester par ici. Quelqu'un doit s'assurer qu'ils ne s'attirent pas d'ennuis, dit Jag en riant.

Il faisait référence à ses amis, mais il avait les yeux rivés sur quelque chose derrière elle.

Kenna se retourna pour voir qui il regardait, et il vit Carly s'approcher de la table. Elle sourit intérieurement. Il était évident que l'ami de Marshall s'intéressait à Carly. Elle n'avait pas le cœur de lui annoncer qu'elle avait juré de ne pas fréquenter d'hommes pendant un bon moment.

Elle regarda Marshall.

— Tu me rejoins dans dix minutes à côté du podium devant le restaurant ?

— Je serai là, lui dit-il.

Kenna lui fit un sourire timide, puis elle se retourna pour apporter la fourchette et les serviettes à la table vingt-sept. Elle n'avait pas vu que les deux femmes s'étaient levées et qu'elles venaient dans sa direction, alors quand elle se retourna, elle heurta la blonde, laissant tomber la fourchette et les serviettes qu'elle était sur le point de leur donner.

— Fais gaffe ! s'exclama la brune, puis la blonde gloussa en marchant vers les toilettes.

En soupirant, Kenna s'agenouilla pour ramasser le bazar qu'elle avait fait... et elle se rendit compte que Marshall était juste à côté d'elle, tendant la main vers les serviettes.

— Je m'en occupe, lui dit-elle.

— Je sais, répondit-il sans se lever ni retourner s'asseoir.

C'était une petite chose, mais elle appréciait son aide, même si ça ne lui coûtait pas grand-chose de ramasser. Dix secondes plus tard, ils avaient rassemblé toutes les serviettes avant qu'elles puissent s'envoler à cause de la légère brise venant de l'océan.

— Pétasses, murmura Marshall quand ils se levèrent, et il lui donna les serviettes qu'il avait ramassées.

— Ça va. Crois-moi, elles ne figurent même pas sur l'échelle des clients pourris.

— J'aurais pu dire que j'aimerais beaucoup entendre tes histoires, mais j'ai l'impression que savoir comment tu as été traitée ne ferait que m'énerver, avoua Marshall.

— Dans dix minutes ? demanda-t-elle encore en serrant les serviettes contre elle.

— Excusez-moi, je dois aller aux toilettes, dit Élodie d'un ton déterminé.

— Oh, merde, marmonna Pid en laissant passer Lexie et Élodie.

Les femmes se dirigèrent dans la même direction que la blonde et la brune. Kenna regarda leurs hommes.

— Dois-je m'inquiéter ?

— Non, répondit Midas.

Au même moment, Mustang dit :

— Peut-être.

— Dix minutes, lui dit Marshall en touchant légèrement son bras.

Kenna hocha la tête, puis elle se tourna pour repartir vers la cuisine. Elle jeta les serviettes sales dans une poubelle à l'intérieur. En prenant brusquement une décision, elle se dirigea vers les toilettes. Elle ne connaissait pas vraiment Élodie et Lexie, mais elle ne voulait pas leur attirer des ennuis. Cela faisait des années qu'elle s'occupait de gens comme la blonde et la brune, alors rien de ce qu'on pouvait lui dire ne la perturbait plus.

Elle ouvrit la porte des toilettes et vit Élodie et Lexie debout devant les lavabos. Il n'y avait aucun signe des autres femmes, mais comme les deux portes des toilettes étaient fermées et qu'elle voyait des pieds de l'autre côté, Kenna supposa qu'il s'agissait d'elles.

Élodie lui fit un clin d'œil avant de se retourner vers Lexie.

— On m'a dit que l'une des serveuses ici est de la famille d'un des producteurs du prochain *Jurassic Park*.

— Vraiment ? s'exclama Lexie de la voix la plus fausse qui soit.

— Oui. Tu sais qu'ils tournent au nord-est de l'île dans ce ranch... comment s'appelle-t-il, déjà ?

— Le ranch Kualoa ? demanda Lexie.

— C'est ça ! dit Élodie d'une façon très théâtrale. Bref, j'ai entendu dire que Chris Pratt est en train de tourner sur l'île et ils ont besoin de figurants pour certaines scènes.

— Ooooh, cool, s'extasia Lexie.

— N'est-ce pas ? Et d'après la rumeur, la serveuse aide son père, ou son oncle, ou je ne sais pas qui, à trouver des figurants. Comme elle rencontre tellement de gens, elle demande à des clients au hasard si ça les intéresse de travailler au ranch pour une journée, dit Élodie.

Kenna posa une main sur sa bouche pour se retenir de rire.

— Qui est-ce ? demanda Lexie. J'ai envie de lui cirer les pompes pour qu'elle me le demande !

— Je ne sais pas, lâcha Élodie d'un ton abattu. Mais j'ai l'intention d'être aussi gentille que possible avec la serveuse. Je veux dire, tu imagines être désagréable avec les employés, et découvrir plus tard que tu aurais pu être engagée pour un des *Jurassic Park* si tu avais simplement été plus sympa ?

— Ce serait horrible, acquiesça Lexie avec un énorme sourire.

— Je pense que mes cheveux sont bien comme ça. Tu es prête à y retourner ? J'ai besoin d'un autre verre.

— Prête, annonça Lexie.

Les deux femmes dans les toilettes n'avaient rien dit, mais Kenna se dit qu'Élodie et Lexie avaient très bien fait passer leur message. Elle recula pour sortir, suivie par les deux femmes qui souriaient comme des folles.

À la seconde où la porte se referma derrière elles, Lexie éclata de rire.

— Chhh, la gronda Élodie en chuchotant. Elles peuvent encore nous entendre !

Elles traversèrent le couloir jusqu'à la zone des repas, et c'est alors seulement qu'Élodie se joignit à Lexie pour rire.

— C'était super ! s'exclama Lexie.

— Maintenant, elles vont faire de la lèche à toutes les serveuses au cas où ! acquiesça Élodie.

Kenna ne se souvenait pas si quelques avait déjà fait autant d'efforts pour l'aider de cette façon. C'était sans conséquence et drôle, mais sans doute efficace. Bien sûr, il y aurait toujours des clients qui avaient l'impression que c'était parfaitement normal de traiter les serveurs comme de la merde, mais pour ce soir, ces deux femmes allaient certainement faire volte-face et changer leur comportement.

— Merci beaucoup, leur dit Kenna. Elles n'étaient franchement pas si horribles, mais j'apprécie quand même.

Élodie devint sérieuse en regardant Kenna dans les yeux.

— J'ai bu plus que d'habitude ce soir, et sinon je ne dirais sans doute jamais quelque chose de pareil...

Kenna se prépara au pire.

— Tu me plais. Je veux dire, je ne te connais pas vraiment, mais j'aime la façon dont Aleck te fixe. J'aime ton sourire et comment tu lui jettes sans cesse des coups d'œil. Et j'adore que tu n'aies pas hésité à essayer de le sauver quand tu as cru qu'il se noyait. Aleck est un type bien. Il est drôle... eh oui, il est aussi le Monsieur je-sais-tout de son surnom. Mais quand nous nous sommes tous invités ici ce soir, il n'a pas dit non. Il n'a pas piqué une crise. Je pense qu'il était assez content parce qu'il était nerveux. Et il n'aurait été nerveux que si tu avais de l'importance. Alors... tout ça pour dire... j'espère que ça fonctionnera entre vous.

Kenna fut surprise. Elle avait cru qu'Élodie allait la prévenir de ne pas faire du mal à son ami. Cette femme lui plaisait.

— Moi aussi, avoua-t-elle.

Lexie donna un coup de coude à Élodie et lui fit signe sans trop de discrétion en inclinant la tête vers la table à laquelle elles avaient été assises. Leurs hommes arrivaient.

— Waouh, ils nous ont donné cinq minutes entières, plaisanta Élodie en riant.

Incapable de s'en empêcher, Kenna regarda la table et son regard croisa celui de Marshall.

— Ça va ? articula-t-il en silence.

Kenna hocha la tête. Marshall leva le bras et regarda la montre à son poignet. Kenna sourit et leva cinq doigts. Il hocha la tête.

— Tu vois ? Vous êtes capables d'avoir une conversation entière d'un bout à l'autre de la salle, dit Élodie. C'est merveilleux.

C'était *effectivement* merveilleux.

Kenna hocha la tête vers Midas et Mustang quand ils vinrent récupérer leurs copines.

— Ça va ? lui demanda Mustang.

Elle ne put s'empêcher de sourire.

— Ça va, lui dit-elle. Ta femme et Lexie ont été merveilleuses.

— Elles peuvent être un peu... enthousiastes, dit Midas en passant un bras autour des épaules de Lexie.

— Nous *sommes* merveilleuses, acquiesça Lexie en se collant contre son copain.

— Le dessert est arrivé pendant que vous étiez en train de régler vos comptes, leur dit Mustang.

— Nous n'avons rien fait de tel, protesta Élodie. Nous avons juste eu une conversation. Qui a peut-être été entendue par d'autres personnes.

— Nous verrons si c'est le cas quand ces pétasses reviendront à leur table, répliqua Lexie.

— En parlant de ça, je ferai mieux d'aller leur chercher d'autres serviettes, ajouta Kenna. Encore merci.

— Quand tu veux, dit Élodie. C'est à ça que servent les amis.

Kenna sourit aux deux femmes et repartit vers la cuisine. Elle entendit Mustang demander :

— Alors comme ça, tu t'es déjà liée d'amitié avec la copine d'Aleck ?

— Oui, dit Élodie avant que Kenna entre dans la cuisine.

En souriant, elle rassembla les serviettes et une fourchette, prit les hors-d'œuvre pour une autre table, et retourna dans la zone du restaurant. Elle avait le temps de faire un dernier contrôle de chacune de ses tables avant sa pause très attendue et dont elle avait besoin.

Après avoir déposé les tacos poke et les wontons au crabe pour la table quarante-trois, elle retourna à la table vingt-sept.

Cette fois, la blonde et la brune n'auraient pas pu être plus aimables. Elles s'excusèrent d'avoir été pénibles et la blonde fit même un compliment sur les cheveux de Kenna. C'était complètement n'importe quoi, parce que la queue de cheval de Kenna n'avait rien d'exceptionnel. Elle se contenta de sourire et demanda au groupe s'ils avaient besoin d'autre chose.

Kenna devait admettre que la tactique d'Élodie et Lexie était extrêmement efficace. Elles n'avaient pas déclenché une dispute interminable. N'avaient pas humilié les deux femmes. Elles avaient seulement menti avec leur histoire très élaborée, ce qui avait fonctionné.

Elle se dit de ne jamais sous-estimer ces deux femmes – si elle avait la chance de passer plus de temps avec elles dans le futur – et elle se dirigea vers la table suivante pour s'assurer que tout allait bien.

Cinq minutes plus tard, elle retira son tablier, le pendit à un crochet près de la porte de la cuisine, salua Carly, puis se dirigea vers l'avant du restaurant. Il lui restait encore quelques heures de travail, mais elle n'avait encore jamais été aussi enthousiaste de prendre sa pause.

CHAPITRE TROIS

Aleck se tenait à l'écart des clients qui attendaient d'être assis chez Duke's et il se rendit compte qu'il n'arrêtait pas de remuer. Il ne faisait jamais ça. Mais l'anticipation à l'idée de passer du temps avec Kenna, même si ce n'était que trente minutes, le faisait se balancer sur ses pieds comme s'il avait dix-neuf ans et qu'il attendait au bureau du directeur d'école.

Il ne savait pas du tout ce qui le déstabilisait tant chez elle. Tout ce qu'il savait, c'était qu'il était enthousiaste à l'idée d'apprendre à mieux la connaître.

Quand Aleck vit Kenna se diriger vers lui, il ne put s'empêcher de sourire. Elle rit quand elle s'arrêta à l'accueil pour parler à la femme qui y travaillait. Puis elle se dirigea vers lui.

— Salut, dit-elle en s'approchant.

— Salut.

Ils se regardèrent en silence, puis elle demanda :

— Tu veux aller marcher ?

Aleck secoua la tête.

— Non. Tu as passé toute la soirée debout. Je préfère trouver un endroit pour nous asseoir afin que tu puisses te détendre un peu.

Elle ne dit rien pendant un long moment.

— Mais si tu préfères marcher, ça me va aussi, ajouta Aleck, mal à l'aise.

Kenna secoua la tête.

— Non, m'asseoir me paraît merveilleux. C'est juste que je ne savais pas si tu voulais faire quelque chose d'aussi... nul.

— Kenna, tu as travaillé dur ce soir. J'aurais été vraiment stupide si j'avais insisté pour ajouter à cette fatigue.

Il regarda les lumières vives des magasins autour de lui et grogna intérieurement à cause du manque d'intimité et du fait que tous les bancs étaient occupés.

Mais Kenna vint à la rescousse.

— Nous pourrions nous asseoir dehors au bord de l'eau... si tu veux, suggéra-t-elle.

— Oui, répondit Aleck immédiatement.

Le soleil s'était couché peu de temps auparavant et la température était absolument parfaite.

— Nous devons repasser dans le restaurant, dit Kenna. Enfin, nous ne sommes pas obligés, mais ce sera le moyen le plus rapide d'atteindre la plage.

— Passe devant, dit Aleck en montrant Duke's du bras.

Il la suivit de près, espérant égoïstement que personne n'aurait besoin d'elle lorsqu'ils passèrent devant les tables en direction de la plage. Heureusement, personne ne l'arrêta et ils furent bientôt sur le sable, se dirigeant vers une chaise longue.

— Ça te va ? demanda Kenna.

— C'est parfait, assura Aleck, et c'était vrai.

Le brouhaha de Duke's était derrière eux et le bruit de l'océan qui léchait doucement la plage était apaisant. Il attendit qu'elle s'assoie sur la chaise, puis il s'installa à côté d'elle.

— Je sais que je me suis déjà excusée, mais j'ai un peu l'impression de devoir... commença Kenna.

Aleck l'interrompit.

— Non, tu ne le dois pas.

Elle le regarda.

— Tu ne sais même pas pour quoi j'allais m'excuser, protesta-t-elle.

— Ça n'a pas d'importance. Tu n'as pas à être désolée pour quoi que ce soit. Si tu avais l'intention de t'excuser d'avoir sauté dans l'eau ce matin, je ne regrette *absolument* pas que tu l'aies fait. Notre entraînement était ennuyeux. Oui, il était important, mais garantir la sécurité des autres n'est pas le rôle que je préfère, alors tu m'as rendu service. Et pourquoi serais-je contrarié qu'une belle femme me saute dessus ?

— Je ne t'ai pas sauté dessus, protesta-t-elle avec un petit sourire.

Il la vit baisser les yeux vers ses mains posées sur ses genoux. C'était touchant. Aleck l'avait observée toute la soirée et il était évident qu'elle était sociable et extravertie, alors la voir timide avec lui était assez mignon.

— Et si tu pensais t'excuser de m'avoir demandé de venir ce soir alors que tu devais travailler, ne le fais pas. En fait, j'ai bien aimé te regarder interagir avec les autres, et c'était amusant de voir Élodie et Lexie se lâcher et se détendre vraiment.

— Tu les aimes beaucoup, n'est-ce pas ? demanda-t-elle avant de froncer le nez d'une façon adorable. Enfin, évidemment, parce que ce sont tes amies, mais parfois les hommes n'aiment pas les copines de leurs amis et ils se contentent de les tolérer.

— Je sais ce que tu veux dire. Et si tu veux dire « aimer » dans le sens où ce sont les femmes de mes meilleurs amis et que je les trouve amusantes, alors oui. Ce sont de bonnes personnes qui ont traversé un enfer et qui en sont ressorties plus fortes.

Kenna inclina la tête.

— Mais elles vont bien ? demanda-t-elle.

Aleck apprécia l'inquiétude sincère qu'il entendit dans sa voix.

— Oui. Je suis sûr qu'elles te raconteront toutes leurs expériences si tu leur poses la question. Elles ne sont pas timides sur le sujet, et franchement, elles font partie des femmes les plus fortes que j'ai jamais rencontrées. En bref, Élodie était la chef d'un mafieux qui n'a pas apprécié le fait qu'elle ne veuille pas empoisonner un invité pour lui. Elle a fini par cuisiner sur un navire-cargo, qui a été attaqué par des pirates au Moyen-Orient. Elle est venue à Hawaï, mais le type de la mafia ne voulait pas la lâcher, alors il a essayé de la tuer.

Kenna écarquilla les yeux.

— Seigneur !

— Oui. Mais elle va bien maintenant, et le mafieux n'est plus là, Mustang et elle se sont mariés et ils sont follement amoureux.

— C'est évident, dit Kenna en hochant la tête. Je suis contente qu'elle aille bien.

— Moi aussi.

— Et Lexie ? demanda Kenna.

— Elle travaillait en Afrique et elle a été enlevée avec un collègue. Nous l'avons sauvée, mais malheureusement, l'homme avec lequel elle était n'a pas survécu au sauvetage. Il a eu une crise cardiaque. Elle est venue travailler à Hawaï, mais le jumeau de son collègue n'était pas content qu'elle ait survécu et pas son frère, alors il a décidé de focaliser sa frustration et sa colère sur elle.

— Waouh, ce n'était pas une blague quand tu as dit qu'elles avaient traversé un enfer !

— Non. Mais quoi qu'il en soit, c'est toujours agréable de les voir heureuses et détendues. L'histoire de Lexie s'est passée il y a peu de temps, alors ça fait plaisir de la voir aussi insouciante. Tu n'as donc pas à t'excuser. De plus, j'ai été agréablement surpris par la cuisine d'ici.

— Quoi, tu pensais que ce n'était pas bon ? le taquina Kenna.

— Non. Mais Waikiki n'est pas mon premier choix pour trouver à manger.

— Je sais, mais le quartier a acquis une mauvaise réputation pour une raison que j'ignore. Il y a des endroits incroyables pour manger par ici. Et les propriétaires sont très gentils également.

— Je suppose qu'il me faut sortir un peu de ma zone de confort, dit Aleck.

— Je serais ravie de te montrer mes endroits préférés.

— Oui, répondit Aleck immédiatement.

Ils échangèrent un sourire.

— Alors... qu'est-ce qui t'a conduit à Hawaï ? demanda Aleck en voulant tout savoir sur la femme à côté de lui. Il savait que l'heure tournait et qu'il était loin d'avoir le temps dont il aurait aimé disposer pour apprendre à mieux la connaître.

— Je suis venue ici à la fac avec quelques amis et je suis tombée amoureuse de l'endroit. La météo, les couchers de soleil, les gens, la culture. Après avoir eu mon diplôme, j'ai obtenu un travail à Pittsburgh que j'ai détesté. Les hivers étaient affreux et je passais la majorité de mes journées dans un box. J'ai pris une décision impulsive en démissionnant et en déménageant ici. Je suis arrivée avec trois valises et de grandes attentes.

Elle haussa les épaules avant de continuer.

— Ma vie ne s'est pas déroulée comme je l'avais cru. Tu sais, gagner beaucoup d'argent dans une énorme société, changer le monde en même temps... mais je suis heureuse.

— C'est bien, lui dit Aleck. Cela fait longtemps que tu travailles chez Duke's ?

— J'ai essayé de trouver un travail de comptable, ce qui était ma majeure à l'université, et même si on m'en a proposé un ou deux, quelque chose m'a empêché d'accepter. Je ne pouvais pas imaginer vivre ici et être coincée dans un autre box à fixer des nombres toute la journée. C'était une chose de le faire en Pennsylvanie, où il fait terriblement chaud en été et froid et gris en hiver, mais le faire ici à Hawaï, où la météo est parfaite tout le temps, ça ne me semblait pas bien. Alors, pendant que j'essayais de découvrir ce que je voulais faire, j'ai pris un travail de serveuse. C'était horrible et la paye était très mauvaise… mais je me suis rendu compte que j'aimais beaucoup rencontrer toutes sortes de personnes différentes chaque jour. Ce travail a conduit à un autre, et au bout d'un moment, j'ai rencontré quelqu'un qui m'a recommandée ici. Cela fait quelques années maintenant, et je n'imagine pas travailler ailleurs.

L'enthousiasme et le plaisir sincère qu'elle retirait de son travail étaient clairs dans son ton. Elle n'était pas en train de dire n'importe quoi. Elle semblait clairement aimer ce qu'elle faisait. Ce fut une sorte de révélation pour Aleck. Il avait simplement supposé qu'elle était temporairement serveuse pendant qu'elle cherchait un « vrai » travail. Il était évident que c'était un vrai travail pour elle.

— Et toi ? demanda Kenna.

— Moi, quoi ?

— Tu es un SEAL. Comment est-ce arrivé ? Étais-tu un de ces gosses qui ont toujours rêvé de rejoindre la marine et de devenir superhéros ? Ou bien as-tu été forcé à t'engager parce que tu étais un fauteur de troubles ?

Aleck ricana.

— Ni l'un ni l'autre, à vrai dire. J'étais un élève pas trop mauvais, je ne cherchais pas les ennuis et on m'a élu clown de la classe. Après le lycée, j'étais un peu perdu. Je ne savais pas ce que je voulais faire de ma vie. Je n'étais pas vraiment prêt pour l'université. Je me suis rendu au bureau de recrutement de San Francisco et j'ai parlé à tous les recruteurs. La marine proposait le plus d'argent et d'avantages. Alors, je me suis engagé.

— Et te voilà, dit Kenna.

— Eh bien, ça n'a pas été tout à fait aussi facile, précisa Aleck en ricanant.

— Je sais. Je ne suis pas une experte, mais je suis au courant pour les BUD/S.

— Oui, la Semaine Infernale et les BUD/S étaient durs, mais il y a tellement plus que ça pour devenir un SEAL.

— Je m'en doute. Alors… tu viens de San Francisco ?

— Oui. Mes parents y ont toujours une maison. Ils voyagent beaucoup, mais c'est leur pied-à-terre.

Il n'avait pas l'intention d'aborder le fait qu'ils étaient multimillionnaires pour le moment. Ni qu'il possédait un fonds fiduciaire assez conséquent. Il voulait que Kenna l'apprécie pour ce qu'il était, pas pour son argent.

Le silence retomba entre eux pendant un long moment. Mais il n'était pas gênant. Pas vraiment.

— Quel âge as-tu ? demanda Kenna.

— Vingt-neuf ans, répondit Aleck sans hésiter. Et toi ? Ou bien… ne suis-je pas censé le demander ?

— J'ai trente ans. Je voulais juste être certaine que tu n'as pas vingt et un an ou quarante. Il n'y a rien de mal à ça non plus, mais après la terrible expérience de Carly avec un homme plus âgé, je ne suis pas certaine de vouloir m'aventurer là-dedans. Et vingt et un ans, ça me paraît vraiment très jeune.

— C'est le cas, acquiesça Aleck.

Il était curieux de connaître la situation de son amie, mais Aleck savait qu'il n'avait que peu de temps pour lui parler ce soir. Il voulait en savoir plus sur elle, pas sur ses amies.

— Tu as grandi sur la côte Est ?

— Oui. À Richmond, en Virginie. J'ai étudié à l'Université Virginia Tech, puis j'ai obtenu ce travail à Pittsburgh.

— Des frères et sœurs ?

— Non. Je suis fille unique. Mes parents ont divorcé, mais bizarrement, ils sont toujours amis. Ils étaient un de ces couples qui avaient tout un plan de parentalité. J'ai passé les week-ends avec mon père et j'étais chez ma mère pendant la semaine.

— Ça devait être pénible, dit Aleck.

Kenna haussa les épaules.

— Pas vraiment. Comme je l'ai dit, mes parents étaient amis. Ils ne se disputaient pas, et je n'ai pas réellement réfléchi à ma situation avant d'être au collège et de me rendre compte que ce n'était pas vraiment normal. Mon père s'est remarié et j'aime beaucoup ma belle-mère. Elle est très différente de ma mère, ce qui est sans doute la raison pour laquelle la relation de mon père et elle fonctionne si bien.

— Ta mère s'est-elle remariée ?

— Non. Mais ça ne veut pas dire qu'elle ne fréquente personne. Elle s'occupait bien de moi, mais elle a aimé avoir les week-ends libres pour pouvoir traîner avec ses amis et ses petits amis.

— Elle a l'air... intéressante, dit Aleck.

Kenna sourit.

— C'est le cas.

— Et ça ne gêne pas ta famille que tu sois ici ? demanda-t-il.

Kenna fronça les sourcils.

— Que veux-tu dire ?

— Eh bien, on dirait que tu avais un travail stable, puis que tu es partie pour venir ici à Hawaï sans aucun plan et que tu es maintenant seulement serveuse.

— Ils veulent que je sois heureuse, rétorqua Kenna, dont le ton était soudain vidé de toute amabilité. Et être ici me rend heureuse, alors non, ça ne les gêne pas. Ma mère me rend visite tous les deux ou trois mois et mon père est venu quelques fois aussi. Mais c'est *toi* qui ne sembles pas très impressionné par moi, par mon travail.

Aleck cligna des paupières et se rendit compte qu'elle était vexée. Et ce n'était pas étonnant.

— Merde, à mon tour de m'excuser, maintenant. Je ne voulais pas discréditer ce que tu fais.

Kenna regarda l'océan sans répondre et il sut qu'il devait sortir du trou dans lequel il s'était enterré :

— Franchement. C'était vraiment une chose merdique à dire. Je sais que mes parents n'étaient pas ravis au début, quand j'ai pris mon poste à Hawaï. Ils se plaignaient que c'était trop loin. Néanmoins, ils en sont venus à apprécier ma présence ici. Ils me rendent visite tout le temps, mais je ne suis qu'une excuse pratique. Ils viennent me voir environ trois heures, puis ils passent le reste de la semaine sur la plage à faire les touristes.

Aleck fut soulagé de voir les lèvres de Kenna esquisser un sourire.

En prenant un risque et en espérant vivement que ça ne se retourne pas contre lui, Aleck se pencha et prit sa main dans la sienne. Il fit courir le pouce sur ses articulations, remarquant une fois de plus comme sa peau était douce.

— Je suis désolé d'avoir manqué d'égards, dit-il doucement. La plupart des personnes que j'ai rencontrées essaient toujours de gravir les échelons. Même dans la marine. Tout tourne autour du rang et du fait de monter en grade.

Kenna ne retira pas sa main, ce qu'Aleck apprécia. Elle le fixa longuement avant de déclarer :

— Tu es un snob.

Aleck écarquilla les yeux. L'était-il ?

Oui... probablement.

— Je veux dire, tu es mignon, alors tu as cet avantage, ajouta Kenna en souriant. Je sais qu'être une serveuse n'est pas ce à quoi aspirent la plupart des gens. Mais j'avais ce travail de comptable confortable et je le détestais. Je me sentais à l'étroit. Si j'avais continué à travailler là-bas, cela m'aurait étouffé. Je ne gagne peut-être pas des millions de dollars par an, mais je suis heureuse. Je rencontre toutes sortes de personnes intéressantes. Je peux passer du temps à la plage pendant la journée et je ne suis pas coincée dans un box à fixer un ordinateur.

Aleck se sentit très mal. Il était effectivement un snob. Il n'avait jamais considéré que quelqu'un qui travaillait en tant que serveuse pouvait en avoir envie. Pouvait apprécier le métier.

— Aimes-tu ton travail ? demanda-t-elle.

— Oui.

Il n'hésita pas.

— Même si tu peux mourir ? Tu peux prendre une balle et

personne ne connaîtrait les circonstances ? Même si tu ne peux pas vraiment parler de ce que tu fais ? Et même si le monde n'est pas comme autrefois – aujourd'hui, la majorité des gens apprécie nos soldats et ce que vous faites – il en reste encore qui pensent que vous êtes l'incarnation du diable, que vous aimez tuer. Et pourtant... tu fais quand même ton travail.

— J'ai compris, dit-il doucement.

— C'est juste que... ça me frustre que les gens me regardent de haut à cause de mon travail, reprit Kenna. Il y a des choses désagréables quand on est une serveuse, c'est sûr. J'ai toujours mal aux pieds à la fin de la soirée, je dois m'occuper de clients qui se croient tout permis et ne comprennent pas pourquoi ils doivent attendre leurs plats plus de deux virgule trois minutes. Ils me traitent comme une servante, me donnent des pourboires pourris ou pas de pourboire du tout. On m'a crié dessus parce que j'ai refusé de servir de l'alcool à quelqu'un qui avait déjà eu largement assez, hurlé dessus parce que la cuisine n'était pas au goût du client, et même craché dessus. Mais tu sais quoi ? Les côtés positifs compensent les mauvais. Tout comme je suppose que c'est le cas pour toi. Je ne sauve pas des vies... enfin, je retire ce que je viens de dire. J'ai sauvé deux vies... celle d'un enfant qui s'étouffait et l'autre d'un homme qui avait eu une crise cardiaque, à qui j'ai fait un massage cardiaque jusqu'à ce que les secours arrivent. Mais quoi qu'il en soit, mon travail n'est peut-être pas en haut de l'échelle des emplois essentiels, mais je travaille dur, et comme je l'ai dit... les côtés positifs compensent les mauvais.

Kenna s'arrêta pour respirer profondément.

— Et maintenant, tu regrettes sans doute d'être venu ce soir.

— Non, lui dit Aleck. En réalité, je suis encore plus impressionné. Tu es incroyable.

— Oui, dit-elle en riant. Je t'ai grondé parce que tu ressens ce que pensent la plupart des gens, je t'ai ignoré parce que je travaillais, et j'ai plus ou moins insulté ton propre travail… qui, d'ailleurs, est très cool, et je veux tout savoir là-dessus.

— Tu es franche. Tu n'as pas idée comme c'est rafraîchissant. Tu as à juste titre mis un terme aux conneries que je disais, il est évident que tu es intelligente, tu es indépendante, et il est clair que les gens qui travaillent avec toi t'apprécient. Tout cela s'additionne pour faire quelqu'un que je veux vraiment connaître mieux. Si tu veux bien me pardonner d'avoir été un crétin.

Kenna sourit.

— Tu es un homme, dit-elle en haussant les épaules.

Aleck rit.

— C'est vrai, acquiesça-t-il. Mais nous ne sommes pas tous des enfoirés. Enfin, pas tout le temps.

— J'ai trente ans, Marshall, dit Kenna. Je dis sans doute un peu trop ce que je pense. Je n'ai pas la patience de gérer l'angoisse dans une relation… que ce soit en amitié ou ailleurs. Je suis qui je suis et je veux fréquenter des gens tout aussi honnêtes. Je ne peux pas supporter les secrets et les cachotteries. Je suis sans doute en train de tout faire foirer et d'aller trop vite, mais… tu me plais.

— Tu me plais aussi, dit immédiatement Aleck. Et je voudrais te revoir.

— Moi aussi, acquiesça Kenna.

Ils se regardèrent en souriant.

— Cependant, je travaille souvent le soir, l'avertit Kenna.

— Mais pas tous les soirs.

— Non, pas tous les soirs.

— Alors, c'est faisable, lui dit Aleck. Je travaille pendant la journée. J'ai des réunions, de l'entraînement, et parfois je suis déployé pour une durée indéterminée. Mais je pense que tu vaux la peine de tous les efforts qu'il faudra pour nous adapter à nos plannings, Kenna.

Elle lui sourit.

— J'ai assez d'ancienneté ici pour pouvoir choisir à peu

près les horaires que je veux... même si je dois le prévoir.

— Super, dit Aleck.

Il était très conscient de toujours lui tenir la main. Il n'avait jamais été du genre à faire ça dans le passé. Mais avec Kenna, le lien était... agréable. D'autant plus qu'il avait presque tout fait rater.

— Les vendredis soir, peux-tu voir les feux d'artifice du Hilton Hawaiien Village d'ici ? demanda-t-il en ramenant leur conversation vers un sujet plus neutre.

— Eh bien, pas depuis le restaurant, non. Mais si tu longes un peu la plage et que tu t'assois sur le brise-lames de ce côté, dit-elle en indiquant la plage près du grand complexe hôtelier du Hilton, c'est possible. Est-ce mal de ma part d'avouer que les feux d'artifice ne me font plus rien ?

Aleck eut un petit rire.

— Non. Ce n'est pas non plus mon truc.

— Oh, à cause d'un syndrome post-traumatique ? demanda Kenna, inquiète.

— Non. Je veux dire, ça n'aide pas, mais nous avions un chien à la maison qui détestait l'orage et les feux d'artifice. Les deux le traumatisaient complètement. Alors, autour du quatre juillet, il nous fallait le mettre sous sédatifs pour l'aider à traverser la nuit, ainsi que la semaine précédente et celle qui suivait. Malheureusement, nous avions des voisins qui achetaient une tonne de feux d'artifice et qui les déclenchaient tous les soirs. C'était horrible.

— Ooh, quel genre de chien ?

— Un doberman.

Kenna essaya de ne pas rire.

— Oui, Maximus n'était pas vraiment le meilleur chien de garde, avoua Aleck en souriant. Il préférait lécher un cambrioleur éventuel à mort plutôt que de le mordre.

— Ça me manque d'avoir un animal domestique, dit Kenna. Mon père et ma belle-mère avaient des chats.

— Tu pourrais en prendre un, suggéra Aleck.

— Je n'ai pas le droit dans mon appartement.

Aleck pensa immédiatement à son propre appartement. Il ne savait pas du tout si les animaux domestiques étaient permis ou pas, mais il avait l'impression que s'il voulait un chien ou un chat, il en aurait le droit. Vivre dans l'appartement-terrasse avait des avantages.

Et c'est à cause de cette pensée qu'il sut que Kenna était différente.

Il n'aurait jamais au grand jamais envisagé de prendre un animal domestique à cause d'une femme auparavant. Son planning n'était pas du tout compatible avec un chien. Un chat... peut-être. S'il pouvait trouver quelqu'un pour s'en occuper quand il était en déploiement.

— Ai-je le droit de demander comment tes amis et toi avez obtenu vos... noms inhabituels ? demanda Kenna.

Aleck ricana.

— Bien sûr. Tu peux me demander ce que tu veux. Je ne pourrais peut-être pas toujours y répondre... à cause de la sécurité opérationnelle et tout. Mais si je ne le peux pas, je te dirai pourquoi. Quoi qu'il en soit, oui, mon surnom est Aleck. Mon nom de famille est Smart.

Kenna rit.

— Smart Aleck[1], hein ?

— Oui. Et je dois te prévenir que ça me va plutôt bien.

— C'est noté, lui dit Kenna.

— Le nom de Mustang est un peu compliqué, mais cela implique une blague quand il a rejoint la marine. Midas était un nageur incroyable au lycée et il a gagné un tas de médailles d'or. Le prénom de Pid est Stuart, ou Stu pour faire court.

— Oh, c'est méchant, dit Kenna.

— Oui, c'est souvent le cas des surnoms. Plus on proteste, plus il colle à la peau. Le prénom de Jag est Jagger, et le nom de famille de Slate est Stone[2].

— Alors, la majorité de vos surnoms a été choisie à cause de vos prénoms.

— Oui. En général, on l'obtient à cause de notre nom ou de quelque chose de stupide que nous avons fait.

— Heureusement que je n'ai pas un surnom basé là-dessus, plaisanta Kenna. J'ai fait beaucoup de choses stupides.

— Non, je ne te crois pas.

Kenna rit et une fois de plus, Aleck fut marqué par son beau sourire. Il illuminait son visage. Et il aimait qu'elle ne se sente pas gênée de rire. Certaines femmes qu'il avait connues se couvraient la bouche en riant. Ou bien elles gloussaient seulement. Ou bien elles se plaignaient d'avoir des rides de rire sur le visage. Mais le rire de Kenna était sincère.

Ils restèrent ainsi un peu plus longtemps sur la chaise longue, en bavardant de tout et de rien. De la météo incroyable d'Hawaï, des surfeurs impressionnants, du mal nécessaire que représentait le tourisme à Hawaï, et Kenna lui dit qu'une de ses missions personnelles était de trouver les meilleures plages de l'île, même quand elles n'étaient pas ouvertes au public.

— Les meilleures plages ? répéta Aleck.

— Oui. Certains des plus beaux endroits pour faire du body surf, ou pour s'allonger sur le sable sans les centaines de touristes, ou pour faire de la plongée avec masque et tuba, sont des propriétés privées. J'ai pu en trouver beaucoup, je me suis fait éjecter de plusieurs, mais en général, tant que l'on ne fait pas n'importe quoi, personne ne se soucie de notre présence.

Elle le regarda du coin de l'œil.

— Je parie que la base de la marine possède de bonnes plages.

Aleck partit d'un petit rire.

— Sans doute pas autant que tu le penses. Malheureusement, les grands chefs n'apprécient pas vraiment les marins qui traînent à la plage quand ils sont censés travailler.

— Mince, dit Kenna.

— Mais je serais ravi de te faire faire le tour de la base si tu veux regarder par toi-même.

— Oui ! s'extasia Kenna. Et en retour, je serais heureuse de te montrer quelques-unes de mes plages privées préférées. Mais tu dois me promettre de ne pas agir de sorte à nous faire expulser.

— Promis.

Une alarme sonna à l'intérieur de la poche de Kenna et Aleck lâcha sa main à contrecœur pour qu'elle puisse sortir son téléphone.

— Zut. C'est la fin de ma pause, dit Kenna en éteignant l'alarme.

Aleck fut surpris que le temps soit passé si vite. D'un autre côté, il avait l'impression qu'il aurait pu parler toute la nuit avec Kenna sans s'ennuyer.

— J'aimerais vraiment te revoir. Peut-être un de tes soirs de congé, dit Aleck.

— Ça me plairait.

Aleck relâcha le souffle qu'il retenait depuis qu'il avait merdé. Il était heureux qu'elle lui donne une deuxième chance après qu'il eut mis les pieds dans le plat.

— Puis-je avoir ton numéro ? Ou bien je peux te donner le mien, ajouta-t-il en ne souhaitant pas être trop insistant ou recevoir une liste de faux nombres.

— Donne-moi le tien.

Aleck l'énuméra et elle le programma dans son téléphone. Il sentit son portable vibrer.

— Je t'ai envoyé un texto pour que tu aies le mien, lui dit-elle.

— Super.

Il se leva et tendit la main vers Kenna.

— Viens. On va te ramener. Je ne veux pas que ta patronne se fâche.

— Alani est cool. Elle comprendrait.

— Malgré tout.

Kenna posa sa main dans la sienne et elle le laissa l'aider à se relever. Et au lieu de le relâcher immédiatement, elle continua à le tenir pendant qu'ils retournaient vers Duke's. Les lumières du restaurant semblaient particulièrement vives après le temps passé sur la plage.

Un grand éclat de rire leur parvint depuis le bar et Aleck ne put s'empêcher de sourire.

— On dirait qu'Élodie et Lexie s'amusent, fit remarquer Kenna.

— Oui.

En jetant un coup d'œil au bar, il vit que les femmes riaient avec les deux préposés au bar. Mustang, Midas et Jag étaient assis à une table près du bar.

— Dois-je m'inquiéter à cause de tout ce qu'elles boivent ? demanda Kenna en hésitant.

— Non. Mustang a dit qu'il allait dire un mot au barman et demander de ne pas mettre trop d'alcool dans leurs boissons.

Elle le fixa.

— C'est… un peu présomptueux, non ? demanda-t-elle.

— Pas vraiment. Élodie et Lexie étaient déjà au courant, puisque Mustang et Midas en ont parlé devant elles.

— Ah.

— Nous sommes un groupe assez protecteur, lui dit Aleck.

Il l'avertissait autant qu'il essayait de lui expliquer.

— Ce n'est pas que ça les gêne qu'elles soient ivres, mais ils ne veulent pas qu'elles soient malades. Ça convient à Élodie et Lexie, car ce ne sont pas de grandes buveuses. Elles savent que l'on veille sur elles pendant qu'elles se lâchent.

Il haussa les épaules avant d'ajouter :

— Ça fonctionne pour tout le monde.

— Et ton autre ami ? Pourquoi est-il toujours là ?

— Pour Carly, expliqua Aleck en souriant.

— Ah, bien sûr.

— Elle lui plaît, même s'il n'est pas prêt à l'admettre.

— Je pense t'avoir dit plus tôt que Carly était sortie avec un homme plus âgé ? Eh bien, ça ne s'est pas bien terminé. Pas du tout. Elle n'est absolument pas prête à fréquenter un autre homme pour l'instant.

— Je le comprends. Mais ça ne signifie pas que Jag abandonnera.

— Il a du pain sur la planche, prévint Kenna.

— Si une chose vaut la peine d'être faite, elle vaut la peine d'être bien faite. Si cela vaut la peine de l'avoir, cela vaut la peine d'attendre. Si cela vaut la peine d'être atteint, cela vaut la peine de se battre. Si cela vaut la peine d'être vécu, cela vaut la peine de réserver du temps, énonça Aleck.

Kenna s'arrêta au milieu de la salle et leva la tête vers lui.

— Oscar Wilde a dit ça.

— Oui. J'ai toujours aimé cette citation. Je paraphrase un peu, mais je l'ai mémorisée au lycée, et c'est fou comme on peut l'appliquer à tout. Mon travail. Les amitiés. Les relations. Passer du temps avec quelqu'un que l'on souhaite mieux connaître.

— Merde, marmonna Kenna.

Puis elle redressa les épaules et le regarda dans les yeux.

— Je te signale que tu as largement compensé le fait d'avoir été un peu snob tout à l'heure.

Aleck sourit.

— Tant mieux.

— Kenna ! cria Charlotte en la voyant. Bon timing. Vera vient d'installer quelqu'un dans ta partie. Veux-tu que je prenne la commande des boissons ?

— Je m'en occupe ! lui dit Kenna.

Elle se retourna vers Aleck.

— Il est temps de me remettre au travail.

Aleck lui lâcha la main en hochant la tête.

Ils se firent un sourire, puis Kenna tourna les talons et se dirigea vers la cuisine.

Aleck la regarda partir avec une pointe de déception. Il supposait qu'il l'aurait ressentie, quel que soit le moment où ils se séparaient. Kenna était assez différente des femmes qu'il avait fréquentées dans le passé... et c'était une bonne chose.

Il marcha vers le bar et entendit Élodie raconter aux gens

du bar ce qu'elle avait fait aux toilettes. Tout le monde éclata à nouveau de rire.

— Je vais retenir cette ruse, dit la femme au bar. Ça ne devrait pas être difficile. Et si ça pousse les gens à être plus agréables avec les serveurs, tant mieux.

Aleck était tout à fait d'accord. Il se dirigea vers la table où étaient assis ses amis. Il vit que Mustang avait un verre d'eau devant lui, et supposa que Midas buvait du thé glacé. Jag tenait une bière.

Il sortit une chaise et s'installa.

— Ça va ? demanda Mustang.

— Oui, bien, répondit Aleck.

— Bien comment ? insista Midas.

— Nous avons échangé nos numéros, et même si j'ai dit des choses stupides, elle veut quand même me revoir, expliqua Aleck avec un sourire.

— Merveilleux. Même si je ne crois pas que tu aies pu dire quoi que ce soit de stupide, dit Jag.

Aleck fit un sourire gêné.

— Kenna m'a traité de snob. Et elle n'avait pas tort.

— Tu n'es pas un snob, dit Midas, surpris.

Aleck haussa les épaules.

— J'essaie de ne pas l'être, mais apparemment, ne jamais avoir à m'inquiéter pour l'argent m'a affecté d'une façon dont je ne m'étais pas rendu compte.

— Mais ça va entre vous deux ? demanda Jag.

— Oui.

— Bien.

Jag marqua une pause, puis il demanda :

— A-t-elle parlé de son amie ?

Il ricana.

— Tu parles de la jolie serveuse dont tu n'as pas réussi à détourner le regard toute la soirée ?

Jag haussa les épaules.

Aleck redevint sérieux.

— Elle m'a juste dit qu'elle n'était pas prête à fréquenter un homme pour l'instant. Apparemment, elle a un ex pourri.

— Merde, jura Jag doucement avant de se redresser sur sa chaise. Eh bien, la seule journée facile était hier.

Aleck leva les yeux en même temps que Midas et Mustang. La phrase était une citation assez populaire chez les SEAL, mais il n'était pas certain que cela s'applique vraiment à la séduction d'une femme craintive. D'un autre côté, il n'était pas un expert des relations.

Juste à ce moment-là, la femme en question se dirigea vers leur table et Aleck sourit quand Jag se tint encore plus droit.

— Puis-je t'apporter quelque chose à boire ? demanda Carly à Aleck.

— Un thé glacé, s'il te plaît, dit-il.

Carly sourit.

— Très bien.

Ils la regardèrent tous pendant qu'elle jetait un bref coup d'œil vers Jag, rougit, puis repartit vite après avoir demandé si tout le monde avait encore ce qu'il fallait.

— Elle est peut-être craintive, dit doucement Mustang. Mais elle est intéressée.

— Je peux être patient, affirma Jag en buvant sa bière.

L'intérêt de son ami pour la serveuse était intrigant, mais l'attention d'Aleck était déjà retenue par Kenna. Elle accueillait un couple assis de l'autre côté du bar, et il n'arrivait pas à regarder autre chose qu'elle. Il n'avait pas été aussi intéressé par une femme depuis longtemps.

Quand elle eut pris leurs commandes et qu'elle retourna vers la cuisine, son regard croisa le sien et elle lui sourit.

C'était agréable de savoir que l'attirance n'était pas à sens unique.

Aleck s'installa confortablement, heureux de se détendre tant qu'Élodie et Lexie voulaient rester. Même s'il ne pouvait pas parler à Kenna, c'était agréable d'être simplement au même endroit qu'elle.

CHAPITRE QUATRE

Kenna se sentait presque grisée. Elle n'avait pas été aussi enthousiasmée par un homme depuis...

Elle ne savait pas combien de temps, mais ce n'était pas tout récent. Marshall était drôle et il n'avait pas peur de l'admettre quand il faisait une erreur. Elle avait été déçue par la façon dont il avait dénigré son travail de serveuse professionnelle, mais ses excuses avaient paru sincères.

Et c'était si agréable de lui tenir la main. C'était bête, mais quand il avait caressé ses phalanges avec le pouce, elle avait eu la chair de poule tout le long du bras.

Elle aimait aussi sa proximité avec ses amis. Elle voulait que l'homme qu'elle fréquente possède ses propres centres d'intérêt. Elle avait vu comme Shawn était collant avec Carly. Au début, le fait qu'il veuille savoir où elle était tout le temps et quand elle allait rentrer à la maison avait semblé romantique. Mais ensuite, c'était devenu... Autoritaire.

— Alors, ça s'est bien passé, oui ? demanda Carly quand elles eurent deux minutes pour se parler entre des commandes.

Kenna lui fit un grand sourire.

— Oui, très bien.

— Bien. J'aime te voir heureuse.

— Ne va pas non plus imaginer des choses. Nous avons simplement parlé pendant une demi-heure. Nous n'étions pas en train de prévoir notre mariage, avertit Kenna.

— Je sais, mais sérieusement, tu rayonnes.

— C'est un type bien. Je veux dire, je sais que je ne le connais pas encore beaucoup, mais il n'a pas hésité à s'excuser après avoir dit quelque chose de désagréable, et je pense franchement qu'il était sincère.

Carly fronça le nez.

— Je ne sais pas si c'est bon signe qu'il ait déjà mis les pieds dans le plat, dit-elle.

— Je sais. Mais je préfère qu'il soit honnête plutôt qu'il joue les fayots. Il est franc, Carly, ce qui me plaît.

— C'est vrai, songea son amie. Shawn faisait tout son possible pour être parfait quand nous avons commencé à sortir ensemble, et ce n'est qu'après quelques mois qu'il a commencé à se lâcher et être désagréable.

— Exactement, répliqua Kenna en hochant la tête. Je ne veux pas fréquenter un type constamment con et qui s'excuse pour ça, mais je ne veux pas non plus être trompée par quelqu'un qui fait de son mieux pour dire ce que je veux entendre.

— Alors... qu'a-t-il dit ? demanda Carly.

Kenna soupira.

— Il m'a donné l'impression de penser que le métier de serveuse n'était pas un « vrai » travail. Que ça devait être quelque chose que je faisais tout en cherchant une carrière en entreprise.

Carly haussa les épaules.

— Beaucoup de gens le pensent.

— Je le sais. C'est juste que j'ai été surprise.

— Tu as pris soin de lui expliquer son erreur, n'est-ce pas ? demanda Carly.

— Oui. Nous avons parlé un petit peu de son travail en tant que SEAL et je pense qu'il a vite compris qu'il avait été grossier. Je l'ai traité de snob, avoua Kenna.

— Non !

Kenna haussa les épaules.

— Si. Mais pour ma défense, il agissait vraiment comme tel.

Carly observa longuement Kenna.

— Quoi ? demanda Kenna.

— Tu es revenue ici en souriant et rayonnante, comme je l'ai dit. Alors, vous avez manifestement réglé ça.

— C'est vrai.

— Je suis heureuse pour toi. Le fait que vous puissiez avoir une conversation sérieuse et toujours vous apprécier ensuite... c'est... bien, Kenna. Sérieusement.

— C'est ce que je pense aussi, avoua doucement Kenna.

Les deux amies se firent un sourire, mais elles furent interrompues par Justin qui sortit la tête de la cuisine pour dire :

— Carly, il y a quelqu'un ici qui veut te voir.

— Moi ? demanda-t-elle, perplexe. Pour quelle raison ?

— Je ne sais pas, répondit Justin. Vera m'a simplement chargé de te dire qu'il y avait quelqu'un pour toi. C'est tout ce que je sais. Il est devant le restaurant.

— D'accord, merci.

Justin disparut et Carly se tourna vers Kenna.

— Sérieusement. Il me plaît. Il a été poli et courtois tout le temps où je servais à leur table. Ils l'ont tous été. J'avoue que je n'ai pas envie de fréquenter quelqu'un pour le moment, mais si c'était le cas... je te ferais sans doute concurrence.

— Tu ne t'intéresses pas à Marshall, fit remarquer Kenna avec un sourire en coin. Jag, en revanche...

Carly leva une main.

— Non. Pas moyen. Je n'aborderai pas ce sujet.

Kenna éclata de rire.

— D'accord, d'accord. Je ne dirai rien là-dessus. Je vais prendre la commande de ta table pour que tu puisses aller voir qui veut te parler. J'espère que c'est un vieux avec un pourboire d'un million de dollars qu'il veut te donner parce que tu es une serveuse merveilleuse.

— Pourvu que Dieu t'entende, dit Carly avec un sourire. Et merci d'aller prendre ma commande.

— Aucun souci.

Kenna se dirigea vers l'endroit où étaient assis les clients de Carly, au chaud sous les lampes chauffantes. Elle récupéra les repas demandés, chargea son plateau, et revint dans le restaurant.

Après avoir déposé le repas d'un couple très reconnaissant, Kenna entendit un brouhaha près du bar. En se retournant, elle vit Carly parler avec un homme.

Son ex. Shawn Keyes.

Kenna avait entendu largement assez d'histoires décrivant comme il était horrible avec Carly. Quand ils avaient commencé à sortir ensemble, Carly avait été flattée qu'un homme plus âgé s'intéresse à elle. Pendant quelques mois, tout avait été rose, jusqu'à ce que la folie de Shawn commence à faire surface. Carly avait d'abord essayé d'expliquer son comportement violent et agressif, mais cela avait fini par être trop. Et quand elle était venue au travail avec un gros bleu sur son bras, Kenna et les autres serveurs l'avaient convaincue de quitter cet enfoiré.

Ç'aurait dû être la fin. Sauf que Shawn avait décidé qu'il ne voulait pas rompre avec Carly, et il avait envoyé des e-mails, appelé et envoyé des textos en continu, s'excusant et essayant de la faire revenir.

Carly avait tenu bon, cherchant par tous les moyens à lui faire comprendre que c'était terminé... mais pour une raison étrange, Shawn ne voulait pas comprendre.

Et maintenant, il intensifiait sa campagne pour la récupérer. Kenna n'entendit pas ce qu'il disait, mais il se tenait trop près de son amie. Avec son mètre quatre-vingt-trois, il surplombait les un mètre soixante-cinq de Carly, cherchant manifestement à l'intimider.

Kenna n'hésita pas. Elle était énervée pour son amie et déterminée à faire comprendre à Shawn une bonne fois pour toutes que sa relation avec Carly était terminée. Elle avança tout droit vers eux.

Quand elle s'approcha, elle entendit Shawn dire :

— Tu agis comme une enfant gâtée.

Kenna vit rouge.

— Non, elle agit comme une femme adulte qui ne veut pas qu'on s'adresse à elle comme si elle était une enfant, cracha-t-elle.

Shawn se tourna pour lui jeter un regard noir, et Kenna refusa de reculer, même si la haine de ses yeux noisette lui en donna envie. Il avait coupé ses cheveux sombres depuis la dernière fois qu'elle l'avait vu : il avait presque la boule à zéro. Il portait un jean et un polo, ce qui lui permettait de se mêler sans problème à la foule des habitants et des touristes. Kenna devait admettre qu'au premier regard, l'homme semblait inoffensif. Même s'il avait la quarantaine, il avait gardé la forme, ne buvait et ne fumait pas – d'après Carly – et il avait un travail stable et bien payé au sein du gouvernement local.

Mais la folie dans ses yeux, la façon dont il serrait les poings et son rictus le montraient sous son vrai jour.

— Personne ne te parle, à toi, grogna Shawn. Dégage.

— Je suis désolée, mais non, dit Kenna en essayant de paraître plus courageuse qu'elle ne l'était.

Ils étaient dans un restaurant public avec des gens tout autour. Shawn n'allait rien lui faire, elle en était presque certaine.

— Carly a dit qu'elle ne veut plus te voir. Tu dois passer à autre chose.

— Notre relation ne te regarde pas, rétorqua Shawn avant de lui tourner le dos et de saisir le bras de Carly.

— Je veux seulement te parler, dit-il. Tu me dois bien ça.

Kenna serra les dents de frustration. Elle était plus grande que Carly, mais pas assez forte pour affronter ce type. Elle était aussi bien consciente d'être au travail. Alani était une super patronne, mais elle ne pensait pas qu'elle approuverait que

Kenna frappe ce crétin. De plus, elle était totalement certaine que Shawn appellerait les flics et la ferait arrêter pour agression.

— Il n'y a rien à dire, rétorqua Carly. C'est terminé.

— Non, insista Shawn. Après tout ce que j'ai fait pour toi, je n'arrive pas à croire que tu ne veuilles pas me parler. Quand nous avons commencé à sortir ensemble, tu étais cette petite fille naïve. Je t'ai transformée en *femme*. Tu ne peux pas me balancer ainsi.

Kenna eut envie de crier. Shawn avait toujours rabaissé son amie, essayé de paraître sophistiqué à cause de son âge. Il s'était moqué de la jeunesse de Carly presque dès le début. Oui, elle avait vingt ans de moins que lui, mais aux yeux de Kenna, c'était Carly la plus mature. Le comportement de Shawn ce soir le prouvait.

— Arrête. Nous ne sommes pas sortis ensemble si long-temps et tu ne m'as transformée en rien du tout. Alors je peux tout à fait te rejeter, et c'est ce que je fais, répliqua courageuse-ment Carly en levant le menton.

Elle essaya de retirer le bras de son emprise, mais Shawn la serra plus fort, l'attirant vers lui pour qu'il puisse également saisir son autre bras.

Il la secoua physiquement en disant :

— Espèce de connasse stupide ! Personne ne rompt avec moi !

Kenna en eut assez. Elle avança vers Shawn et essaya de l'écarter de Carly, mais il tenait son amie avec trop de force. Il trébucha et heurta une chaise qu'il renversa avec fracas.

— Lâche-la, ordonna Kenna.

— Je t'emmerde, siffla Shawn en se tournant une fois de plus vers Carly.

Il la secoua encore, avec plus de force, cette fois. Kenna vit la tête de son amie rebondir d'avant en arrière pendant qu'elle luttait pour lui échapper.

Cherchant désespérément à l'aider, elle fit un pas vers eux, mais un bras passa soudain autour de sa taille et la tira en arrière, l'écartant de Shawn et Carly.

Elle lutta un instant, puis elle entendit une voix grave dans son oreille.

— Aleck et Jag s'en occupent.

En tournant la tête, elle vit que c'était Mustang qui l'avait écartée de l'affrontement. Midas était de l'autre côté, tout raide, comme s'il était prêt à intervenir si Shawn se retournait contre elle.

Elle vit que pendant les quelques secondes où elle avait détourné l'attention de son amie, Marshall et Jag avaient obligé Shawn à lâcher Carly. Jag avait un bras autour des épaules de Carly et il l'accompagnait à l'écart du bar.

— Nous n'en avons pas fini ! cria Shawn à Carly quand elle s'éloigna vite.

— Oh que si, lui dit Marshall.

Il fit tourner Shawn sur lui-même, tordant son bras dans son dos et le remontant pour le mettre dans une position très inconfortable.

— Lâche-moi, connard ! cria Shawn.

— Non, répondit Marshall calmement. Pas avant que les flics arrivent.

— Les flics ? C'est n'importe quoi ! dit Shawn en essayant d'échapper à l'emprise de Marshall qui le tenait bien. J'ai rien fait. Je discutais simplement avec ma petite amie.

— Elle n'est pas ta petite amie, grogna Kenna qui ne put s'en empêcher.

— Si, insista Shawn.

— C'est un débat stérile, l'interrompit Marshall. On ne lève jamais la main sur une femme. Jamais.

— Je ne lui faisais pas mal.

— Ah bon, alors les hématomes qui sont déjà en train de se

former sur ses bras ne viennent pas de toi ? demanda Mustang. Et tu l'as secouée, très fort.

— Je t'emmerde !

— Quelle maturité, maugréa Kenna.

— Les flics sont en route, dit Paulo derrière le bar.

Kenna hocha la tête. Elle savait qu'il y avait un bouton d'urgence derrière le bar pour ce genre de situation, quand les gens devenaient incontrôlables. Elle était ravie qu'il y ait un commissariat de police d'Honolulu pas loin de Duke's. Dans le passé, quand la police avait été contactée, ils étaient toujours arrivés en l'espace de quelques minutes.

— Lâche-moi, enfoiré ! cria Shawn en parvenant à retirer le bras de l'emprise de Marshall.

Mustang attrapa le coude de Kenna et la tira plus loin.

Midas rejoignit Marshall pour maîtriser l'homme énervé et en l'espace de quelques secondes, ils l'avaient allongé sur le sol. Marshall avait un genou sur son dos et il tenait ses deux bras, pendant que Midas tenait ses jambes. Ils n'avaient pas l'air d'avoir besoin de beaucoup d'énergie pour contrôler Shawn. Kenna ne put s'empêcher d'être impressionnée.

— Détends-toi, mon vieux, lui dit Midas.

— Lâchez-moi ! cria Shawn.

— Ça fait quoi d'être manipulé par quelqu'un de plus grand et fort ? demanda Marshall. C'est nul, hein ? Que ressentait Carly à ton avis ?

— Je t'emmerde !

— Apparemment, c'est fini entre elle et toi. Passe à autre chose. Réagir ainsi, ça te fait paraître pathétique, pas macho ou masculin.

— J'ai dit, *je t'emmerde* ! répéta Shawn en continuant à lutter sous les deux SEAL.

Kenna eut envie de lever les yeux au ciel.

Elle remarqua que plusieurs clients avaient sorti leur téléphone et filmaient l'altercation. Elle grimaça. Alani n'allait sans doute pas être trop contrariée, puisqu'il n'y avait pas eu de dégâts au restaurant. Midas et Marshall avaient facilement maîtrisé Shawn et l'avaient empêché de faire davantage mal à Carly, mais ce n'était pas vraiment une bonne publicité pour l'établissement.

Shawn continua à lutter contre leur emprise, vainement, et au bout de cinq minutes, trois policiers arrivèrent. Ils hochèrent la tête en direction de Marshall et Midas et prirent le contrôle de l'homme qui jurait.

Ils essayèrent de lui parler, mais il continua simplement à crier contre tout le monde autour de lui.

— Je vous emmerde tous ! J'ai rien fait de mal ! Je parlais à ma petite amie et ces deux crétins m'ont sauté dessus pour aucune raison valable. C'est eux que vous devriez arrêter, pas moi ! Savez-vous qui je suis ? Je connais le gouverneur ! Si vous ne me lâchez pas, je vous retirerai vos putains de badges !

Deux des policiers conduisirent Shawn hors du bar et à travers le restaurant. Ensuite, et seulement alors, Kenna lâcha un soupir de soulagement.

Dès que Shawn eut disparu, Marshall fut là. Il posa les mains sur ses épaules et s'approcha d'elle.

— Est-ce que ça va ?

— Bien sûr. Et toi ?

Il sourit.

— Oui.

— Il n'y a rien de drôle, le gronda Kenna.

Il redevint immédiatement sérieux.

— Tu as raison. Pardon. Mais il faut que tu saches… que maîtriser ce salaud n'était pas vraiment difficile.

Kenna secoua la tête. Évidemment que non. Pas pour le grand méchant SEAL. Elle fut soudain très contente de la présence de Marshall et ses amis.

— Je dois aller voir Carly, dit-elle.

— Jag s'en occupe. Mais si elle ne veut pas porter plainte, j'espère que tu pourras la convaincre du contraire.

— Oh, elle portera plainte, dit Kenna avec assurance.

— Si elle ne le fait pas, je m'en chargerai, dit Alani en s'approchant d'eux. Je l'ai vu la secouer. C'est inacceptable. Merci pour votre aide, dit-elle à Marshall.

— Avec plaisir.

— Monsieur ? Nous avons besoin de vos coordonnées et de votre déclaration, dit le policier. Pouvez-vous rester ici un instant ?

Marshall hocha la tête.

Le policier se tourna ensuite vers Kenna.

— Vous aussi, m'dame.

— Je serai là. Cependant, je dois reprendre le travail, est-ce un problème ?

— Pas du tout. Nous vous ferons savoir quand nous serons prêts pour vous.

— Merci.

Le policier se tourna pour parler à Midas et Kenna regarda Marshall.

— C'est raté pour une nuit de détente, plaisanta-t-elle.

— Est-ce que tu vas bien, vraiment ? C'était assez intense, répondit-il.

— Je vais bien. Shawn ne m'a pas touché.

— Malgré tout, insista Marshall.

Kenna ne put s'empêcher de fondre un peu de l'intérieur en voyant son inquiétude.

— Je vais vraiment bien, lui dit-elle. Je suis *très* contente que tes amis et toi soyez présents. Je ne savais pas ce que je pouvais faire de plus pour qu'il lâche Carly.

— Moi aussi, dit Marshall. L'idée que cet enfoiré s'en prenne à toi va me donner des cauchemars. Puis-je... non, oublie ça.

— Quoi ? demanda Kenna.

— J'allais simplement te demander si je pouvais te serrer dans mes bras, dit Marshall d'un air un peu gêné.

Sans réfléchir, Kenna s'avança. Elle pénétra dans son espace personnel et au bout de quelques secondes, il avait les bras autour d'elle et elle avait le nez enfoui au creux de son cou. Elle soupira en se rendant compte pour la première fois qu'elle avait été très tendue pendant l'altercation.

Elle entendit Marshall inspirer profondément en reniflant ses cheveux.

Elle s'écarta en souriant, mais elle ne quitta pas ses bras.

— Est-ce que tu viens de me sentir ? demanda-t-elle.

— Oui, dit-il sans gêne. Tu sens la noix de coco et la friture.

Kenna éclata de rire. Elle n'aurait jamais cru pouvoir rire si vite après un moment si intense, mais elle commençait à penser qu'avec cet homme, tout était possible.

— C'est ce qui arrive quand on travaille dans un restaurant, lui dit-elle. Même si la noix de coco vient de mon shampooing.

— Ça me plaît, dit simplement Marshall.

Ils se regardèrent longuement avant que Kenna entende Élodie parler à son mari.

— Quel salopard ! Dommage que tu n'aies pas pu lui mettre quelques coups.

Kenna gloussa. Elle approuvait totalement les envies violentes de l'autre femme. Elle regrettait que Shawn ne se soit pas débattu davantage, juste pour que les autres puissent utiliser plus de force pour le maîtriser.

— Je dois vraiment aller voir Carly, dit Kenna. Et m'occuper de mes tables.

Marshall hocha la tête, mais il ne la lâcha pas tout de suite.

— Marshall ? demanda-t-elle.

— Pardon. C'est juste que... je sais que tout est nouveau entre nous, si je peux utiliser le « nous ». Mais quand je l'ai vu saisir Carly et te jeter un regard noir, j'étais tellement pressé de te rejoindre. Et quand tu l'as poussé, je te jure que j'ai vieilli de dix ans.

— Parce que je l'ai poussé ? demanda Kenna sans comprendre.

— Non. Parce que j'avais peur de sa réaction, précisa Marshall.

Kenna se lécha les lèvres.

— J'aimerais qu'il y ait un « nous », lâcha-t-elle.

— Bien.

Marshall laissa lentement tomber ses bras et fit un pas en arrière.

— Va faire ce que tu dois faire.

— Tu ne pars pas encore, n'est-ce pas ? ne put s'empêcher de demander Kenna.

— Non. Nous allons rester par là. Je dois faire ma déclaration aux policiers, tout comme les autres, et je suis certain qu'Élodie et Lexie voudront aussi témoigner. Je vais être ici pendant un moment.

— D'accord. Je te parlerai tout à l'heure.

Marshall hocha la tête.

Ce fut plus difficile que d'habitude pour Kenna de partir à la cuisine, où elle avait vu Jag conduire Carly. Elle pouvait affirmer sans craindre de se tromper que Marshall lui plaisait. L'avenir allait dicter la suite, mais pour la première fois depuis longtemps, il lui tardait d'apprendre à connaître un homme.

CHAPITRE CINQ

Aleck regarda sa montre. Vingt-deux heures quarante-sept. D'une certaine façon, la soirée semblait s'être déroulée extrêmement lentement, mais en réalité, il avait passé moins de quatre heures ici. Pendant ce temps, ses émotions avaient eu des hauts et des bas. L'anticipation, l'excitation, la satisfaction, la confusion, l'horreur, le soulagement... il avait ressenti tout cela et bien plus en l'espace de quatre heures.

Il trouvait que Kenna avait du mérite. Elle semblait vite se remettre de ce qui était arrivé, mais il supposa qu'elle y était obligée. Elle souriait et riait avec les gens assis à leurs tables, et elle agissait comme la professionnelle qu'elle était.

En l'observant, Aleck se rendit compte une fois de plus qu'il avait été très injuste. Il s'était vraiment demandé si ses parents étaient ennuyés parce qu'elle était « seulement » une serveuse. Ce n'était que quand elle avait fait remarquer que sa question était grossière, sans réellement le dire de cette façon, qu'il avait compris avoir merdé.

Heureusement, Kenna semblait l'avoir pardonné. C'était fou comme il était soulagé. Il ne l'avait rencontrée que... aujourd'hui ? Était-ce vraiment ce matin seulement qu'elle lui avait sauté dessus dans l'eau ? Elle avait une personnalité si charmante et l'alchimie entre eux lui donnait l'impression qu'ils se connaissaient depuis bien plus longtemps.

Il avait été impressionné par la façon dont elle avait réagi avec ce crétin de Shawn. Il n'avait pas compris ce qu'il se passait jusqu'à ce que Jag dise quelque chose et se lève. Quand il avait vu Kenna essayer de retirer les mains de Shawn de son amie – avant de le pousser –, il avait presque eu une crise cardiaque.

Il était évident que Shawn n'avait pas bien pris les actes de Kenna, et d'après son regard, Aleck pensa qu'il était prêt à la repousser à son tour. Toutes sortes de scénarios horribles lui étaient passés par la tête pendant qu'il se précipitait vers le bar.

— Salut.

Un seul mot suffit à tirer Aleck de ses pensées et à le focaliser sur elle.

Jag et lui avaient attendu Carly et Kenna devant le restaurant. Midas et Mustang avaient ramené leurs femmes à la maison quelques minutes plus tôt.

— Salut, répondit Aleck en dévisageant soigneusement Kenna.

Elle semblait aller bien. Fatiguée, mais pas paniquée. C'était un soulagement.

— Merci à tous les deux de nous raccompagner à ma voiture, leur dit Kenna.

— Il était impensable que nous vous laissions vous rendre dans un parc de stationnement sombre après ce qui est arrivé, lui dit Aleck avec sincérité.

Elle fronça les sourcils.

— Que vous nous laissiez ? demanda Kenna.

Aleck soupira.

— Je vous laisse discuter, nous allons marcher jusqu'à la voiture, dit Carly avec un sourire fatigué.

La résilience de Carly prouvait qu'elle semblait aller bien, elle aussi. Elle se dirigea vers la rue avec Jag à ses côtés. Son ami avait été relativement silencieux après s'être assuré que

Carly allait bien. Jag n'était pas très bavard en temps normal, mais il l'avait été encore moins au cours de l'heure précédente.

— Je suppose que je devrais dire que ce n'est pas ce que je pensais... commença Aleck.

— Mais ce n'est pas le cas, n'est-ce pas ? dit Kenna.

— Non. Écoute, je ne dis pas que tu n'es pas parfaitement capable de prendre soin de toi-même. Mais le fait est que je suis plus fort que toi. Tout comme cet enfoiré de Shawn. C'est une brute typique. Il recule quand il est confronté à quelqu'un de sa taille, quelqu'un de plus fort, mais ça ne le gêne pas du tout de maltraiter Carly ou toi. J'ai bien conscience que nous venons de nous rencontrer, et que tu prends soin de toi depuis des années. Mais quand j'ai vu cet enfoiré te jeter un regard, tout ce que j'ai pu penser, c'était que je devais m'assurer qu'il n'ait pas l'occasion de te faire quoi que ce soit. Je ne suis pas du genre à simplement tourner le dos à une personne ayant besoin d'aide. Alors oui, je n'allais pas *laisser* Carly et toi traverser un parking sombre jusqu'à ta voiture alors que nous ne savons pas où il se trouve.

— Il est sûrement encore au commissariat, dit Kenna.

— Peut-être. Peut-être pas.

Aleck baissa la voix.

— Je n'essaie pas de te contrôler, je te le jure.

Kenna le dévisagea un instant avant de hocher la tête.

— Je sais. Je suis désolée. C'est moi qui ne suis pas raisonnable. En réalité, je suis reconnaissante que ton ami et toi soyez ici. En général, Paulo ou Justin me raccompagnent à ma voiture après le travail, mais t'avoir ici, c'est...

Aleck leva un sourcil quand elle ne finit pas sa phrase.

— C'est ? demanda-t-il.

— Agréable.

— Allez, viens, dit-il en montrant le chemin devant lui. Je suis sûr que tu dois être épuisée.

Kenna lui sourit légèrement en hochant la tête.

— Oui.

Ils marchèrent côte à côte jusqu'à la rue où ils tournèrent à droite. Ils virent Carly et Jag devant eux, et il y avait pas mal de monde sur les trottoirs, même à cette heure avancée.

Le silence entre eux était confortable plutôt que gênant, mais Kenna finit par le rompre.

— Ce soir a été… intéressant.

Aleck ricana.

— On peut le dire comme ça.

Kenna lui rendit son sourire.

— Je…

Elle marqua une pause avant de marmonner :

— Mince.

— Quoi ?

— J'espère qu'après tout ce qui est arrivé, tu voudras quand même bavarder ?

Aleck la regarda.

— Bavarder ? Oh oui, assura-t-il. Tu es la personne la plus intéressante que j'ai rencontrée depuis longtemps, Kenna. Je veux absolument « bavarder » davantage avec toi.

— Bien. Moi aussi.

Sans réfléchir, Aleck lui prit la main. Elle ne s'écarta pas quand il enroula les doigts autour des siens. Et ils arrivèrent bien trop tôt au parking où ils montèrent dans l'ascenseur avec Carly et Jag jusqu'à l'étage où Kenna avait laissé sa voiture.

Elle les guida vers une Chevrolet Malibu marron qui avait connu des jours meilleurs. En se disant qu'il ne voulait pas exagérer, Aleck refusa de faire un commentaire sur le véhicule amoché.

Comme si elle avait lu dans ses pensées, Kenna dit :

— Son état est meilleur que son apparence. J'ai un très bon mécanicien qui me permet de continuer à la faire rouler. De plus, personne ne voudra la voler.

— C'est certain, maugréa Jag.

Kenna se contenta de glousser.

— Merci pour l'aide de ce soir, dit Carly en parlant pour la première fois depuis qu'ils étaient tous montés dans l'ascenseur ensemble.

— Avec plaisir, dit Jag.

— C'est normal, ajouta Aleck.

— La première chose à faire demain matin, c'est demander une ordonnance restrictive, ordonna Jag.

— Je vais le faire.

— Ça ne me gênerait pas que tu me tiennes au courant, lui dit Jag.

Carly sembla hésiter. Puis, même si Aleck et Kenna étaient là, elle lâcha :

— Je ne cherche pas un autre petit ami.

Jag eut le mérite de ne même pas grimacer.

— Et un ami ?

Le visage de Carly montra qu'elle était sceptique. Elle se tourna et regarda Aleck.

— A-t-il déjà eu une amie femme auparavant ?

Aleck fut immédiatement mal à l'aise. Il ne voulait pas enfoncer son ami, mais non, à sa connaissance, Jag n'avait jamais eu d'amie féminine. Il n'avait même pas d'amis du tout, en dehors des membres de l'équipe.

Extérieurement, Jag semblait aimable et facile à vivre, mais il était le plus intense – et le plus mortel – de tous les membres de l'équipe.

— C'est bien ce que je pensais, dit Carly quand Aleck mit trop longtemps à répondre.

— Si Jag prétend qu'il est d'accord pour être ton ami, tu peux totalement lui faire confiance, dit-il vite.

— Et je pense qu'il a prouvé ce soir que tu peux compter sur lui, ajouta Kenna.

— Très bien, soupira Carly. Mais aux premiers signes que tu veux franchir cette limite, ce sera fini, l'avertit-elle.

— Merci. Tu ne le regretteras pas, lui dit Jag.

Kenna laissa échapper un petit gloussement.

— Quoi ? demanda Carly.

— Je ne pensais pas voir le jour où tu devais prévenir quelqu'un de ne pas trop s'attacher à toi, expliqua Kenna.

Carly rougit.

— Ce n'était pas ce que je voulais dire.

— Je sais, dit Jag. Allez, viens, installe-toi.

Il jeta un regard vers Aleck, puis il reporta son attention sur Carly.

— Tu dois rentrer chez toi. Tu as eu une soirée difficile.

Aleck hocha la tête vers son ami et entraîna Kenna vers le côté conducteur de la voiture. Il tourna le dos à Carly et Jag et lui serra la main.

— Tu es sûre que ça va ? demanda-t-il.

— Je vais bien, le rassura-t-elle. Ce n'était pas contre moi que Shawn était énervé ce soir.

— Eh bien, il ne l'était pas au début, répondit sévèrement Aleck.

— Oui, il n'a pas été ravi par moi, hein ?

— Non. Mais d'un autre côté, il ne semble pas être très impressionné par les femmes qui ont ne serait-ce qu'une petite touche d'indépendance dans leurs veines.

Ils entendirent la portière se fermer de l'autre côté de la voiture et Aleck se tourna pour voir Jag hocher le menton dans sa direction avant de repartir vers les ascenseurs. Ils faisaient du covoiturage jusqu'à la base, et Aleck supposa qu'il allait l'attendre sur le trottoir.

Incapable de s'en empêcher, il leva sa main libre et fit courir le dos de ses doigts sur la joue de Kenna. Il sentit son pouls accélérer quand elle inclina la tête contre sa main.

— Quand puis-je te revoir ? demanda-t-il.

— Je ne sais pas trop. Je vais accompagner Carly demain pour faire la demande de l'ordonnance d'éloignement, puis je travaille demain soir. J'ai des courses à faire ce week-end également. Quel est ton planning ?

— Plus ou moins huit heures à dix-sept heures, avoua Aleck. Je fais du sport avec l'équipe et parfois nous avons un entraînement, comme ce matin. S'il y a un incident, nous avons parfois des réunions tardives.

Kenna fronça les sourcils.

— Quand je fais les dîners – et je ne fais presque que ça –, je dois être ici aux alentours de seize heures.

— Nous allons trouver, lui dit Aleck. Si tu penses que je vais laisser quelque chose comme mon planning de travail m'empêcher de mieux te connaître... tu as tort.

Elle lui sourit.

— Mes dimanches sont libres. Comme je travaille depuis longtemps chez Duke's, je peux demander à ne pas les faire.

— Moi aussi, répondit Aleck en lui souriant à son tour. Sauf quand je suis en mission.

— Ça arrive souvent ?

Aleck haussa les épaules.

— Assez.

— Très bien, alors, euh, tu veux faire quelque chose dimanche ? demanda-t-elle. Pas celui-ci, parce que j'ai des courses à faire et je veux traîner avec Carly et m'assurer qu'elle va bien, mais le suivant ?

— Oui, répondit Aleck sans avoir besoin d'y réfléchir.

— Génial.

— Oui. Génial. En attendant, est-ce que ça te dérange si je t'appelle ? Je sais que tu travailles le soir, mais je pourrais t'appeler pendant la pause déjeuner... si ça te convient.

— Très bien. Et aimes-tu les textos ? J'avoue que moi oui, lui dit-elle.

— J'ai comme l'impression que moi aussi, maintenant, fit-il remarquer avec un autre sourire.

— Ignore-moi si ça devient trop pénible.

— Jamais.

— Ne parle pas trop vite, dit-elle en gloussant.

— Non. Si tu m'envoies un texto, ça signifie que tu penses à moi et que tu veux partager quelque chose. Comment pourrais-je être irrité en sachant que tu m'as contacté parce que j'étais dans tes pensées ?

Elle rougit.

— Eh bien, quand tu le formules de cette façon...

— J'ai fréquenté pas mal de femmes, dit Aleck en continuant vite à parler quand elle fronça les sourcils. Certaines étaient avec moi simplement parce que j'étais un SEAL. D'autres espéraient se marier pour être tranquilles à vie... parce que soyons clairs, l'armée a des avantages. Quelques-unes voulaient juste passer du bon temps. Et deux autres étaient avec moi pour une autre raison... dont nous pourrons parler plus tard. Mais aucune d'entre elles ne m'a fait ressentir la même chose que toi après juste une journée.

Aleck savait qu'il était mièvre, ce qui ne lui ressemblait pas du tout. Il était le monsieur-je-sais-tout, le blagueur. Mais avec elle, il semblait incapable de jouer son rôle.

— Tu me plais, Kenna Madigan. Et même si je ne peux pas te répondre tout de suite par texto si je suis en réunion ou autre, sache que voir un message de ta part sur mon écran me fera sourire et que je serai toujours content d'avoir de tes nouvelles.

Elle le regarda pendant un moment.

— Une autre raison ? demanda-t-elle. Dois-je m'inquiéter ?

— C'est tout ce que tu as retenu ? dit-il en riant.

— Hé, j'ai appris à écouter les détails. C'est généralement le plus important.

— Non, tu n'as pas à t'inquiéter. Pas du tout.

Aleck regarda sa montre avant d'annoncer :

— Nous nous connaissons depuis trois virgule deux secondes, et nous avons déjà eu pas mal de drames. Gardons les autres révélations pour plus tard.

— D'accord, dit Kenna. Moi aussi, j'ai fréquenté pas mal d'hommes, et la plupart cherchaient juste du sexe régulier. Ou bien ils pensaient m'apprécier jusqu'à apprendre à me connaître. Ou bien ils souhaitaient que je sois plus... dépendante d'eux. Je suis indépendante et ça me plaît. Je suis une extravertie qui aime rencontrer de nouvelles personnes. J'aime mon travail, comme tu le sais, et je n'ai pas du tout l'intention de le quitter et de devenir une mère au foyer. Ce n'est pas un rôle que je méprise, mais il n'est pas pour moi. La partie au foyer, pas la partie mère.

— Tu veux des enfants ? lâcha Aleck.

Elle haussa les épaules.

— Oui. Un jour.

Pendant une fraction de seconde, il ne put chasser de sa tête l'image de Kenna enceinte. Une image encore plus folle que toutes les autres folies de la soirée. Malgré tout...

— Marshall ? demanda-t-elle.

— Oui ?

— S'il te plaît, ne sois pas un taré.

Il éclata de rire.

— Je ne le suis pas.

— Promis ?

— Promis.

— Si ça ne marche pas entre nous, tu ne vas pas être tout... bizarre... n'est-ce pas ?

— Si tu veux dire bizarre comme l'a été Shawn ce soir, alors non. Je n'ai pas du tout envie de pourchasser une femme si la relation ne fonctionne pas, particulièrement si elle ne veut pas de moi. Et même si je tombe follement amoureux de toi, mais que ce n'est pas réciproque, je jure de ne pas être... bizarre... si tu romps avec moi.

Kenna hocha la tête.

— D'accord.

Elle regarda la voiture derrière lui avant de plonger son regard dans le sien.

— Je dois partir. Ramener Carly chez elle.

— Oui.

Aucun d'eux ne bougea.

Aleck eut envie de se pencher et d'embrasser la femme

intrigante devant lui, mais il savait que c'était trop tôt. Il se contenta de lui serrer la main.

— Fais attention en voiture. Est-ce présomptueux de ma part de te demander de me prévenir quand tu seras rentrée chez toi ?

— Seulement si tu fais pareil, dit Kenna.

— Marché conclu.

Bizarrement, personne ne lui avait jamais demandé de prévenir en arrivant chez lui en sécurité. C'était peut-être parce qu'il était un homme. Peut-être parce qu'il était un SEAL. Mais il devait admettre que son inquiétude était agréable.

Il se força à lui lâcher la main et il attrapa la poignée de sa voiture. Il l'ouvrit et se pencha quand elle fut installée.

— Faites attention, mesdames. Carly, je suis ravi que tu ailles bien. Et je tiens à préciser... que tu seras *toujours* en sécurité avec Jag. C'est quelqu'un de bien.

— C'est juste que je ne voudrais pas qu'il se fasse des idées, répondit-elle doucement.

— Il fera comme toi, la rassura Aleck.

Et c'était vrai. Ça ne voulait pas dire qu'il n'allait pas tenter de la faire changer d'avis au sujet d'être seulement des amis. Son coéquipier n'arrivait pas à arracher le regard à Carly et ses amis l'avaient remarqué tout de suite.

Heureusement qu'il avait pris Carly à l'écart pour la garder en sécurité, parce que si Jag était resté pour s'occuper de Shawn, ça ne se serait pas bien passé. Aleck en était certain.

— Merci de nous avoir raccompagnées à la voiture, dit Kenna.

— Avec plaisir. À plus tard.

Kenna hocha la tête et une fois de plus, Aleck dut se forcer à ne pas se pencher pour poser ses lèvres sur les siennes. Il ferma la portière et enfonça les mains dans ses poches. Il hocha la tête en direction des femmes et marcha vers l'ascenseur.

Merde. Il était foutu.

Il avait vu ce qui était arrivé à Mustang. Et puis Midas. Et maintenant, il agissait comme ses amis après avoir rencontré Élodie et Lexie, respectivement. Mais au lieu d'être paniqué, cela le remplit de contentement.

Il était difficile de croire que vingt-quatre heures auparavant, il ne connaissait pas l'existence de Kenna. C'était comme si toute la trajectoire de sa vie avait changé depuis qu'il l'avait rencontrée. Cela paraissait ridicule et il savait, mais ça lui était égal.

Ça ne fonctionnerait peut-être pas entre Kenna et lui. Ils avaient encore beaucoup de choses à apprendre l'un sur l'autre. Mais Aleck avait l'impression d'être parti pour une relation de longue durée... et ça lui convenait tout à fait.

En souriant, il salua Jag et ils longèrent le trottoir jusqu'à un autre parking où Aleck avait laissé sa jeep. Ils restèrent silencieux, perdus dans leurs pensées. Ce soir-là, les choses avaient changé pour tous les deux, et cela faisait réfléchir.

CHAPITRE SIX

Une semaine.

C'était le temps écoulé depuis que Kenna avait vu Marshall pour la dernière fois et elle ne tenait plus en place à l'idée de le rejoindre plus tard dans la matinée.

Même si elle ne l'avait pas vu, ils avaient parlé tous les jours. Elle lui avait envoyé un texto en rentrant chez elle après sa journée de travail infernale et dix minutes plus tard, elle avait reçu une réponse. Il lui avait également fait savoir qu'il était rentré chez lui. Même s'il était tard, ils avaient parlé en échangeant par textos pendant encore trente minutes avant qu'elle aille se coucher.

Quand elle s'était réveillée le lendemain matin, Marshall lui avait déjà laissé un message pour lui souhaiter une bonne journée.

Elle n'avait pas menti, elle aimait les textos. Elle aimait utiliser des emojis et jusqu'ici, il n'avait pas semblé ennuyé par la fréquence avec laquelle elle lui envoyait des messages. Kenna repensa au parking, où il avait avoué qu'il aimait l'idée de recevoir des textos de sa part, car cela signifiait qu'elle pensait à lui.

Il n'avait pas tort.

En réalité, Kenna pensait tout le temps à Marshall. Il l'intriguait. Elle avait rencontré bon nombre d'hommes et de femmes de l'armée chez Duke's, mais quelque chose chez Marshall, et ses amis, d'ailleurs, semblait différent. Plus intense. C'était sans doute parce qu'ils étaient des SEAL de la Navy, mais elle ne pensait pas que ce soit la seule raison.

Ils étaient très protecteurs – il suffisait de se rappeler la vitesse avec laquelle Mustang était venu jusqu'à elle et l'avait écartée de Shawn, la rapidité avec laquelle Jag avait tiré Carly des griffes de Shawn, et la facilité avec laquelle Marshall et Midas l'avaient maîtrisé. Mais c'était plus que ça.

Ils étaient bons. Kenna aurait parié sa vie dessus. Elle était assez bonne juge de caractère. Elle avait appris à cerner les clients en un coup d'œil après des années de service. Elle savait qui étaient les touristes, qui ne donnait sans doute pas de bons pourboires, et quels clients allaient être pénibles. Et elle avait rarement tort.

Marshall aurait pu râler parce qu'elle avait interrompu sa séance d'entraînement. Il aurait pu crier, lui dire de dégager. Il aurait pu être fâché de s'être rendu chez Duke's en s'attendant à un rendez-vous alors qu'elle travaillait. Il aurait pu ne plus vouloir côtoyer Carly et elle après ce qui était arrivé, décidant que toute la situation était simplement trop compliquée. Mais ça ne semblait pas être le cas.

Kenna savait qu'en général les hommes étaient doués pour cacher leur folie. Les tueurs en série ne portaient pas vraiment un panneau avertissant les autres de se tenir à l'écart. Elle avait vu assez de séries policières pour savoir que la plupart des gens ayant fréquenté un tueur disaient quelque chose du genre « il avait l'air si normal ».

Même si Marshall n'était peut-être pas parfait, il était certainement l'homme le plus intéressant qu'elle ait rencontré depuis longtemps. Et pour une raison insensée, il semblait l'apprécier. Kenna ne pensait pas qu'elle ne méritait pas d'être appréciée. Pas du tout. Mais sa vie amoureuse avait été assez pathétique récemment, alors c'était agréable – très agréable – de voir qu'elle plaisait tant à Marshall.

Elle était enthousiaste de le rejoindre près de la base navale aujourd'hui, où il allait lui faire faire une visite. Ils n'avaient pas beaucoup de temps, car elle devait travailler ensuite, mais il avait eu la permission de son commandant de prendre quelques heures de congé.

Marshall lui avait proposé de venir en ville pour passer la prendre et la ramener à la base, mais elle avait refusé. Kenna l'aimait bien, mais elle n'était pas prête à lui montrer où elle vivait. Ce n'était pas une bonne idée, même s'il semblait incroyable et qu'elle se sentait en sécurité avec lui.

Son téléphone vibra pour annoncer un texto et elle sourit en voyant le message de Marshall.

Marshall : Il me tarde aujourd'hui. J'ai l'impression de ne pas t'avoir vue depuis un mois.

Kenna : Moi aussi (et s'il te plaît, dis-moi que tu porteras ton uniforme ! Waouh !). Et j'ai le même sentiment.

Marshall : Je porte mon treillis. Rien de spécial.

Kenna leva les yeux au ciel. Les hommes ne savaient pas du tout comme les femmes aimaient un homme en uniforme. Il était impossible d'expliquer pourquoi, du moins pour elle. C'était ainsi. Et il lui tardait de voir Marshall avec le sien. Il était canon en jean et t-shirt noir. Mais en tenue de camouflage ? Elle risquait de défaillir.

Marshall : Tu as perdu ta langue ?

Kenna : J'essaie juste de ne pas baver sur mon téléphone en pensant à toi en uniforme. Aurais-je l'occasion de te voir en uniforme blanc un de ces jours ?

Marshall : Je suis sûr que ça peut être arrangé. ;)

Merde, venait-il d'utiliser l'emoji du clin d'œil ? Kenna ne pouvait s'arrêter de sourire.

Kenna : Tu es sûr d'avoir encore le temps de me faire visiter aujourd'hui ?

Marshall : Tout à fait. Il faudrait la troisième guerre mondiale pour m'empêcher de venir à notre rendez-vous aujourd'hui.

Kenna : C'est donc un rendez-vous ?

Marshall : Oui.

Un seul mot. Kenna entendit presque sa réponse pleine d'emphase.

Kenna : Cool. Alors je te rejoins au stationnement du mémorial de Pearl Harbor dans une heure ?

Marshall : Je peux toujours venir te chercher, si tu veux.

Kenna : Je sais et j'apprécie. Mais... même si nous avons beaucoup parlé cette semaine et même si je t'apprécie, je ne suis pas encore à l'aise à l'idée de te dire où je vis. Désolée.

Marshall : Ne t'excuse pas. Moi non plus, je ne suis pas encore à l'aise à l'idée que tu saches où je vis.

Kenna ne savait pas s'il plaisantait ou pas. C'était difficile à déterminer par texto. Et comme il n'avait pas utilisé d'emojis pour l'aider à comprendre, elle décida de passer à autre chose.

. . .

Kenna : Tu as une jeep jaune, n'est-ce pas ?

Marshall : Oui. Je t'envoie un message en arrivant. Je ne voudrais pas que d'autres types avec des jeeps jaunes me piquent mon rendez-vous.

Kenna lui envoya un emoji levant les yeux au ciel.

Kenna : Je ne suis pas sûre que tu as à t'inquiéter pour ça.

Marshall : Dommage pour eux. Je dois partir. Je te vois dans une heure. Fais attention sur la route.

Kenna : Promis. À plus tard.

Marshall : À plus.

Kenna se rassit sur son canapé et ne put s'empêcher de sourire. Une des choses qu'elle aimait le plus chez Marshall, c'était sa façon de la faire rire. Il la rendait simplement heureuse, ce qui était très agréable.

Il avait également montré qu'il savait bien écouter. Un soir, quand elle était rentrée du travail et après une journée particulièrement difficile avec des cons une table après l'autre, elle lui avait envoyé un court message pour dire qu'elle était fatiguée et lui souhaiter bonne nuit. Il avait immédiatement répondu en demandant s'il pouvait l'appeler.

Ils avaient fini par discuter plus d'une heure. Kenna avait parlé sans s'arrêter des parties les plus frustrantes de son travail et des différentes façons dont les gens agissaient comme des crétins. Il ne l'avait pas remballée ni fait des plaisanteries. Il l'avait écoutée. Puis il avait partagé quelques-unes de ses mauvaises expériences avec les humains.

Elle s'était sentie encore plus proche de lui.

Mais en général, quand ils se parlaient ou s'envoyaient des

messages, ils étaient légers et drôles, la faisant sourire comme maintenant.

En sachant qu'elle devait se préparer à partir, Kenna posa le téléphone sur le côté et se leva. Elle allait se faire un sandwich grillé au fromage avant de se changer. Marshall et elle n'avaient pas parlé de déjeuner, et il n'en avait peut-être pas le temps. Elle voulait voir la base autant que possible. Elle était peut-être capable de se faufiler sur des plages privées, mais entrer dans la base navale sans escorte ou sans identifiant militaire n'était pas possible. Elle ne voulait pas se faire arrêter, après tout.

* * *

Une heure plus tard, Kenna sortit de sa Malibu quand une jeep jaune vif se gara derrière elle. Marshall avait envoyé un texto quelques minutes auparavant, comme promis, ce qu'elle appréciait aussi... quand il promettait de faire quelque chose, il le faisait.

— Salut, dit-elle en sortant de sa voiture.

Même si elle s'était attendue à ce qu'il reste dans sa voiture pendant qu'elle le rejoignait, Marshall sortit pour la saluer. Elle eut le souffle coupé un instant quand il frôla sa joue avec les lèvres.

— Salut. Tu es magnifique.

Kenna ne s'était pas attendue au baiser, mais il lui sembla naturel. Il s'écarta immédiatement et ne l'envahit pas, ne la mit pas mal à l'aise.

— Merci.

Elle avait fait de son mieux pour soigner son apparence aujourd'hui. La première fois qu'elle l'avait vu, elle était à moitié nue en short et brassière, et la deuxième, elle portait son uniforme de serveuse avec un short kaki et un t-shirt Duke's. Aujourd'hui, elle avait mis un short en jean et un t-shirt au col en V qui montrait son décolleté. Avec goût, bien sûr. Normalement, elle vivait en tongs quand elle n'était pas au travail ou qu'elle courait, mais parce qu'elle ne savait pas s'ils allaient beaucoup marcher, elle avait mis des tennis. Elle avait gardé les cheveux détachés, mais elle avait un élastique dans son sac au cas où il ferait trop chaud.

Dans l'ensemble, Kenna était très satisfaite de ses efforts et elle était heureuse que Marshall les remarque.

— Merci, lui dit-elle en faisant passer une mèche de ses cheveux derrière son oreille. Toi aussi.

Et c'était vrai. Marshall portait son uniforme aux couleurs de camouflage de la marine et il était aussi beau qu'elle l'avait imaginé. Ses cheveux sombres étaient un peu ébouriffés et il était rasé du matin même. Elle n'arrivait pas à décider si elle préférait son visage nu ou bien avec une barbe naissante. Puis elle se demanda à quoi il pouvait ressembler avec une véritable barbe. Mais soignée, pas longue et hirsute.

— À quoi réfléchis-tu ? demanda Marshall.

Kenna sut qu'elle rougissait.

— Euh... franchement ?

— Toujours.

— J'essayais de voir à quoi tu ressemblerais avec une barbe.

Marshall eut un sourire en coin et sortit le téléphone de sa poche arrière. Il tapota quelques fois sur l'écran avant de le lui tendre avec un grand sourire.

Kenna regarda l'écran.

— Merde alors, souffla-t-elle.

Elle regardait une photo de Marshall et de ses coéquipiers. Ils étaient tous vêtus de l'équipement militaire complet : camouflage, casque, gilet pare-balles, avec une tonne d'accessoires accrochés à leurs bras, leurs jambes et leur torse. Ils tenaient tous un fusil.

Mais ce qui attira vraiment son attention, c'est qu'ils avaient tous des barbes et des moustaches.

— Ça faisait un moment que nous étions en mission, expliqua Marshall. Nous n'avions pas le temps de nous raser, même si c'était en haut de notre liste de priorités. Quand nous sommes enfin rentrés à la base, un de nos amis a pris cette photo.

Kenna rapprocha le téléphone. Il semblait fatigué sur la photo, mais elle ne pouvait nier que Marshall était *canon* avec son équipement et sa barbe. Elle lui rendit le téléphone.

— J'aime la barbe, mais je crois que je te préfère rasé de près.

— Moi aussi, acquiesça-t-il immédiatement. Avoir une barbe me rappelle trop les choses que j'ai vues et faites en mission.

— Je comprends. Je ne l'ai pas dit avant, mais merci pour ton service dans l'armée. Pour tout ce que tu fais.

Marshall hocha la tête et rangea son téléphone.

— Prête ?

— Oui.

— Je dois te prévenir, dit Marshall lorsqu'ils firent le tour de sa jeep. Je ne sais pas si cette visite va être très passionnante.

— Je ne suis jamais allée sur une base militaire, alors pour moi, c'est cool.

Il lui sourit en ouvrant la portière du côté passager.

Kenna monta et elle fut surprise quand Marshall lui tendit la ceinture de sécurité. Elle l'enclencha pendant qu'il fermait la portière. Il fit le tour et grimpa du côté conducteur.

— Sors tes papiers d'identité. Il me faudra les montrer en passant par le portail.

Kenna fouilla dans son sac et attrapa son permis de conduire.

— Je me suis dit que j'allais commencer par te montrer la base Pearl Harbor-Hickam, puis nous nous rendrons à Ford Island. Je te montrerai un de mes endroits préférés là-bas.

— Super, répondit Kenna.

Elle n'avait pas vraiment réfléchi à ce qu'ils allaient faire dans la base, elle était simplement enthousiaste à l'idée de revoir Marshall et de passer du temps avec lui.

Ils passèrent facilement à l'entrée, puis Marshall

commença à lui faire visiter. Il la conduisit d'abord à travers une des parties résidentielles et elle fut impressionnée par la propreté de l'endroit.

— Vis-tu sur la base ? demanda-t-elle.

— Non.

Elle attendit d'autres explications, mais quand il n'y en eut pas, elle demanda :

— Est-ce parce que tu es célibataire ?

— Pas vraiment. Je veux dire, oui, les marins célibataires ne vivent pas ici dans ces maisons plus grandes, elles sont réservées aux familles, mais j'aime vivre hors de la base. D'une certaine façon, ça me donne l'impression d'avoir une vie.

Il pouffa avant de préciser :

— Ce n'est pas une très bonne explication, désolé.

— Non, je comprends. Je suppose que ce serait comme si je vivais à l'hôtel Outrigger relié à Duke's. J'aurais trop l'impression d'être au travail chaque seconde de chaque jour.

— Exactement, dit Marshall avec un petit sourire. Alors... où vis-tu ?

Sa question n'était pas vraiment subtile, mais elle le pardonna pour cette fois.

— Dans un petit immeuble pas loin de Waikiki. C'est de l'autre côté du canal Ala Wai, mais assez près pour que je puisse aller au travail sans devoir prendre l'autoroute. Et avant que tu deviennes trop excité, ce n'est qu'un immeuble de deux étages, alors non, je ne peux pas voir l'océan depuis mon appartement.

— Je n'allais pas demander ça, dit-il.

— C'est généralement la première chose que veulent savoir les gens à la maison. « Tu vis à Hawaï ? Peux-tu voir l'océan de ton appartement ? » Comme si tout le monde vivant ici avait une parfaite vue de l'océan.

Elle leva les yeux au ciel avant d'ajouter :

— Mais j'ai un très bon propriétaire et mes voisins sont plutôt sympas.

— C'est bien, dit Marshall.

Kenna trouva un peu étrange qu'il laisse tomber le sujet, mais il se souvenait sans doute qu'elle avait été prudente en ne révélant pas où elle vivait. Ce qui lui semblait bête, maintenant. Elle regretta soudain de ne pas l'avoir laissé venir la chercher, elle aurait eu plus de temps avec lui.

Ils passèrent devant un parc pour les chiens et une école élémentaire. Il lui montra la cantine et le BX, le magasin militaire... une sorte d'hypermarché qui vendait tout depuis les choses à grignoter jusqu'aux vêtements et aux outils. Ils roulèrent plus loin dans la base et Marshall lui montra le bâtiment dans lequel il travaillait. Il s'excusa de ne pas pouvoir lui faire faire le tour d'un des navires du port, même si Kenna était fascinée simplement en les voyant.

— La base n'est pas aussi grande que je l'imaginais, lui dit-elle.

— Eh bien, la marine n'a pas besoin d'une base énorme comme l'armée, expliqua Marshall. Notre terrain de jeu, pour ainsi dire, c'est l'océan.

— Oui, ça paraît logique. Ce n'est pas comme s'il vous fallait beaucoup de terre pour faire rouler des tanks et autres.

— Oui. Es-tu prête à te rendre à Ford Island ?

Kenna ne savait pas du tout comment était disposée la base ni ce qu'il y avait sur l'île par rapport à l'endroit où ils étaient maintenant, mais elle hocha néanmoins la tête.

Marshall sourit, comme s'il savait qu'elle ignorait tout cela, mais il fut un gentleman et ne fit pas de commentaire. Ils repartirent par l'entrée, dépassèrent l'accueil des visiteurs de Pearl Harbor et passèrent sur le pont. Elle dut encore montrer ses papiers à un autre check-point, mais ils furent bientôt de nouveau en route.

— J'ai l'impression de faire une visite guidée super top secrète, lui dit Kenna.

Marshall ricana.

— C'est l'impression que ça donne, mais franchement, la base ressemble beaucoup à n'importe quel autre quartier.

Kenna n'en était pas sûre, mais elle ne le contredit pas. Marshall traversa une autre zone résidentielle plus petite que celle qu'il y avait dans la partie principale de la base. Ils passèrent devant un hôtel pour le personnel militaire, un autre parc pour chiens, puis Marshall se gara sur une petite zone de stationnement pour le mémorial de l'USS Utah. Il descendit et la rejoignit à l'arrière de sa jeep. Il lui tendit la main et ils longèrent la passerelle qui conduisait au port. À la fin, il y avait une plaque décrivant ce qui était arrivé au navire lors de l'attaque de Pearl Harbor pendant la Deuxième Guerre mondiale. Elle voyait les restes massifs du navire dans l'eau.

Il n'y avait qu'un seul autre couple là-bas, mais ils partirent peu de temps après l'arrivée de Marshall et Kenna. C'était calme et serein, et Kenna prit le temps de penser aux cinquante-quatre hommes ayant perdu la vie et qui étaient encore ensevelis à bord du navire, sous l'eau. En étant là, elle pensa réellement à ce que Marshall faisait. Il était un SEAL. Il ne restait pas assis derrière un bureau, en sécurité ici à Hawaï. Elle ne savait pas du tout où on l'envoyait ni exactement ce qu'il faisait, mais elle comprit qu'il n'avait pas un emploi sans danger.

Elle se rapprocha et s'appuya contre lui en posant la tête sur son bras.

— Ça va ? demanda Marshall doucement.

Cela semblait plus approprié de chuchoter ici. À l'ombre du navire où des marins comme Marshall avaient perdu la vie.

— J'ai appris l'attaque de Pearl Harbor à l'école, dit Kenna. Et l'holocauste. Et la guerre au Vietnam, et les autres conflits majeurs dans le monde. Mais ils étaient toujours juste des mots sur une page. Des détails à mémoriser pour une évaluation. En me tenant là, en voyant la coque rouillée de ce navire, c'est tellement réel. Et maintenant en te connaissant, et en sachant ce que tu fais, ça me semble juste plus... personnel.

— Je ne t'ai pas conduite ici pour te rendre triste.

— Je sais. Et je ne suis pas triste... pas vraiment, dit Kenna en luttant pour expliquer ce qu'elle ressentait. Ça ne fait qu'une semaine depuis que je t'ai rencontré et je ne suis même pas sûre si notre relation est vraiment définie, mais me tenir ici, lire les informations sur ce qui est arrivé et voir les noms des hommes qui sont morts, cela me rend encore plus inquiète à ton sujet.

Marshall posa le bras autour de ses épaules et la serra contre lui.

— Les circonstances sont très différentes, lui dit-il. Pearl Harbor a été attaquée sans avertissement. Les hommes sur les navires n'ont pas pu faire grand-chose pour se protéger. Mon équipe et moi, nous n'intervenons pas dans des situations sans avoir d'abord fait énormément de recherches.

— Ça ne signifie pas que rien ne peut mal tourner, protesta Kenna.

— Tu as raison. C'est vrai. Mais nous prévoyons toutes les éventualités auxquelles nous pouvons penser. Et, sans vouloir être nonchalant au sujet de ce que je fais, tu pourrais être tuée en roulant dans la rue. Je ne prends pas ma vie pour acquise et je fais le plus possible attention, mais il y a des fois où ça merde. Des accidents, des crises cardiaques, se faire foudroyer. Il y a des centaines de façons différentes dont nous pourrions mourir en marchant dans la rue. Je suis sans doute plus en sécurité avec mon équipe à l'autre bout du monde à la recherche d'un terroriste que tu ne l'es en allant travailler chez Duke's.

Kenna ricana.

— Je n'en suis pas vraiment certaine, mais ce n'est pas entièrement faux.

— Je sais.

Kenna leva les yeux au ciel et se tourna pour regarder Marshall.

— Pardon d'être un peu déprimante.

— Tu n'es pas déprimante. Et pour parler d'autre chose que tu as dit... ça ne me gêne pas si tu n'en es pas encore certaine, mais en ce qui me concerne, nous sortons ensemble.

Kenna eut des papillons dans le ventre.

— Oui ?

— Oui, dit-il avec un sourire. Il me tarde déjà le déjeuner pour que je puisse appeler et entendre ta voix. Je vérifie constamment mon téléphone pour voir si tu m'as envoyé un message et les autres se moquent de moi... mais ça m'est égal. Je ne pense même pas à dormir tant que tu ne m'as pas fait savoir par texto que tu es rentrée en sécurité après le travail.

Kenna adorait tout ça. Elle *adorait*.

— Je ne suis encore jamais sortie avec un militaire, avoua-t-elle. Et puisque nous sommes francs, le fait que tu sois un SEAL me fait peur. Maintenant, je ne peux pas m'arrêter de penser à toutes les choses dangereuses que tu fais.

— Je ne peux rien y faire, sauf te dire que mon équipe et moi ne prenons pas de risques. Particulièrement maintenant que Mustang est marié et que Midas a Lexie. Quand nous sommes envoyés en mission, je ne peux pas te dire où nous allons ni quand nous rentrons. Est-ce un motif de rupture ?

Kenna réfléchit longuement. Intellectuellement, elle savait qu'il ne pouvait pas lui parler de ses missions, mais émotion-nellement, le concept était plus difficile à avaler.

Mais elle pensa alors à la semaine précédente. Comme elle avait ri en parlant avec Marshall. Comme il lui avait donné l'impression d'être importante alors qu'ils ne s'étaient même pas vus. Comme c'était agréable d'avoir quelqu'un qui s'in-quiétait de son bien-être et qui s'irritait pour elle quand elle devait gérer des clients affreux.

Il n'avait pas tort sur les dangers de la vie quotidienne. Marshall aimait ce qu'il faisait, c'était évident. Et elle supposait qu'il était doué. Non seulement ça, mais comme il l'avait dit, son équipe de SEAL était bien préparée quand ils étaient déployés. Ça ne voulait pas dire qu'ils ne risquaient pas d'être abattus, ou de subir une explosion d'une de ces espèces de roquettes... mais elle devait simplement avoir confiance.

— Non, dit-elle en répondant à sa question.

Marshall poussa un soupir de soulagement.

— Ouf !

Il fit semblant d'essuyer la sueur sur son front. Ensuite, il redevint sérieux.

— Parle avec Élodie et Lexie, conseilla-t-il. Elles peuvent te dire comment travaille mon équipe, parce qu'elles l'ont vu de leurs propres yeux. Je suis sûr que ça ne les gênera pas non plus de parler de leurs sentiments quand nous sommes déployés. Une des choses les plus importantes pour une femme de militaire, c'est le système de soutien. Avoir quelqu'un à appeler quand tu as peur ou que tu t'inquiètes. Quelqu'un qui peut s'apitoyer avec toi et être à tes côtés quoiqu'il arrive. Et je peux te dire sans hésiter qu'Élodie et Lexie seront ce genre de soutien pour toi.

Kenna le regarda.

— Tu parles comme si ceci allait devenir une longue relation.

— C'est ce que j'espère. Je ne rajeunis pas, et l'idée de draguer sans lendemain me donne des boutons. Je ne peux pas voir l'avenir. Je ne sais pas où nous serons dans un mois, un an, dix ans, mais je peux te dire ceci : tu n'es pas une passade pour moi, Kenna.

— La plupart des hommes auraient fait une crise cardiaque en parlant d'une relation sur le long terme, ou pire encore, de se marier, après seulement une semaine, dit Kenna.

— Je ne suis pas la plupart des hommes, rétorqua simplement Marshall. Je sais ce qui est important. La famille. Les amis. Les relations. Pas les choses matérielles. Pas être le plus populaire et fréquenter le plus de femmes. Je veux la même chose que mes amis. Je veux rentrer à la maison après une mission en sachant que la femme que j'aime m'attend. En sachant qu'elle sera tout aussi enthousiaste à l'idée de me voir que moi.

— Marshall, chuchota Kenna qui ne savait pas trop quoi dire.

— Pardon. Je n'essaie pas de te faire peur. Mais... oui. En ce qui me concerne, nous sommes ensemble. Nous avancerons petit à petit et nous verrons ce qu'il se passe.

— Bien.

— Bien, répéta-t-il. Es-tu prête à repartir ?

Kenna regarda le gros morceau de métal rouillé dans l'océan devant elle. Elle pouvait craindre de se lancer dans une relation avec Marshall. Elle pouvait le repousser parce qu'elle avait peur qu'il soit blessé, ou d'être émotionnellement blessée elle-même... mais ça ne lui ressemblait pas.

— Oui, dit-elle doucement.

— Bien. Parce que j'ai autre chose d'assez cool à te montrer. Mon endroit préféré sur l'île. Même si je suis un peu nerveux maintenant, après avoir vu ta réaction devant ce mémorial.

— Ne le sois pas. Je ne connaissais même pas l'existence de ce lieu et je suis honorée d'avoir pu le voir, dit Kenna.

— D'accord. Tout va bien ? Tu n'as pas faim ? Pas trop chaud ?

— Ça va. Je ne savais pas si nous allions manger ou pas, alors j'ai mangé un sandwich avant de venir.

Marshall sourit.

— Quoi ? demanda Kenna.

— Tu es tellement... rafraîchissante : tu as faim, tu manges. Tu prévois. Tu ne présupposes rien. Je vois qu'il me faudra travailler dur pour te gâter.

Kenna haussa les épaules.

— Je suis seule depuis longtemps. Et crois-moi, tu n'as pas envie de passer du temps avec moi si j'ai faim. Je me transforme en furie.

— Alors ça, je n'y crois pas, dit Marshall en posant une

main au creux de son dos et en la guidant le long de la passerelle jusqu'au parc de stationnement.

— Je suis sérieuse.

— C'est noté. Je ferai de mon mieux pour avoir de quoi
grignoter, au cas où.

Kenna sourit.

— En général, je prends de quoi grignoter moi-même, l'in-
forma-t-elle.

— Très bien. Dans ce cas, je ferai en sorte de mieux prévoir
nos rendez-vous, en te disant si je vais te nourrir ou pas.

— Maintenant, je me sens coupable. Je ne vais pas dépérir
si je ne mange pas à une heure précise.

— Je sais, dit Marshall lorsqu'ils s'approchèrent de sa jeep.
Nous y voilà.

Il ouvrit à nouveau la portière pour elle et lui tendit la ceinture de sécurité quand elle s'installa. Quand il fut à nouveau
assis au volant, elle lâcha :

— L'autre raison pour laquelle je suis effrayée, c'est parce
que tu sembles si... parfait.

Marshall rit tout bas en démarrant la voiture.

— Je ne suis pas parfait, Kenna. De loin.

— Tu as dit tout ce qu'il fallait, tu as ouvert ma portière, et
tu ne m'as pas irrité une seule fois. Ça me rend nerveuse.

— J'ai été élevé de sorte à traiter ma petite amie comme si
c'était la personne la plus importante sur terre. Mon père m'a
appris l'importance des petites choses dans une relation. Bien
sûr, les grands gestes sont agréables, mais ce sont les petites
attentions quotidiennes qui font la différence. Ouvrir la porte
pour toi, te tendre la ceinture de sécurité afin que tu n'aies pas
besoin de te tordre en arrière pour l'attraper, te tenir la main...
tout cela est facile. Je sais que je finirai par t'irriter. C'est inévi-
table. J'espère seulement que les petites choses compenseront.

Kenna eut l'impression que oui.

— Et toi ? demanda-t-il.

— Moi, quoi ? demanda Kenna sans comprendre.

— De mon point de vue, tu es plutôt parfaite, toi aussi. Tu as sauté dans l'océan pour me sauver quand tu as cru que je me noyais, tout le monde chez Duke's te respecte et t'apprécie, tu as écouté ton cœur alors que ça devait sans doute être effrayant de quitter ton travail et de déménager à Hawaï. Tu es belle, drôle, et tu as réussi à me faire apprécier les textos.

Kenna rit.

— J'ai compris. Je ne suis pas parfaite non plus, Marshall.

— D'accord. Alors, nous ne sommes pas parfaits, nous allons merder, mais nous construisons une base solide pour pouvoir supporter les tempêtes qui arriveront un jour ou l'autre, résuma Marshall d'un ton pragmatique.

Quand il présentait les choses de cette façon, Kenna ne pouvait pas contredire son argument. Et étonnamment, sa crainte qu'il la roule dans la farine en cachant sa véritable nature fut apaisée.

— Pour info... j'aime que tu ouvres la portière pour moi, dit Kenna.

Marshall haussa les épaules.

— Ce n'est pas le cas de tout le monde. Certains pensent que c'est dévalorisant, comme s'ils n'en étaient pas capables.

— Pas moi. Les petites gentillesses me touchent beaucoup. Au travail, je vois tout le temps le meilleur et le pire des gens. Alors, quand quelqu'un me traite avec respect et amabilité, je le remarque.

Marshall sourit et Kenna eut envie d'arrêter le temps. Cet homme était vraiment très beau. Il était difficile de croire qu'elle était assise ici avec lui et qu'il voulait une relation sérieuse.

Ils firent le tour de l'île et Marshall lui montra le navire-prison où l'on détenait les prisonniers de la marine ; Kai Beach, la petite plage pour les résidents de l'île ; certains des centres d'entraînement et le Musée de l'Aviation de Pearl Harbor. Ils passèrent devant le mémorial du Battleship Missouri, mais au lieu de s'arrêter, il lui dit :

— Nous reviendrons un autre jour, afin que tu puisses monter à bord... si tu en as envie.

— Oh, oui, répondit immédiatement Kenna.

Cependant, elle voulait faire quelques recherches auparavant. Elle se sentait terriblement ignorante quant à l'histoire de son propre pays et elle avait l'impression que l'histoire de l'USS Missouri allait rendre la visite du navire encore plus émouvante.

Marshall s'engagea sur une petite route juste avant le parking du navire de guerre, puis il tourna à droite sur un chemin de gravier. Il gara sa jeep sur le côté et coupa le moteur.

— Es-tu déjà allée au mémorial de l'USS Arizona ?

— Oui, c'est une des premières choses que j'ai faites en déménageant ici, dit Kenna. C'était très émouvant.

— Et ?

Elle ne savait pas trop ce qu'il demandait, mais elle décida d'être franche.

— Et c'était bondé. Un des touristes a vomi pendant le court trajet en bateau jusqu'au mémorial. Les gens parlaient fort et ils étaient assez grossiers.

Marshall hocha la tête comme s'il n'était pas surpris.

— Attends ici, dit-il en sortant de la jeep.

Il fit le tour jusqu'à sa portière et la lui ouvrit en tendant la main. Kenna le laissa l'aider à descendre. Mais au lieu de la lâcher, il serra sa main et commença à marcher vers un tout petit sentier entre les arbres.

Elle le suivit sans poser de questions. Elle supposait que ce n'était peut-être pas très malin de laisser un homme qu'elle ne connaissait que depuis une semaine la guider dans ce qui ressemblait à un bosquet assez touffu, mais elle faisait confiance à Marshall.

Ils ne marchèrent pas très longtemps avant de tourner sur un petit chemin et de passer à travers des buissons. Elle était contente d'avoir mis des tennis à cause de la boue sous ses pieds, et elle baissa la tête en suivant Marshall sans un mot.

Environ vingt secondes plus tard, ils sortirent du sous-bois dans une zone de littoral couverte de cailloux. La marée léchait mollement les pierres et il montra ce qu'il y avait devant lui.

— Voici ma vue préférée du mémorial, dit-il doucement.

En levant la tête, Kenna retint son souffle. Juste devant elle se trouvait le monument de l'USS Arizona. Celui pour lequel elle avait pris un bateau quand elle était venue la première fois. Elle le voyait maintenant depuis l'autre côté. Elle entendait gazouiller des oiseaux et, au loin, des enfants jouaient sur un terrain de jeux, quelque part.

— Viens, assieds-toi, dit Marshall en montrant un grand rocher plat sur la rive.

Sans quitter le mémorial des yeux, Kenna s'installa. Il était évident que Marshall était déjà venu ici. Il s'installa à côté d'elle sur le rocher et elle s'appuya contre lui. Ils ne parlèrent pas, profitant simplement de la vue.

Au bout d'un moment, Marshall prit la parole :

— Je viens ici parfois, quand je suis frustré par la marine. Quand j'ai l'impression que tout ce que je fais ne sert à rien. Je regarde le monument et je me souviens que je fais un travail important. Si nous pouvons éliminer un ennemi qui pourrait venir en Amérique pour essayer de tuer autant de gens que possible, alors ce que je fais en vaut la peine. Si mon équipe et moi pouvons éliminer un chef terroriste ayant l'intention de commettre un sabotage comme celui qui a eu lieu ici en mille neuf cent quarante et un, cela vaut les angoisses et les épreuves. Je ne suis qu'un seul homme, mais c'était aussi le cas de chacun des hommes morts sur ce navire il y a tant d'années. Ils avaient des êtres chers, des doutes, et ils servaient néanmoins leur pays au bord de la guerre. Je les respecte, et être ici m'aide à me stabiliser.

Kenna lui serra la main avec plus de force.

— Je suis fière de toi, lui dit-elle doucement. Tout comme je suis fière de tous ces hommes sous les vagues que je n'ai jamais connus. Ils avaient des familles qui s'inquiétaient pour eux, qui s'inquiétaient de ce que la guerre pouvait signifier pour eux. Même si j'ai l'impression que je ne serai jamais très à l'aise quand je partirai en mission, ça ne veut pas dire que je ne suis pas fière de toi parce que tu le fais.

Marshall hocha la tête.

Ils restèrent un peu plus longtemps sur le rocher, écoutant les vagues éclabousser paresseusement le rivage.

— Es-tu prête à partir ? demanda Marshall.

Elle ne l'était pas, mais Kenna hocha néanmoins la tête. Il devait retourner au travail et ne pouvait pas rester assis ici toute la journée avec elle.

— Merci de m'avoir conduite ici.

— Quand tu veux. Je suis sérieux. Si tu as besoin de faire une pause, dis-le-moi et je te conduirai ici et tu pourras traîner avec mes potes aussi longtemps que tu le veux.

Kenna rit.

— Tes potes ? Qui parle comme ça des morts ?

— Eh bien, personne. Mais ça t'a fait sourire, dit Marshall.

— Effectivement.

Il se leva puis l'aida à se relever. Le sol ne devait pas être droit, parce qu'il semblait plus grand que d'habitude. Il la regarda d'en haut avec une expression intense.

— Quoi ? chuchota Kenna.

— Je veux t'embrasser, mais je cherche à décider si c'est bizarre. Si c'est trop tôt.

— Ce n'est pas trop tôt, l'encouragea-t-elle.

Elle vit ses lèvres esquisser un sourire avant qu'il baisse la tête. Kenna se hissa sur la pointe des pieds pour le rejoindre à mi-chemin.

À la seconde où leurs lèvres se touchèrent, elle sursauta comme si elle avait pris un coup de taser, mais elle ne s'écarta pas.

Bon sang, cet homme était fatal.

Il inclina la tête et une de ses mains vint se poser sur sa nuque. Il ne la saisit pas, ne força pas sa tête d'un côté ou de l'autre ; sa grande paume était juste posée sur sa peau. Elle eut la chair de poule aux bras pendant qu'il l'embrassait lentement et tendrement. Il dégusta sa bouche, et quand elle eut l'impression de devenir folle, il lécha la jointure de ses lèvres.

Elle les ouvrit impatiemment. Même là, il ne devint pas plus agressif. Il enroula lentement sa langue autour de la sienne pendant qu'ils apprenaient ce qu'aimait l'autre. En réalité, Kenna aimait *tout* chez cet homme. Elle enfonça la langue dans sa bouche et il la laissa prendre le contrôle du baiser.

Quand elle eut l'impression d'être sur le point de s'évanouir par manque d'oxygène, Marshall s'écarta enfin. Il garda la main dans sa nuque. Il la regardait comme si elle était une créature mythique.

— Je ne croyais pas que cet endroit pouvait devenir encore plus merveilleux, dit-il. J'avais tort.

Merde. Il lui faisait un effet terrible. Au lieu de répondre, Kenna posa la joue sur son torse et se colla contre lui. Il serra immédiatement les bras autour d'elle. C'était incroyable.

Elle sentit plus qu'elle ne l'entendit soupirer juste avant de s'écarter.

— Tu n'as pas idée comme je déteste dire ça, mais je dois partir, dit-il.

— Je sais. Comment se fait-il que quand quelque chose d'aussi incroyable nous arrive, le temps semble passer à toute vitesse ? Alors que quand les choses tournent mal, le temps s'étire en longueur ?

Marshall ricana.

— C'est vrai. Je le ressens fortement, moi aussi. Parfois, j'ai l'impression que nos missions durent des semaines, alors qu'en réalité il ne s'agit que de quelques jours. Et bien sûr, quand je suis en permission, le temps passe à toute vitesse.

Kenna sourit.

— C'est pareil avec les mauvaises journées de mon travail. Quand j'ai des clients désagréables, ils semblent rester assis à leur table toute la nuit. Et quand j'ai des clients merveilleux et gentils, ils mangent à toute vitesse.

Ils se regardèrent en souriant.

— Sérieusement, merci de m'avoir montré ton endroit si spécial, dit Kenna.

— Avec plaisir.

Marshall se pencha, l'embrassa sur le front, et lui reprit la main en repartant par les buissons jusqu'au sentier et la jeep.

Avant d'y être préparée, elle fut de nouveau assise du côté passager et ils se dirigeaient vers le pont. Souhaitant détendre l'atmosphère, elle demanda :

— Vois-tu souvent Élodie et Lexie ?

— Assez. Pourquoi ? demanda Marshall.

— Je voulais juste leur faire savoir que les gens parlent encore de la serveuse mystérieuse qui a des liens avec *Jurassic Park*. Je crois que Paulo et Kaleen répandent la rumeur chaque fois qu'ils travaillent : c'est incroyable comme les gens ont été plus aimables cette semaine.

— Je vais faire en sorte qu'elles sachent que leur plan a été, et est encore, un succès. Même si je suis certain qu'elles préféreront l'entendre de ta bouche au lieu de la mienne. Je peux te donner leurs numéros.

— Ce serait bizarre, protesta Kenna.

— Non, pas du tout, rétorqua Marshall. Fais-moi confiance, elles aimeront avoir de tes nouvelles.

Kenna ne se sentait pas très à l'aise à l'idée d'envoyer des textos à des personnes qu'elle ne connaissait pas vraiment, mais d'un autre côté, elle avait vraiment apprécié les deux femmes et avait envie de mieux les connaître. En outre, si elle fréquentait vraiment Marshall, elle allait sans doute les voir plus souvent.

— D'accord, ça me plairait.

— Super.

Bien trop tôt, Marshall se gara sur le parking où elle avait laissé sa voiture. Il s'arrêta derrière la sienne et il descendit en laissant tourner sa jeep. Kenna glissa de son siège et le rejoignit à l'arrière. Il l'accompagna jusqu'à sa Malibu et après qu'elle l'eut ouverte et posé son sac à l'intérieur, elle se tourna vers lui.

— J'ai passé un bon moment.

— Moi aussi.

— Comme tu m'as fait visiter aujourd'hui, veux-tu m'accompagner dimanche pour tester une nouvelle plage privée ? lâcha Kenna.

Elle avait cherché un moyen pour l'inviter à sortir, mais elle avait été nerveuse, ce qui lui semblait bête, maintenant.

Il répondit de façon courte et claire :

— Oui. Tu travailles ce soir, n'est-ce pas ? ajouta-t-il.

— Oui.

— Comment va Carly ?

Kenna ne fut pas surprise qu'il demande des nouvelles de son amie.

— Elle va bien. Elle est tendue depuis que l'ordre d'éloignement a été transmis à Shawn, mais elle ne l'a pas revu.

— Bien. Penses-tu qu'il reviendra chez Duke's ? demanda Marshall.

— J'en doute, répondit Kenna avec franchise. Il n'a pas le droit de s'approcher à moins de cent cinquante mètres d'elle, et il y aurait toujours trop de témoins de sa présence s'il venait. Il est plus du genre à essayer de la surprendre chez elle.

Marshall fronça les sourcils.

— Ne t'inquiète pas, un des types du travail la ramène à la maison tous les soirs. Et même si tu le sais sans doute, ton ami Jag l'appelle tous les soirs et reste au téléphone avec elle jusqu'à ce qu'elle soit entrée dans son appartement.

— C'est vrai ? demanda Marshall.

— Tu ne le savais pas ?

— Il ne m'a rien dit.

— Eh bien, il fait ça, et elle ne l'admet peut-être pas, mais je pense que c'est un soulagement pour elle. Quoi qu'il en soit, elle va bien.

Marshall hocha la tête.

— Eh bien, s'il t'arrive de voir cet enfoiré, n'hésite pas à appeler les flics et ils viendront le jeter en prison.

— Promis.

— Tu me fais savoir quand tu arrives chez toi ? demanda Marshall.

Kenna sourit et hocha la tête.

Marshall tendit la main et caressa le côté de sa tête en brossant ses cheveux vers l'arrière.

— Pour info, j'aimerais t'embrasser encore, mais comme je suis en uniforme et que nous nous trouvons dans un lieu public, ce n'est sans doute pas une bonne idée.

— Les marques d'affection en public ne sont pas permises quand tu es en uniforme ? demanda Kenna en fronçant les sourcils.

— Non, ce n'est pas ça. Mais tes lèvres sont une drogue et je ne serai sans doute pas capable de m'arrêter.

Kenna sourit.

— Oh.

— Oui, oh. Puis-je passer te chercher dimanche ? Où veux-tu que je te rejoigne quelque part ?

— Si ça ne te dérange pas trop, tu peux passer me chercher, lui dit-elle en se sentant un peu timide.

Lui donner son adresse était une grande étape dans leur relation, qu'il le sache ou pas. Mais elle aurait dû savoir qu'il le comprenait.

— Je te jure que tu ne regretteras pas de me laisser entrer, dit-il en caressant doucement sa joue avec le pouce.

— Onze heures, ça te va ? demanda-t-elle en ne sachant pas trop quoi dire d'autre.

— C'est parfait. Veux-tu que j'apporte le déjeuner ?

Kenna n'avait même pas pensé à la nourriture, mais c'était une bonne idée. Ils allaient ainsi pouvoir traîner sur la plage toute la journée... s'ils ne se faisaient pas jeter.

— Ce serait génial.

— Y a-t-il quelque chose que tu n'aimes pas ? demanda Marshall.

— Pas vraiment. Je veux dire, la plage n'est pas le bon endroit pour les produits de la mer, mais en général, je mange tout.

— D'accord, je trouverai quelque chose de facile à manger qui ne craint pas la chaleur. Kenna ?

— Oui ?

Marshall secoua la tête, comme s'il voulait se raviser.

— Quoi, Marshall ? insista Kenna.

— J'étais sur le point de te dire que je suis très enthousiaste au sujet de ce week-end.

Elle lui sourit.

— Moi aussi, dit-elle doucement. Je ne sais pas ce qu'il y a de différent chez toi, mais j'ai l'impression de te connaître depuis toujours.

— Moi aussi, acquiesça-t-il. Fais attention sur la route et n'oublie pas de m'envoyer un texto en rentrant pour que je sache que tu es bien arrivé.

Kenna hocha la tête, puis elle s'avança vers lui. Elle se hissa encore sur la pointe des pieds et l'embrassa légèrement et brièvement.

— J'ai passé un bon moment aujourd'hui. Merci.

— Je suis simplement heureux que nous ayons plus de temps ce week-end, dit-il.

— Moi aussi.

Marshall s'écarta lentement d'elle, comme s'il était réticent à partir. Kenna connaissait le sentiment. Elle resta à côté de sa voiture jusqu'à ce qu'il soit remonté dans sa jeep. Ce n'est qu'à ce moment-là qu'elle monta dans son propre véhicule. Elle le suivit hors du parking et le salua de la main quand il tourna à gauche et elle, à droite.

Après être arrivée chez elle et avoir envoyé un texto à Marshall pour lui faire savoir qu'elle était arrivée sans problème, elle resta debout au milieu de son appartement, un sourire niais sur le visage. Il y avait quelque chose... d'apaisant... en étant avec Marshall. Elle ne s'inquiétait pas de l'endroit où ils étaient ou de ce qu'ils faisaient, elle avait toujours l'impression qu'il s'occupait de tous les détails. Qu'il faisait en sorte qu'ils soient en sécurité.

Avait-elle déjà ressenti cela avec un homme ?

Elle ne le pensait pas.

En regardant sa montre, Kenna vit qu'il lui restait quelques heures à tuer avant de devoir partir pour le travail. Elle décida de passer le temps en surfant sur le Web et en trouvant la plage parfaite pour ce week-end. Ce devait être un endroit avec de bonnes critiques en ligne, mais pas trop difficile d'accès. Elle ne voulait pas non plus obliger Marshall à rouler jusqu'au North Shore. Même partir vers la côte Est pouvait prendre moment. Elle décida donc de se concentrer sur des plages du côté ouest, près de la base navale. Elle détestait l'obliger à venir la chercher à Waikiki pour revenir d'où il venait, mais avec un peu de chance, elle allait trouver une plage qui en valait la peine.

Le fait que Marshall propose de passer la prendre était très attentionné. D'autant plus si l'on considérait que c'était encore le début de leur relation. Une des choses qu'elle aimait le plus chez Marshall, c'était son côté terre à terre. Être un SEAL impliquait sans doute qu'il gagnait plus d'argent que le marin moyen, mais ce n'était pas sûr. Elle n'en avait aucune idée. Il n'avait peut-être pas beaucoup parlé de l'endroit où il vivait parce qu'il était gêné. Avec un peu de chance, après avoir vu son propre appartement pas très enthousiasmant, il allait se détendre un peu. En dehors de son commentaire un peu snob de la première soirée, il semblait beaucoup lui ressembler... de classe moyenne, avec assez d'argent pour les choses importantes de la vie, mais pas beaucoup plus.

En souriant, Kenna s'assit sur le canapé et alluma son ordinateur portable. Elle se souvenait avoir vu une plage privée parfaite lors d'une recherche précédente. Les appartements de Coral Springs avaient l'air classe et huppés, et la plage était à se damner. Avec Marshall à ses côtés, elle pensait qu'ils allaient peut-être pouvoir s'y faufiler discrètement. En tant que couple, ils allaient davantage passer inaperçus, donner l'impression qu'ils avaient le droit d'être là. Il lui tardait tellement d'être dimanche.

CHAPITRE SEPT

Aleck sourit à son téléphone avant de le ranger dans sa poche.

— Laisse-moi deviner, c'était Kenna, dit Midas avec un sourire.

Aleck haussa les épaules avant de hocher la tête.

— Ça se passe bien entre vous deux, fit remarquer Mustang.

Ce n'était pas une question.

— Oui. Elle est formidable, avoua Aleck.

— Je suis content pour toi, mon vieux, dit Pid.

Ils faisaient une courte pause après les réunions intenses qu'ils avaient eues toute la matinée. Un Américain avait été jeté en prison en Iran pour une loi qu'il avait prétendument enfreinte. Les discussions pour sa libération avaient fini par échouer. Maintenant, il était question d'autres possibilités : à savoir l'envoi des forces spéciales pour faire évader le prisonnier. Mais se rendre en Iran sans l'approbation du gouvernement était très risqué. L'équipe des SEAL ne voulait surtout pas être découverte et incarcérée.

— Merci, dit Aleck à ses amis. Cependant, j'aimerais un conseil.

Il n'hésita pas à demander l'opinion de son équipe.

Mustang et Midas avaient leurs compagnes et pouvaient offrir leur avis, et les autres étaient toujours partants pour lui dire ce qu'ils en pensaient.

— Vas-y, dit Pid.

— Que se passe-t-il ? demanda Midas.

Les autres hochèrent également la tête pour lui faire savoir qu'ils allaient l'aider autant que possible.

— Vous savez comme j'ai failli tout faire rater lors du premier soir chez Duke's ? demanda Aleck.

— Tu veux dire, quand tu lui as plus ou moins dit que tu n'approuvais pas son travail ? dit Slate.

Aleck soupira.

— Ce n'est pas ce que j'ai dit, grommela-t-il. Et croyez-moi, j'ai eu le temps d'y réfléchir, et Kenna aime ce qu'elle fait et elle est douée pour ça. Si seulement tout le monde pouvait avoir un travail qu'il aimait au lieu de simplement le tolérer.

Aleck était véritablement heureux pour Kenna. Elle vivait dans un endroit qu'elle aimait, faisait un travail qui était parfait pour sa personnalité extravertie. Elle ne gagnait pas une fortune, et alors ? Si tout marchait comme il commençait à l'espérer, elle n'en avait pas besoin. Il en avait largement assez pour tous les deux.

— Allez, raconte, l'encouragea Mustang.

— Très bien, je pense qu'elle a l'impression qu'en tant que marin, je ne gagne pas beaucoup d'argent. Normalement, elle aurait raison. Mais avec notre prime de risque et notre rang, sans parler de l'indemnité pour logement et du bonus pour le coût de la vie, même sans mon fonds fiduciaire, je m'en sortirais très bien, dit Aleck.

— Et maintenant, tu te demandes comment, et si, tu devrais lui dire que tu es plein aux as, résuma Jag.

Aleck hocha la tête.

— Oui. Et que je vis dans un appartement-terrasse à Coral Springs. Je ne veux surtout pas qu'elle se sente mal à l'idée que j'ai beaucoup d'argent et pas elle. Mais plus j'attends de lui parler de mon fonds fiduciaire et de la fortune de mes parents, plus c'est difficile de savoir comment cracher le morceau.

— Dis-le-lui, tout simplement, suggéra Slate.

Aleck n'était pas surpris par le conseil de son ami. C'était un type pragmatique.

— Non, mon vieux, il ne peut pas dire ça comme ça. Il doit être plus subtil, lança Mustang.

— Je suis d'accord, acquiesça Midas.

— Mais comment ? demanda Pid. Ce n'est pas quelque chose qui arrivera par hasard dans la conversation. Il ne peut pas dire : « Oh, au fait, je vis dans un appartement-terrasse » et s'attendre à ce que ça suffise.

— Pourquoi pas ? demanda Slate. C'est vrai.

— Parce que ! s'exclama Pid.

— Va-t-elle être fâchée parce qu'il n'est pas un soldat sans le sou ? Seulement si elle est folle, dit Slate en haussant les épaules.

— Elle n'est pas folle, précisa Aleck en secouant la tête.

— Je suis d'accord que plus tu attendras de lui dire, plus ce sera compliqué, concéda Midas. Mais je pense aussi que tu dois trouver un moyen de lui dire qui ne donne pas l'impression que tu te vantes.

— Tu sais que je ne me vante jamais de l'argent, dit Aleck, assez irrité.

— Je le sais. Je ne dis pas le contraire. Mais ta relation avec Kenna est toute nouvelle, précisa Midas.

— Alors ? Quelqu'un a une bonne idée ?

Personne ne parla.

— Merde, maugréa Aleck.

Ses amis semblaient tous désolés. Il allait devoir trouver par lui-même. Il n'avait jamais dit à Kenna qu'il arrivait à peine à joindre les deux bouts, et elle l'avait traité de snob, alors elle ne serait peut-être pas très surprise. Mais il n'aimait pas cacher un si gros détail sur sa vie, même si ça ne changeait rien à ce qu'il ressentait pour elle.

Aleck avait fréquenté quelques femmes qui étaient ravies qu'il puisse se permettre de leur acheter des cadeaux et de leur payer des sorties tout le temps. Au début, ça ne l'avait pas gêné. Mais plus il vieillissait, plus il voulait une femme à qui il plaisait vraiment, pas uniquement ce qu'il pouvait lui offrir. Et plus il parlait avec Kenna, plus il passait de temps avec elle, plus il était certain qu'elle n'était pas comme les autres.

Il devait donc avoir le courage de le lui dire.

— Comment va son amie ? Carly ? demanda Pid.

— Bien, d'après ce que je sais, répondit Aleck.

Au même moment, Jag annonça :

— Bien.

Ils se tournèrent tous pour fixer leur coéquipier.

— Tu lui as parlé ? demanda Mustang.

Jag haussa les épaules.

— Ce n'est pas grand-chose, mais oui. Nous nous envoyons des textos de temps en temps. Et parfois, elle m'appelle quand elle monte jusqu'à son appartement, vous savez, pour la sécurité.

Tout le monde ricana.

— Sérieusement, elle est à cent pour cent contre le fait de fréquenter un homme maintenant. Nous sommes donc amis. Je veux seulement m'assurer que son enfoiré d'ex obéit à son ordonnance d'éloignement et ne la harcèle pas, dit Jag.

— Et c'est le cas ? demanda Slate.

— Jusqu'ici, oui. Mais ça ne fait que quelques jours et nous savons tous que ce genre de crétin ne retourne pas aussi facilement dans son trou.

Aleck hocha la tête. C'était vrai. Il s'inquiétait également pour Kenna, parce qu'elle avait défié Shawn l'autre jour. Il n'avait vraiment pas semblé ravi.

— Au fait, si vous n'êtes pas occupés dans une quinzaine de jours, Lexie aurait besoin d'aide pour déménager dans le nouveau local de Food For All, dit Midas.

— Elle peut enfin ? demanda Pid.

— Oui. Il n'y a pas beaucoup de meubles dans le nouveau local, mais sa patronne Natalie la laisse prendre des meubles supplémentaires du local en centre-ville.

— Ont-elles besoin d'un don pour acheter certaines choses ? demanda Aleck.

Peu importe la réponse à sa question… il avait déjà l'intention de faire en sorte que Lexie dispose de ce dont elle avait besoin pour être confortable et réussir dans le nouveau lieu de distribution des repas où elle travaillait. Situé à Barber's Point, c'était plus près de la maison de Midas et cela allait beaucoup aider les habitants de la zone. Voyager jusqu'en centre-ville d'Honolulu était hors de question pour les familles de Barber's Point qui en avaient le plus besoin.

— Ce serait sûrement très apprécié, dit Midas, diplomate.

Aleck hocha la tête.

— Élodie est très enthousiaste à l'idée de travailler avec elle, ajouta Mustang. Elle a cherché toutes sortes de repas sains pour des déjeuners à emporter. Elle parle aussi de la possibilité de préparer des dîners. Elle dit que Lexie travaille à chercher des volontaires qui accepteraient de livrer les repas à des gens qui ne peuvent pas se rendre jusqu'au centre.

— Lexie m'en a parlé, dit Midas. Je crois qu'Ashlyn aimerait les aider. Peut-être même gérer cette partie du programme.

Slate grogna, surprenant tout le monde.

Ils regardèrent leur ami.

— Tu n'approuves pas ? demanda Midas.

Slate haussa les épaules.

— Je trouve juste que c'est dangereux pour une femme de se rendre seule chez des inconnus.

— Je suis d'accord, dit Pid.

— Moi aussi, ajouta Midas. Mais personne n'a dit qu'elle allait être seule, et si j'ai bien appris une chose sur Ashlyn par l'intermédiaire de Lexie, c'est qu'elle n'est pas du genre à qui l'on peut dire « tu ne peux pas faire ça ». Elle campe alors sur ses positions et devient encore plus déterminée à prouver le contraire.

Aleck entendit l'avertissement dans le ton de son coéquipier et il se demanda s'il était destiné à Slate. Il venait d'ouvrir la bouche pour dire quelque chose de sarcastique, parce que c'était son genre, quand leur conversation fut interrompue par une voix grave derrière eux.

— Tiens, tiens, tiens, monsieur je-sais-tout est encore allé chercher les félicitations.

En soupirant, car il savait exactement qui se trouvait derrière lui dans le couloir, Aleck se tourna vers le marin qui lui avait cassé les pieds depuis qu'il était arrivé sur la base.

Kylo Braun.

— De quoi parles-tu ? demanda Pid à l'autre homme.

— Je félicite simplement le grand méchant SEAL d'avoir taclé un civil qui ne se doutait de rien et d'avoir causé du grabuge, dit Braun.

Aleck croisa les bras et jeta un regard noir à l'autre homme. Aleck avait immédiatement déplu à Kylo la première fois qu'ils s'étaient rencontrés. Ils étaient tous en train de courir en groupe, et une petite fille n'avait pas fait attention et elle avait couru sur la route, juste devant un SUV qui roulait bien trop vite.

Braun avait crié : « Attention ! »

Aleck avait agi. Il avait tout juste atteint la fillette à temps, plongeant vers elle et la poussant hors du chemin du véhicule qui s'approchait, évitant le drame de quelques centimètres seulement. Pour sa peine, il avait été horriblement égratigné par la route... et il avait reçu une décoration de la part du commandant de la base.

Aleck soupçonnait Braun d'être gêné parce qu'il n'avait pas essayé de réagir, alors qu'il était le plus près de la fillette. Les moqueries probables de la part des autres types de son peloton ne devaient pas aider non plus. À partir de ce moment-là, Braun avait décidé d'être une épine dans le pied d'Aleck.

— Merci, dit Aleck alors qu'il savait que ce n'était pas ce que Braun voulait entendre.

Il avait fait de son mieux pour rester loin de cet homme, surtout après avoir lu ses états de service. Il n'était pas censé les avoir, mais un jour, une enveloppe était apparue à son appartement et Aleck n'avait pas pu résister à l'envie de les lire.

D'une façon ou d'une autre, Baker Rawlins avait eu vent de l'attitude hostile de Braun envers Aleck et il avait pris l'initiative d'obtenir le dossier. Aleck n'avait pas l'intention d'énerver Baker un jour. Cet homme était terriblement effrayant et il pouvait obtenir à peu près n'importe quelle information qu'il voulait sur n'importe qui, comme l'avait prouvé l'enveloppe sur Braun qui était apparue sur son seuil.

Apparemment, Braun avait essayé de devenir un SEAL, mais il n'avait pas réussi. Il avait été éjecté assez tôt, n'ayant même pas été jusqu'aux BUD/S. Il avait échoué à l'évaluation psychologique, ce qui n'était pas vraiment une surprise. Cet homme était une brute qui détestait ne pas être au centre de l'attention.

Le fait que les équipes de SEAL à la base recevaient un traitement préférentiel ne lui convenait sûrement pas. Quoi qu'il en soit, Braun faisait tout ce qu'il pouvait pour causer des problèmes aux équipes, et il avait apparemment surtout choisi Aleck pour cible.

— Laisse tomber, lui dit Mustang.

— Je laisse tomber quoi ? demanda Braun d'un ton pas très innocent. Je félicite simplement un collègue marin d'avoir bien travaillé.

— Tu es énervé qu'une fois de plus, Aleck ait fait du bien à la société, pendant que tu restes assis à te tourner les pouces en souhaitant recevoir la même attention, dit Jag d'une voix grave et dangereuse.

En général, Jag n'était pas le premier à se lancer dans une confrontation verbale. Ni en mission ni à la maison, dans la base. Mais il était le premier à agir si l'un de ses coéquipiers était menacé. Aleck ne savait pas trop pourquoi il était soudain énervé par ce crétin, mais il avait l'impression que si personne ne faisait rien, la situation risquait de dégénérer.

— J'apprécie tes félicitations, dit Aleck en se plaçant entre Jag et Braun.

Il ne leur fallait surtout pas une altercation physique, même si l'autre homme faisait de son mieux pour la provoquer.

— Tu es un pauvre con, siffla Braun dont les vrais sentiments sortaient enfin. Tu penses être un vrai dur et mieux que tous les autres simplement parce que tu es un SEAL.

— Non, rétorqua Aleck. Je ne suis pas meilleur que n'importe qui parce que je suis un SEAL, mais je suis plus observateur que le marin moyen. J'ai été entraîné à ça. Et si ça signifie que je suis dans la position d'aider une fillette, ou une femme qui se fait harceler, tu peux croire que je vais intervenir. Quand as-tu soutenu quelqu'un d'autre pour la dernière fois, Braun ? Tu devrais essayer au lieu de descendre les gens en flammes. Je pense que tu découvrirais que ça te rend beaucoup plus heureux.

— Je t'emmerde, dit Braun en plissant les yeux. J'aurais sauvé cette petite, mais tu m'as poussé hors de ton chemin pour recevoir toute la gloire.

— Tu vois ? C'est là que tu penses n'importe quoi dit Mustang. Aleck ne s'est pas mis en danger parce qu'il voulait une accolade. Il l'a fait parce que c'était ce qu'il fallait faire.

— Bref, dit Braun en levant les yeux au ciel. Tu as intérêt à surveiller tes arrières. Un de ces jours, quelqu'un va révéler que tu n'es pas un superhéros et tu tomberas de ton piédestal.

— Était-ce une menace ? demanda Slate en s'avançant vers lui d'un air menaçant.

Prouvant qu'il n'était pas complètement stupide, Braun fit un pas en arrière.

— Non, dit-il en paraissant un peu moins arrogant qu'une seconde plus tôt. C'est juste un fait. Tu n'es pas à l'épreuve des balles, monsieur je-sais-tout, et un de ces jours, ta véritable nature sera révélée. Je serai là pour le voir... et me réjouir.

Puis, comme s'il savait qu'il était à deux secondes de se faire assommer par un groupe de SEALs, Braun tourna les talons et partit comme s'il ne venait pas de menacer l'un des leurs.

Aleck serra les poings.

— Quel connard, maugréa-t-il.

— S'il te plaît, laisse-moi le suivre et lui apprendre une leçon, dit Slate à Mustang.

Leur chef d'équipe secoua la tête.

— Non. Je n'ai surtout pas besoin que tu aies des problèmes à cause de lui. Il n'en vaut pas la peine.

— Oh, ça vaudrait tout à fait la peine de lui fracasser le visage, répliqua Slate.

Aleck inspira profondément. Il n'aimait pas la menace assez explicite que Braun avait jetée dans sa direction, mais il n'avait pas l'intention de s'abaisser à son niveau et il ne voulait pas que l'un de ses amis ait des problèmes.

— Ignorez-le, dit Aleck à Slate et aux autres. Il me déteste depuis que sa couardise a été révélée à toute la compagnie. Ce n'est pas grave.

— Vous imaginez s'il avait réussi à passer entre les mailles du filet et qu'il était devenu un SEAL ? demanda Pid en frissonnant. Quel désastre !

Aleck était d'accord. Être dans une équipe de SEALs était gratifiant, mais une des choses les plus difficiles qu'il ait jamais faites. Il dépendait des cinq hommes autour de lui et il savait qu'ils le soutenaient quoiqu'il arrive. Mais si Braun était dans son équipe, il n'aurait pas du tout confiance, ce qui n'était pas une bonne situation quand on était enfoncé jusqu'aux couilles dans un territoire ennemi.

— Tu dois surveiller tes arrières, l'avertit Mustang. Je n'ai pas confiance en ce type.

— Promis, dit Aleck.

— Je suis sérieux. Nous avons tous lu le rapport que Baker

t'a envoyé, et il est instable. On ne sait pas ce qu'il pourrait faire pour essayer de te faire tomber, insista Mustang.

Aleck n'avait pas été très fier de partager avec son équipe les informations que Baker avait envoyées. Mais ils partageaient tout. Et Aleck était certain qu'aucun d'entre eux n'avouerait jamais comment ils avaient obtenu les rapports de service de Braun. C'était ainsi chez les SEALs.

— Je ferai attention, promit Aleck.

— Bien. Bon, retournons à l'intérieur et voyons si nous pouvons en apprendre plus sur cette situation en Iran. Je n'ai vraiment pas envie de traverser les montagnes pour entrer dans le pays afin de sortir ce type. Espérons que les négociations réussissent et que nous n'en ayons pas besoin, dit Mustang.

— Oh, allez, tu sais qu'une petite randonnée de cinquante kilomètres pour le plaisir par-dessus un sommet de trois mille mètres jusqu'en territoire hostile est exactement ce que tu as envie de faire la semaine prochaine, plaisanta Aleck.

Mustang se contenta de secouer la tête et il repartit dans la salle de conférence afin de continuer à examiner les cartes et les renseignements.

Le reste de l'équipe le suivit. Aleck garda la porte ouverte pour laisser passer ses amis. Slate fut le dernier à passer et il s'arrêta, laissant aux autres le temps de s'éloigner afin qu'ils ne l'entendent pas.

— Si tu veux que je lui casse la gueule, il te suffit de me le dire, annonça Slate à Aleck.

— J'apprécie, répondit Aleck, et c'était le cas. Mais le jour où je ne pourrai plus gérer cette demi-portion débile, ce sera le jour où il faudra me retirer mon badge Budweiser.

Slate le dévisagea longuement avant de hocher la tête une seule fois. Ensuite, ils passèrent à l'intérieur et rejoignirent le reste de l'équipe.

CHAPITRE HUIT

Plus d'une semaine plus tard, Kenna ouvrit la porte de son appartement et sourit à Marshall. Leurs plans du dimanche précédent avaient été annulés quand Marshall avait dû participer à un exercice d'entraînement. C'était maintenant le dimanche suivant, son jour de congé, et ils allaient essayer de se faufiler sur la plage privée de l'immeuble chic de Coral Springs qui lui faisait envie depuis un moment.

— Salut ! dit-elle joyeusement.

Il était beau. Très beau. Elle aimait le reluquer quand il était en uniforme, mais Kenna aimait encore plus cette version décontractée de Marshall. Il portait ce qui ressemblait à un short de bain avec un t-shirt blanc orné d'un gros ananas. C'était fantaisiste et ne lui ressemblait pas. Elle en apprécia d'autant plus le t-shirt.

— Salut à toi, dit-il avant de s'approcher d'elle en tendant les mains.

Même si ce n'était que leur deuxième rendez-vous en personne, Kenna n'était pas gênée qu'il l'embrasse. C'était sans doute à cause des longues heures qu'ils avaient passées à parler au téléphone et par texto.

Quand il se pencha, elle n'hésita pas du tout. Elle le désirait.

Il posa les lèvres sur les siennes et dans sa tête, Kenna poussa un petit cri de joie.

Ce baiser fut plus assuré, plus dévorant que leur premier. De leur part à tous les deux.

Kenna finit par se forcer à s'écarter alors qu'elle avait surtout envie de l'attirer dans son appartement et de le jeter sur son lit.

Ils avaient continué à bavarder chaque soir après qu'elle rentrait du travail. Cela avait commencé par des textos pour lui faire savoir qu'elle était rentrée en sécurité, puis Marshall lui avait demandé de l'appeler. Chaque soir de la semaine passée, elle s'était endormie avec le souvenir de sa voix grave dans sa tête. Elle s'était même masturbée une fois ou deux en imaginant que cette voix grondante lui soufflait toutes sortes de choses pas très innocentes.

Marshall se lécha sensuellement les lèvres et Kenna dut faire des efforts pour se contrôler et ne pas lui sauter dessus tout de suite. Cela faisait un moment qu'elle n'avait pas été avec un homme et elle avait l'impression que Marshall valait le coup d'attendre. En tout cas, elle l'espérait. Mon Dieu, s'il était nul au lit ou s'il avait une toute petite queue, elle allait être anéantie.

— À quoi penses-tu avec autant de concentration ? demanda Marshall.

Kenna rougit. Elle n'avait pas l'intention de lui dire qu'elle pensait à la taille de sa verge.

— Je suis simplement heureuse de te voir, répondit-elle d'un ton évasif.

Il eut un sourire en coin, comme s'il savait qu'elle mentait. Prouvant une fois de plus qu'il était un gentleman, il se contenta de lui sourire.

— Moi aussi, avoua-t-il en levant la main et en faisant passer une mèche de cheveux derrière l'oreille de Kenna.

Bon sang, elle adorait qu'il fasse cela. Elle adorait avoir les mains de cet homme n'importe où sur elle.

— Allez, viens, laisse-moi te faire visiter. Ce n'est rien de grandiose, mais c'est chez moi.

Kenna indiqua l'espace derrière elle et Marshall entra en refermant la porte. Elle le fit passer par la kitchenette, ne lui montrant pas les comptoirs au formica qui se décollait ou les appareils électroménagers qui étaient sans doute là depuis vingt ans.

— J'aime beaucoup pouvoir regarder la télé pendant que je suis dans la cuisine, dit-elle en soulignant les aspects positifs de son appartement. Je ne rate rien pendant que je fais la vaisselle ou que je vais chercher le pop-corn au micro-ondes.

Ensuite, elle le conduisit dans un petit salon.

— C'est ici que je passe beaucoup de temps. Je sais que le fauteuil poire est un peu ridicule pour quelqu'un de mon âge, mais sérieusement, c'est incroyablement confortable.

Marshall leva un sourcil.

— Quoi ? Tu ne me crois pas ? Vas-y. Installe-toi dessus.

— Ça va. Je te crois.

— Non, maintenant que j'ai vu ton visage sceptique, tu es obligé.

— Mon visage sceptique ? demanda-t-il en riant.

— Oui. Admets-le, tu l'as regardé et tu as pensé que c'était ridicule, le taquina Kenna.

— Je ne parlerai qu'en présence de mon avocat, dit Marshall en s'avançant vers l'énorme pouf pour lequel Kenna avait craqué.

Il s'installa dessus et gigota un peu jusqu'à être à l'aise.

— Ça s'appelle un Lovesac. Je sais, je sais, le nom est horrible, mais j'ai fait une tonne de recherches et il avait des commentaires incroyables. Et crois-le ou non, ceci n'est même pas le plus gros qu'ils avaient. J'ai pris le deuxième plus grand et j'aurais sans doute pu prendre un peu plus petit. Je me suis souvent endormie là-dessus, il est si confortable. De temps en temps, je dois le retourner et le faire gonfler un peu, mais sinon, il est parfait.

— Il y a une chose qui ne va pas, dit Marshall.

Kenna fronça les sourcils.

— Quoi ?

Il tendit la main et Kenna la saisit sans réfléchir.

Il la tira immédiatement en avant et Kenna poussa un petit cri en atterrissant à moitié sur lui sur le grand pouf.

— Tu n'étais pas là avec moi, dit-il en terminant sa pensée.

Kenna se mit à rire.

— Bon sang, Marshall, je pensais vraiment que quelque chose n'allait pas ! l'accusa-t-elle.

— En ce qui me concerne, je ne reviens pas sur ce que j'ai dit.

Kenna était collée contre le flanc de Marshall, le fauteuil semblant les écraser l'un contre l'autre. Elle avait la main posée sur son torse et elle sentait les battements de son cœur sous ses doigts. Elle leva le regard vers lui pendant qu'il la fixait dans les yeux.

— Tu es magnifique, souffla Marshall.

— Merci.

Kenna n'avait pas l'impression de porter quoi que ce soit de spécial. Elle avait une robe aux couleurs vives qui descendait jusqu'à ses genoux. Elle était noire avec d'énormes fleurs d'hibiscus violettes et jaunes. Elle était voyante, mais quand elle l'avait vue dans un des magasins ABC emblématiques de Waikiki, elle n'avait pas pu résister.

— Je ne t'avais pas encore vue en robe, lui dit Marshall.

— Ce n'est pas vraiment une robe, avoua Kenna. C'est juste quelque chose que je mets par-dessus mon maillot de bain.

— S'il te plaît, dis-moi que tu portes un bikini, dit Marshall avec une lueur dans les yeux.

Kenna leva les yeux au ciel.

— T'es vraiment un mec.

— Oui, c'est vrai, acquiesça-t-il.

— Je ne possède pas de bikini. J'ai assez confiance en mon apparence, mais je suis simplement plus à l'aise dans un maillot une pièce.

— Tu n'as pas à t'inquiéter, la rassura Marshall. Souviens-toi que je t'ai déjà vue avec rien d'autre qu'une brassière et un short quand tu as sauté sur moi.

— Ne me le rappelle pas, grogna Kenna en fronçant le nez. Et je n'ai pas sauté sur toi.

Marshall leva une main et frôla sa joue avant de la passer dans sa nuque.

Elle eut la chair de poule sur les bras, et il le remarqua évidemment.

— Tu aimes que je te tienne ainsi ? demanda-t-il.

Kenna hocha la tête.

— Ça fait un moment que personne ne m'a vraiment touchée. Si tu m'avais attrapée et bousculée, j'aurais détesté. Mais tu me touches avec le mélange parfait d'assurance et de douceur.

— Si tu n'aimes pas quelque chose que je fais, il te suffit de le dire. Ou de me repousser, précisa Marshall. Et j'adore te toucher. J'ai l'impression que c'est ma récompense parce que j'ai supporté toute la semaine sans te voir. Ne te méprends pas, j'ai aimé te parler et apprendre à te connaître. Mais ceci me manquait... être avec toi en personne.

— Ce n'est que notre deuxième rendez-vous, se sentit-elle obligée de faire remarquer, alors qu'elle ressentait exactement la même chose que ce qu'il décrivait.

— Et alors ? rétorqua-t-il. Je te connais, Kenna Madigan. Et j'aime beaucoup ce que j'ai appris sur toi. Être avec toi, c'est la cerise sur le gâteau.

— Merde, tu es trop gentil. Il faut que tu arrêtes ça, le supplia Kenna.

— Non. C'est impossible, dit Marshall en souriant. Et au fait, tu as raison.

— À quel sujet ?

— C'est le pouf le plus incroyable sur lequel je me suis assis, et je veux maintenant en commander un pour moi.

— Ils sont très chers, indiqua Kenna. Que dirais-tu d'emprunter le mien quand tu en as envie ?

— Chaque soir ? demanda-t-il.

Kenna ne savait pas s'il plaisantait ou pas, mais elle décida que oui. Après tout, son surnom le traitait de petit malin.

— Bien sûr. Tu peux emménager et loger sur mon fauteuil poire, plaisanta-t-elle.

Il ne répondit pas, mais il caressa la peau sensible de sa nuque avec le pouce tout en la regardant.

— Je dois te prévenir cependant : il est très difficile d'en sortir.

Marshall se lécha les lèvres et Kenna n'eut soudain aucune envie de se lever. Elle prit l'initiative et se pencha vers lui, le sentant légèrement serrer la main sur sa nuque en bougeant.

Kenna ne savait pas du tout combien de temps ils passèrent à s'embrasser sur le pouf. Tout ce qu'elle savait, c'était qu'il avait passé la main sous sa robe et sur sa cuisse nue. Elle avait faufilé sa propre main sous son t-shirt. Il n'était rien d'autre que des muscles très durs, et elle se sentit extrêmement puissante quand il inspira brusquement lorsqu'elle frôla son téton.

Il s'écarta et inspira profondément par le nez avant de dire :

— Merde alors !

Kenna sourit. Elle sentait encore son goût sur ses lèvres et elle avait vraiment, vraiment envie de plus. Mais elle avait conscience qu'il ne s'agissait techniquement que de leur deuxième rendez-vous. Elle n'avait pas honte de sa sexualité, mais elle avait peur de tomber complètement amoureuse de lui, puis de découvrir quelque chose chez lui qu'elle ne pouvait pas accepter... ce qui lui aurait brisé le cœur.

— Ce pouf est fatal, plaisanta-t-il.

— N'est-ce pas ?

— Allez, viens, nous devons nous lever avant que je franchisse une limite que je me suis juré de ne pas franchir aujourd'hui.

Kenna pencha la tête en le fixant.

— Ah bon ?

— Oui. Je te désire, Kenna. Je ne pense pas que c'est une surprise, avoua-t-il en désignant son érection de la tête.

Elle l'avait bien vue, mais elle essayait de rester polie en ne le fixant pas.

— Mais je veux aussi passer plus de temps avec toi avant de précipiter notre relation physique.

Eeeet... voilà qu'il recommençait, en étant attentionné et irrésistible.

— Dis-moi quelque chose de négatif sur toi, lâcha-t-elle.

Marshall sourit comme s'il pouvait lire dans ses pensées.

— Je bois directement à la bouteille. Le lait, le jus d'orange, les sodas... n'importe quoi, dit-il sans hésiter. Et toi ?

Kenna sourit. C'était dégoûtant, mais elle pouvait sans doute s'en accommoder. Ce n'était pas comme s'ils avaient évité d'échanger leur salive jusque-là.

— Je déteste faire la vaisselle et en général, je la laisse s'accumuler jusqu'à ce que je ne puisse plus rien faire dans l'évier et que je suis obligée de céder et de la faire.

— J'ai un lave-vaisselle, annonça-t-il.

— Hou, le snob.

Marshall rit.

— Tu es prête à partir ? demanda-t-il.

Kenna hocha la tête.

— D'accord, je vais pousser pour t'aider à sortir.

Kenna, qui avait l'habitude de sortir du pouf, n'eut aucun mal à se lever. Bien sûr, elle en profita pour lui mettre la main aux fesses, juste parce qu'elle le pouvait.

Marshall sourit, mais il ne fit aucun commentaire sur son audace. Il tendit une main.

Kenna la saisit et à eux deux, ils parvinrent à le faire sortir du siège. Il se leva et secoua la tête.

— Je dois sans doute avouer une autre chose énervante chez moi, dit-il.

— Ah oui ?

— Oui. Je peux m'endormir n'importe où, n'importe quand. En général au bout de cinq minutes. Et là-dedans, dit-il en hochant la tête, sans doute en moins de deux.

Kenna aimait l'imaginer endormi pendant qu'elle s'affairait dans son appartement. Cela lui semblait chaleureux.

— Je suis sûre que tu as appris à t'endormir n'importe où à cause de ton travail. Je suppose que quand tu as besoin de sommeil, tu saisis l'occasion dès que c'est possible. Ça ne me gêne pas. Mais la véritable question est... est-ce que tu ronfles ?

— Non, affirma-t-il d'un air très sérieux, mais Kenna vit quelque chose dans ses yeux qui lui fit penser qu'il mentait.

— Ronfler me semble un peu dangereux dans ta profession.

— C'est le cas, répondit Marshall. C'est pour cette raison que quand je commence, un de mes coéquipiers me donne un coup de pied jusqu'à ce que je roule sur le côté et que je m'arrête.

Kenna éclata de rire.

— C'est noté. Frapper l'homme qui ronfle.

À la seconde où elle prononça la phrase, elle pensa à ce que cela impliquait. Être dans le même lit. Et bien sûr, cette idée éveilla des pensées assez charnelles. Encore une fois.

— Très bien. Là-dessus, nous devons *vraiment* partir. Est-ce tout ce dont tu as besoin pour aujourd'hui ? demanda-t-il montrant un gros sac sur le sol.

— Oui, j'ai pris une serviette supplémentaire, au cas où, et j'ai beaucoup de choses à grignoter et de l'argent. Je ne sais pas s'il y aura un bar sur la plage ou un food truck garé pas loin, mais je ne veux pas prendre le risque de partir pour acheter à déjeuner ou à boire, au cas où nous ne pourrions pas revenir sur la plage.

— Vas-tu me dire où nous allons maintenant ? demanda

Marshall en faisant passer le sac de Kenna sur son épaule et en posant l'autre main au creux de son dos pour la guider vers sa porte.

— Non, rétorqua Kenna avec un sourire. C'est un secret. Mais crois-moi, c'est chic et élégant et la plage a l'air incroyable d'après ce que j'ai vu en ligne.

— As-tu un plan pour nous faire accéder à la plage ?

— Oui. Je suis une professionnelle.

— As-tu déjà été virée d'une propriété ?

— Bien sûr, répondit Kenna. Sans doute cinquante pour cent du temps. Mais celles où j'ai pu me rendre en toute discrétion en valaient vraiment la peine.

— Très bien, alors c'est parti. Je suis très curieux de voir cette plage ornée de sable doré et de sirènes et d'un coin parfait pour plonger.

Kenna éclata de rire en verrouillant la porte derrière elle.

— Je ne suis pas sûre qu'il y aura tout ça.

— D'après la façon dont tu parles de ces plages privées, j'ai cru qu'elles devaient être bordées de diamants, plaisanta Marshall.

— Aimes-tu la plage ? demanda Kenna pendant qu'ils longeaient le couloir vers l'escalier.

L'ascenseur de l'immeuble était cassé depuis des mois. Ça ne la gênait pas, elle pouvait faire un peu plus d'exercice et contrer les calories de ce qu'elle mangeait au travail chez Duke's.

— Je la déteste, admit Marshall.

Kenna leva la tête, surprise, espérant qu'il plaisantait.

— Sérieusement ?

— Oui. Je veux dire, qui aime avoir du sable dans son short ?

En secouant la tête, Kenna répliqua :

— Eh bien, je suis certaine que c'est désagréable. Mais nous n'allons pas rouler dans le sable aujourd'hui. J'imagine que la *Hell Week* ne t'a sans doute pas donné une bonne impression de la plage, hein ?

— L'eau froide, être couvert de sable vingt-quatre heures sur vingt-quatre et avoir l'impression de geler ? Non, avoua Marshall. Mais j'ai l'impression que si quelqu'un peut me faire changer d'avis sur la plage, c'est toi. Tu pourrais sans doute me faire changer d'avis sur tout ce que je n'aime pas.

C'était vraiment gentil. Kenna était en train de tomber amoureuse de ce type. Et vite.

— Crois-moi, j'ai vu des photos de cette plage. Elle est parfaite. Il y a même une zone herbeuse où nous pourrons nous asseoir si tu n'as pas envie d'être sur le sable. Les vagues ne sont pas très intenses, mais d'après ce que j'ai vu en ligne, à cause de certains rochers, le côté Est de la plage possède des vagues qui sont bonnes pour faire du bodyboard, alors que le côté Ouest est plus calme. Il y a une immense piscine si nous voulons nager et ils ont des parasols et des chaises longues gratuites. Ce sera merveilleux.

Marshall lui sourit.

— Il me tarde de passer la journée ensemble, dit-il. Peu importe ce que nous faisons, tant que je peux traîner avec toi.

Kenna sentit qu'elle se penchait vers lui.

— Je ressens la même chose.

Elle sourit en descendant les escaliers et jusqu'au parking. Elle sourit encore quand il lui ouvrit la portière de la jeep et lui tendit la ceinture de sécurité.

— Dans quelle direction ? demanda-t-il en démarrant le moteur après être monté du côté conducteur.

— Prends l'autoroute et dirige-toi vers la base navale.

— Compris, lança Marshall en enclenchant la marche arrière.

Kenna savait qu'elle affichait toujours un sourire niais, mais cette journée il lui tardait tellement. Elle souhaitait que Marshall et elle puissent entrer sans se faire attraper. Si nécessaire, il y avait une plage publique tout près, mais elle espérait ne pas avoir besoin de ce plan B. L'idée de faire quelque chose d'un peu illégal avec Marshall faisait monter l'adrénaline chez elle.

Merde, elle était foutue. Si elle était aussi enthousiaste à l'idée de passer une journée avec cet homme, comment allait-elle se sentir quand ils allaient finir par coucher ensemble ?

Parce qu'elle n'avait aucun doute que c'était la direction qu'ils prenaient. Et il lui tardait.

CHAPITRE NEUF

Aleck eut l'estomac dans les talons quand Kenna lui demanda de tourner vers l'immeuble de Coral Springs relié à la plage privée.

Son immeuble.

— C'est ici, chuchota-t-elle comme si un agent de sécurité pouvait l'entendre dans le parking. Cet endroit me fait envie depuis que je l'ai vu en ligne. Ils ont une plage magnifique, il y a un toboggan à la piscine, ce qui est génial, et ils ont même des hamacs accrochés tout autour d'une zone d'herbe pour les barbecues. C'est parfait.

— Aucun endroit n'est parfait, murmura Aleck.

Il savait qu'il aurait simplement dû lui avouer qu'il vivait ici et il ouvrit la bouche pour le faire. Pour plaisanter en disant qu'il était au courant de tous les équipements parce qu'il payait une tonne d'argent chaque mois pour les frais du syndicat de copropriété. Mais elle reprit la parole avant qu'il en ait le temps.

— Je parie que les gens ici n'apprécient pas ce qu'ils ont. Ils sont sûrement enfermés dans leurs appartements trop chers et ils se plaignent qu'il y a trop de soleil. Ou que l'eau est trop bleue.

Elle leva les yeux au ciel avant de poursuivre :

— Je ne comprends pas les gens riches. Même si cet endroit est joli, il n'y a pas de lien avec les habitants. La plupart de mes voisins sont nés à Hawaï, ils sont généreux et drôles et ils m'ont accueilli les bras ouverts. J'aime me promener dans mon quartier et jouer avec les enfants et faire partie de la communauté. Je parie que tous ceux qui vivent ici viennent du continent et ne connaissent même pas leurs voisins. C'est triste, vraiment.

Merde alors. Ce n'était pas vraiment l'introduction qu'il voulait pour avouer qu'il vivait ici. Aleck avait envie que Kenna l'apprécie, pas qu'elle le considère comme étant pathétique. Et ça n'allait pas l'aider d'admettre qu'il possédait un appartement-terrasse.

Son occasion de raconter à Kenna que non seulement il vivait ici, mais qu'il faisait partie de ces gens riches qu'elle méprisait fut à nouveau perdue quand elle ouvrit sa portière avec enthousiasme et qu'elle bondit de la voiture.

Ne sachant pas très bien comment les choses allaient se passer, Aleck sortit lentement. Il attrapa leurs sacs sur le siège arrière et rejoignit Kenna devant la jeep.

— Bon, voici mon plan, dit-elle en tendant le bras vers son sac.

Aleck le lui donna, mais seulement parce qu'il savait qu'il n'était pas très lourd.

— Il n'y a que quelques entrées et la plage est entourée par une palissade pour qu'elle reste privée, alors nous allons devoir passer par la porte principale et traverser le vestibule. C'est délicat, parce que s'ils ont des agents de sécurité, on pourrait nous demander nos papiers. Mais si nous sommes au milieu d'une conversation, ils auront peut-être l'impression que c'est grossier de nous interrompre. S'il y a un poste de sécurité à l'accueil, tu peux hocher le menton comme tu le fais si bien. Quoi que tu fasses, reste décontracté. Ne prends pas un air coupable. Essaie de te mêler aux autres.

Elle gloussa avant d'ajouter :

— En même temps, tout le monde porte sans doute des vêtements de marque hors de prix et toi tu as... un ananas.

— Hé, j'adore ce t-shirt, lui fit remarquer Aleck.

Elle lui sourit et tapota son torse.

— Moi aussi. Mais je pense que les gens par ici préfèrent mourir plutôt que de porter ça. Allez, en piste, on va y arriver.

Il était évident que Kenna était surexcitée à l'idée de pénétrer sur une plage privée. Aleck n'était cependant pas ravi de la façon dont elle rabaissait constamment les résidents. Oui, la plupart des gens qui vivaient ici avaient des comptes bancaires bien remplis, mais cela ne voulait pas dire qu'ils étaient des enfoirés. Il ne traînait peut-être pas avec beaucoup de ses voisins, mais il en avait rencontré un bon nombre et ils avaient l'air d'être parfaitement gentils.

Ne voulant pas être rabat-joie alors que Kenna était si excitée, il lui prit la main et ils s'avancèrent vers l'entrée. S'ils avaient vraiment essayé de se faufiler à l'intérieur de la propriété sans être remarqués, Aleck savait qu'ils auraient échoué. La sécurité était excellente et personne ne passait devant l'accueil sans être reconnu ou sans montrer ses papiers en expliquant qui il ou elle venait voir.

Il suivit néanmoins le plan de Kenna. Il était évident qu'elle était ravie d'entrer en douce. Le moment d'avouer qu'il vivait ici était passé et une sensation de malaise lui noua les entrailles. Il aurait dû immédiatement dire quelque chose en apprenant sur quelle plage elle voulait se rendre. Il avait déjà mis les pieds dans le plat au sujet de son travail et il ne voulait pas faire ou dire autre chose qui lui donne une raison de décider qu'ils étaient incompatibles... et il était très clair qu'elle pensait n'avoir rien en commun avec les gens riches.

Maintenant, il lui fallait trouver un moyen de le lui révéler à un autre moment.

Au fait, tu te souviens de l'autre jour quand nous sommes allés à la plage de cet immeuble ? Eh bien, je vis là-bas.

Merde, ça n'allait pas. Il allait devoir trouver quelque chose de bien mieux, et si elle ne lui pardonnait jamais de ne pas lui avoir dit la vérité plus tôt, et bien... il pouvait au moins lui offrir cette aventure.

— Marshall, sois attentif, le gronda Kenna. Nous n'avons qu'une seule tentative et je veux vraiment aller voir cette plage.

— Que se passe-t-il si nous nous faisons attraper ? demanda-t-il.

Kenna plissa le nez d'un air adorable.

— J'ai une autre plage en tête en solution de repli. Mais elle n'est pas aussi belle que celle-ci.

— Peu importe où nous allons ou ce que nous faisons. Je suis simplement content de passer du temps avec *toi*.

Elle leva la tête vers lui et sourit.

— Waouh, je pense que c'est la chose la plus gentille que l'on m'ait dite.

— C'est vrai. Une plage privée élégante, traîner sur ton incroyable pouf poire, ou être assis dans un tripot pour manger des tartines au beurre de cacahouète et à la gelée. J'aime simplement être avec toi. Avec toi, je me sens... heureux.

Aleck regretta ses mots à la seconde où ils quittèrent sa bouche, parce qu'ils étaient trop mièvres.

Mais il changea d'avis quand Kenna arrêta de marcher et s'appuya contre lui. Aleck posa un bras autour de sa taille pour la serrer contre son flanc.

— Toi aussi, tu me rends heureuse. Je peux être d'une humeur massacrante, mais quand je reçois un texto de toi, c'est comme si j'oubliais ce qui m'avait contrarié. Dernièrement, je ne me reconnais pas.

Aleck n'aurait pas pu s'empêcher de se pencher et de l'embrasser si sa vie en dépendait. À cause de l'endroit où ils se trouvaient, ce fut un baiser léger, mais néanmoins intense.

Kenna leva la main et la posa sur sa joue, mais elle ne dit rien.

Un coup de klaxon bruyant les fit tous les deux sursauter de surprise, et Aleck ricana en s'écartant avec elle du milieu de la route. Il salua l'homme au volant du gros SUV pour s'excuser et vit que celui-ci riait en poursuivant sa route.

Kenna inspira profondément.

— Bon, ça y est. Sois naturel.

Aleck ne savait pas si elle le disait pour lui ou pour elle-même, mais il hocha la tête dans tous les cas.

Quand ils s'approchèrent des portes d'entrée de l'immeuble, elle se mit à bavarder au sujet de ce qu'ils devaient acheter au supermarché, plus tard.

Aleck savait qu'elle avait choisi un sujet donnant l'impression qu'ils vivaient ici, et il ne put s'empêcher d'espérer qu'ils iraient vraiment faire les courses ensemble un jour, ou qu'ils se laisseraient des petits mots sur ce qu'il fallait acheter. C'était assez surprenant, car il n'avait encore jamais envisagé de vivre avec une femme auparavant, mais avec Kenna il n'arrivait pas à penser à autre chose.

Les portes automatiques s'ouvrirent et ils entrèrent dans le vestibule de l'immeuble. Tout comme Kenna le lui avait ordonné, il hocha le menton en direction du garde en s'approchant de l'accueil. Bien sûr, il connaissait assez bien Robert. Quelques mois auparavant, il était rentré de mission très tôt dans la matinée, et ils avaient discuté ensemble. Robert avait un frère dans l'armée et il voulait qu'Aleck sache qu'il appréciait son travail.

Kenna serra sa main avec force et elle se mit à parler encore plus vite. Aleck eut envie de mettre fin à toute cette farce. Il n'aimait pas la voir si tendue, mais ce n'était absolument pas le moment. Elle aurait été gênée s'il lui avait dit qu'il vivait là alors qu'elle avait fait tant d'efforts pour donner l'impression qu'ils étaient chez eux.

Ils passèrent devant Robert qui recommença à regarder les papiers sur le bureau devant lui. Ils se dirigèrent vers les portes à l'arrière du grand vestibule ressemblant à l'accueil d'un hôtel. Cela conduisait à une zone d'herbe où Aleck et son équipe avaient souvent fait des barbecues.

À la seconde où les portes se fermèrent derrière eux, elle se tourna vers lui avec un grand sourire.

— On a réussi ! dit-elle en chuchotant et en criant à moitié.

Puis elle le serra encore une fois dans ses bras.

Maintenant, c'était Aleck qui était trop gêné de lui dire qu'il était passé devant Robert parce qu'il le connaissait... parce qu'il était un habitant de l'immeuble.

— C'était génial ! s'exclama Kenna dont le sourire illuminait le visage.

Aleck eut envie de mettre en bouteille son énergie et son enthousiasme pour les ressortir quand il en aurait le plus besoin... sans doute juste après lui avoir dit qu'ils n'étaient pas du tout « entrés en douce ».

— Allez, je veux voir cette plage. Et je te dis tout de suite qu'elle a intérêt à être à la hauteur de mes attentes.

Elle gloussa avant d'ajouter :

— Bon sang, mon cœur bat super fort et l'adrénaline me fait trembler.

Aleck se rapprocha et posa un bras autour de ses épaules en marchant vers la plage.

— Tu as aimé faire ça.

Ce n'était pas une question.

— J'aime gagner, dit-elle en souriant. Je n'aime pas vraiment le stress qui accompagne le fait d'enfreindre la loi.

Aleck ne put s'empêcher de rire.

— Je ne suis pas certain que se faufiler sur une plage privée est considéré comme enfreindre la loi.

Kenna haussa les épaules.

— Je suis une petite fille modèle, rétorqua-t-elle très simplement. Je n'aime pas transgresser les règles. Je n'ai jamais aimé ça.

— Eh bien, nous sommes là maintenant. Et les gens d'ici pensent que nous sommes à notre place. Alors, ne te sens pas coupable, d'accord ?

— Absolument ! lui dit-elle joyeusement.

Elle s'écarta de lui et courut vers l'endroit où la zone d'herbe rejoignait le sable. Elle était là quand il la rejoignit.

— C'est magnifique, souffla-t-elle.

Et c'était vrai. Même si Aleck n'aimait pas tellement la plage, il pouvait comprendre son attrait. Et son immeuble faisait toujours des efforts pour la rendre aussi accueillante que possible. Il y avait des parasols et des chaises longues sur le sable à une distance satisfaisante entre chacune. Quelqu'un passait le râteau chaque soir pour que le sable reste lisse ainsi que retirer les feuilles, les bâtons et autres débris. Il y avait un abri dans lequel les gens pouvaient emprunter des bodyboards, des paddles, des masques et tubas, et même des bateaux gonflables. Un petit stand servait des boissons en canette – avec et sans alcool – ainsi que des choses à grignoter. Même les toilettes étaient méticuleusement nettoyées et vérifiées toutes les heures afin qu'elles soient à la hauteur des exigences de l'immeuble.

— Où veux-tu t'asseoir ? demanda Aleck.

— Oh, euh… à l'écart de la cabine de service. Je ne veux pas que quelqu'un se demande qui nous sommes et vérifie notre identité après coup. Peut-être là-bas, à l'autre bout ?

Une fois de plus, Aleck fut rongé par la culpabilité. Il détestait que Kenna s'inquiète encore de se faire prendre. Il voulait la rassurer que personne ici n'allait les jeter dehors, mais elle voudrait savoir comment il pouvait en être si sûr.

Finalement, c'était peut-être un bon moyen d'aborder le sujet. Ensuite, il pouvait admettre tout le reste.

Mais il lutta trop longtemps avec sa conscience. Kenna lui prit encore la main et le guida jusqu'au parasol le plus éloigné de l'endroit où les employés de l'immeuble travaillaient à la cabane de l'équipement et au stand des boissons.

Kenna s'agita un moment avec les chaises et le parasol jusqu'à ce qu'elle soit entièrement satisfaite de leur disposition.

— Regarde ! Ils fournissent même les serviettes, dit-elle

avec un sourire de contentement. Et elles sont agréables. Douces et épaisses.

Elle étala un drap de bain à rayures bleues et blanches portant le nom de l'immeuble sur sa chaise, puis elle attrapa le bord de sa robe sans hésiter.

Aleck faillit avaler sa langue quand il vit Kenna avec son maillot de bain noir et rouge. Il était assez sage par rapport à de nombreux maillots de bain que portaient les femmes dernièrement. La coupe était haute sur ses cuisses et il plongeait assez loin entre ses seins, montrant un peu de son décolleté.

Elle se tourna pour attraper quelque chose dans son sac et Aleck eut le souffle coupé.

Il avait déjà reluqué ses fesses quand elle avait grimpé hors de l'eau lors de leur première rencontre, mais ceci était bien mieux. En gros, son maillot de bain n'avait pas de dos. Il y avait un nœud derrière son cou, et son cul était couvert, mais en dehors de ça, il voyait tout son dos.

Bougeant sans réfléchir, Aleck s'avança vers elle. Il tendit les mains et caressa sa peau douce.

Kenna sursauta de surprise, puis elle se détendit quand il fit remonter les mains de chaque côté de sa colonne vertébrale.

— Marshall ?

— Tu es si belle, souffla-t-il en la caressant.

Il enfonça les pouces dans les muscles en haut de sa colonne et elle se cambra contre lui.

— C'est si bon, gémit-elle.

Aleck sentit son membre tressaillir. Merde, il voulait l'entendre dire ça quand ils étaient tous les deux nus dans son lit et qu'il...

— Tant que tu es dans mon dos, veux-tu bien me mettre un peu de ça ? demanda-t-elle en souriant et en lui tendant un flacon de crème solaire.

Tant pis pour ses rêveries. Mais Aleck était bien décidé à la troubler autant qu'elle le troublait. Elle ne semblait pas être indifférente, si le moment qu'ils avaient passé sur son pouf était révélateur. Il décida de jouer un peu.

— Bien sûr, dit-il en lui prenant la crème solaire.

Elle avait la tête tournée et le regardait pendant qu'il fit passer son t-shirt par-dessus la tête et le jeta sur la chaise à côté de lui.

Kenna écarquilla les yeux en le fixant.

Aleck sourit intérieurement. Il savait qu'il était en forme. Ses coéquipiers et lui travaillaient dur pour maintenir leurs corps en condition.

— Merde alors, chuchota-t-elle en se tournant lentement. J'ai déjà senti tes abdos, mais bon sang, Marshall. C'est quoi ça, plusieurs tablettes de chocolat ? Je ne savais même pas que l'estomac possédait autant de muscles.

Il rit.

— Ce ne sont que des tablettes de chocolat normales, lui dit-il en serrant les muscles pour les lui montrer.

Elle tendit la main et caressa son ventre, comme il l'avait fait dans son dos.

— Bon sang ! s'exclama-t-elle encore.

— Tourne-toi afin que je te mette la crème, ordonna-t-il.

Il lui fallut un moment pour laisser tomber les mains de son ventre, mais elle inspira alors profondément et lui tourna le dos une fois de plus.

Aleck déposa une bonne dose de crème sentant la noix de coco sur ses mains et se mit au travail. Il remonta à nouveau le long de sa colonne, appréciant sa façon de se cambrer contre lui. Il prit son temps, atteignant chaque centimètre de peau exposée, la couvrant soigneusement de crème. Même quand il eut terminé, il ne parvint pas à retirer ses mains.

Ses doigts glissèrent juste sous l'élastique, caressant le sommet de sa raie des fesses.

— Marshall... se plaignit-elle faiblement.

— Oui ? demanda-t-il en continuant à la titiller.

Il fit attention à ne pas être indécent, même s'il avait terriblement envie de faire le tour et de glisser ses doigts sous l'avant de son maillot.

Elle repoussa son derrière contre lui et la queue d'Aleck tressaillit dans son short de bain.

Kenna le regarda par-dessus son épaule.

— J'ai envie de toi.

Aleck manqua s'étouffer. Il fit de son mieux pour garder son sang-froid.

— Moi aussi, je te désire, dit-il alors que ses doigts plongeaient plus bas sous son maillot.

Il profita une seconde de plus de la sensation de sa peau soyeuse avant de déplacer sa main en terrain plus sûr. Il posa les mains sur ses épaules et se pencha en embrassant sa tempe.

— Tu es bien couverte de crème, lui dit-il.

Kenna gloussa et inspira profondément.

Aleck sut qu'il allait se souvenir de cet instant pour le restant de sa vie : la brise de l'océan, l'odeur de noix de coco, Kenna dans ses bras.

— Bon, tourne-toi et je m'occupe de ton cas.

Aleck leva un sourcil en la regardant.

— Je croyais que tu ne voulais pas que nous nous fassions virer de la plage ?

Elle rit et leva les yeux au ciel.

— Tourne-toi, répéta-t-elle.

En se retournant, Aleck se rendit compte qu'il passait un très bon moment, malgré la culpabilité qu'il ressentait toujours. Plaisanter avec Kenna était agréable. Elle était sensuelle, pas trop pudique, et elle aimait manifestement cette petite escapade.

Sentir ses mains sur lui fut une torture, mais il fit de son mieux pour se maîtriser. Ce dont il avait *vraiment* envie, c'était de soulever Kenna, de la jeter sur son épaule, et monter vers son lit. Mais pour l'instant, tant qu'il ne savait pas comment lui parler de son fonds fiduciaire, il se contentait de sentir ses mains sur lui.

Kenna prit son temps pour étaler la crème dans son dos, mais ça ne gêna pas du tout Aleck. Finalement, après avoir couvert le reste de leurs corps de plus de crème, ils s'allongèrent tous les deux sur les chaises longues.

Aleck entendit Kenna glousser doucement. Il tourna la tête pour la regarder.

— Qu'y a-t-il de si drôle ? demanda-t-il.

Elle hocha la tête en direction de son entrejambe.

— Ça n'a pas l'air confortable, plaisanta-t-elle.

Aleck haussa les épaules.

— À quoi t'attendais-tu en me touchant de cette façon ? demanda-t-il en se pensant condamné à rester semi-dur toute la journée. De plus, dit-il en indiquant sa poitrine, tu ne vaux pas beaucoup mieux.

Il n'aurait jamais fait de remarque sur les tétons qui pointaient autrefois, mais tout était différent avec Kenna.

Elle rit simplement.

— Touché, dit-elle.

Ils restèrent silencieux quelques minutes, puis Kenna souffla :

— J'aime ça.

— La plage ? demanda Aleck.

— Oui, mais *ça*. Toi et moi. Être à l'aise l'un avec l'autre. Être excités, mais pas gênés. J'aime comme nous sommes ouverts et francs.

Bien sûr, ces paroles firent dégonfler son érection comme s'il avait été piqué par une aiguille.

Merde. Il n'était pas franc et plus il attendait, plus il se sentait mal.

— J'adore passer du temps avec toi, parvint-il à dire au bout d'un moment.

Puis, ayant besoin du lien avec elle et craignant que sa tromperie finisse par la repousser, Aleck tendit la main pour attraper la sienne. Elle entrecroisa leurs doigts sans hésiter.

* * *

Kenna rit en chevauchant une autre vague jusqu'à la rive. Marshall et elle étaient à la plage depuis des heures et à un moment donné, il avait suggéré d'aller chercher deux body-boards. Elle n'avait pas voulu, au cas où les employés découvri-raient qu'ils ne vivaient pas dans les appartements de l'immeuble, mais il avait fini par la convaincre.

Il était revenu de la cabane à équipement avec non seule-ment des bodyboards, mais aussi quelques sodas et des bretzels.

Au début, Marshall était resté sous le parasol pendant qu'elle jouait dans l'océan, mais il avait fini par la rejoindre en grommelant au sujet du sable dans son maillot. Ils avaient fait une bataille d'eau, une course à la nage – que Kenna avait faci-lement perdue – et ensuite ils avaient pris les planches pour faire du bodysurf.

Comme elle s'y était attendue, Marshall était doué pour tout. Bien sûr, étant un SEAL, il était plus qu'à l'aise dans l'eau, mais c'était au-delà de ça. Il semblait complètement chez lui dans l'océan. Il ne crachait pas constamment de l'eau salée. Ne semblait pas du tout ennuyé par le soleil. Et même quand il tombait lorsqu'une vague le prenait par surprise, il ressemblait à une sorte de triton quand il émergeait de l'eau en riant, les gouttes ruisselant au soleil en tombant de son corps.

Et le voir ne porter rien d'autre qu'un maillot n'était pas véritablement une épreuve. Kenna avait l'impression qu'elle allait se souvenir du moment où il avait retiré son t-shirt pendant le reste de sa vie. Intellectuellement, elle savait déjà qu'il était en forme, mais voir ses muscles de si près avait presque été une expérience mystique. Elle avait fait un commentaire sur ses abdos, mais ce qui avait vraiment attiré son attention, c'étaient les muscles en V près de ses hanches qui pointaient tout droit vers son entrejambe.

Et son sexe.

Nom d'un chien ! Kenna n'était pas vierge, elle avait vu un certain nombre de verges, mais elle avait l'impression que Marshall allait lui faire passer l'envie de tous les autres hommes. Elle était longue, et d'après ce qu'elle devinait sous la forme de son maillot, épaisse. Et elle avait absolument adoré qu'il ne soit pas du tout pudique.

Toute idée d'être sage était passée par la fenêtre quand il s'était tenu devant elle en ne portant que son maillot. Elle désirait cet homme. Elle voulait faire des cochonneries avec lui, le sentir au fond d'elle. Elle voulait prendre sa queue dans sa bouche et lui faire perdre la tête.

Elle avait plus ou moins envie de faire toutes les choses charnelles imaginées avec lui depuis qu'elle avait vu son torse et senti son érection.

Mais elle ne pouvait nier qu'elle appréciait les préliminaires. Ses doigts sur son dos avaient été délicieux, et elle s'était sentie dégouliner d'excitation quand ces mêmes doigts s'étaient faufilés sous son maillot et avaient titillé ses fesses. Et c'était tout aussi agréable de le caresser.

Oui, ils étaient en pleins préliminaires. C'était excitant et l'anticipation courait dans ses veines.

Elle aimait savoir qu'ils avaient une alchimie physique en plus de leur lien intellectuel. C'était peut-être affreux de dire ça, mais même si elle voulait être avec un homme avec lequel elle pouvait *parler*, elle voulait aussi quelqu'un de compatible au lit.

Et elle savait que Marshall allait être renversant quand ils finiraient par céder à leur désir.

— J'arrive ! cria Marshall derrière elle.

Kenna était tellement perdue dans sa tête qu'elle avait oublié où ils étaient. Elle se retourna et poussa un cri quand elle vit Marshall foncer vers elle sur sa planche de bodysurf. Elle essaya de se lever, mais une vague emporta ses pieds. Elle riait en faisant de son mieux pour sortir du chemin de Marshall quand il la heurta.

Pendant une fraction de seconde, la planche passa sur elle, mais Marshall, étant un expert dans l'eau, s'était jeté sur le côté afin de ne pas l'écraser.

Kenna sentit des bras l'entourer et la tirer hors de l'eau. Puis elle vit l'air inquiet de Marshall.

— Merde, Kenna, ça va ? Je croyais que tu allais te pousser.

Elle ne put s'empêcher de rire encore. Elle était si incroyablement heureuse qu'elle ne pouvait pas se retenir.

Marshall la fixa comme si elle avait perdu les pédales et semblait prêt à la sortir de l'eau pour appeler une ambulance. Ils se rapprochèrent de la plage.

Kenna fit de son mieux pour se contrôler, puis elle se jeta dans ses bras. Marshall trébucha et s'agenouilla dans l'écume. Elle posa une main sur son torse et poussa jusqu'à ce qu'il se retrouve assis. Ensuite, elle s'assit à cheval sur lui en passant les bras autour de son cou.

— Je vais bien, dit-elle. Je ne faisais pas attention. Ça m'apprendra.

— J'ai failli te renverser, murmura Marshall en lui caressant le dos tout en la serrant contre lui.

Kenna se rapprocha jusqu'à sentir sa queue contre elle. C'était une position intime, même s'ils n'étaient pas excités. Elle adorait être aussi près de lui.

— Tu ne l'as pas fait, le rassura-t-elle.

Marshall la regarda dans les yeux et hocha la tête, comprenant enfin qu'elle allait bien. Il leva la main et la passa dans ses cheveux, en saisit une poignée. Il tira doucement dessus jusqu'à ce qu'elle lève le menton. Puis il se pencha en avant et embrassa le dessous de son menton. Il relâcha un peu sa prise, mais ne libéra pas ses cheveux.

Kenna baissa la tête et gigota sur ses genoux. Oui, d'accord, maintenant elle était excitée et elle sentait la queue de Marshall pulser contre son intimité. Les vagues léchaient le sable autour d'eux et le soleil tapait sur leurs têtes. Kenna savait qu'il y avait d'autres personnes sur la plage qui profitaient de la belle journée, mais elle n'avait d'yeux que pour un seul homme.

Elle le regarda et se lécha les lèvres, ne sentit que du sel. Elle savait qu'elle n'oublierait jamais cette journée en compagnie de Marshall.

— Ne me regarde pas de cette façon, lâcha-t-il.

— De quelle façon ? demanda Kenna.

— Comme si tu voulais me déshabiller et faire de moi ce que tu veux ici, sur la plage.

— Je ne peux pas m'en empêcher, avoua Kenna.

— Franchement, sais-tu comme ce serait affreux ?

Elle écarquilla les yeux de surprise :

— Quoi ?

— Le sexe sur la plage. Ça fait très envie en théorie, sauf qu'en pratique, c'est la pire idée qui soit. Je ne peux pas imaginer pire que du sable sur ma verge quand j'ai envie de te baiser.

Ses mots la firent frissonner d'excitation.

— Tu l'as déjà fait ?

— Tu ne m'as pas écouté ? demanda-t-il d'un air faussement exaspéré. Non. Hors de question.

— Il nous faudrait faire attention, songea-t-elle. Mais j'ai l'impression que tu saurais trouver un moyen.

Marshall secouait déjà la tête.

— Non. Pas question. Je veux bien envisager le sexe sur un bateau, dans une cabane à la plage, sur l'herbe *près* de la plage, mais sur le sable ? Certainement pas.

Kenna gloussa.

— Hé, c'est à vous ? demanda un homme près de là.

Kenna se retourna et vit un type qui tenait leurs planches.

— Oui, merci. Pouvez-vous les jeter là-bas sur le sable ? Nous allons les récupérer dans une seconde.

— Aucun souci, dit l'homme en souriant. Si j'avais une jolie fille sur les genoux, je ne voudrais pas non plus avoir à m'occuper des planches.

Kenna lui sourit, puis elle regarda Marshall. Il l'observait avec un air intense qu'elle ne sut pas déchiffrer. Il déplaça une de ses mains dans le creux de son dos en la collant encore davantage contre lui.

— Je ne suis pas parfait, dit-il.

Kenna fronça les sourcils. Ce n'était pas ce qu'elle s'attendait à entendre.

— Nous avons déjà eu cette conversation. Je sais que tu ne l'es pas.

— Non, je suis sincère. J'ai fait des choses dans ma vie qui feraient peur à n'importe quel être humain rationnel. Quand je suis de mauvaise humeur, je peux être désagréable avec mes amis et avec les inconnus dans la rue. Je suis un cynique et la première chose que je pense en voyant les gens mendier au bord de la route, c'est qu'il s'agit d'escrocs qui cherchent à avoir de l'argent pour acheter de la drogue. En général, je suis méfiant et je ne connais pas vraiment mes voisins.

— Marshall… commença Kenna, mais il continua à parler.

— Je veux être l'homme que tu crois que je suis, mais je suis humain. Je dis tout le temps ce qu'il ne faut pas et j'ai très peur que tu finisses par comprendre que je ne suis pas celui que tu as idéalisé dans ta tête et que tu finisses par rompre avec moi. Tout ce que je demande, c'est que si je fais quelque chose qui ne te plaît pas, ou que tu apprends une information sur moi qui t'énerve ou que tu ne comprends pas… parles-en avec moi. Si ma réponse ne te suffit pas, alors tu pourras partir.

— Je ne vais pas partir.

Kenna ne savait pas du tout pourquoi il disait tout cela, mais elle voulait désespérément l'apaiser.

— Je pense que j'ai besoin de toi, Kenna. J'ai besoin de toi pour sortir de ma coquille. Pour me forcer à voir ce qu'il y a de bien dans le monde plutôt que le mauvais. Ça fait si longtemps que je n'ai pas rencontré quelqu'un avec qui j'ai l'impression de pouvoir être moi-même. Être Marshall et non le petit malin. Le SEAL.

Kenna se pencha en avant et appuya son front contre le sien.

— Je suis là pour toi, affirma-t-elle.

— Promets-le-moi, dit-il en faisant passer la main dans sa nuque. Promets-moi que si tu entends des choses sur moi qui t'ennuient, tu m'en parleras.

Pour la première fois, Kenna se sentit angoissée.

— Quelles choses ?

Il secoua la tête.

— Promets-le-moi, répéta-t-il en lui serrant le cou.

Pas fort, juste assez pour avoir toute son attention.

— Je te le promets, chuchota-t-elle.

À ces mots, tous les muscles de Marshall semblèrent se détendre. Il fit courir son pouce dans sa nuque comme pour s'excuser de l'avoir serrée si fort.

— Bien. Merci pour aujourd'hui, Kenna. Je ne me souviens pas d'avoir déjà autant apprécié un rendez-vous.

— Merci d'avoir joué le jeu et de m'avoir accompagnée. Je savais que cette plage allait être merveilleuse.

— Dès que tu voudras essayer de te rendre sur une plage privée, tu peux compter sur moi. Même si je ne suis pas certain que nous aurons toujours autant de réussite qu'aujourd'hui.

— C'est vrai. Ça m'a semblé presque trop facile. Mais je n'ai pas l'intention de regarder les dents de ce cheval donné, dit-elle.

Marshall eut un petit rire.

— C'est vraiment une expression bizarre. Pourquoi voudrait-on regarder les dents d'un cheval ?

— Je ne sais pas, mais maintenant je veux en connaître l'origine, affirma Kenna en souriant.

— Eh bien, nos téléphones sont dans nos sacs... dit-il sans finir sa phrase.

— C'est une des choses que j'aime tant chez toi... je ne pense pas que je suis bizarre à cause de ce à quoi je pense. Et jusqu'ici, tu as été partant pour toutes les folies que je veux faire.

Marshall sourit. Puis il l'embrassa, léchant le sel de ses lèvres avant de poser les mains sur ses bras.

— Es-tu prête à quitter l'eau ?

Kenna hocha la tête.

— Moi aussi. Et comme je suis resté assis là, j'ai du sable dans mon short.

Kenna ne put s'empêcher de rire. Elle se leva et lui tendit la main.

— Allez, viens, espèce de gros bébé. Je ne peux pas croire qu'un SEAL se plaigne autant du sable.

— Hé, j'ai appris que je n'aimais pas être un biscuit couvert de sucre pendant les BUD/S. J'ai eu la peau irritée. Très, *très* irritée, insista-t-il en posant sa main dans la sienne.

Il se leva et ne trébucha même pas quand une vague s'écrasa contre ses jambes. Il était vraiment totalement à l'aise dans l'eau et Kenna trouvait cela terriblement sexy. Elle eut une vision d'eux faisant l'amour dans l'océan avant de chasser cette image. Aujourd'hui, n'était pas pour le sexe, c'était pour apprendre à mieux se connaître. Mais elle était à peu près certaine que le sexe n'était pas très loin dans le futur.

Marshall attrapa leurs bodyboards et ils retournèrent vers leurs chaises longues. Il insista pour aller lui chercher un verre d'eau fraîche et autre chose à grignoter sans qu'elle ait besoin de poser la question.

En le regardant partir, Kenna pensa à ce qu'il avait dit dans l'eau. Elle ne savait pas du tout ce qu'il croyait qu'elle risquait de découvrir sur lui. Elle savait que c'était un SEAL. Elle savait qu'il avait tué des gens. Elle savait qu'il n'était pas toujours insouciant. Mais ce devait être quelque chose de gros, parce qu'il était si inquiet. Elle n'imaginait pas que cela fasse une différence dans ce qu'elle ressentait pour lui, mais si ce moment arrivait, elle allait tenir sa promesse d'en discuter avant de prendre une décision sur un coup de tête.

En repoussant cette étrange conversation de son esprit, elle s'installa sur sa chaise et soupira de contentement. Cette plage était parfaite. Tout le monde avait été poli et amical et elle n'avait pas vu un seul débris. Elle ne s'était pas non plus inquiétée que quelqu'un vole leurs affaires pendant qu'ils étaient dans l'eau, ce qui était un gros soulagement. Être riche ne devait pas être si terrible si l'on pouvait profiter d'un endroit pareil pendant son temps libre.

En fermant les yeux, Kenna se détendit. La journée allait bientôt prendre fin, mais pour l'instant, elle allait profiter de chaque seconde qu'il lui restait à passer avec Marshall.

* * *

Ils étaient restés à la plage plus longtemps qu'elle ne l'avait prévu. Marshall s'était arrêté dans un Wendy's sur le trajet de retour vers l'appartement de Kenna afin qu'elle puisse acheter un hamburger et des frites pour le dîner. Il avait proposé de la conduire dans un endroit plus élégant, mais elle adorait le fast-food. Elle ne pouvait pas en manger aussi souvent qu'elle en avait envie, mais elle était fan de frites. Il fallait courir plus longtemps le lendemain matin, mais c'était un prix qu'elle était prête à payer.

De plus, elle n'était pas vêtue de façon appropriée pour aller chez Helena ou dans un autre restaurant. Elle était toujours en maillot de bain, ses cheveux étaient tout emmêlés à cause du sel et du vent et elle n'avait envie de parler à personne d'autre que Marshall.

Oui, elle était extravertie, mais elle avait ses limites avec les gens. Aujourd'hui avait été si incroyable, juste avec Marshall, qu'elle n'avait pas envie de faire entrer quelqu'un d'autre dans leur petit cercle.

Kenna avait terriblement envie de lui demander de monter. Ils pouvaient manger – il s'était acheté un hamburger, lui aussi – et ensuite ils auraient pu passer sous la douche pour se laver. Non pas que sa petite douche puisse les accueillir tous les deux, mais elle pouvait bien fantasmer.

En secouant la tête, Kenna savait qu'elle n'allait rien faire de tout cela. La journée avait été parfaite et elle ne voulait pas la gâcher. Passer plus de temps avec Marshall ne risquait pas de la gâcher, mais elle avait l'impression que ce n'était pas le bon moment pour aller plus loin.

— À quoi penses-tu ? demanda Marshall.

C'était peut-être parce qu'elle se sentait si sereine et qu'elle avait eu une bonne journée que Kenna se surprit à être entièrement franche.

— Si je te demande de monter ou pas. Et si je suggère d'économiser de l'eau en prenant la douche ensemble. Mais j'ai alors pensé que nous ne pouvions pas y rentrer tous les deux, car c'est trop petit, et j'ai décidé que ce n'était pas le bon moment pour autre chose de plus charnel maintenant.

Marshall tendit la main et elle ferma les doigts autour des siens.

— Je pense que nous savons tous les deux dans quelle direction va cette relation. En tout cas, je sais où j'ai envie qu'elle aille. Mais je suis d'accord, aujourd'hui n'est pas le moment.

Kenna poussa un soupir de soulagement.

Ils ne parlèrent pas pendant le reste du trajet jusqu'à son appartement, mais le silence fut confortable.

Une fois arrivé, il se gara sur une place, coupa le moteur et se tourna vers elle.

— À quoi ressemble ton emploi du temps, cette semaine ?

— Je travaille lundi, mardi, jeudi, vendredi et samedi. J'ai quelques courses à faire, mais demain je vais d'abord partir courir longtemps.

— Ne saute pas sur des plongeurs qui ne se doutent de rien, la taquina Marshall.

Kenna gloussa.

— Je n'ai pas sauté sur toi et je pense avoir appris ma leçon. Et toi ?

— Entraînement physique et réunions. Il est possible qu'il y ait une mission, mais nous attendons de voir comment se présente la situation. Avec un peu de chance, tout le monde se sortira le doigt et nous ne serons pas obligés de partir.

Kenna sentit son estomac se nouer, mais elle se contenta de hocher la tête.

— Je l'espère aussi.

— Savais-tu que Lexie travaille pour Food For All en centre-ville ? demanda-t-il.

Ravie par ce changement de sujet – Kenna n'était pas encore prête à imaginer Marshall et ses amis se mettre dans des situations dangereuses –, elle hocha la tête.

— Elle l'a mentionné la dernière fois qu'elle m'a envoyé un texto. Elle a parlé d'une personne qu'elle apprécie beaucoup et qui vient souvent. Je crois qu'il s'appelle Theo ?

— Oui, c'est lui. Bref, elle va être à la tête d'un nouveau local de Food For All à Barber's Point et elle va tout déménager cette semaine. Avec les autres, nous allons l'aider à transporter les choses encombrantes, mais si tu as le temps, et que tu en as envie, je suis sûre qu'elle aimerait avoir de l'aide pour organiser le nouvel espace. Élodie va aussi être bénévole là-bas. Elle préparera des déjeuners à emporter, sains et un peu gourmets pour les gens.

— J'aimerais beaucoup aider, dit-elle franchement.

— Merveilleux, répondit-il en souriant.

Kenna le dévisagea une seconde avant de faire remarquer :

— C'est important pour toi que j'apprécie Lexie et Élodie, n'est-ce pas ?

— Oui, dit-il sans hésiter. Tout d'abord parce qu'elles sont fabuleuses, et je sais que tu t'entendras avec elles quand tu auras appris à les connaître. Mais aussi parce qu'elles sont souvent avec nous. Et comme nous en avons parlé auparavant, je pense qu'elles seront d'une grande aide quand je serai déployé.

Kenna sourit.

— Quoi ? demanda-t-il.

— J'adore que tu parles de l'avenir.

Marshall se pencha et posa une fois de plus la main derrière sa nuque. Il était évident que c'était sa façon d'attirer son attention. Et elle adorait ça.

— J'étais déjà assez certain de vouloir une relation sérieuse avec toi, mais aujourd'hui j'en suis sûr. Tu es tout ce que j'ai toujours voulu chez une femme, Kenna. Tu es drôle, sociable, aimable, gentille, amusante et je ne peux nier que je suis physiquement attiré par toi. Et avant que tu le dises, je sais que tu n'es pas parfaite et nous avons déjà établi que je ne l'étais pas. Mais tes bonnes qualités sont si visibles. Je ne peux pas imaginer m'énerver pour quelque chose de bête, comme le fait que tu ne veuilles pas faire la vaisselle. Lexie et Élodie ne sont pas seulement les copines de mes amis, ce sont aussi mes amies. J'ai désespérément envie que vous vous entendiez bien.

— Ce sera le cas, affirma Kenna. Je n'en ai aucun doute. Je les apprécie déjà. Et le fait qu'elles aient fait des efforts pour me défendre chez Duke's en inventant cette histoire pour que ces pétasses soient plus aimables... cela en dit beaucoup sur elles.

— Bien. Ça ira pour toi d'être seule avec elles ? Je ne peux pas quitter le travail pour les aider pendant la journée. Nous avions l'intention de déménager les meubles encombrants au début de la semaine.

— Marshall, je suis une serveuse professionnelle. Je peux parler de n'importe quoi à n'importe qui. Tout ira bien.

Elle trouvait que c'était mignon qu'il s'inquiète.

— D'accord. Bien. Et pour que tu le saches ?

Quand il ne poursuivit pas, Kenna l'encouragea :

— Oui ?

— Si tu m'avais invité à monter pour manger et me doucher

avec toi, j'aurais dit oui. Au point où j'en suis, je ne peux plus rien te refuser.

Kenna sourit. Elle aimait savoir qu'elle avait ce genre de pouvoir sur lui... le même pouvoir qu'il avait sur elle. Elle se pencha en avant et l'embrassa. Il prit vite le contrôle, la serrant contre lui en la tenant par la nuque et en dévorant sa bouche.

Ils étaient tous les deux à bout de souffle quand ils finirent par s'écarter.

— Waouh, souffla Kenna.

— Oui, acquiesça Marshall. Allez, je t'accompagne à l'étage.

— Penses-tu que c'est une bonne idée ? le taquina Kenna.

Elle sentait ses tétons pousser contre son maillot et elle était humide entre les jambes.

— J'ai seulement besoin de m'assurer que tu rentres chez toi en sécurité. Je serais un petit ami merdique si je te laissais dans le parking.

Kenna secoua la tête.

— Non, tu serais normal.

— Je n'aime pas être normal, rétorqua Marshall.

Puis il l'embrassa vite et se tourna pour sortir de la jeep.

Kenna savait qu'elle souriait comme une folle, mais elle ne pouvait pas s'arrêter. Marshall attrapa son sac et lui prit la main, puis ils marchèrent vers l'immeuble.

Ils arrivèrent à sa porte en moins d'une minute. Marshall lui donna son sac de plage avec le repas qu'il avait placé à l'intérieur. Il la serra contre lui pour une longue embrassade qui venait du cœur. Ensuite, il fit un pas en arrière quand elle déverrouilla sa porte.

— Passe une bonne nuit, dit-il.

Kenna aurait pu être offensée qu'il n'ait pas l'air de vouloir lui faire un baiser de bonne nuit, mais elle savait qu'ils auraient fini à l'intérieur.

— Toi aussi. Tu me préviens quand tu arrives chez toi ?

Il hocha la tête.

— Tu ne travailles pas dimanche prochain, n'est-ce pas ?

— Effectivement.

— J'aimerais te conduire chez moi et cuisiner pour toi... si ça te convient.

Kenna eut des frissons.

— Tu sais cuisiner ?

— Je ne suis pas un chef comme Élodie, mais j'ai suivi quelques-uns de ses conseils et je sais bien griller les steaks.

— Ça m'a l'air très bien. Voudras-tu m'accompagner à la foire au troc de l'Aloha Stadium le matin ? demanda-t-elle.

— Oui, répondit-il immédiatement.

Kenna sourit.

— Y as-tu déjà été ?

— Non.

— C'est génial, tu vas voir. Ils ont tout : des vêtements, des souvenirs, de la cuisine de toutes les nationalités, des antiquités. J'aime parler aux artistes. En général, ils ont des histoires incroyablement intéressantes.

Marshall sourit.

— J'aime te voir enthousiaste. Nous pourrons parler de la logistique plus tard.

— Parfait.

— Fais attention à toi cette semaine.

— Promis, le rassura Kenna.

Pendant une seconde, ils restèrent tous les deux immobiles à se fixer, jusqu'à ce que Marshall inspire profondément et parte à reculons.

Kenna le regarda s'éloigner dans le couloir.

— Rentre chez toi, ordonna-t-il.

C'était rassurant de voir qu'il ressentait la même attirance pour elle qu'elle pour lui. Kenna le salua de la main, puis elle ouvrit sa porte et entra dans son appartement.

Elle referma et s'appuya contre sa porte avec un autre sourire sur le visage. Elle pouvait dire sans craindre de se tromper qu'elle était complètement folle de Marshall Smart.

Elle ne savait pas du tout ce qu'il avait peur qu'elle découvre, mais elle avait l'impression que ce n'était pas très important.

Se sentant plus heureuse qu'elle l'avait été depuis long-temps, Kenna sortit son dîner de son sac de plage et se dirigea vers le canapé pour manger. D'abord le repas, puis la douche, puis un texto à Lexie pour connaître les détails de ce qu'elle pouvait faire pour l'aider au nouveau local de Food For All.

La semaine allait être bien remplie et Kenna était déjà excitée à l'idée de voir Marshall le dimanche suivant. Oui, elle allait lui parler au cours de la semaine, mais voir où il vivait, goûter ce qu'il allait cuisiner pour elle... lui semblait être le moment parfait pour passer à une relation plus physique.

Le dire de cette façon semblait presque trop sage. En réalité, Kenna avait envie de baiser Marshall plus qu'elle n'avait envie de faire quoi que ce soit d'autre depuis longtemps. Et elle avait l'impression que le week-end qui venait allait être leur moment.

Elle souriait encore en mangeant une grosse bouchée de son hamburger. Il était tiède, mais rien ne pouvait atténuer son enthousiasme de la journée.

CHAPITRE DIX

La semaine était passée vite. Entre le sport, les courses, les discussions avec Marshall et le travail, le temps avait filé.

C'était déjà mercredi matin et Kenna se dirigeait vers la zone de Barber's Point pour rejoindre Lexie, Élodie et une autre femme nommée Ashlyn, qui travaillait avec Lexie, afin d'organiser la nouvelle antenne de Food For All. Elle avait même convaincu Carly de l'accompagner. Elle n'avait pas menti à Marshall, elle pouvait avoir une conversation avec n'importe qui sur n'importe quoi, mais elle était néanmoins ravie que Carly ait accepté de venir.

Kenna était inquiète pour son amie. Carly n'était plus sortie après sa confrontation avec Shawn chez Duke's, préférant rester autant que possible dans son appartement jusqu'à ce qu'il soit l'heure de travailler. Kenna ne lui en voulait pas, si Shawn avait été son ex, elle aurait également fait extrêmement attention, mais ce n'était pas vraiment sain pour Carly de s'enfermer ainsi.

Une raison de plus de détester Shawn.

Mais aujourd'hui, elle avait convaincu Carly de l'accompagner et il lui tardait de passer du temps avec son amie en dehors du travail.

Pendant qu'elles roulaient vers le côté ouest de l'île, Kenna dit aussi nonchalamment que possible :

— Alors... comment ça se passe avec Jag ? Vous continuez à discuter ?

— Ça va bien. Eh oui, on continue.

Kenna voyait bien que Carly ne voulait pas parler du beau SEAL, mais elle n'était pas prête à laisser tomber le sujet.

— Marshall dit que Jag est inquiet pour toi.

Carly soupira et regarda Kenna.

— Écoute, je sais que tu es follement heureuse avec Marshall, mais ne va pas te mettre en tête que je vais finir avec son ami. J'en ai terminé avec les hommes. Sérieusement. Peut-être pas pour toujours, mais pour un bon moment. D'accord ?

— D'accord, d'accord, concéda Kenna. Je veux juste que tu sois heureuse. Et ce n'est pas parce que Shawn n'était pas le bon pour toi que quelqu'un d'autre ne l'est pas. Sans parler du fait que ce ne sont pas non plus tous des crétins violents.

— Je sais. Et j'aime vraiment beaucoup Jag. Il est gentil et il me fait me sentir en sécurité. Mais je ne suis toujours pas prête. Je dois d'abord retrouver mon équilibre. Apprendre à être heureuse toute seule pendant un moment. De plus, ça ne serait pas juste pour lui qu'il soit simplement le moyen de me remettre d'une déception amoureuse.

— Je comprends, dit Kenna.

C'était vrai. Elle avait l'impression que si Carly s'ouvrait à Jag, elle ne le regretterait pas, mais il fallait qu'elle décide elle-même du moment où elle était prête à passer à autre chose.

— Merci de m'accompagner aujourd'hui, dit-elle en changeant de sujet.

Carly sourit.

— Merci de me l'avoir demandé. Je sais que je devrais sortir davantage, mais j'imagine tout le temps Shawn prêt à me sauter dessus et à me faire du mal à la seconde où je quitte mon appartement.

— Je comprends. Mais personne ne veut te faire du mal aujourd'hui. On va sûrement s'amuser.

— Qui sera là, déjà ? Les deux femmes de Duke's de l'autre soir, je sais, mais qui d'autre ?

— Oui, Élodie et Lexie. Lexie travaille pour Food For All et ils agrandissent en ouvrant ce nouveau lieu. Apparemment, elle est chargée de tout installer. Une autre femme qui travaille avec elle, Ashlyn, sera là également, d'après ce que j'ai compris.

— Cool. Les garçons ne viennent donc pas ? demanda Carly d'un air un peu trop nonchalant.

Kenna réprima un sourire. Elle avait l'impression que si Jag patientait un peu, il allait finir par faire céder Carly.

— Non, ils travaillent. Je crois qu'ils ont aidé à déménager les meubles les plus gros, hier.

Carly hocha la tête.

Elles bavardèrent du travail et de leurs plannings pendant le reste du trajet jusqu'à Barber's Point. Kenna se gara sur une place de parking à un pâté de maisons du bâtiment de Food For All, et Carly et elles descendirent de sa fidèle Chevrolet puis elles longèrent le trottoir.

Les fenêtres du bâtiment étaient couvertes de papier marron, indiquant au public qu'il n'était pas encore ouvert, mais Lexie avait dit à Kenna d'entrer directement en arrivant.

Kenna poussa la porte et entra dans un grand espace lumineux et accueillant. Elle sourit. Si elle n'avait pas eu de chance et se sentait mal de devoir demander de l'aide pour se nourrir elle ou sa famille, elle se serait sentie beaucoup mieux après être entrée ici. Ce n'était pas déprimant. C'était presque inspirant. Les murs étaient blancs et l'éclairage très lumineux, mais sans la luminosité dure des néons. Une fois que le papier allait être retiré des fenêtres, elle savait que le soleil allait encore améliorer l'endroit.

— Salut !

— Génial ! Kenna et Carly sont là !

— C'est bon de vous revoir !

L'accueil chaleureux de la part des trois femmes fit encore plus sourire Kenna. Cela lui rappelait la vieille série télévisée *Cheers*, où tout le monde saluait toujours Norm quand il entrait dans le bar.

Kenna salua tout le monde de la main.

— Salut ! Vous vous souvenez de Carly, n'est-ce pas ?

— Comment pourrions-nous oublier la meilleure serveuse qui soit ? dit Élodie avec un sourire.

— Et voici Ashlyn. Elle travaille avec moi à Food For All, ajouta Lexie.

— Ravie de te rencontrer, dit Kenna poliment.

— Pareillement. J'ai beaucoup entendu parler de toi de la part de Lexie, précisa Ashlyn.

— Vous pouvez poser vos sacs là-bas, proposa Lexie en indiquant une table le long d'un des murs où étaient posés leurs propres sacs. Ensuite, nous pourrons nous mettre au travail.

— Que faisons-nous aujourd'hui ? demanda Kenna en marchant vers la table.

— La chef de corvée a une longue liste, plaisanta Ashlyn.

— La ferme, dit Lexie en jetant une boulette de papier à son amie.

Tout le monde rit.

Kenna avait l'impression que la journée allait être très plai-sante. Elle avait besoin de ça. Elle avait besoin de se lier d'amitié avec des femmes en dehors du travail.

En entendant une fois de plus la porte s'ouvrir, Kenna se retourna et vit un homme entrer dans le local. Il était grand, assez maigre, et il avait de longs cheveux emmêlés. Ses lèvres bougeaient comme s'il parlait tout seul, mais on ne pouvait entendre aucun mot. Il fixait le sol en s'arrêtant près de la porte. Il portait un grand sac rempli de boîtes de conserve vides, et ses vêtements étaient usés et en mauvais état.

Kenna attendit que Lexie ou Ashlyn expliquent que ce

n'était pas encore ouvert, mais à la place, Lexie salua l'homme par son nom en s'approchant de lui.

— Bonjour, Theo. As-tu bien dormi cette nuit ?

Il hocha la tête, mais il ne la leva pas et ne répondit pas par des mots.

— Bien. Penses-tu pouvoir être heureux ici à la place d'être en centre-ville ?

Là-dessus, Theo leva les yeux pour la première fois. Il fixa Lexie comme si elle avait décroché la lune.

— J'aime mon lit. Et ma chambre. C'est calme. Et il y a un parc tout près. Avec des arbres.

— Tu aimes les arbres, n'est-ce pas ? demanda Lexie avec douceur.

Theo regarda ses pieds et hocha une fois de plus la tête.

— Bien. Nous commençons tout juste ici. Tu peux rester, si tu veux.

— Je reste, marmonna Theo dans sa barbe.

Ashlyn fit sursauter Kenna quand elle parla doucement juste à côté d'elle. Kenna ne l'avait même pas entendue s'approcher.

— Theo a aidé à lui sauver la vie. Lexie ferait n'importe quoi pour lui. Il la protège à sa façon. Quand elle a su qu'elle allait travailler ici, elle n'a pas supporté de devoir le laisser en centre-ville. Elle lui a demandé s'il souhaitait venir ici et il a accepté. Elle a organisé un petit studio pour lui, et il semble très bien s'en sortir jusqu'ici.

Kenna ne connaissait pas les détails du passé de Lexie, et elle était très curieuse de savoir ce qui était arrivé et la façon dont cet homme – sans abri auparavant – avait sauvé la vie de sa nouvelle amie, mais ce n'était ni le moment ni le lieu.

Theo avança en traînant les pieds vers une petite table dans un coin et il s'installa sur une chaise en plaçant son sac entre ses pieds, comme s'il pensait qu'une des femmes risquait de le lui prendre. Kenna ne se vexa pas. Si elle avait été SDF, elle supposait qu'elle aurait été parano à l'idée que quelqu'un lui vole ses affaires, elle aussi.

Lexie s'avança vers un frigo et en sortit une bouteille d'eau. Elle l'apporta à Theo et la posa sur la table sans un mot. Puis elle se tourna vers les femmes et expliqua :

— Alors, Élodie voudrait installer la salle à l'arrière pour que nous puissions vite lancer les déjeuners à emporter. Il faudra déplacer quelques-unes des étagères apportées par les hommes, hier. Nous devons aussi balayer cet endroit, nettoyer la salle de bains, installer les tables et les chaises, et faire en sorte que tout soit aussi accueillant que possible.

Ashlyn poussa un grognement et se pencha avec une main dans le dos comme si elle avait cent ans.

Tout le monde éclata de rire.

— Et même si j'aime le côté lumineux de la salle, c'est un peu... austère. J'ai pensé que nous pourrions peindre les murs avant de tout déballer ou nettoyer. J'avais envie de faire une peinture murale comme à Kakaako.

— Qu'est-ce que c'est ? demanda Carly.

— C'est un quartier entre Waikiki et le centre d'Honolulu. Autrefois, c'était une ville industrielle fantôme avec beaucoup de garages pour voitures et de vieux entrepôts. Mais quelques artistes locaux ont utilisé les vieux bâtiments comme des toiles et cela a animé le quartier. Il y a un tas de brasseries et d'autres entreprises là-bas maintenant, et il y a même un rassemblement mensuel de food trucks.

— Comment se fait-il que je ne le savais pas ? demanda Kenna.

— Parce que tu n'as aucune raison d'y passer ? suggéra Élodie.

— Maintenant, si. Je vais aller voir ça et Carly et moi nous y passerons en retournant à Waikiki.

— Génial, dit Ashlyn avec un sourire.

— Alors... qui va se charger de cette peinture, Lexie ? Parce que je n'ai pas une once de talent artistique, et je pense que c'est pareil pour toi, dit Élodie.

— Ne comptez pas sur moi, intervint Ashlyn.

— Je suppose que vous n'êtes pas des artistes ? demanda Lexie à Kenna et Carly.

— Désolée, pas moi, dit Kenna.

— Je ne sais même pas dessiner une ligne droite, acquiesça Carly.

— Oh, mince. Tant pis pour ma grande idée, soupira Lexie.

— Je sais dessiner.

Les cinq femmes se tournèrent pour regarder Theo. Il était toujours assis à la table, focalisé sur sa surface en dessinant des cercles imaginaires avec son doigt dans la poussière qui couvrait légèrement le plateau.

Lexie marcha vers lui et s'accroupit à côté de sa chaise.

— Tu sais dessiner, Theo ?

Il hocha la tête.

Lexie se tourna et fit signe à Élodie.

— Peux-tu m'apporter une feuille de papier et un stylo ?

Élodie se précipita vers leurs sacs et sortit d'une chemise une feuille de papier qu'elle apporta à Theo et Lexie.

Kenna observa la scène avec intérêt pendant que Lexie se retournait vers son ami non conformiste en posant les fournitures sur la table devant lui.

— Peux-tu me dessiner quelque chose ?

— Oui.

— Peut-être l'océan, avec une jolie plage, des bâtiments sur la gauche et une montagne ?

— Comme Diamond Head ? demanda Theo en levant la tête vers elle.

— Oui, exactement ! Et peut-être un bel arc-en-ciel aussi. Tout le monde aime les arcs-en-ciel. Ils rendent heureux.

Theo hocha la tête et se pencha sur le papier.

Lexie se leva et s'écarta de la table en laissant à Theo l'espace pour faire son dessin.

— Penses-tu vraiment qu'il sait dessiner ? chuchota Carly lorsque Lexie rejoignit les autres femmes.

— Je l'espère. Sinon, les murs vont être d'un ennui mortel par ici. Nous n'avons pas l'argent pour engager un artiste en ce moment.

— Nous pourrions le demander à Aleck, suggéra Élodie.

Kenna écarquilla les yeux de surprise à cause de cette nouvelle pour le moins étrange.

— Nous le pourrions, acquiesça Lexie, mais il a déjà tellement donné, je déteste lui en demander plus.

— Il peut se le permettre, assura nonchalamment Élodie.

— Je sais, mais je ne veux pas abuser. Surtout si j'ai besoin d'aide pour autre chose plus tard.

Élodie et Ashlyn hochèrent la tête, mais Kenna se contenta de regarder Carly, perplexe.

Élodie surprit son regard et demanda :

— Qu'est-ce qui ne va pas ?

Kenna haussa les épaules.

— Je suppose que je ne comprends pas pourquoi vous avez choisi Marshall pour donner de l'argent.

— Il est blindé de thunes, répondit calmement Lexie en séparant une pile de chaises. On ne le saurait pas en le regardant ou en lui parlant. C'est un des millionnaires les plus terre à terre que j'ai pu rencontrer. Cependant, je jure que je ne profite pas de lui. C'est pour ça que je ne lui demanderai pas de payer un artiste pour qu'il vienne faire une peinture murale. Il a déjà été plus que généreux.

Kenna butait toujours sur la première partie de ce qu'elle avait dit, cherchant à intégrer le fait que Marshall était un *millionnaire*.

— Tu ne le savais pas ? Je suis désolée si nous avons vendu la mèche, dit doucement Élodie. Il ne se vante pas du fait que ses parents ont gagné une tonne d'argent dans l'immobilier et qu'ils ont créé un fonds fiduciaire pour lui.

— Et il leur rembourse même son appartement-terrasse à

Coral Springs. Il a dit qu'ils l'avaient acheté comme lieu de vacances, mais quand il a affecté ici, ils ont insisté pour qu'il y emménage. Ils ont tout mis à son nom, expliqua Lexie.

Kenna se figea complètement en apprenant où vivait Marshall.

Mon Dieu, quelle idiote !

Pas étonnant qu'il ait été si facile de pénétrer sur cette plage privée. Marshall vivait là-bas, bon sang. Et il n'avait pas dit un mot.

L'humiliation l'envahit comme la marée de l'océan.

Et tout à coup, le meilleur rendez-vous qu'elle ait eu de toute sa vie fut entaché par le mensonge.

Carly vit manifestement qu'elle était bouleversée, même si elle ne savait pas pourquoi. Elle posa une main sur le bras de Kenna en signe de soutien.

Kenna savait qu'elle aurait dû dire quelque chose, mais elle ruminait encore le fait que dans toutes les conversations qu'elle avait eues, Marshall n'avait pas une seule fois mentionné qu'il était riche. C'était douloureux. Pas bon du tout.

Elle fut sauvée du silence gênant quand Theo annonça :

— J'ai fini.

Tout le monde reporta son attention sur lui lorsqu'il posa le stylo sur la table. Lexie se tourna vers lui et souleva la feuille de papier. La surprise était facile à voir sur son visage.

— Peux-tu redessiner ça ? Mais sur le mur ? En très grand ? lui demanda-t-elle.

Theo hocha la tête.

Kenna se tourna vers les autres femmes avec un grand sourire.

— On dirait que nous avons trouvé notre artiste.

Élodie et Ashlyn applaudirent et se précipitèrent pour voir ce que Theo avait dessiné. Carly saisit l'occasion pour demander doucement à Kenna :

— Est-ce que ça va ?

— Non, répondit-elle franchement. Mais je ne vais pas y

penser maintenant. Nous avons des choses à faire et je veux apprendre à connaître tout le monde ici. Je ne peux pas y arriver en pensant au fait que Marshall m'a menti.

Carly fronça les sourcils.

— D'accord, mais je suis là si tu veux parler.

— Merci, ça compte beaucoup.

Carly hocha la tête et entraîna Kenna vers Theo et son dessin. Elle l'accompagna volontiers, souhaitant chasser ce qu'elle venait d'apprendre sur Marshall de son esprit. C'était trop douloureux d'y songer maintenant.

Le reste de la matinée et du début d'après-midi passèrent vite. Élodie commanda à déjeuner pour tout le monde et elles mangèrent comme des cochons avec des hamburgers, des frites et des malasadas pour le dessert. Theo s'avéra être incroyablement doué. Il avait peut-être un handicap mental et une hygiène douteuse, mais ça n'affectait pas son talent artistique. Il finit de dessiner la scène de plage sur le mur et ils avaient bien entamé le début de la peinture quand Kenna et Carly durent partir.

Comme Carly devait travailler ce soir-là, elle devait rentrer afin de se changer et de rouler jusqu'à Duke's. Elles n'avaient pas fait une tonne de travail sur l'organisation de l'espace, mais Kenna était ravie par la façon dont tout le monde s'entendait. Élodie et Lexie étaient tout aussi drôles que le soir où elles étaient venues chez Duke's.

Kenna apprit des versions abrégées de leurs drames et elle en fut horrifiée. Elle n'était pas du tout surprise d'entendre que Marshall et son équipe de SEALs s'étaient regroupés pour sauver les femmes. Elle ne put s'empêcher d'être intéressée au sujet des missions qu'ils accomplissaient quand ils avaient rencontré Élodie et Lexie. Il était difficile de visualiser Marshall en mode SEAL, mais elle se disait que ça devait être impressionnant.

En apprendre plus sur Marshall et ses amis était aussi un peu douloureux. Cela lui rappelait sa supercherie. Ce fut encore pire quand Lexie n'arrêta pas de vanter les mérites de la vue de l'océan depuis son appartement à Coral Springs.

Mais chaque fois qu'il arrivait dans la conversation, Kenna refusait de s'y attarder. Elle allait avoir beaucoup de temps ce soir pour repenser à tout ce dont ils avaient parlé et pour l'analyser.

Ashlyn était aussi aimable que les deux autres femmes et quand Lexie se mit à la taquiner au sujet de Slate, Kenna fut surprise. Cet homme lui paraissait impatient et pas du tout intéressé par une relation. D'un autre côté, elle ne le connaissait pas très bien. Ashlyn était extravertie et pétillante, et Kenna avait du mal à l'imaginer avec Slate.

Bien sûr, la conversation avait aussi tourné autour de Carly, son ex et Jag. Carly s'était confiée et avait parlé de Shawn et de la façon dont tout avait semblé bien au début, jusqu'à ce que sa personnalité change complètement. Lexie et Élodie racontèrent à Ashlyn tout ce qui était arrivé au Duke's, et comment Kenna l'avait poussé en essayant de lui faire lâcher Carly, jusqu'à ce que Midas et Marshall le taclent.

Quand Kenna et Carly partirent, les cinq femmes étaient devenues de très bonnes amies. Elles avaient récupéré le numéro de téléphone de Carly et Ashlyn leur avait donné le sien. Kenna était contente d'avoir un nouveau groupe d'amies. Même si elle appréciait les femmes qu'elle rencontrait au travail, c'était agréable de parler d'autre chose de temps en temps.

Après avoir promis de se contacter bientôt et de trouver un autre moment pour traîner ensemble, Kenna marcha avec Carly vers sa voiture.

Elles ne dirent rien avant d'être en route vers Waikiki.

— Veux-tu en parler ? demanda Carly.

Kenna n'eut pas besoin de lui demander ce qu'elle voulait dire. Elle le savait. Elle secoua la tête en soupirant.

— Je n'en avais aucune idée. Je me sens tellement bête.

— Je suis désolée, compatit Carly.

— Le pire, c'est que je lui ai dit plus d'une fois que je détestais le mensonge, et voilà qu'il me cache un aussi gros secret.

— Mais a-t-il vraiment menti ? demanda Carly.

— Bien sûr. Je ne savais pas qu'il était millionnaire ! s'exclama Kenna.

— Mais a-t-il dit qu'il ne l'était pas ? insista Carly.

— Pourquoi es-tu de son côté ? Tu es censée être mon amie. Me soutenir moi, pas lui.

— C'est le cas, dit-elle calmement. Mais crois-moi, je sais comment fonctionne un menteur. Shawn était très doué. Et il me semble que ne pas te dire qu'il a une tonne d'argent ce n'est pas la même chose que mentir à ce sujet.

— Je me sens vraiment stupide. J'étais si enthousiaste d'entrer en douce à Coral Springs... et il vit là-bas ! Il devait sûrement être mort de rire.

— J'en doute. Si je devais hasarder quelque chose, je dirais qu'il paniquait.

— Pourquoi ? souffla Kenna d'un air sceptique.

— Lui as-tu dit sur quelle plage tu voulais te rendre avant qu'il passe te chercher ?

— Non. Je voulais que ce soit une surprise.

— D'accord. Alors, quand tu lui as dit de se garer sur son propre parking, je parie qu'il a été stupéfait.

Kenna soupira. Elle pouvait l'imaginer. Mais elle n'était pas encore prête à le laisser tranquille.

— Après ça, il a eu beaucoup de temps pour me le dire, insista-t-elle. Nous avons passé toute la journée là-bas. Il aurait pu me l'avouer.

— Écoute, je ne dis pas que tu n'as pas le droit de te sentir gênée ou même déçue, mais Kenna, tu es un peu une *bons*.

Kenna fronça les sourcils et regarda Carly. Heureusement qu'il n'y avait pas beaucoup de circulation. Elle pouvait donc gérer à la fois la conduite et cette conversation intense.

— Une quoi ? Qu'est-ce que c'est qu'une *bons* ?

— Une snob épelée à l'envers. Tu es l'inverse d'une snob.

Au lieu de mépriser les gens qui n'ont pas d'argent, tu juges durement ceux qui sont riches.

Kenna eut un petit rire de mépris. La remarque de son amie était assez ironique, puisqu'elle avait traité Marshall de snob le premier soir, lors de sa pause chez Duke's.

— Ce n'est pas vrai.

— Mais si, affirma doucement Carly. Je l'ai déjà remarqué. Chaque fois qu'une personne ayant l'air riche entre, tu la regardes de haut. Tu es bien plus à l'aise avec les gens que tu penses être de la classe moyenne à inférieure que tu ne l'es avec les touristes ou les habitants riches qui viennent tout le temps au restaurant.

Kenna voulut protester. Dire que ce n'était pas vrai. Mais elle savait que Carly avait un peu raison.

— C'est juste que... les gens me méprisent parce que je n'ai pas envie de faire partie de leur monde de l'entreprise et de gagner une fortune chaque année. Je suis heureuse d'être une serveuse.

— Alors tu les emmerdes, dit Carly.

Kenna ne put s'empêcher de rire. Son amie ne jurait pas très souvent, alors c'était assez surprenant de l'entendre maintenant.

— Je suis sérieuse. Tu es une adulte et tu peux faire ce que tu veux. Et si tu es heureuse, peu importe ce que pensent les autres. Mais franchement, tu as un petit ami plein aux as. Pourquoi est-ce que ça te contrarie ? La plupart des femmes sauteraient de joie. Si ça marche entre vous deux, tu pourras vivre dans un appartement-terrasse avec une belle vue de l'océan et toujours être serveuse. Simplement, tu ne seras peut-être pas obligée de travailler autant ou de t'inquiéter des petites choses pénibles comme le loyer et l'argent des courses.

Kenna soupira. Elle savait que Carly avait raison, mais elle n'arrivait pas à dépasser le fait que Marshall avait passé toute la journée avec elle, sur sa propre foutue plage privée, et qu'il n'avait pas dit un mot.

— Je sais, concéda-t-elle au bout d'un moment.

— Je ne t'ai encore jamais vue aussi heureuse et pétillante que ces dernières semaines, affirma Carly. Et c'est grâce à *lui*. Pas à cause de son argent, mais grâce à ses textos. Grâce à vos conversations du soir. Un homme pareil ne se trouve pas très souvent. Fais-moi confiance, je le sais.

— Carly... commença Kenna, mais son amie l'interrompit avant qu'elle puisse continuer.

— Je ne parle pas de Shawn pour orienter cette discussion vers moi. Je dis juste que... je ne veux pas te voir mettre fin à ce qui jusqu'ici est une relation incroyable avant même qu'elle commence réellement. Pas à cause de quelque chose d'aussi bête que le fait qu'il ait de l'argent.

Kenna ne pensait pas que c'était bête, mais elle comprenait le point de vue de Carly.

— Parle-lui, l'encouragea-t-elle. Écoute-le. Tu es un très bon juge du caractère des gens, tu le sauras s'il raconte n'importe quoi en t'expliquant la raison pour laquelle il ne t'a rien dit. Mais tu dois lui donner une chance. Ne gâche pas tout.

Kenna ne put s'empêcher de rire.

— Tu as l'air très impliquée dans notre relation, plaisanta-t-elle.

— Je le suis un peu. Je veux dire, Jag devient un bon ami. Et ce serait gênant pour moi de parler de lui ou même de le voir si tu romps avec Aleck.

Kenna sourit.

— Alors, tu admets que Jag te plaît ?

— Bien sûr qu'il me plaît, dit Carly.

— Qu'il te plaît-*plaît*, clarifia Kenna.

— Non, rétorqua Carly avec entêtement.

Mais le fait qu'elle parle de voir Jag dans le futur était révélateur. Elles le savaient toutes les deux, même si Carly ne voulait pas avouer qu'elle s'intéressait à lui.

Lorsque la conversation retomba, Kenna redevint sérieuse en pensant à ce qu'elle devait faire plus tard dans la soirée.

Elle se souvenait de ce que Marshall avait dit. Que si elle entendait quelque chose sur lui qui ne lui plaisait pas, qu'elle devait lui en parler d'abord. Elle le lui avait promis. Elle espérait vraiment que c'était de ça qu'il parlait. S'il avait encore un autre sombre secret, elle n'était pas sûre de pouvoir le supporter.

Kenna avait oublié de passer par Kakaako sur le chemin du retour pour contempler les peintures murales, mais elle se dit que ça pouvait attendre. Elle se gara devant l'appartement de Carly pour la déposer et son amie se tourna une fois de plus vers elle.

— Merci de m'avoir invitée aujourd'hui. J'ai passé un bon moment.

— Quand tu veux.

— Je ne me suis pas fait une tonne d'amis ici, et je me suis sentie seule en me cachant de Shawn dans mon appartement. Je vais essayer de faire un effort pour reprendre ma vie en main, grâce à toi.

Kenna sourit.

— Fais attention, d'accord ?

— Promis. Je n'ai aucune envie de croiser à nouveau cet enfoiré. Tout ce que je dis, c'est que j'ai vraiment aimé passer du temps avec les autres aujourd'hui et j'espère que j'aurai l'occasion de les revoir.

— Je suis sûre que oui. Elles ont toutes nos numéros et j'ai l'impression qu'il ne faudra pas longtemps avant que nous soyons encore embarquées dans un de leurs plans.

— Je l'espère, répondit Carly en souriant. Je te vois demain au travail.

— À plus.

Kenna attendit au bord du trottoir jusqu'à ce que Carly soit en sécurité dans le vestibule de son appartement, puis elle redémarra et rentra chez elle.

Il ne lui tardait pas le moment où elle allait devoir faire le nécessaire, mais elle avait quelques heures pour réfléchir à ce qu'elle voulait dire à Marshall. Elle n'était pas contente qu'il ait menti par omission, et elle ne voulait pas être une *bons*, comme Carly l'avait surnommée, mais la honte que Marshall lui avait fait ressentir persistait juste sous la surface et elle détestait cela.

Afin que Marshall et elle puissent poursuivre leur relation, elle devait trouver un moyen de dépasser ce sentiment. Mais elle ne savait pas bien comment. Et ça l'inquiétait.

Elle allait donc essayer de faire le point sur ses sentiments cet après-midi et appeler Marshall plus tard. Ils allaient parler, puis elle prendrait la décision de continuer ou pas à le fréquenter. La simple idée de ne pas lui parler, de ne pas se rendre à la foire au troc comme ils l'avaient prévu était douloureuse... ce qui en disait long sur ses sentiments. Elle ne voulait pas rompre avec lui. Mais elle ne voulait pas non plus avoir l'impression d'être la cible d'une de ses blagues.

Elle eut la boule au ventre en pensant à leur coup de fil. À la même heure le lendemain, Marshall et elle allaient être ensemble sans problème, ou alors ce serait terminé.

Elle eut envie de vomir.

CHAPITRE ONZE

Aleck fronça les sourcils en voyant le message qu'il venait de recevoir de la part de Kenna.

Kenna : Il faut qu'on parle.

Ce n'était pas bon signe quand une femme disait cela à un homme. Pour Aleck, c'était totalement vrai. Il avait l'impression de savoir de quoi elle voulait parler.

Il s'en voulut. Il aurait dû lui dire ce dimanche qu'il vivait à Coral Springs. Il avait trop apprécié la journée pour aborder le sujet, craignant de gâcher l'ambiance... et la façon dont elle le voyait.

Il n'avait pas pensé au fait qu'elle allait traîner avec Élodie et Lexie. Il aurait sans doute dû avertir les deux femmes qu'il n'avait pas parlé de sa fortune à Kenna, et leur demander de ne rien dire jusqu'à ce qu'il ait l'occasion de le révéler lui-même.

Il ne l'avait pas fait. Kenna avait passé l'après-midi avec Élodie et Lexie... et maintenant elle avait « besoin » de parler. Il était probable qu'elles aient craché le morceau. Il avait demandé à Kenna de lui parler si elle entendait quelque chose qu'elle n'appréciait pas, et apparemment, elle tenait au moins cette promesse.

Il lui renvoya vite un message.

Aleck : Bien sûr. Quand tu veux. Je suis à la maison et pas occupé.

Il préférait s'en débarrasser très vite. S'excuser et ramper si nécessaire.

Kenna : D'accord.

Elle ne dit pas quand elle allait l'appeler, mais Aleck n'insista pas. Il fit les cent pas avec le téléphone dans la main, cherchant à trouver le meilleur moyen d'expliquer son raisonnement quand il ne lui avait pas dit qu'il vivait à Coral Springs. En n'avouant pas qu'il avait un compte en banque à sept chiffres. C'était presque amusant que Kenna soit énervée parce qu'il était riche. La plupart des femmes auraient été ravies. Mais pas sa Kenna.

Sa Kenna.

Merde. Était-elle encore sienne ?

— Allez, appelle, marmonna-t-il.

Il voulait en finir vite avec cette conversation. Il détestait qu'elle soit contrariée.

Aleck arrêta de faire les cent pas et ricana. Pas parce qu'il y avait quelque chose de drôle, mais parce qu'il ne savait même pas si elle était vraiment contrariée. Il était en train de se monter la tête. Si ça se trouvait, Kenna voulait parler d'autre chose.

Non. Il savait au fond de lui que son argent lui posait problème.

Il avait peut-être inconsciemment espéré qu'Élodie et Lexie feraient une gaffe afin de ne pas avoir à chercher un moyen d'aborder le sujet.

Quoi qu'il en soit, il détestait la sensation d'angoisse qui s'était installée en lui.

Kenna le fit attendre une demi-heure de plus avant que son téléphone sonne enfin.

— Kenna, dit-il en décrochant.

— Salut.

Elle avait une voix monocorde et pas le ton accueillant qu'elle lui réservait d'habitude au téléphone.

— Tu m'as dit de te parler si j'entendais quelque chose que je n'appréciais pas sur toi, commença-t-elle sans tourner autour du pot. Tu vis à Coral Springs.

Ce n'était pas une question.

— Oui, répondit Aleck sans faux-fuyant.

— Tu es riche, ajouta Kenna.

— Techniquement, ce sont mes parents. Mais oui, j'ai accès à un fonds fiduciaire très confortable et j'ai pas mal d'argent sur mon compte en banque.

Kenna ne dit rien pendant un long moment et Aleck avait peur de dire quoi que ce soit qui risquerait de faire empirer la situation.

— Pourquoi ne me l'as-tu pas dit quand nous nous sommes garés à Coral Springs dimanche ? Tu avais largement le temps de me faire savoir que tu vivais là-bas et que ce n'était pas un souci de nous rendre sur la plage privée.

La douleur dans sa voix le retournait. Aleck détestait avoir cette conversation par téléphone, mais il n'avait pas l'intention de lui demander d'attendre le week-end.

— J'aurais dû.

— Oui, acquiesça-t-elle.

— Je n'ai pas vraiment de bonne excuse. Mais mon compte

en banque n'est pas un sujet que j'aborde avec les gens que je viens de rencontrer. Je n'utilise que très rarement l'argent que mes parents ont mis de côté pour moi. Oui, je vis dans un appartement-terrasse à Coral Springs. Mes parents l'ont acheté en tant que maison de vacances il y a quelques années. Quand j'ai été muté ici, ils me l'ont donné. J'ai essayé de protester, mais c'était inutile. Je suis en train de les rembourser... avec mon salaire de la marine, pas le fonds fiduciaire.

Aleck inspira profondément et continua. Kenna ne lui avait pas raccroché au nez et ne l'avait pas interrompu, alors il voulait croire que c'était bon signe, même s'il n'en avait aucune idée. Elle attendait peut-être qu'il ait fini de s'expliquer avant de lui dire qu'elle ne voulait plus jamais le revoir. Cette pensée le poussa à parler plus vite.

— Le premier soir où nous nous sommes rencontrés, tu m'as accusé d'être un snob, et même si c'était vexant, tu n'avais pas tout à fait tort. Mes parents ont fait de leur mieux pour m'obliger à travailler pour ce que je voulais, mais les vacances étaient toujours merveilleuses. En général, j'avais exactement ce que je désirais. Pour les anniversaires également. Eh oui, j'ai eu une voiture quand j'ai eu seize ans. Je n'ai jamais vraiment manqué de quoi que ce soit. Alors oui, c'était difficile pour moi de comprendre pourquoi tu étais satisfaite par le salaire d'une serveuse. Mais plus j'ai appris à te connaître, plus j'ai compris. La vie ne tourne pas autour de l'argent. Il s'agit des relations. Les liens avec les gens. Et tu as la capacité unique de créer des liens avec presque tous ceux que tu rencontres. C'est très beau, Kenna. Et dimanche, quand je suis passé te chercher, tu as été vraiment adorable. Tu étais si enthousiaste à l'idée de te faufiler en douce sur la plage privée. Je ne savais pas du tout que tu avais choisi la plage de mon immeuble jusqu'à ce que nous nous garions sur le parking. Je n'ai pas trouvé de bonne façon de lâcher que je vivais là-bas. Je veux dire, j'aurais pu, et j'aurais dû, mais en réalité... j'étais nerveux. Tu m'as bien fait comprendre ton opinion sur les gens riches et le genre de personnes qui selon toi vivaient dans mon immeuble. Je ne voulais surtout pas que tu me dépeignes de la même façon, ou que tu rompes à cause de l'endroit où je vivais.

Il soupira avant de continuer :

— Pour ce que ça vaut, je me suis senti coupable toute la journée, et depuis dimanche, je me sens encore plus mal de t'avoir bernée. J'allais te le dire ce week-end. Et je sais que c'est facile de dire ça maintenant... mais j'espère que tu te souviens que je t'ai invitée chez moi pour dîner. J'espérais que même si tu étais énervée contre moi, j'allais pouvoir te courtiser avec un repas délicieux.

Aleck arrêta et inspira profondément. Quand Kenna ne dit toujours rien, il demanda en hésitant :

— Kenna ?

Il l'entendit soupirer.

— Tu m'as humiliée, souffla-t-elle. Je ne peux m'empêcher de penser que tu te moquais intérieurement de moi pendant tout ce temps.

— Jamais, affirma fermement Aleck.

Puis il décida de lui révéler quelque chose qu'il n'avait encore jamais dit... pas même à ses coéquipiers. Quelque chose qui l'avait poussé à ne jamais révéler les détails de ses finances.

— Quand j'avais vingt-cinq ans... j'ai rencontré cette femme au bar. Elle semblait différente, pas comme les autres *Frog Hogs*.

— Les *Frog Hogs* ? demanda Kenna.

— Oui, il s'agit d'une catégorie particulière de coureuses d'uniformes, des chasseuses d'hommes-grenouilles. Une Frog Hog veut seulement sortir avec la crème de la crème... un SEAL de la Navy.

— Prétentieux, marmonna Kenna.

Mais Aleck perçut l'humour dans son ton et il préférait ça à l'humiliation qu'il avait entendue plus tôt.

— Nous préférons le mot « confiant » dit Aleck.

Il inspira encore profondément et continua son histoire.

— Quoi qu'il en soit, elle était grande, blonde, possédait un Master et était jolie, alors j'étais fier qu'elle me choisisse. J'étais au courant pour les *Frog Hogs*, bien sûr, mais elle semblait si différente que j'ai ignoré les signes. Nous sommes sortis ensemble pendant quelques mois et je pensais que ça se passait très bien. Cependant, mon équipe la *détestait*. Ils ne l'ont pas dit, mais je le voyais bien. Nous étions tous sortis ensemble un soir, et elle est partie aux toilettes. Elle est partie vraiment longtemps, je me suis inquiété, alors je suis allé voir si tout allait bien. Elle était ivre et elle riait et parlait d'une voix très forte à une amie dans les toilettes. J'entendais chaque mot à travers la porte.

Aleck marqua une pause. Il détestait se souvenir de ce qu'il avait ressenti en se tenant dans le couloir sombre de ce bar.

— Qu'a-t-elle dit ? demanda doucement Kenna.

Décidant de traiter la conversation comme un pansement que l'on arrachait d'un seul coup, Aleck continua :

— Elle parlait de moi, affirmant qu'elle était certaine que j'étais sur le point de la demander en mariage. En gros, elle disait qu'elle allait m'encourager à nous rendre à Vegas pour le faire rapidement, puis j'allais bien finir par me faire tuer en mission. Et en tant qu'épouse, elle n'aurait pas seulement mon assurance vie de la marine, mais mon fonds fiduciaire également. Son amie et elle ont ri à ce sujet en acquiesçant que c'était dans la poche. Qu'elle n'allait pas être obligée de – et je la cite – me supporter longtemps à cause de mon travail dangereux.

— Merde alors, quelle salope ! s'exclama Kenna.

Aleck ne put s'empêcher de rire, surtout parce que Kenna avait dit « salope ».

— J'espère que tu l'as larguée sur-le-champ.

— C'est ce que j'ai fait, indiqua Aleck. J'ai tourné les talons et quitté le bar. Je n'ai même pas dit à mes amis pourquoi je partais. J'avais conduit cette pétasse au bar, alors elle a dû rentrer chez elle avec son amie. Elle m'a appelé plusieurs fois, mais je ne lui ai plus jamais adressé la parole. Je lui ai envoyé un texto en disant que c'était fini... et rien de plus. C'était puéril et j'aurais dû être plus mûr et rompre en personne au lieu de faire le mort, mais j'en étais incapable.

— Non, tu n'aurais pas dû. Elle se foutait complètement de toi, alors pourquoi aurais-tu eu la décence de rompre en personne ? Quelle connasse, putain !

Même si Aleck appréciait son soutien, il voulait néanmoins s'assurer qu'elle comprenne pourquoi il lui racontait cette histoire.

— Elle a eu une grosse influence sur moi... de la pire des façons. Après ça, je n'ai pas fréquenté de femmes pendant plus d'un an parce que je n'avais confiance en personne, et quand j'ai enfin recommencé, j'ai été bien plus prudent quand il s'agissait de parler de ma fortune. Bon sang, j'aurais pu supporter que cette pétasse veuille être avec moi à cause de mon argent : au moins, ça n'aurait pas été très surprenant. Cependant, qu'elle veuille m'épouser parce que mon travail était dangereux et qu'elle comptait sur le fait que je me fasse tuer en mission pour pouvoir mettre plus vite la main sur mon argent... c'était presque impossible à accepter.

Kenna inspira profondément avant de souffler lentement.

— Je comprends. Je serais sans doute aussi méfiante que toi si j'étais à ta place.

Aleck n'arrivait pas à croire qu'elle le laisse tranquille si facilement.

— J'aurais dû te dire quelque chose. J'ai été lâche.

— Je ne t'en ai pas vraiment laissé le temps, fit remarquer Kenna. Et c'est vrai que j'ai été assez critique au sujet des gens riches. Je suis désolée pour ça.

— Quand même. J'aurais pu te parler avant que nous descendions de la jeep. Ou quand tu m'as dit ton plan pour passer devant Robert au poste de sécurité. Ou même après, quand nous étions assis à la plage.

— Es-tu sérieusement en train de me convaincre de rester fâchée contre toi ? demanda Kenna avec un petit rire.

Était-ce ce qu'il faisait ? Ça n'avait pas été son plan, mais maintenant qu'elle l'avait fait remarquer, Aleck comprit que c'était exactement ce qu'il faisait. Pas intentionnellement, mais tout de même.

— Bon sang, marmonna-t-il.

Kenna gloussa et le bruit imprégna ses pores et s'installa dans son cœur.

— Tu m'as fait de la peine, dit Kenna avec franchise. J'étais morte de honte quand Élodie et Lexie ont révélé que tu vivais à Coral Springs. J'ai râlé contre toi à Carly tout le long du retour de Food For All aujourd'hui, et sais-tu ce qu'elle a dit ?

— Quoi ?

— Que j'étais une *bons*. Une snob à l'envers. Elle m'a rappelé que la plupart des femmes auraient été ravies que leur petit ami ait de l'argent. J'y ai beaucoup réfléchi cet après-midi avant de t'appeler. Il y a tant de gens qui m'ont méprisée à cause de mon travail en me disant que je pouvais faire mieux, que cela m'a rendue méfiante envers ceux qui gagnent beaucoup d'argent. Je ne t'aime pas à cause de ce que tu fais, Marshall. Ni de la taille de ton compte en banque. Je t'aime à cause de ce que tu es. Mais je l'ai déjà dit et je vais le répéter : je n'aime pas les secrets. Y a-t-il autre chose que je dois savoir ? D'autres grandes révélations que tu as besoin de faire ? C'est le moment.

— Non. Même si je dois encore souligner qu'il y a beaucoup de choses que je ne pourrais jamais te révéler sur mon travail, dit Aleck avec un peu de méfiance.

— Je le comprends, et ce n'est pas grave. Ce qui m'inquiète plus, c'est que tu aies une maladie incurable ou que tu sois marié avec des enfants, par exemple.

— Non, absolument pas. Kenna ?

— Oui ?

— Je suis vraiment désolé. Je déteste que tu te sentes mal à cause de moi.

— Moi aussi. Mais maintenant que je le sais, passons à autre chose. Je me suis bien amusée avec les filles, aujourd'hui.

— Oui ?

— Oui. Savais-tu que Theo, l'ami de Lexie, est un artiste très doué ?

— C'est vrai ?

— Oui.

Pendant les minutes qui suivirent, Kenna parla de sa journée et de l'œuvre peinte par Theo sur le mur de l'annexe de Food For All. Puis ils parlèrent de Carly et si elle avait vu Shawn – ce n'était pas le cas – et comment s'était passé le reste de la journée.

— Je sais que tu travailles les trois soirs qui viennent, mais je me demandais si nous pouvions traîner ensemble vendredi pendant un moment ? demanda Aleck. Peut-être aller déjeuner ensemble ?

— N'as-tu pas besoin de travailler ?

— Si tu avais le temps, j'allais demander à mon commandant de prendre quelques heures de congé. C'est juste que... je veux te voir. M'excuser en personne. Vérifier que tout va bien entre nous.

— Ça va, lui dit Kenna. Et tu n'es pas obligé de t'excuser encore.

— Si, je crois qu'il le faut.

— J'aimerais beaucoup déjeuner avec toi vendredi, déclara Kenna.

Aleck laissa échapper un soupir qu'il retenait depuis le début.

— Et ça marche toujours pour dimanche ? Pour la foire au troc et le dîner ?

— Oui.

— Bien.

— Alors… la vue de ton balcon est-elle aussi belle que l'affirment Élodie et Lexie ? demanda Kenna.

— Oui, répondit Aleck simplement.

— Il me tarde de la voir.

Aleck se détendit entièrement pour la première fois depuis qu'il avait lu son texto. Instinctivement, il avait su que ne pas parler de son argent à Kenna risquait de poser un problème, mais il n'avait pas compris à quel point il pouvait être terrifié à l'idée qu'elle refuse de le revoir.

Kenna était différente. Importante. Et il voulait voir jusqu'où irait leur relation. L'humilier n'était pas le meilleur moyen de les rapprocher. Mais il se sentait bien plus léger maintenant qu'elle était au courant.

Ils poursuivirent leur conversation, parlant de tout et de rien. De leur travail, des amis, des familles, des villes natales, elle lui parla même un peu de son travail de comptable quand elle vivait en Pennsylvanie. Il lui raconta quelques histoires drôles sur son entraînement de SEAL et avoua que c'était ce qu'il avait fait de plus difficile dans sa vie, mais que c'était également ce dont il était le plus fier.

Quand Kenna se mit à bâiller, il jeta un coup d'œil à sa montre et vit qu'ils parlaient depuis une heure et demie. Il n'était pas très tard, mais Kenna avait été occupée toute la journée, sans parler du fait qu'elle avait sans doute été bouleversée par ce qu'elle avait appris sur lui. De plus, c'était sa seule soirée libre de toute la semaine et il voulait qu'elle puisse dormir.

— Je vais te laisser, dit-il doucement. Tu es fatiguée.

— Je ne devrais pas l'être. Les soirs où je travaille, je fais sans doute environ vingt-cinq mille pas. J'en suis très loin aujourd'hui.

— Malgré tout, insista Aleck. Va dormir.

— D'accord. Marshall ?

— Oui ?

— Merci d'être franc avec moi.

— Merci à toi d'être venue me voir avec ce que tu as appris.

La communication est la clé d'une bonne relation, et même si j'ai évidemment échoué dans ce domaine, je promets de m'améliorer.

— Je te parle demain ? demanda-t-elle.

— Bien sûr. Je t'appellerai pendant mon déjeuner, comme d'habitude.

— D'accord.

— Dors bien, bébé.

— Promis. Au revoir.

— Au revoir.

Aleck raccrocha le téléphone et se laissa retomber contre les coussins de son canapé. Il garda le regard perdu dans le vide en faisant de son mieux pour tout intégrer. Il savait qu'il aurait pu perdre Kenna. Il n'avait pas eu l'intention de la gêner, et il allait faire tout ce qu'il pouvait pour ne jamais recommencer.

C'était fou la vitesse avec laquelle une femme pouvait changer sa vie. Il vivait pour lui parler et entendre comment se passait sa journée. Même s'ils n'avaient traîné ensemble en personne que quelques fois, il avait très envie de plus. C'était nul que leurs emplois du temps soient si différents, mais ça n'allait pas le décourager. Il avait l'impression que Kenna était la meilleure chose qui lui soit arrivée et il jura de faire de son mieux pour lui montrer ce qu'elle représentait pour lui.

Là-dessus, il envoya un message à Élodie pour demander des suggestions de menu pour le dîner. Il voulait que le dimanche soit parfait afin de prouver à Kenna qu'elle pouvait lui faire confiance, dépendre de lui et être heureuse avec lui.

CHAPITRE DOUZE

Kenna était de très bonne humeur lorsque le samedi arriva. Le déjeuner du vendredi avec Marshall avait été un peu gênant au début, mais il l'avait prise dans ses bras et s'était excusé une fois de plus, lui demandant pardon. Elle l'avait rassuré en expliquant qu'elle lui avait déjà pardonné et que tout allait bien.

Il l'avait emmenée au Chiba -ken, un restaurant de sushis qu'elle mourait d'envie d'essayer sans avoir pu le faire jusque-là. Apparemment, il n'aimait même pas les sushis, et quand elle lui avait demandé pourquoi donc il avait choisi ce restaurant-là pour le déjeuner, il avait simplement répondu :

— Parce que tu voulais manger ici.

Son cœur avait failli fondre de tendresse.

Il avait fini par prendre les roulés d'asperges au porc et elle avait pris le plateau de sushis. Elle s'était goinfrée des trois sortes de sushis.

Il était évident pour elle que Marshall Smart était quelqu'un de bien, comme Carly l'avait promis. Kenna avait eu peur qu'il soit *trop* parfait, et elle savait maintenant que ce n'était pas vrai. Il avait fait une bêtise en n'avouant pas qu'il vivait à Coral Springs. Mais il le regrettait et Kenna s'était aussi excusée une nouvelle fois. Si elle n'avait pas été aussi critique, il aurait peut-être avoué plus tôt.

Elle était aussi toujours énervée contre la femme avec laquelle il était sorti et qui avait espéré qu'il meure pour mettre la main sur son argent.

Kenna savait que l'argent était important. Elle n'était pas idiote. Mais selon elle, la personne qu'il était avait bien plus d'importance que son compte bancaire. Elle pouvait prendre soin d'elle-même. C'était ce qu'elle avait fait jusque-là. Elle n'avait pas besoin d'un homme ni de son argent, pour la rendre heureuse. Elle voulait simplement quelqu'un qui aime être avec elle, qui la traite, elle et les autres, avec respect, et avec qui elle pouvait parler.

Marshall faisait l'affaire dans tous les domaines.

Le travail du jeudi et du vendredi avait été assez normal. Les samedis soir chez Duke's étaient généralement un peu plus chaotiques. Plus de touristes, plus d'alcool, et – en général – plus de pourboires.

À la moitié de son temps de travail, une famille arriva... et Kenna sut immédiatement qu'ils allaient causer des problèmes. Ils donnaient l'impression que tout n'allait pas bien dans leur monde. L'homme était imposant, plus rond que grand, et renfrogné. Kenna ne comprenait pas comment on pouvait être grognon chez Duke's, et à Hawaï, en plus.

La femme était mince et assez petite. Elle avait les épaules courbées en suivant son mari, quand Vera les conduisit à leur table dans la zone de Kenna. Ils avaient un enfant, un petit garçon qui semblait avoir quatre ou cinq ans. Il avait les yeux écarquillés en observant tout autour de lui, mais il ne dit pas un mot quand on les installa.

— Merci, Vera, dit Kenna à l'hôtesse après leur avoir tendu leurs menus. Je m'en occupe maintenant.

— Profitez de votre repas, dit Vera joyeusement.

— Si nous n'avions pas eu à attendre une heure pour avoir

une table, j'aurais pu avoir une chance de le faire, maugréa l'homme.

Kenna soupira intérieurement, mais elle fit de son mieux pour rester enjouée et positive en expliquant les plats du jour et en prenant leur commande de boissons.

L'homme ne demanda pas à sa femme et à son fils ce qu'ils voulaient boire, il commanda simplement pour tout le monde. Comme aucun d'eux ne protesta, Kenna supposa que c'était ce qu'ils prenaient d'habitude. Elle n'était pas ravie que l'homme commande un bourbon pur, mais elle n'était pas la police de l'alcool. Elle espérait simplement qu'il ne se rende pas ivre. Elle avait l'impression que plus il allait boire d'alcool, plus il allait être de mauvaise humeur.

En se dirigeant vers la cuisine, Kenna pria en silence pour qu'elle interprète mal la situation et que tout se passe bien.

Une heure plus tard, elle sut que ses inquiétudes n'avaient pas été vaines. L'homme avait commandé quatre verres et il les finissait presque dès que Kenna les posait sur la table. Il était bruyant et désagréable, se plaignant du temps qu'il fallait pour que les assiettes soient apportées à la table et de la température de leurs plats. Il n'aimait pas le bruit qu'il y avait dans le restaurant ni la musique près de la piscine de l'hôtel Outrigger. Il jetait constamment des regards noirs à sa femme, alors que Kenna ne l'avait entendue parler qu'une seule fois pendant tout le temps où elle servait la famille. Et c'était pour s'excuser abondamment quand elle avait fait tomber sa fourchette et qu'elle avait eu besoin d'une autre.

Bien sûr, son mari la traita de connasse maladroite, ce qui donna envie à Kenna de crier. Leur fils semblait étrangement silencieux et elle espérait que c'était à cause de l'environnement nouveau. Ou qu'il était timide. Elle avait fait de son mieux pour engager la conversation avec l'épouse et le petit garçon, mais les plaintes de l'homme empêchaient de discuter.

Kenna venait juste de revenir à leur table avec la carte de crédit de l'homme quand la situation dégénéra vraiment.

Il lui avait donné un maigre pourboire de dix pour cent, mais Kenna était franchement contente qu'il lui en donne un. Apparemment, plus les clients étaient désagréables, moins ils donnaient. Il lui fallait toujours emballer le reste de hula pie qu'ils n'avaient pas pu finir et elle venait de se tourner pour partir chercher une boîte à la cuisine, quand le petit garçon s'était levé et avait fait quelques pas en direction de la plage, pendant que son père râlait au sujet d'une chose ou d'une autre. Comme Duke's était un restaurant de plein air, il n'y avait pas de murs entre les tables et la plage. Juste quelques escaliers avec environ quatre marches chacun.

Pendant tout le repas, le petit garçon avait regardé la plage et l'océan d'un air mélancolique. Kenna sourit intérieurement quand elle le vit céder à son envie pour aller voir de plus près.

Manifestement, son père n'apprécia pas qu'il s'écarte d'eux. Il bondit de sa chaise et fit les quelques pas nécessaires pour l'atteindre, puis il lui saisit le t-shirt et le traîna brusquement en arrière.

Kenna resta figée d'horreur lorsque l'homme le gifla avant de lui mettre une grosse fessée.

— Tu ne t'éloignes pas ! cria-t-il en pointant un doigt vers le visage de l'enfant. Compris ?

— Oui, monsieur.

— Rassois-toi. Maintenant.

Kenna avait déjà sorti son téléphone. Il était impensable pour elle de ne pas signaler une maltraitance. Peu importe qu'il s'agisse d'un adulte contre un enfant, d'un homme contre une femme, ou même d'une femme contre un homme. Elle expliqua vite à la police ce qui était arrivé et les supplia de se dépêcher, car la famille se préparait à partir.

Elle parvint à les faire attendre en traînant bien plus longtemps dans la cuisine qu'elle ne l'aurait normalement fait quand un client voulait partir. Il fallait qu'elle laisse aux policiers le temps d'arriver. Heureusement, tout comme l'autre jour, ils arrivèrent rapidement et Kenna les rejoignit à l'avant du restaurant. Elle expliqua ce qui était arrivé et désigna l'homme en question.

À la seconde où ce dernier vit les agents de police se diriger vers lui, il perdit complètement son sang-froid. Il se leva et commença à jurer bruyamment. Kenna observa la scène de loin quand les agents essayèrent d'avoir une conversation calme et rationnelle avec lui, mais quand il se prépara à frapper l'un d'entre eux, tout changea très vite. Ils avaient mis l'homme à terre avec les mains menottées dans le dos avant même qu'il puisse mettre sa menace physique à exécution. Un des agents le souleva et le fit sortir du restaurant, l'autre resta pour parler à sa femme et son fils.

En passant devant elle, l'homme lui jeta un regard assassin et siffla :

— Tu vas le regretter, connasse. Tu n'es *rien* ! Moins que la saleté sur mes putains de chaussures. Tu n'aurais pas dû me chercher. Je vais...

— Venez, dit sèchement l'agent en interrompant la menace qu'il allait cracher ensuite. Je pense que vous avez déjà assez de problèmes, n'ajoutons pas aussi les menaces envers votre serveuse, hein ?

Puis il le poussa le long du petit couloir en direction de la sortie... et avec un peu de chance, tout droit vers sa voiture de police garée au bord du trottoir du boulevard Ala Moana.

Kenna fut un peu secouée par la haine dans le ton de cet homme, mais elle fit de son mieux pour penser à autre chose. Elle regarda la table où sa famille était toujours assise : le petit garçon avait une grosse marque rouge sur le visage à cause de l'acte violent de son père, et il jouait en silence avec un badge en plastique que l'agent lui avait certainement donné.

Kenna n'entendait pas ce qui était dit, mais elle priait pour que la femme porte plainte. Si quelqu'un avait osé frapper son enfant comme cet homme l'avait fait, elle aurait perdu les pédales. Elle se dépêcha de revenir à la cuisine pour prendre une autre part de gâteau et une barquette de frites. Elle avait remarqué que le petit garçon semblait les aimer, alors qu'il avait seulement grignoté un petit bout de son hamburger. Elle supposait que ce n'était sans doute pas très sain de lui donner une autre portion de frites grasses, mais elle voulait le réconforter d'une façon ou d'une autre. Et comme elle savait qu'il aimait les frites, c'était la première chose à laquelle elle pensa.

Comme elle s'y était attendue, quand elle s'approcha de la table, la femme secouait la tête et expliquait à l'agent qu'elle ne voulait pas porter plainte.

En soupirant intérieurement, Kenna s'agenouilla à côté de la chaise du petit garçon.

— Hé, je t'ai apporté quelques frites que tu peux rapporter chez toi. Le chef en a fait trop et il allait les jeter. Je me suis dit que tu en voudrais peut-être.

Son regard s'illumina, mais avant d'accepter, Kenna le vit regarder sa mère. Elle hocha la tête et ce n'est qu'à ce moment-là qu'il tendit la main vers la barquette.

Kenna posa la part de dessert sur la table.

— Et je vous ai apporté une part entière de hula pie au lieu de celle que vous avez mangée à moitié.

— Merci, dit la femme d'un air distrait.

Kenna voyait qu'elle pensait à autre chose. Sans doute à la fureur de son mari quand il allait être relâché et qu'il pourrait retourner à leur chambre d'hôtel.

— Puis-je vous appeler un taxi ? demanda Kenna.

— Non, merci.

— Nous allons avoir besoin de votre déclaration, annonça l'agent à Kenna.

Elle hocha la tête.

— Vous n'auriez pas dû appeler la police, dit la femme doucement.

— Et votre fils n'aurait pas dû être frappé au visage. Particulièrement par son père, rétorqua Kenna.

La femme détourna le regard.

Kenna soupira encore. Elle n'avait pas vraiment sauvé le

petit garçon ou la femme de plus de mauvais traitements. En fait, il était possible qu'elle ait empiré la situation, et elle espérait ardemment que ce ne serait pas le cas... tout en ajoutant une prière silencieuse que peut-être, avec un peu de chance, la femme finisse par comprendre que le bien-être de son fils était plus important que de rester avec sa brute de mari.

Il ne fallut pas longtemps pour remplir la paperasse de la police et heureusement, les autres serveurs s'occupèrent de ses tables pendant qu'elle complétait sa déclaration. Quand elle se remit au travail, Kenna était épuisée. C'était plus émotionnel que physique. Elle n'hésitait jamais à défendre ce qu'elle estimait être juste, mais ça ne voulait pas dire que c'était toujours facile.

Quand elle rentra chez elle après le travail, elle était complètement cassée. En général, après une situation pareille, elle ne voulait parler à personne. Elle voulait simplement être seule. Normalement, elle faisait tourner l'incident en boucle dans sa tête, finissant par s'endormir d'un sommeil agité au petit matin.

Mais ce soir, elle ne pensait qu'à rentrer chez elle et parler à Marshall.

Elle réussit à résister à l'envie de l'appeler jusqu'à s'être douchée et avoir enfilé le grand t-shirt avec lequel elle aimait dormir. Elle grimpa dans son lit et se glissa sous les couvertures avant d'attraper son téléphone.

Marshall répondit après une seule sonnerie.

— Bonsoir, ma belle.

— Salut.

— Qu'est-ce qui ne va pas ?

C'était assez merveilleux de voir comme il n'avait aucun mal à la déchiffrer. Elle avait dit un seul mot et cela avait suffi à communiquer son état d'esprit.

— C'était horrible au travail, dit-elle.

— Parle-moi, implora Marshall.

C'est donc ce qu'elle fit. Elle lui raconta tout. Comme elle avait soupçonné l'homme d'être un fauteur de troubles dès qu'elle l'avait vu. Comment sa femme et son fils semblaient intimidés. Comment Kenna s'était inquiétée quand l'homme avait bu un verre après l'autre. Et puis l'horreur quand il avait frappé son fils. Elle lui parla même des menaces qu'il avait proférées en étant conduit hors du restaurant. Quand elle eut fini de tout répéter, Kenna se sentit complètement drainée.

— Je suis vraiment désolé, bébé. Ça me semble horrible. Mais je suis fier que tu aies appelé la police.

Kenna sourit et se tourna sur le côté. C'était ce dont elle avait besoin. La voix de Marshall à son oreille, disant qu'il était fier d'elle.

— Merci.

— Cependant, je ne suis pas ravi qu'il t'ait menacé. Tu dois faire particulièrement attention. C'était déjà assez terrible que ce crétin de Shawn soit énervé contre toi, alors je ne peux pas supporter l'idée que quelqu'un d'autre te veuille du mal.

Kenna n'y avait même pas pensé.

— Je déteste devoir te dire ça, parce que cela pourrait te perturber, mais franchement, les gens menacent tout le temps les serveurs. Enfin, peut-être pas tout le temps, mais en général ils ne sont pas contents que l'on refuse de leur servir de l'alcool quand ils sont déjà clairement complètement ivres, ou bien quand quelque chose ne va pas avec leur repas. Nous avons même eu des gens qui nous ont accusés de voler leur numéro de carte de crédit pour l'utiliser plus tard. La plupart des clients sont super. Ils sont heureux d'être à Hawaï et profitent de la cuisine et de l'ambiance, mais il y a toujours ces crétins qui cherchent à imposer leur autorité.

— Ça ne me rassure pas quand tu me dis que l'incident de ce soir n'est pas inhabituel. S'il te plaît, fais attention. Je ne peux pas t'avoir trouvée maintenant pour te perdre juste après.

Kenna sourit.

— Tu ne vas pas me perdre. Je suis là.

Marshall rit au téléphone.

— Tu sais ce que je veux dire.

— C'est vrai. Mais je ne me souviens pas d'avoir signé un contrat affirmant que j'allais vivre jusqu'à cent ans. Tout ce que je peux faire, c'est vivre ma vie au mieux ici et maintenant. Je peux être aimable et attentionnée, et défendre les autres, peu importe ce qu'on me lance au visage.

Marshall ne répondit pas immédiatement et Kenna fronça les sourcils.

— Tu es toujours là ?

— Je suis là, dit-il doucement. Je pense que c'est une des raisons pour lesquelles je suis si attiré par toi. Tu es l'antithèse des gens contre lesquels nous devons nous battre quand nous sommes déployés. Tu es la lumière dans l'obscurité qui menace parfois de dominer mon âme.

Waouh. Kenna aimait et détestait cela tout à la fois.

— J'ai simplement appris qu'un peu de gentillesse peut aller loin. J'ai peut-être empiré la situation de cette femme et du petit garçon. Mais d'un autre côté, ils se souviendront peut-être de la gentille serveuse qu'ils ont eue et comprendront qu'il y a des gens prêts à les aider.

— Je l'espère également, dit Marshall.

Kenna baissa la voix.

— Et peut-être que quand tu sentiras l'obscurité commencer à s'insinuer en toi, tu penseras à moi et au fait que je te respecte et t'admire, et tu la chasseras.

— À quelle heure puis-je venir demain ? demanda Marshall.

Kenna écarquilla les yeux à cause du changement de sujet.

— Euh... Quand tu veux ? Je crois que les stands de la foire ne s'ouvrent pas avant huit heures. Mais ils restent ouverts jusqu'à onze, alors nous avons largement le temps.

— Est-ce que six heures, c'est trop tôt ?

Kenna faillit s'étrangler.

— Du matin ?

— Oui. Je fais un effort monstrueux pour ne pas venir chez

toi maintenant. Tu m'as manqué toute la semaine. Le déjeuner d'hier était merveilleux, et j'ai vraiment aimé te voir en semaine. Et après la soirée que tu as eue, et avec ce que tu viens de dire... j'ai vraiment envie d'être avec toi.

Kenna fut tentée de lui dire de venir, mais il était tard. Elle était épuisée et elle savait que Marshall devait l'être aussi. Elle lui avait parlé avant de prendre le travail et elle savait qu'il avait passé toute la journée à faire des entraînements. Son équipe et lui avaient été déposés au milieu de l'océan et ils avaient dû nager jusqu'à la rive. Il avait nonchalamment mentionné qu'il s'agissait d'une nage de plus de dix kilomètres, ce qui lui semblait insensé, mais pour son SEAL, c'était juste une journée de travail normale.

— Six heures, c'est bien. Mais ne t'attends pas à ce que je sois entièrement réveillée.

— Tu bois du café ? demanda-t-il.

— Euh... comme tout le monde.

— Tu l'aimes noir ou sucré ?

— Plus il est sucré, mieux c'est, dit Kenna.

— Pas étonnant que tu t'entendes bien avec Lexie. J'apporterai le café. Et des malasadas.

Kenna eut l'eau à la bouche.

— Marché conclu. Merci de m'avoir laissé vider mon sac.

— Quand tu veux. Et je suis sincère, insista-t-il. Et peut-être qu'à l'avenir, tu le feras pendant que je te tiens dans mes bras.

Mon Dieu. L'image qui lui vint en tête fit bondir son cœur. Elle en avait envie. Terriblement.

— J'aimerais beaucoup.

— Moi aussi. Dors bien, bébé. Tu as fait ce qu'il fallait ce soir.

— Merci.

— À très vite.

— Au revoir.

— Au revoir.

Kenna raccrocha le téléphone et se rendit compte qu'elle

souriait comme une folle. Elle mit le réveil à cinq heures cinquante-cinq du lendemain matin — elle voulait dormir autant que possible — et posa son téléphone sur la table à côté de son lit.

En général, après une situation intense comme celle qui avait eu lieu ce soir, elle avait du mal à s'endormir, et elle avait fréquemment au moins un cauchemar. Mais avec les compliments de Marshall qui tournaient dans sa tête, elle s'endormit au bout de quelques minutes.

CHAPITRE TREIZE

Aleck inspira profondément avant de frapper à la porte de Kenna le lendemain matin. Il était cinq heures cinquante-huit et il ne pouvait pas attendre une minute de plus pour la voir. Il savait qu'il avait été tout près de la perdre, et cela le hantait encore.

Il entendit les verrous s'ouvrir, puis le visage de Kenna apparut dans l'entrebâillement de la porte.

— Marshall ?

— Oui, c'est moi.

Plus tard, il aurait une conversation avec elle sur le fait d'ouvrir sa porte avant de savoir qui se trouvait de l'autre côté.

La porte s'ouvrit en entier… et il dut faire des efforts pour ne pas éclater de rire. Les cheveux de Kenna étaient ébouriffés d'un côté et aplatis de l'autre. Elle plissait les yeux comme si la lumière du couloir la gênait et elle était vêtue d'un t-shirt trop grand qui engloutissait sa silhouette.

— Entre, dit-elle avant de se tourner et de repartir dans son appartement.

Aleck ouvrit la porte en entier et la referma derrière lui. Il y avait une lampe allumée au-dessus de la cuisinière, et c'était tout. L'appartement était plongé dans l'obscurité, mais il distinguait Kenna qui grimpait sur le grand pouf dans son salon.

— Tu n'es pas du matin ? demanda-t-il doucement.

— Non, répondit-elle.

— Depuis combien de temps es-tu réveillée ?

— Environ quatre minutes. J'ai mis mon réveil, je me suis levée, brossé les dents, et puis tu étais là, lui dit-elle en attrapant une couverture et en se roulant en boule sur le pouf moelleux.

Aleck posa le café qu'il avait acheté pour elle sur le comptoir de la cuisine, ainsi que le sachet de malasadas. Cela pouvait attendre. Sans hésitation, il retira ses chaussures et s'avança tout droit vers Kenna. Elle avait déjà fermé les yeux, mais quand il s'installa à côté d'elle, elle les ouvrit brusquement.

— Que fais-tu ? demanda-t-elle d'un ton endormi.

— Je fais la sieste avec toi, l'informa Aleck.

Il retint sa respiration pour voir si elle allait le jeter du pouf. À son grand soulagement, elle hocha la tête, ferma les yeux et se colla contre lui quand il fut installé. Ils étaient serrés ensemble comme l'autre jour, et c'était merveilleux de sentir Kenna roulée en boule dans ses bras.

Il n'était pas du tout fatigué, mais il n'allait pas laisser tomber une occasion de la tenir. Aleck caressa lentement ses cheveux et il la sentit soupirer. Elle bougea un peu en se collant davantage contre lui.

— As-tu bien dormi cette nuit ? demanda-t-il.

— Mm-mm. Je me suis endormie tout de suite, ce qui est incroyable après tout ce qui est arrivé, mais je suis encore très fatiguée.

— Alors, dors.

— Je devrais me lever, protesta-t-elle mollement.

— Pourquoi ? La foire au troc ne ferme pas avant onze heures. Nous avons largement le temps. C'est ce que tu as dit.

— Mais tu es là, et je veux passer du temps avec toi.

Aleck adora entendre ça.

— C'est ce que tu fais. Tu dors dans mes bras, dit-il doucement.

— Est-ce bizarre ? demanda-t-elle.

— Non.

— D'accord. Réveille-moi dans une heure. Je me lèverai, j'irai à la douche et je mangerai ce que tu as apporté – et qui sent terriblement bon – et puis nous partirons.

Aleck caressa sa tempe avec le nez, mais il ne répondit pas. Il n'avait pas l'intention de la réveiller à sept heures. C'était inutile. Il allait la laisser dormir autant qu'elle le voulait.

— Marshall ?

— Oui, bébé ?

— J'avais besoin de ça.

— De ça ? demanda-t-il.

— Toi. Avec tes bras autour de moi.

Il ferma les yeux de gratitude parce que Kenna était indulgente. Et elle avait tenu sa promesse en lui parlant quand elle avait appris son mensonge par omission. Il lui fallut un temps pour reprendre ses esprits avant de répondre.

— J'aurais dû venir hier soir, chuchota-t-il.

Il sentit Kenna hausser les épaules.

— Tu es là, maintenant.

Oui, il était là. Et il allait l'apprécier à sa juste valeur.

— Je le suis, acquiesça-t-il. Dors.

— Quelle autorité, marmonna-t-elle.

Aleck vit le sourire sur son visage. Il se pencha et posa un baiser sur sa tempe et elle s'endormit bientôt profondément.

Aleck était un homme qui n'aimait pas nécessairement rester immobile. Il aimait faire quelque chose en permanence. Mais pour l'instant, il ne pouvait penser à rien dont il avait plus envie ou plus besoin que de rester allongé là avec Kenna. Il y avait quelque chose d'immensément satisfaisant dans le fait qu'elle ait suffisamment confiance en lui pour dormir dans ses bras. Elle était extrêmement vulnérable ainsi, mais Aleck ne lui aurait jamais fait de mal. Le jour où elle avait sauté dans l'océan pour le sauver était le meilleur jour de sa vie, il ne l'avait simplement pas su à ce moment-là.

À sept heures quarante-six, Kenna bougea dans ses bras. Aleck avait légèrement somnolé une fois ou deux, mais il était surtout resté éveillé à profiter de l'intimité de sa présence contre lui.

Elle marmonna quelque chose, ouvrit les yeux et le regarda d'un air endormi.

— Quelle heure est-il ?

— Presque huit heures, dit-il doucement.

Elle écarquilla les yeux.

— Huit heures ? Merde ! Je voulais me lever il y a une heure.

Aleck la serra contre lui quand son corps se raidit comme si elle allait bondir. Non pas qu'elle aurait pu vraiment bondir hors du pouf.

— Du calme, bébé. Ça va. Nous avons trois heures pour parcourir la foire.

— Mais toutes les bonnes choses seront parties, soupira-t-elle en se réinstallant contre lui.

Le t-shirt de Kenna était remonté pendant qu'elle dormait, et Aleck sentit ses jambes nues contre les siennes. Mais il ne se sentait pas spécialement excité, plutôt follement satisfait.

— Est-ce que ça va pour hier soir ? demanda-t-il avec douceur.

Kenna soupira et Aleck sentit son souffle chaud dans son cou au-dessus de son t-shirt. Il eut la chair de poule dans la nuque. C'était une réaction surprenante, mais il se contenta de sourire.

— Je n'arrête pas de penser à ce qui pourrait arriver aujourd'hui. Sa femme a dit qu'elle ne portait pas plainte, alors les policiers vont sans doute le laisser partir.

— S'il était ivre, ils ont pu décider de le garder jusqu'à ce qu'il soit sobre, suggéra Aleck.

— Peut-être. Mais je ne l'imagine pas plus content quand il sera finalement relâché pour rentrer chez lui. J'espère qu'il ne se défoulera pas sur sa femme et son fils.

— Vois-tu souvent ce genre de choses ?

— Pas vraiment. En public, les gens se comportent mieux, en général. Et nous sommes à Hawaï et la plupart sont en vacances.

— Ce qui peut également causer beaucoup de stress, parfois, fit remarquer Aleck.

— C'est vrai. Je suis reconnaissante envers Alani et le reste de la direction qui nous soutiennent quand nous estimons qu'il est nécessaire d'appeler la police, dit Kenna.

— Moi aussi.

Kenna leva la tête et regarda Aleck dans les yeux.

— Merci de m'avoir parlé hier soir. J'en avais besoin.

— Bien sûr. Tant que je suis là, je décrocherai toujours quand tu appelles, peu importe l'heure qu'il est ou le moment où tu as besoin de parler. Et c'est sans doute beaucoup trop tôt, mais tant pis. J'aimerais assez rapidement être là *en personne* pour discuter de ta soirée.

Aleck s'en voulut quand elle ne réagit pas immédiatement. Il retint sa respiration en attendant sa réponse.

— Je crois que je le veux aussi, dit-elle doucement.

Aleck sourit. Il leva une main et la passa sur sa tête avant de la glisser sous ses cheveux ébouriffés.

— J'adore quand tu fais ça, dit-elle en laissant tomber ses paupières.

— Quand je fais quoi ? demanda-t-il en se penchant en avant et en l'embrassant sur le front.

— Quand tu me tiens par la nuque, précisa-t-elle.

En notant mentalement de le faire aussi souvent que possible, il embrassa son nez. Puis sa joue. Puis il frôla ses lèvres avec les siennes. Il la titilla. Profita de l'intimité du moment.

Quand elle gigota contre lui et grommela de frustration parce qu'il refusait d'approfondir le baiser, Aleck sourit.

— Quelque chose ne va pas ? demanda-t-il.

— Mais embrasse-moi ! ordonna-t-elle.

— Avec plaisir.

Il la serra un peu plus fermement afin qu'elle ne puisse pas s'écarter – non pas qu'il pensait qu'elle risquait de le faire – et baissa encore la tête. Cette fois, ce n'était plus pour la titiller. Sa langue chercha immédiatement à entrer dans sa bouche et elle lui accorda le passage.

Elle avait un léger goût de menthe parce qu'elle s'était brossé les dents plus tôt, et il savoura chaque petit gémissement pendant que leurs langues se battaient dans un duel érotique. Elle passa les mains sous son t-shirt, sous la couverture, et il eut immédiatement les tétons durs. Il n'avait qu'une seule main de libre parce qu'il ne voulait pas lâcher sa nuque, surtout maintenant qu'il savait comme elle aimait qu'il la tienne de manière possessive, pourtant il la fit descendre le long de son corps en vérifiant qu'elle accepte ce contact avant de continuer.

Quand elle se cambra contre lui, il fit remonter la main sur sa cuisse nue, puis son flanc.

Elle gigota et marmonna : « Suis chatouilleuse » avant de prendre ses lèvres.

Certains hommes auraient pu profiter du fait qu'elle craignait les chatouilles, mais il ne voulait pas la faire rire à ce moment-là. Il voulait qu'elle gémisse encore plus.

Il déplaça donc sa main jusqu'à son ventre. Il fut tenté de descendre sous l'élastique de sa culotte, mais à la place, il monta. Ne souhaitant pas la faire patienter, et ne voulant pas attendre non plus, il posa audacieusement la main sur son sein et ils gémirent tous les deux. Kenna tira la tête en arrière et se cambra avec plus de force contre lui.

— Oui, chuchota-t-elle.

Il la palpa à nouveau, puis il fit une chiquenaude à son téton dur. Il fut surpris lorsqu'elle lui fit la même chose.

— Merde, marmonna-t-il.

Il vit le sourire satisfait sur le visage de Kenna et adora qu'elle ne reste pas docilement allongée contre lui. Elle aimait cela tout autant que lui.

Il retira la main pour enlever la couverture et elle se renfrogna. Puis il repartit sous son t-shirt, et sa moue s'effaça lorsqu'il recommença à titiller son téton. Elle avait immobilisé sa propre main, comme si son cerveau avait subi un court-circuit. Ça lui convenait. Il voulait lui faire plaisir plus qu'il ne voulait qu'elle s'occupe de lui. Elle passait en premier. Toujours.

— C'est trop bon, souffla Kenna.

En se déplaçant de façon à la surplomber, Aleck ne retira toujours pas la main de sa nuque. Son pouce fit des allers-retours sur sa peau sensible, pendant qu'il faisait de son mieux pour lui faire plaisir avec l'autre main.

Elle enfonça les ongles dans son torse et cela l'excita encore plus. Sa queue n'avait jamais été aussi dure, mais il n'avait pas un moment de libre pour faire quoi que ce soit. Ceci était pour elle. Elle avait passé une dure soirée et il voulait aider à la réconforter.

Il baissa la tête et suça son téton, en mordant et pinçant à travers le coton mouillé de son t-shirt.

— Oh mon Dieu, oui, dit Kenna.

Puis elle le ravit en remontant son t-shirt jusqu'à son menton, s'exposant entièrement.

Pendant une seconde, Aleck resta muet. Elle était si belle. Ses seins ronds étaient hauts et fermes sur son torse, ses tétons roses lui faisant de l'œil. Elle posa la main derrière la tête d'Aleck et serra ses cheveux, l'attirant vers sa poitrine.

Aleck n'eut pas besoin de se le faire dire deux fois. Il prit immédiatement un de ses tétons dans la bouche et suça. Avec force.

Elle poussa un cri de plaisir et appuya encore plus sa tête contre elle.

Aleck ne savait pas combien de temps il passa à vénérer ses seins. Il était perdu dans le plaisir de ses réactions.

Ce n'est que lorsqu'il sentit qu'elle bougeait les hanches en rythme contre lui qu'il comprit qu'elle était au bord de l'orgasme.

Il se sentit pousser des ailes de pouvoir la faire presque jouir simplement en jouant avec ses seins… jusqu'à ce qu'un mouvement entre eux, tout en bas, attira son attention. Il baissa le regard et se rendit compte qu'elle avait passé une main dans sa culotte. Elle frottait fébrilement son clitoris.

— Ne t'arrête pas ! le supplia-t-elle.

Aleck n'avait pas l'intention de rater le moment où elle jouissait dans ses bras pour la première fois. Même si elle s'en chargeait elle-même. Il pinça son téton. Durement. Il ne fut plus tendre et aimant en pinçant son sein et en faisant rouler le téton entre ses doigts.

— C'est ça, murmura-t-il. Fais-toi jouir. Montre-moi à quoi tu ressembles quand tu jouis.

Elle gémit, ferma les yeux et se concentra sur son plaisir.

Aleck continua à stimuler ses seins pendant qu'elle se rapprochait de plus en plus de l'orgasme.

— Ouvre les yeux, ordonna-t-il au-dessus d'elle. Regarde-moi quand tu jouis.

Ses magnifiques yeux marron s'ouvrirent et il vit que ses pupilles étaient dilatées par le désir.

— C'est ça, bébé. Jouis pour moi. Jouis.

Il la regarda dans les yeux en pinçant une fois de plus son téton, et cela suffit. Chaque muscle de son corps se raidit et ses cuisses tremblèrent pendant qu'elle volait vers l'orgasme. Elle se recroquevilla contre lui et poussa un cri en cédant au plaisir qui la traversait.

Elle arrêta de bouger la main dans sa culotte… mais Aleck n'en avait pas fini.

En sachant qu'il tirait sur la corde, mais incapable de s'arrêter, il descendit la main et saisit son sexe. Elle avait retiré sa propre main et il commença à frotter impitoyablement son clitoris à travers le coton humide.

Elle tressaillit et souffla :

— C'est trop sensible !

Mais Aleck secoua la tête.

— Un de plus, insista-t-il d'une voix rauque.

— Oh, merde...

Kenna inspira en refermant les yeux et au bout de quelques secondes, elle se remit à trembler.

Aleck dut faire un effort pour ne pas lui baisser la culotte et enfouir sa tête entre ses cuisses. Il sentait le plaisir de Kenna tout autour d'eux et c'était comme un aphrodisiaque. Il voulait goûter. La lécher jusqu'à ce qu'elle jouisse encore et encore.

Il savait cependant que cet interlude pouvait la gêner. Il l'avait fait une fois, et il n'avait aucune envie de recommencer. Jamais.

Il immobilisa donc sa main, la posant autour de son sexe pendant qu'elle tressaillit quelques fois contre lui avant de s'arrêter. Il avait gardé l'autre main sur sa nuque pendant tout ce temps, et quand elle n'ouvrit pas les yeux, il la serra un peu.

— Kenna ? chuchota-t-il.

— Chuuut, marmonna-t-elle. Je profite.

Aleck sourit. Putain, elle était incroyable.

— Profite. Je reste là à admirer la vue, dit-il en contemplant ses seins magnifiques qui se soulevaient encore pendant qu'elle reprenait son souffle.

Au lieu d'essayer de se cacher, Kenna gloussa.

— Tu es vraiment un homme, fit-elle semblant de se plaindre.

— C'est vrai, acquiesça-t-il.

Elle ouvrit les paupières et le regarda d'un air qu'il ne sut pas déchiffrer. Il avait toujours une main sur ses replis humides et l'autre dans sa nuque.

— Bonjour, dit-elle avec un énorme sourire.

Aleck ne put s'empêcher de rire.

— Bonjour, répéta-t-il en sachant qu'il allait devoir la lâcher à un moment.

À contrecœur, il retira sa main d'entre ses jambes et attrapa son t-shirt. Il le rabaissa, couvrant ses seins, puis il posa la main sur son ventre en restant allongé à côté d'elle.

Ils restèrent ainsi en silence et pour la première fois de sa vie, même si sa queue pulsait, il ne ressentit pas le besoin de jouir. Ceci était pour Kenna. Il était si reconnaissant qu'elle l'ait laissé partager cela avec elle, qu'il ne savait pas trop quoi dire ou faire.

— C'était... incroyable.

— Je ne t'ai pas fait mal ? demanda Aleck en se souvenant qu'il avait été brutal avec ses seins.

— Non, pas du tout. C'était merveilleux. La façon dont tu as pris le contrôle et m'as tenue avec force... c'était évidemment torride.

Aleck poussa un soupir de soulagement.

— Merci d'avoir partagé ça avec moi, lui dit-il.

Kenna pencha la tête en le regardant.

— Tu es si différent des autres hommes que j'ai pu fréquenter.

— Ah bon ?

— Oui. La plupart seraient déjà en train d'insister pour baiser. Ou bien ils voudraient que je leur rende la pareille. Tu es toujours dur.

Ce n'était pas comme s'il pouvait cacher son érection. Sa verge était appuyée contre la cuisse nue de Kenna, et même s'il portait un short, c'était très visible.

Il haussa les épaules.

— Tu avais besoin de ça. Tu as été stressée et une partie de ce stress vient de moi. C'était un privilège de faire ça pour toi.

— Malgré tout...

Elle déplaça la main vers sa queue, mais Aleck secoua la tête.

— Non, Kenna. Je peux attendre. Le sexe entre nous ne sera jamais un prêté pour un rendu. Et d'ailleurs, s'il y a quelque chose que je fais un jour que tu n'aimes pas ou que tu ne veux pas que je fasse, il te suffira de dire non et j'arrêterai.

— J'étais très sensible et tu m'as forcée à avoir un deuxième orgasme, souligna-t-elle sans détourner le regard.

— Mais tu n'as pas dit non, répliqua Aleck. Et ce deuxième orgasme a été encore plus intense que le premier. Tu as adoré.

Elle inspira profondément et hocha la tête.

— C'est vrai.

— Bon. Je ne suis pas quelqu'un de très doux, avoua Aleck. Mais je ne te ferai jamais de mal. Je te pousserai peut-être dans tes retranchements, mais si tu dis non, je m'arrête. Et sans poser de questions. D'accord ?

Kenna hocha la tête.

Au bout de quelques instants, Aleck demanda :

— Te sens-tu mieux ? Moins stressée ?

— Oui, tout à fait.

— Bien. As-tu faim ?

Elle gloussa.

— Oui, encore une fois.

— Et si tu allais te doucher et te préparer pendant que je réchauffe le café que je t'ai apporté et que je mets les malasadas au micro-ondes ?

Elle hocha la tête, mais ne bougea pas pour se lever. Aleck n'avait pas non plus enlevé la main de sa nuque.

Elle inspira profondément.

— Alors... le dîner de ce soir... est-ce seulement une invitation à dîner, ou est-ce... plus ?

Le cœur d'Aleck fit un bond.

— Tu as une invitation ouverte à passer la nuit avec moi quand tu veux, dit-il. J'aimerais beaucoup que tu restes, mais je ne veux pas t'obliger à aller trop vite.

Kenna éclata de rire.

— Je viens de me masturber devant toi et tu m'as fait jouir une deuxième fois. Je ne pense pas que tu m'obliges à aller trop vite dans quoi que ce soit.

Aleck adorait la façon dont elle était à l'aise avec sa sexualité.

— Dans ce cas, je veux que tu restes pour la nuit, confia-t-il en sentant l'excitation monter en lui. Même si j'adore ce pouf, il me tarde de t'allonger sur mon lit et de ne pas être aussi serré quand je te fais l'amour.

— Oh oui, souffla-t-elle.

— Et de te revoir te masturber pour moi, ajouta-t-il.

— Seulement si tu fais pareil, répliqua-t-elle.

Sa queue tressaillit en réaction à ses mots.

— As-tu envie de me regarder pendant que je me fais jouir, Kenna ?

Elle hocha la tête.

— Merde. Il nous faut sortir de ce pouf. Je crois que c'est un aphrodisiaque, marmonna-t-il.

Kenna rit.

— Je ne me suis encore jamais sentie comme ça là-dedans. Ça vient entièrement de toi, déclara-t-elle. De nous.

— Nous, répéta Aleck, puis il inspira profondément. Là-dessus, je sors.

— Je vais te pousser, dit Kenna.

— Pas touche à mes fesses, la prévint-il.

Elle gloussa.

Aleck se baissa et l'embrassa, adorant la sensation de son sourire sur ses lèvres, faisant de son mieux pour s'extirper du pouf sans donner un coup de genou à Kenna. Elle profita de la situation et eut les mains baladeuses en essayant de « l'aider » à sortir du gros sac.

Une fois qu'Aleck fut debout, il aida Kenna à se lever à son tour. Puis il posa les bras autour d'elle et la serra longuement contre lui.

— Je ne me plains pas, mais qu'est-ce qui me vaut ça ? demanda-t-elle.

Sans la lâcher, et en gardant le nez dans ses cheveux, il dit :

— C'est le câlin que je voulais te donner hier soir et que je n'ai pas pu te faire.

Kenna s'écarta un peu et Aleck la laissa faire. Elle leva la tête vers lui.

— Tu es un vrai sentimental sous cet extérieur de SEAL badass, hein ?

Sans être embarrassé le moins du monde, Aleck admit :

— Seulement avec toi.

Elle sourit.

— Fayot.

— Non. Je suis sincère. Va te doucher et te changer. Ton petit-déjeuner t'attendra quand tu sortiras.

— Je pourrais bien m'y habituer, plaisanta-t-elle. À pouvoir mettre les pieds sous la table.

— Moi aussi, répondit Aleck avec sérieux. Moi aussi.

Ils se regardèrent longuement jusqu'à ce qu'Aleck laisse tomber les bras et fasse un pas en arrière. Kenna eut l'air de vouloir dire autre chose, mais elle lui sourit simplement, puis elle se retourna et partit vers sa chambre.

Pendant qu'il réchauffait le café et les pâtisseries, Aleck ne put s'empêcher de se sentir fier. Elle semblait cent fois plus détendue maintenant que lorsqu'il était arrivé. D'accord, elle avait été à moitié endormie, mais tout de même. Sa voix aussi paraissait plus détendue. Il avait trouvé extrêmement difficile de ne pas venir la réconforter hier soir. Mais sa Kenna était forte. Elle l'avait prouvé de multiples fois. Elle n'avait pas *besoin* qu'il la réconforte, mais c'était très agréable qu'elle le laisse faire.

* * *

Kenna se tourna pour regarder Marshall. Il les conduisait à son appartement après avoir passé la matinée à la foire au troc d'Aloha Stadium. Il avait été sympa. Il était évident que faire du shopping n'était pas son activité préférée. Il n'avait acheté qu'une seule chose : une bague qu'elle avait examinée et qu'elle avait décidé de ne pas acheter.

Il n'avait pas du tout marchandé. Il avait simplement demandé combien c'était à la femme qui tenait le stand et il n'avait pas hésité à lui donner les vingt dollars qu'elle avait annoncés. Kenna avait essayé de protester, mais quand il avait attrapé sa main droite et avait glissé la bague sur son majeur, elle avait plus ou moins fondu à ses pieds.

Il était évident que la bague n'avait aucune valeur monétaire, mais émotionnellement, elle n'avait pas de prix. Kenna savait qu'elle se souviendrait de ce jour chaque fois qu'elle verrait la bague à son doigt. C'était une pâquerette, et sûrement fabriquée en Chine, mais un trésor pour Kenna.

La matinée avait été une surprise merveilleuse. Elle n'avait pas eu l'intention de dormir si longtemps, mais quand elle s'était réveillée dans les bras de Marshall, elle s'était sentie incroyablement bien. Elle n'avait pas eu l'intention de se caresser alors qu'elle était dans ses bras, mais elle n'avait pas pu s'en empêcher. La bouche de Marshall sur ses seins avait été incroyable et cela faisait si longtemps qu'elle n'avait pas baissé ses gardes avec un homme qu'elle s'était masturbée avant même de s'en rendre compte.

Cela s'avéra être un des moments les plus torrides qu'elle ait partagés avec un homme. Regarder Marshall dans les yeux pendant qu'elle jouissait avait été... renversant. Même à travers son plaisir, elle voyait le sien se refléter dans ses yeux. Il avait aimé la voir jouir, et ne s'était pas inquiété de jouir à son tour ensuite, ce qui changeait beaucoup de la plupart des hommes qu'elle avait fréquentés.

Quand il l'avait à nouveau ramenée jusqu'à l'orgasme, il l'avait touchée très différemment de ce qu'elle faisait elle-même. Elle arrêtait toujours de se caresser quand elle sentait approcher l'orgasme, mais il avait été déterminé, dominant, refusant de céder, et il avait fait durer son plaisir pendant une éternité. C'était... incroyable.

Kenna ne se sentait même pas coupable de lui avoir carrément demandé si elle pouvait passer la nuit chez lui. Elle désirait cet homme. En entier. Oui, les choses allaient vite entre eux, mais ça lui était égal. Être avec Marshall – de quelque manière que ce soit – c'était bien.

— Qu'est-ce qui te fait sourire ? demanda Marshall.

— Cette matinée, répondit Kenna sans hésiter.

Elle adora voir le sourire satisfait sur le visage de son homme en entendant cela.

— Parce que le petit-déjeuner était bon ? la taquina-t-il.

— Ça aussi.

En regardant son entrejambe, elle vit qu'il était à moitié dur. Elle adorait avoir cet effet sur lui.

— Merde, tu me tues, grogna Marshall.

— Pour que ce soit clair, j'aime le sexe, expliqua Kenna. Et ce matin était...

Elle lutta pour trouver le mot approprié. Puis elle décida simplement de dire ce qu'elle ressentait.

— Le meilleur que j'ai jamais eu... et nous n'avons même pas couché ensemble.

— Évidemment, il faut que tu décides d'avoir cette conversation maintenant, pendant que je conduis, grommela Marshall en s'agitant sur son siège et en ajustant sa verge dans son short.

Kenna se contenta de sourire.

— Pardon, dit-elle en sachant qu'elle ne paraissait pas désolée du tout. Écoute, voilà ce que je pense. Les femmes sont tout le temps jugées à cause du sexe. Si nous aimons ça, nous sommes des filles faciles. Si nous avons trop de partenaires, nous sommes des putes. Nous sommes censées être vierges et chastes jusqu'à notre mariage, alors qu'un homme peut baiser autant de gens qu'il veut et la société n'en fait aucun cas, comme si c'était attendu. Je n'ai jamais compris. J'ai trente ans, j'aime les orgasmes, et même si ça fait un moment que je n'ai pas eu de copain, ça ne veut pas dire que je ne me suis pas occupée de moi. Mais ce que tu as fait aujourd'hui... m'a fait comprendre que je ne sais toujours pas tout sur mon propre corps. Le fait que tu me fasses jouir une deuxième fois alors que je pensais avoir terminé... c'était instructif. Et torride. Et maintenant, je veux savoir s'il y a d'autres choses que je ne sais pas sur moi dans le domaine du sexe.

Elle vit la mâchoire de Marshall se serrer et elle fronça le nez d'un air contrit.

— Pardon, trop franche ?

— Non, dit-il d'une voix grave et rocailleuse qui fit frissonner Kenna.

Elle ne l'avait encore jamais entendu parler ainsi.

Non... c'était faux, elle l'avait entendu.

Ce matin-là... quand il avait dit « un de plus ».

— Tu as raison. La société est bien plus dure avec les femmes qu'avec les hommes en ce qui concerne le sexe. J'aime que tu sois ouverte sur ta sexualité. Tu n'as pas peur de demander ce que tu veux. Et il me tarde de t'avoir dans mon lit et d'apprendre tout ce que tu aimes et n'aimes pas dans l'intimité.

Kenna sourit.

— Mais tu vas me nourrir d'abord, hein ? le taquina-t-elle.

— Seigneur, tu me tues vraiment, se plaignit Marshall.

— Mais tu aimes ça.

Il se retourna et la regarda alors dans les yeux, et Kenna inspira brusquement à cause de l'intensité qu'elle vit dans son regard.

— C'est vrai, acquiesça-t-il, puis il regarda la route devant eux.

Kenna était terriblement émoustillée. Elle voulait lui sauter dessus dès leur arrivée dans son appartement, mais elle aimait aussi beaucoup les préliminaires. Et ils s'étaient engagés dans les préliminaires les plus longs et les plus intenses qui soient.

Elle souriait toujours quand ils se garèrent sur l'aire de stationnement de Coral Springs. Pendant une seconde, elle fut à nouveau gênée à cause de tout ce qu'elle avait dit en essayant de se « faufiler » sur la plage. Mais elle chassa ces pensées. C'était terminé.

— Je suis désolé, dit Marshall quand il eut coupé le moteur.

Kenna secoua la tête.

— Tu t'es déjà excusé. Et nous avons dépassé ça maintenant. Je veux voir cet appartement-terrasse incroyable. Et la vue. J'ai beaucoup entendu parler de la vue.

— Tu es trop bien pour être vraie, lâcha Marshall.

Il lui prit la main, embrassa sa paume, puis se tourna pour sortir de la jeep.

Kenna aurait pu jurer sentir des frissons jusqu'à ses orteils à cause de ce simple baiser. Ooooh, le sexe avec cet homme allait être hallucinant, elle le savait.

Il la rejoignit à côté de la jeep et attrapa le sac qu'elle avait préparé. Il laissa les choses qu'elle avait achetées à la foire dans la voiture pour les ramener chez elle plus tard.

Marshall lui prit la main et ils marchèrent jusqu'à l'entrée. Il s'arrêta au poste de sécurité et salua l'homme qui était assis là.

— Salut, Robert.

— Bonsoir, monsieur Smart.

— Je voudrais vous présenter ma petite amie, Kenna Madigan.

Kenna serra la main de l'agent de sécurité.

— Ravie de vous rencontrer.

— Pareillement. J'espère que vous avez passé un bon moment quand vous étiez là le week-end dernier, dit-il poliment.

Kenna sourit et hocha la tête. Il était maintenant évident

qu'ils ne seraient jamais passés devant cet homme si Marshall n'avait pas vécu ici.

— J'aimerais l'ajouter à ma liste de visiteurs approuvés, lui dit Marshall.

— Bien sûr. Puis-je voir vos papiers d'identité, mademoiselle Madigan ? demanda Robert.

Kenna ne savait pas que Marshall avait l'intention de l'ajouter à quoi que ce soit. Elle leva les yeux vers lui et il sourit en hochant la tête. Kenna passa la main dans son sac et en sortit son permis de conduire qu'elle donna au garde. Il remplit un morceau de papier avec ses coordonnées, puis il se leva.

— Il me faudra prendre votre photo pour nos archives, dit Robert.

— Oh, euh, d'accord, bafouilla Kenna, surprise par le niveau de sécurité de l'endroit.

— C'est afin que les autres employés de la sécurité sachent à quoi vous ressemblez, expliqua Robert qui avait remarqué son malaise. Je vais entrer votre photo dans notre base de données et c'est tout. Personne d'autre n'a accès à nos fichiers. La prochaine fois que vous viendrez, vous n'aurez même pas besoin de vous arrêter. Nous saurons que vous avez le droit d'accéder à la propriété.

— Si ça te gêne, nous pouvons le faire une autre fois, précisa Marshall.

— Non, ça va. J'étais juste surprise.

Elle posa pour Robert et il prit la photo.

Il lui tendit une feuille de papier en disant :

— Voici tous les règles et règlements de Coral Springs. Même si vous êtes une invitée, nous nous attendons à ce que vous les suiviez. Lisez-les à votre rythme, signez-les, et ramenez-les ici au bureau quand vous aurez terminé, lui dit Robert.

Kenna hocha la tête et plia le morceau de papier qu'elle rangea dans son sac avec son permis.

— Prête ? demanda Marshall.

— Prête, dit Kenna avec un sourire.

— Passez un bon après-midi et une bonne soirée, Robert, souhaita Marshall au garde.

— Vous aussi.

Quand ils montèrent dans l'ascenseur, Kenna se tourna vers Marshall.

— Si tu n'avais pas été avec moi, je n'aurais pas fait deux pas au-delà de l'accueil, hein ?

— Non, dit-il avec un petit sourire. Robert et les autres sont très doués pour leur travail.

— Qu'ont pensé tes coéquipiers quand il a fallu prendre leurs photos et leur faire signer le règlement ?

Marshall haussa les épaules.

— Ils ne sont pas sur ma liste de visiteurs approuvés.

Elle fronça les sourcils, perplexe.

— Mais ce sont tes meilleurs amis.

— Oui. Et quand ils viennent me rendre visite, je les ajoute à la feuille de présence quotidienne. Ils ont le droit de venir pour la journée, mais pas d'aller et venir comme ils en ont envie.

Kenna le fixa, incrédule.

— Sérieusement ?

— Oui. Tu es la seule personne que j'ai ajoutée sur cette liste.

Kenna déglutit.

— Toi, tu vas choper ce soir, lui dit-elle.

Marshall éclata de rire et la serra contre lui.

— Ah oui ?

— Oh oui.

Il pencha la tête pour l'embrasser juste au moment où l'ascenseur sonna pour faire savoir qu'ils étaient arrivés à son étage.

— Plus tard, marmonna-t-il, davantage pour lui-même que pour elle.

Kenna n'arrivait pas à effacer le sourire de son visage. Elle adorait surprendre cet homme. Elle ne pensait pas que ça devait lui arriver très souvent.

Il garda son bras autour de ses épaules pour marcher le long du couloir jusqu'à son appartement. Il posa la paume sur le lecteur biométrique à côté de sa porte et elle secoua la tête, incrédule.

— Vraiment ?

— Oui, confirma-t-il. C'est plus facile que d'avoir une clé, surtout quand je pars en mission. Je n'ai pas besoin de m'inquiéter de la perdre.

— Tu prends tes clés en mission ? demanda-t-elle en levant les sourcils de surprise.

Il rit.

— Pas du tout. Elles restent au bureau.

— Ouf. J'imaginais un terroriste quelque part au milieu du désert trouvant une clé de jeep dans le sable et se demandant comment elle avait pu arriver là.

Marshall sourit.

— Exactement. Donne-moi ta main.

Elle le fit sans hésiter. Kenna avait l'impression d'être prête à faire tout ce que demandait cet homme sans y réfléchir.

Il appuya sur une série de boutons du lecteur biométrique, puis il plaqua sa paume contre l'écran.

— Voilà, maintenant tu peux rentrer quand tu viens.

Kenna le fixa en écarquillant les yeux de surprise.

— Viens-tu plus ou moins de me donner une clé de ta maison ?

Marshall haussa les épaules.

— Vas-tu venir me voler ?

— Non.

— Alors, oui.

Marshall se tourna pour ouvrir sa porte et Kenna fit de son mieux pour maîtriser ses réactions.

Cet homme n'était pas du tout comme elle l'avait cru quand

elle avait traîné avec lui pour la première fois sur la plage du Duke's. Il était tellement... plus.

Marshall ouvrit la voie dans son appartement et Kenna referma derrière elle. Elle écarquilla les yeux en voyant ce qui l'entourait.

Cet endroit était tellement incroyable qu'elle ne savait pas où regarder en premier. Depuis la cuisine – qui avait de magnifiques placards blancs, des comptoirs en béton et un frigo qui faisait le double de la taille du sien – jusqu'au plancher en bambou, au canapé paraissant extrêmement confortable et cher, et à l'énorme télévision... c'était étourdissant.

Mais elle vit également les petites touches de Marshall ici et là. Ce n'était pas une salle d'exposition. Elle vit une paire de boots sur le sol près d'un couloir. Il y avait quelques plats sales dans l'évier et des miettes sur le plan de travail. Une bibliothèque contre le mur avait des livres posés de façon désordonnée sur les étagères. Un verre d'eau à moitié rempli était posé sur une table à côté de l'un des canapés. Des coussins décoratifs avaient été jetés nonchalamment sur les meubles.

Puis il y avait les photos. Kenna voulait toutes les examiner, car elles étaient disposées partout dans le salon. Il avait même agrandi et encadré la photo de son équipe qu'il lui avait montrée à la base : elle était accrochée sur un mur près de la télévision.

Cet endroit était élégant, oui. Et cher. Mais il semblait habité. Confortable. Kenna se sentit bien plus détendue.

Pendant qu'elle regardait autour d'elle, Marshall s'était approché d'un mur à sa gauche. Il ouvrit les rideaux... et Kenna resta bouche bée devant la vue qu'il venait de révéler. Elle marcha, comme hypnotisée, vers le balcon. Elle savait que Marshall souriait comme un petit garçon pris sur le fait avec la main dans la boîte à gâteaux, mais elle l'ignora. Il ouvrit la porte pour elle et elle sortit.

Une brise soufflait depuis l'océan et elle fit onduler ses cheveux quand elle s'agrippa à la balustrade. Il y avait quelques chaises longues sur le balcon, ainsi qu'une table et six chaises. L'endroit était gigantesque, mais Kenna focalisa son attention sur l'océan devant elle.

Elle sentit Marshall s'approcher derrière elle. Il posa les mains sur la balustrade de chaque côté des siennes et se pencha contre elle.

Kenna se réserva une minute environ pour étudier la vue. Elle voyait la plage où ils avaient passé la journée, les parasols semblant minuscules depuis ce point de vue. Il y avait des bateaux à voile sur l'eau et elle voyait même un gros navire-cargo au loin. C'était absolument magnifique et Kenna comprenait soudain l'attrait d'une vue de l'océan. Si elle avait une vue pareille chez elle, elle aurait passé tout son temps au balcon pour en profiter.

— C'est incroyable, dit-elle avec admiration.

— C'est la principale raison pour laquelle j'ai arrêté de me battre avec mes parents au sujet de cet endroit. C'est prétentieux et exagéré, et bien trop cher. Mais ceci est mon endroit préféré pour traîner avec mes amis, ou après une mission difficile. Tu devrais le voir quand un orage arrive. On a l'impression d'être au milieu.

— Ça ne m'étonne pas.

— Veux-tu voir le reste de l'appartement ? demanda-t-il.

Kenna secoua la tête.

— Non. Je vais rester ici. Je pense que je vais emménager ici, dormir, manger et tout faire sur ce balcon.

Elle le sentit plus qu'elle ne l'entendit rire dans son dos.

— Ce sera difficile d'être serveuse ici.

— Je m'en fiche.

— Et tu n'as même pas encore vu ma chambre, ajouta-t-il d'un ton suggestif.

Kenna sourit, puis elle se retourna dans ses bras.

— C'est vrai. Dis-moi que tu as un lit king size.

— J'ai un lit king size.

— Et que la salle de bains est à se damner.

— C'est le cas, confirma-t-il. Une douche à sensation de pluie, une énorme baignoire à pattes de lion, deux lavabos, un carrelage chauffé et les toilettes se trouvent dans une petite salle séparée avec une porte.

Là-dessus, Kenna éclata de rire.

— Et c'est un plus ? demanda-t-elle.

— Bien sûr. J'aime avoir de l'intimité quand je fais mes petites affaires, dit-il avec un visage très sérieux.

— Mmm. Je pense que je voudrais peut-être voir ta chambre, dans ce cas. Mais si ça n'est pas comparable à ce balcon, je ressors tout de suite.

— Je pense que tu seras contente, dit Marshall d'un air mystérieux. Allez, viens.

Il prit sa main dans la sienne et la ramena dans le salon.

Kenna le laissa l'entraîner dans un petit couloir vers une porte tout au bout. En passant, elle aperçut une salle de bains pour les invités qui était plus grande que la chambre de son petit appartement.

Marshall n'hésita pas à ouvrir la porte au bout du couloir, lui faisant signe d'entrer.

Kenna était sur le point de plaisanter en les comparant à une araignée et une mouche, mais les mots restèrent coincés dans sa gorge quand elle entra dans la chambre.

Tout le mur à côté du lit était constitué de fenêtres. Du sol au plafond. C'était presque comme de se trouver sur le balcon, mais sans la brise.

— Merde alors, souffla-t-elle.

— Je t'ai dit que tu allais aimer, rappela Marshall avec un air satisfait.

Kenna leva la tête vers lui.

— C'est incroyable ! Mais la lumière ne te gêne pas quand tu essaies de dormir ?

En réponse, Marshall s'avança vers un panneau sur le mur à côté des fenêtres et appuya sur un bouton. Les fenêtres s'obscurcirent d'un seul coup.

— Quoi ? Comment est-ce possible ?

Marshall haussa les épaules.

— Aucune idée. Il y a une espèce de mécanisme dans le verre.

Il appuya sur un autre bouton et les fenêtres devinrent grisées en laissant entrer la lumière, mais de façon estompée. Puis il appuya sur un dernier bouton et le verre redevint transparent, laissant entrer le soleil de l'après-midi.

— Waouh, dit-elle après une longue pause.

— Tu en es restée muette, plaisanta Marshall. Je suis impressionné.

— Non, c'est *moi* qui suis impressionnée, lui dit Kenna.

— Attends de voir la salle de bains.

Elle le suivit jusqu'à une autre porte et elle dut admettre que c'était assez spectaculaire. Encore une fois, c'était très chic, mais ses affaires de toilette étaient étalées sur le comptoir. Une serviette pour les mains était posée à côté d'un des lavabos au lieu d'être accrochée à son support. Une autre serviette de bain tenant tout juste sur le porte-serviettes donnait l'impression que l'espace était moins prout-prout.

Elle ne put s'empêcher d'imaginer Marshall et elle dans l'énorme cabine de douche. Il y avait un petit banc à l'intérieur qu'elle savait pouvoir utiliser à bon escient.

— Je te vois réfléchir, dit Marshall.

Kenna sourit.

— Oui, avoua-t-elle sans honte.

— Alors, tu aimes ?

— J'aime. Et si j'avais l'argent, je voudrais vivre ici.

Marshall hocha la tête, puis il prit sa main et commença à la traîner hors de la chambre.

— Où est le feu ? demanda Kenna dans un éclat de rire.

— Je pense simplement que c'est une bonne idée de sortir de ma chambre, lui confia Marshall.

Kenna rit encore plus fort. Être avec lui était... facile. Drôle. Elle appréciait sincèrement sa compagnie.

— Alors, qu'allons-nous faire pour passer le temps jusqu'au dîner ? demanda-t-elle.

Elle n'essayait pas de faire une allusion, mais quand Marshall se tourna et leva un sourcil, elle rit encore.

— Je veux dire, en dehors de l'évidence.

— Veux-tu faire le tour de la propriété ? demanda-t-il en hésitant.

— Oui.

Kenna voulait tout savoir sur cet homme. Et cela incluait l'endroit où il vivait.

Une heure et demie plus tard, après avoir vu les piscines, la salle de sport, le sauna, le spa, le restaurant, les salons, et avoir été présentée à presque chaque personne qui passait, ils furent de retour dans son appartement, assis sur son balcon. Elle était sur une chaise longue, Marshall sur une autre. Ils étaient assez proches pour que Kenna puisse le toucher en tendant la main. C'était intime et chaleureux. Et elle n'arrivait pas à se remettre de cette vue incroyable.

Kenna tenait un verre de vin et lui un verre de thé glacé.

— Je suis surprise que tu connaisses tant de monde ici, dit-elle.

Marshall haussa les épaules.

— Je ne les connais pas vraiment, expliqua-t-il. Je ne sais rien sur leur travail ou leur vie, mais nous sommes tous amicaux quand nous nous voyons.

— J'ai été vraiment impolie quand j'ai dit que les gens restaient dans leurs appartements et ne se parlaient pas entre eux, lâcha Kenna en ressentant encore le besoin de s'excuser, depuis qu'elle avait rencontré quelques-uns des résidents.

— Non, tu as raison. Je suppose que tu sais tout ce qu'il y a à savoir sur tes propres voisins. Ici, les relations sont plus superficielles. Mais si quelqu'un a besoin de quelque chose, je suis heureux de les aider.

— Ça, je le sais, lui dit Kenna en lui tendant la main.

Il la prit tout de suite et la serra de façon rassurante.

Ils ne parlèrent de rien d'important pendant un moment, mais ensuite la conversation s'orienta vers Carly et son ex. Marshall voulait savoir comment elle allait *vraiment*.

— Je crois qu'elle va bien. Elle continue à avoir du mal à se sentir en sécurité, je pense. Elle ne sort pratiquement jamais, elle fait simplement des allers-retours au travail.

— Mais n'a-t-elle pas vu Shawn depuis qu'il est venu au restaurant ? demanda Marshall.

— Pas que je sache, mais elle pourrait le garder pour elle si c'était le cas, répondit Kenna franchement. Je ne comprends pas les hommes comme lui.

— Que veux-tu dire ?

— Je veux dire, si tu affirmais clairement que c'était terminé entre nous, que tu ne voulais plus me voir, je ne deviendrais pas toute bizarre et psychopathe en insistant sur le fait que tu n'as pas le droit de rompre avec moi. Et je sais que certaines femmes sont ainsi également, mais d'après les statistiques, je ne crois pas que ce soit aussi répandu que chez les hommes. Peux-tu me l'expliquer ?

— Non.

La réponse de Marshall fut courte et directe.

Kenna soupira avant de continuer.

— Je ne comprends pas non plus pourquoi certains hommes aiment faire peur et violer les femmes. Je veux dire, je comprends qu'il s'agit d'une histoire de puissance, mais d'où ça vient ? Pourquoi pensent-ils pouvoir violer quelqu'un de cette façon ? Pourquoi est-ce que cela leur donne du plaisir ? Et je ne parle pas des tueurs en série qui ont sans doute un problème au cerveau. Je parle des hommes qui ont des amis, un travail stable, et des familles aimantes... ceux dont on ne devinerait jamais qu'ils peuvent agir de cette façon. Qui semblent harceler et maîtriser des femmes simplement parce qu'ils le peuvent. Je ne comprends pas.

Le pouce de Marshall caressa le dos de sa main et Kenna se sentit plus calme.

— Je ne sais pas, avoua-t-il. Je ne peux pas imaginer ce qui passe par la tête de quelqu'un quand il décide de faire une chose pareille. Et je suis comme toi, si une femme dit qu'elle veut rompre, ça ne me fera peut-être pas plaisir, mais je le respecterai. Pourquoi voudrais-je être avec quelqu'un qui ne veut pas être avec moi ?

— Exactement ! s'exclama Kenna. Toute l'idée de « si je ne peux pas t'avoir, personne ne le pourra » ne fait aucun sens pour moi. Les gens ne sont pas des choses à posséder. Et l'angoisse et la haine dans une telle relation seraient insupportables. J'ai tellement de mal à comprendre pourquoi Shawn agit comme il le fait avec Carly. Pourquoi ne passe-t-il pas à autre chose ? Afin de trouver une femme qui veut effectivement être avec lui ?

— J'aimerais avoir une réponse pour toi. Tout ce que je peux faire, c'est te rassurer qu'il y a plus d'hommes comme nous dans le monde qui respectent les femmes et n'agiraient jamais comme l'autre crétin.

— Je sais, soupira Kenna. C'est juste que je déteste voir Carly gérer ça. Je veux simplement qu'il s'en aille. Qu'il passe à autre chose.

— Moi aussi, acquiesça Marshall.

Ils restèrent silencieux un long moment, chacun perdu dans ses propres pensées. C'était une raison de plus pour laquelle Kenna aimait être avec Marshall. Ils n'étaient pas obligés de parler constamment. Ils pouvaient simplement exister au même endroit en même temps.

— Veux-tu venir au supermarché avec moi ? demanda Marshall au bout d'un moment.

Kenna le regarda.

— Pour acheter quoi ?

— Des ingrédients pour le dîner.

Elle rit.

— Tu as prévu de me préparer le dîner et tu n'as pas les ingrédients ?

Marshall haussa les épaules.

— J'avais l'intention de faire les courses ce matin avant de passer te prendre, mais ces plans ont changé hier soir, quand je t'ai demandé si je pouvais débarquer à l'aurore, parce que je voulais être sûr que tu allais bien.

Cela lui fit plaisir.

— D'accord.

— Super. Allons-y.

Kenna gloussa.

— Tu ne restes pas souvent assis à profiter du temps qui passe, n'est-ce pas ?

— Non. Maintenant, lève-toi, feignasse. J'essaie de t'empêcher de faire ton nid dans un coin de mon balcon que tu ne quitteras plus.

Kenna rit et laissa Marshall l'aider à se lever.

— Que vas-tu me préparer ? demanda-t-elle quand ils marchèrent vers la porte d'entrée.

— Eh bien, je t'ai dit que je savais faire un bon steak, mais j'envisageais de changer le menu, si ça te va.

— Ça dépend ce que tu veux faire, lui répondit Kenna avec franchise.

— Tu aimes les fruits de mer, n'est-ce pas ? demanda-t-il.

— Bien sûr. Nous avons mangé des sushis, rappelle-toi.

— Je m'en souviens, mais les sushis sont différents des fruits de mer en général. Quoi qu'il en soit, je pensais faire des coquilles Saint-Jacques braisées à la sauce sriracha. Avec en accompagnement, du brocoli rôti à l'ail, des bouchées de tacos aux légumes et un brownie avec de la glace pour le dessert.

Kenna savait qu'elle avait la bouche grande ouverte, mais elle ne put s'en empêcher.

— Sérieusement ?

— Oui.

— Je m'attendais à des hamburgers ou des spaghettis, par exemple.

— Je voulais te gâter pour notre premier rendez-vous à dîner, dit Marshall simplement.

— Eh bien, considère que je le suis, même si nous ne sommes pas encore allés faire les courses. J'ai une question, cependant.

— Je t'en prie.

— Qu'est-ce qu'une bouchée de tacos ?

Marshall sourit.

— Il faut prendre des galettes de blé en forme de bol, les remplir de fromage, de crème fraîche, de haricots rouges, et d'une tranche de piment jalapeno si tu veux. Puis tu fourres tout dans ta bouche et tu en profites.

Kenna imaginait bien Marshall faire cela.

— Ça m'a l'air délicieux.

— Ça l'est. Allez, viens, j'ai faim rien qu'en y pensant. Le seul problème est que le dîner que j'ai prévu exige un peu de préparation.

— J'aimerais beaucoup cuisiner avec toi, lui dit Kenna.

À côté de la porte, Marshall se pencha et l'embrassa. Ce fut un baiser rapide, un simple frôlement de leurs lèvres.

Kenna fit la moue.

— C'est tout ce que j'aurai ?

— Pour l'instant, oui. Si je prends ta bouche comme j'en ai envie, nous finirons dans mon lit, et je ne te laisserai pas tranquille pendant des heures. Et si je fais ça, je ne peux pas te nourrir. Alors, on fait les courses, puis on cuisine, puis on mange. Ensuite, je te prendrai longtemps et brutalement et de toutes les façons que tu peux imaginer.

Kenna sourit.

— Pourrons-nous laisser les fenêtres transparentes ? demanda-t-elle.

Marshall secoua la tête et ouvrit la porte.

— Je suis vexé que tu ne penses qu'aux fenêtres.

— Oh, je pense à toi, n'en doute pas. Il me tarde de voir ce que tu as caché dans ton pantalon, lui dit-elle.

— Tu veux ma queue, Kenna ? grogna-t-il.

— Oui, répondit-elle simplement.

— Alors, tu l'auras. Plus tard.

Elle fit semblant de bouder et Marshall éclata de rire. Elle ne se lasserait jamais d'entendre ce bruit.

Il ferma la porte derrière eux et il prit une fois de plus sa main dans la sienne. Kenna sourit. Elle avait l'impression de pouvoir s'habituer à être avec cet homme de façon bien plus fréquente. À faire des choses banales comme les courses et la cuisine... en terminant chaque soir dans ses bras.

CHAPITRE QUATORZE

Le dîner fut incroyable. Aleck ne se souvenait pas d'un moment où il avait été aussi satisfait que maintenant. Kenna l'avait aidé à cuisiner et ils avaient tous les deux eu du mal à se retenir de se toucher.

Il frôlait volontairement ses fesses et elle se vengeait en touchant « accidentellement » son entrejambe en passant devant lui dans la grande cuisine. Elle était insouciante, drôle, sexy... et au lieu de penser à certaines des choses horribles qu'il avait faites et vues en tant que SEAL, comme cela lui arrivait les soirs où il était seul, il vivait dans le présent avec Kenna.

Il n'avait pas prévu d'ajouter Kenna à sa liste de visiteurs approuvés si vite, mais pendant qu'il l'avait présentée à Robert, cela lui avait semblé être la bonne chose à faire. Certaines personnes auraient cru qu'il était fou de donner l'accès à son appartement à une femme qu'il venait de rencontrer, mais il lui faisait instinctivement confiance. Il savait que Kenna ne le trahirait jamais. Ils avaient un lien comme il n'en avait encore jamais vu, à un niveau qui surpassait même ses meilleures relations.

Il ne savait pas du tout ce que l'avenir leur réservait, mais pour l'instant, il pouvait admettre qu'il était éperdument amoureux de cette femme et qu'il voulait être avec elle autant que possible. Jusqu'ici, passer la journée avec elle avait été merveilleux. Et la regarder négocier le prix d'une babiole à la foire au troc était instructif. Elle était entêtée et elle aimait gagner.

Il l'était également – pas étonnant qu'ils s'entendent si bien –, mais il n'aimait pas négocier les prix. C'était peut-être parce qu'il n'avait pas à s'inquiéter pour l'argent, mais il préférait presque payer trop plutôt que d'essayer d'économiser un dollar ou deux. Et payer un peu plus aidait aussi le vendeur.

Kenna avait annoncé vouloir manger sur son balcon, ce qui n'était pas une surprise. Ils venaient de finir leur repas et contemplaient le soleil qui se couchait lentement, profitant de la brise du soir, quand Aleck entendit son téléphone sonner dans l'autre pièce.

— Merde, maugréa-t-il.

— Quoi ? Comment sais-tu qui appelle ? demanda Kenna.

— Je ne le sais pas. Mais je n'attends aucun appel.

— Ça ne veut pas dire que c'est quelque chose de négatif, raisonna-t-elle quand Aleck se leva et partit chercher son téléphone à l'intérieur.

Aleck s'attendait au contraire. Ses coéquipiers savaient tous qu'il passait la journée avec Kenna, alors ils ne l'auraient pas interrompu. Il pouvait s'agir d'un de ses parents, mais il ne le pensait pas. Il avait l'impression que cet appel allait concerner son travail.

Il décrocha en serrant les dents.

— Allô ?

— Commandant Huttner ici. Vous êtes appelé en mission.

En général, Aleck aimait son commandant. Dylan Huttner était juste et il se souciait sincèrement des SEALs dont il avait la charge. Mais son timing était vraiment merdique.

— Pouvez-vous me donner des détails ? demanda Aleck.

— C'est simplement que la situation que nous surveillons

depuis deux semaines vient de se dégrader et nous devons agir, et vite, expliqua Huttner.

Cela signifiait qu'Aleck et son équipe devaient partir en Iran. Merde.

— Compris. À quelle heure dois-je me présenter au rapport ? demanda-t-il.

— Immédiatement.

Aleck était trop bien entraîné pour manifester sa surprise, mais s'ils étaient appelés sans avoir été avertis, la situation devait être extrêmement urgente.

— Oui, monsieur.

— À très vite. Vous aurez les informations nécessaires en arrivant.

Huttner raccrocha sans rien dire de plus et Aleck posa son téléphone. Mince. Les plans de Kenna et lui pour la soirée venaient de changer... pour le pire. Et il devait non seulement la décevoir, mais aussi lui dire qu'il partait en mission sans pouvoir lui expliquer quoi que ce soit.

— Tout va bien ? demanda-t-elle en hésitant à l'entrée du balcon.

En inspirant profondément, Aleck se tourna vers elle.

— Non, dit-il. Je dois partir.

— Partir ?

Merde, il faisait tout foirer. Il ne pouvait pas simplement partir. Il devait la rassurer. Lui expliquer. Faire quelque chose, n'importe quoi. Il traversa la pièce et serra Kenna contre lui. Il posa les mains de chaque côté de son cou et la tint doucement en disant :

— L'équipe a été appelée. Nous partons en mission.

— Maintenant ? demanda Kenna, incrédule, en lui attrapant les poignets.

— Malheureusement, oui.

— Eh ben... merde. Que puis-je faire pour t'aider ?

Ce n'était pas du tout la réaction à laquelle Aleck s'était attendu.

— Tu n'es pas contrariée ?

— Bien sûr que je le suis. Mais être énervée, triste, ou même hystérique n'aidera pas à changer la situation. Je suis déçue de ne pas avoir pu te sauter dessus ce soir, mais tu vas rentrer à la maison, puis nous aurons *vraiment* quelque chose à fêter.

Sa voix trembla un peu à la fin, mais elle inspira profondément et parvint à se maîtriser.

— Putain, tu es incroyable.

— Je ne le suis pas, rétorqua-t-elle. Je suis morte de peur pour toi, mais c'est ce que tu fais. Ce que tu aimes.

La première chose qui lui vint en tête, c'était qu'il l'aimait *elle*, pourtant il le garda pour lui. Parce que c'était insensé... non ?

— Alors... comment puis-je t'aider ? répéta-t-elle.

En inspirant une nouvelle fois, Aleck se força à passer en mode SEAL.

— Peux-tu ranger la vaisselle pendant que je fais mes bagages ?

— Bien sûr.

— Il te suffit de tout mettre dans le lave-vaisselle. Quand la vaisselle sera propre, elle pourra rester là jusqu'à mon retour. Et s'il te plaît, prends les restes avec toi.

— D'accord, aucun souci.

— Je peux te ramener chez toi avant de partir pour la base, dit Aleck.

— Hors de question. Ce n'est pas du tout sur ta route. Je peux prendre un taxi ou un Uber.

Aleck fronça les sourcils.

— Il est tard.

— Pas si tard, précisa Kenna.

— Envisagerais-tu de rester ici pour la nuit et de te rendre chez toi demain matin ? demanda Aleck en hésitant.

Il laissa tomber les mains sur sa taille, la tenant mollement dans ses bras.

Elle resta silencieuse un moment avant de demander :

— Ça ne te gêne pas que je sois ici sans toi ?

— Non, bien sûr que non. En fait, tu peux venir quand tu en as envie. Les jours où tu n'auras pas besoin de travailler le lendemain, par exemple. Tu es sur ma liste de visiteurs approuvés, alors ça ne sera pas un problème. Tu peux entrer parce que j'ai programmé l'empreinte de ta paume de main dans le lecteur. Et, ajouta-t-il en pensant à quelque chose, si tu veux inviter Lexie et Élodie pour une soirée entre filles, n'hésite pas. Elles seront sûrement déprimées parce que Midas et Mustang partent aussi.

— Waouh, euh, d'accord. Peut-être.

Il lui sourit.

— Mais je suis sûre que ça ira pour rentrer chez moi ce soir.

— Reste, essaya-t-il de la persuader. Je ne peux pas te rejoindre dans mon lit, mais j'aime l'idée que tu y sois.

— Zut, alors. Comment puis-je dire non à ça ? le taquina-t-elle.

— Tu ne peux pas.

— D'accord. Je vais rester.

— Bien. Je vais sortir les sacs avec les affaires que tu as récupérées ce matin à la foire dans ma voiture et les donner à Robert ou à l'agent qui travaille maintenant, afin qu'il les garde pour toi jusqu'à demain. Je vais aussi organiser un taxi pour toi.

— Tu n'es pas obligé de faire ça.

— Si, je le suis.

Ils se regardèrent longuement dans les yeux avant qu'Aleck la serre contre lui.

— Viens là, dit-il doucement.

Kenna se blottit dans ses bras. Ils poussèrent un soupir tous les deux.

Aleck détestait que leur soirée se termine ainsi. Pas parce qu'il n'avait pas l'occasion d'aller au lit avec elle, mais parce qu'il voyait qu'elle était maintenant angoissée et triste.

— Je reviens vite.

— Je sais. Marshall ?

— Oui ?

— Je sais que ton travail est dangereux et que ton équipe est l'une des meilleures, mais...

Elle se tut. Elle n'avait pas besoin de continuer. Aleck se doutait de ce qu'elle allait dire.

— Nous sommes doués dans ce que nous faisons. Nous allons revenir, lui dit-il.

Il n'aurait vraiment pas dû lui promettre quelque chose du genre, mais il ne pouvait pas rester là sans la rassurer.

Kenna hocha la tête contre lui. Il la sentit inspirer profondément avant de s'écarter. Elle avait les larmes aux yeux, mais elle les chassa en clignant des paupières.

— Très bien. Alors... tu dois aller faire tes bagages pour pouvoir casser la figure aux méchants.

Putain, cette femme était époustouflante.

— Tu vas me manquer. Je crois que nous avons parlé et envoyé des textos chaque jour depuis que tu as sauté sur ma tête.

— Je n'ai pas sauté sur ta tête, protesta-t-elle automatiquement, comme toujours. Eh oui, je crois que c'est vrai. Tu me manqueras aussi. Mais tu dois aller faire ton travail.

Aleck hocha la tête.

Kenna le poussa un peu.

— Vas-y. Je vais ranger les restes du repas.

À contrecœur, en sachant qu'il devait vraiment bouger, Aleck partit dans sa chambre. Quand il eut fait ses bagages, Kenna avait rempli le lave-vaisselle et rangé les restes. Elle se tenait sur son balcon, contemplant l'océan, quand il revint dans le salon avec son sac et en portant son uniforme de camouflage.

Elle l'avait manifestement entendu et elle se tourna. Elle lui fit un sourire tremblant et marcha vers lui.

— Je ne sais pas combien coûte cet endroit, mais ce balcon vaut chaque centime.

Aleck savait qu'elle ne cherchait pas à découvrir combien coûtait cet appartement. Elle faisait la conversation pour essayer de faciliter son départ. Il la rejoignit à mi-chemin de la pièce et posa la main autour de sa nuque, l'autre bras glissant dans son dos. La position lui semblait maintenant naturelle.

— Je vais revenir, dit-il d'une voix rauque. Il est hors de question que je meure avant de t'avoir goûtée. Avant d'être entré en toi.

Elle étouffa un rire.

— D'accord. Bien. Parce que je n'ai pas non plus pu te sucer, rétorqua-t-elle.

Aleck baissa la tête et l'embrassa longtemps, durement et profondément. Il ne faisait que les torturer, mais il ne pouvait pas s'arrêter. Il avait toujours supposé que les déploiements étaient plus durs pour ceux qui restaient. Mustang et Midas parlaient toujours de la difficulté qu'avaient leurs copines à les laisser partir. Mais il n'avait pas compris comme c'était difficile de la laisser sur place.

Quand il s'écarta enfin, ils haletaient. Les doigts de Kenna s'enfonçaient dans son torse et quand il la regarda dans les yeux, une larme finit par se libérer et tomber sur sa joue. Elle utilisa immédiatement son épaule pour l'essuyer.

— Je vais bien, dit-elle d'un ton presque de défi.

— Je le sais, souffla Aleck avant de l'embrasser sur le front. Reste là, tu n'es pas obligée de me raccompagner.

Elle secoua la tête.

— Non, je veux...

— C'est déjà assez difficile pour moi de te quitter, l'interrompit Aleck. J'aimerais que ma dernière vision de toi pendant un bon moment soit ici. Chez moi.

Kenna inspira profondément.

— D'accord, dit-elle en cédant immédiatement.

Il la fixa longuement avant de déglutir et de reculer. Il devait partir. Rester ici en la regardant avec envie n'allait pas faciliter son départ.

— Comme un pansement, maugréa-t-il.

— Il faut l'arracher d'un seul coup, acquiesça Kenna, qui était sur la même longueur d'onde, comme d'habitude.

Aleck recula sans la quitter du regard, jusqu'à ce qu'il trébuche presque sur son propre sac marin.

Kenna gloussa et Aleck sut que ce bruit allait l'accompagner pendant toute son absence. Il sourit et lui fit un clin d'œil, ramassa son sac, puis marcha vers la porte. Il l'ouvrit et hocha le menton en direction de Kenna, puis il se tourna, sortit de son appartement, et referma la porte derrière lui.

En inspirant profondément, il se força à longer le couloir vers l'ascenseur. C'était vraiment nul.

* * *

C'est vraiment nul, pensa Kenna en se tenant au milieu de l'appartement vide de Marshall. Elle voulait lui courir après pour lui dire de ne pas partir. Mais il le devait. C'était ce qu'il faisait. Qui il était. Elle avait tellement eu envie de lui demander où il se rendait et si c'était dangereux, mais évidemment que c'était dangereux. C'était un SEAL, bon sang. En soupirant, elle partit dans la chambre et se prépara à se coucher. Il était tôt et elle avait prévu de faire quelque chose de bien plus excitant ce soir-là, mais c'était peut-être mieux. Marshall et elle avaient fait évoluer leur relation très vite. Un peu de temps l'un sans l'autre était sans doute une bonne chose.

Elle se dirigea vers le panneau sur le mur pour obscurcir les fenêtres, puis elle hésita. Pourquoi le faire ? Les fenêtres donnaient sur l'océan et le soleil se levait de l'autre côté de l'île, alors elle ne serait pas aveuglée le matin. En fait...

Elle appuya sur un bouton qui ouvrit une des fenêtres de quelques centimètres, laissant entrer la brise. L'ouverture était une portion de la fenêtre près du plafond, afin que personne ne puisse tomber accidentellement. Elle ne pouvait pas tout à fait entendre l'océan, mais l'air frais était très agréable.

Elle s'écarta des fenêtres et se laissa tomber sur le lit de Marshall. Elle fut immédiatement entourée par son odeur. Elle ne savait pas comment la décrire, mais elle savait qu'elle ne l'oublierait jamais. Elle prit un des oreillers dans ses bras et enfouit son visage dedans, inspirant profondément.

Puis elle pleura. Elle pleura parce qu'elle était déçue que Marshall ne soit pas en train de la baiser en ce moment même.

Elle pleura parce qu'elle était morte de peur pour lui.

Elle pleura parce qu'il lui manquait déjà et qu'il n'avait même pas encore quitté l'île.

Cela faisait longtemps qu'elle n'avait pas autant pleuré, mais quand elle parvint à se maîtriser, elle se sentit un peu mieux.

Marshall allait revenir. Elle refusait de croire autre chose. Pendant ce temps, elle avait des amis et son travail pour l'occuper.

Elle s'endormit dans le grand lit de Marshall et rêva de lui toute la nuit.

Kenna se réveilla en se sentant légèrement triste, mais pas tout à fait aussi effrayée qu'elle l'avait été la veille au soir. Elle se doucha dans la salle de bains incroyable de Marshall, et décida de traîner ici quand elle le pouvait pendant l'absence de celui-ci, même si c'était un peu bizarre. Le carrelage chauffant sous ses pieds nus et la serviette chaude du sèche-serviette étaient des luxes décadents, et elle avait l'impression que sa propre douche allait lui sembler totalement insuffisante, désormais.

Mais surtout, en étant chez lui, entourée par ses affaires, elle avait l'impression qu'il était encore avec elle.

Elle fouilla dans le frigo pour trouver de quoi prendre un petit-déjeuner et mangea sur le balcon, profitant une fois de plus de la vue. Il était environ onze heures quand elle décida qu'elle devait partir. Elle devait se rendre au travail dans quelques heures et elle voulait passer au magasin en rentrant pour faire ses courses de la semaine.

Elle prépara ses affaires et trouva un sac de courses réutilisable pour transporter les restes de la veille. Ranger les récipients dans le sac lui fit revivre cette soirée merveilleuse... avant qu'il parte, bien sûr. Kenna avait adoré cuisiner avec Marshall. Et le fait qu'il ait voulu faire des efforts pour lui préparer quelque chose de spécial la fit sourire.

Elle prit soin de vérifier que les fenêtres étaient toutes fermées, que le lit était fait, sa serviette étendue, et les portes du balcon fermées et verrouillées, puis elle attrapa ses sacs et marcha vers la porte. Elle jeta un coup d'œil en arrière et soupira. Elle avait été horrible au sujet des gens qui vivaient à Coral Springs, et elle les avait jugés de façon injuste. Il était évident que ça coûtait cher de vivre ici, mais elle devait admettre que l'appartement de Marshall l'avait vraiment gâtée. Elle était officiellement devenue fan.

Elle inspira profondément avant de refermer la porte et de l'entendre se verrouiller derrière elle. Juste pour la tester, elle posa la main sur le lecteur à côté de la porte. Elle s'ouvrit immédiatement. Kenna sourit et la referma.

Elle souriait encore en descendant dans l'ascenseur pour se rendre à l'accueil. Elle marcha vers Robert, qui était une fois de plus assis à son poste de sécurité. Elle supposa qu'il n'avait pas été là toute la nuit.

— Bonjour, dit-elle joyeusement.

— Mademoiselle Madigan, bonjour, répondit-il en attrapant un appareil électronique sur son bureau et en appuyant sur quelques boutons.

Kenna ne savait pas du tout ce que c'était, mais elle supposa que ça n'avait aucune importance.

— J'imagine que vous travaillez de jour ? demanda-t-elle.

— En ce moment, oui. J'ai entendu dire que monsieur Smart était parti hier soir pour un moment, dit Robert.

Kenna fronça le nez et hocha la tête.

— De ma part et de celle de toute l'équipe ici à Coral Springs, nous apprécions son service pour la nation, et s'il y a quelque chose dont vous avez besoin, quoi que ce soit, il vous suffira de le dire et nous ferons de notre mieux pour vous satisfaire.

Kenna écarquilla les yeux de surprise.

— Euh... merci. Je ne vais pas rester ici pendant que Marshall est absent. Mais je passerai peut-être une fois ou deux. Si ça ne dérange pas.

— Bien sûr, lui dit Robert avec un sourire.

— Super. Euh, puis-je vous demander d'appeler un taxi ?

— C'est déjà fait. Monsieur Smart en a demandé un pour vous hier soir. Il ne savait pas quand vous alliez être prête à partir, mais j'en ai déjà appelé un pour vous.

— Oh, waouh, merci, dit Kenna en comprenant comme Robert et les autres employés pouvaient être précieux.

Ça ne la gênait pas d'attendre ou d'être dérangée de temps en temps, mais elle risquait vraiment de s'habituer au fait d'être gâtée par les employés de Coral Springs. Son irritation quand elle avait appris que Marshall était riche lui fit maintenant ressentir une pointe de culpabilité, car elle en récoltait les fruits.

— Alfonso arrive avec vos autres affaires.

— Oh, c'est vrai. J'avais oublié, dit Kenna en supposant que c'était peut-être ce qu'avait fait Robert sur sa tablette : il avait envoyé un message à son collègue pour apporter les affaires qu'elle avait achetées à la foire d'hier et qui avaient été stockées quelque part.

— C'est compréhensible. Vous aviez autre chose en tête.

Kenna se mordit la lèvre, puis elle lâcha :

— J'ai l'impression de devoir m'excuser auprès de vous.

Robert sembla perplexe.

— C'est juste que... avant que je sache que Marshall vivait ici, et dans l'appartement-terrasse en plus, j'ai jugé les résidents assez durement. Dans ma tête, ils étaient des snobs coincés qui passaient leur temps à compter leur argent dans leurs appartements coûteux.

Robert gloussa.

Kenna poursuivit :

— Mais maintenant que j'ai passé un peu de temps ici et que j'ai rencontré certains des résidents et des employés, je me rends compte que j'ai été injuste. Alors... je suis désolée.

— Vous n'avez pas à vous excuser, lui dit Robert. Quand j'ai envisagé de poser ma candidature pour travailler ici, j'ai pensé la même chose. Mais depuis un an environ que je suis ici, j'ai découvert que les résidents sont exactement comme tout le monde : certains sont grossiers et exigeants, d'autres sont généreux et amicaux avec tous ceux qu'ils rencontrent. L'argent ne semble pas vraiment faire une différence, du moins dans mon expérience.

— La mienne également, acquiesça Kenna. Et je ne devrais pas juger les gens d'après leur compte bancaire. Je travaille chez Duke's à Waikiki, et j'ai vu le bien et le moins bien chez d'innombrables personnes, comme vous. Et certains des clients les plus gentils que j'ai eus étaient assez riches pour me laisser d'énormes pourboires. Alors j'aurais dû faire preuve de bon sens.

— C'est pour *ça* que vous me semblez si familière, dit Robert avec un sourire. Je vais tout le temps chez Duke's. J'ai dû vous y voir. Leur hula pie est une de mes faiblesses.

— C'est la faiblesse de tout le monde, acquiesça Kenna en se sentant mieux maintenant qu'elle s'était excusée.

— Voici Alfonso avec vos affaires. Allez-y et laissez vos autres sacs, il les prendra.

— Bonjour, m'dame, dit Alfonso en s'arrêtant à côté d'elle.

— Bonjour. Vous n'êtes pas obligé de porter tout mon bazar. Je m'en occupe.

— Et si je prenais le gros sac et que vous portiez le plus petit ? suggéra Alfonso.

Voici une autre personne extrêmement gentille. Kenna savait que c'était son travail, et qu'il était sans doute très bien payé pour être prévenant et arrangeant, mais tout de même.

— Très bien, céda-t-elle.

— Voici votre taxi, annonça Robert. Il a déjà été payé, alors si le chauffeur cherche à vous faire payer une deuxième fois, n'acceptez pas. En outre, si cela arrive, faites-le-moi savoir la prochaine fois que vous serez ici et nous le rayerons de notre liste de services de taxi.

— Waouh, vous feriez ça ? demanda-t-elle.

— Tout à fait, répondit Robert d'un ton sévère. Quoi qu'il en soit, faites attention à vous, mademoiselle Madigan. À très bientôt.

— Merci. Et je ne sais pas quand je reviendrai... dois-je vous appeler d'abord ? demanda-t-elle, ne connaissant pas tout à fait les règles.

Ce qui lui rappela qu'elle devait encore lire le papier que Robert lui avait fait passer et le signer. Jusqu'à ce moment précis, ça lui était sorti de la tête.

— Non. Vous pouvez aller et venir comme bon vous semble.

— Oh, et si je fais venir mes amies un jour, c'est possible, n'est-ce pas ? Ce sont deux femmes que Marshall connaît, bien sûr. Je n'ai pas l'intention d'avoir une fête bruyante ou quoi que ce soit, dit-elle rapidement, ne voulant pas que les deux hommes pensent qu'elle profitait de l'absence de Marshall.

— Ce n'est pas un problème. Faites-vous référence aux demoiselles Winters et Greene ?

— Oh... je ne connais pas leur nom de famille. Élodie et Lexie.

— C'est elles. Monsieur Smart en a parlé hier soir. Ce n'est pas un problème. Il leur faudra juste passer à l'accueil et s'enregistrer avant de monter à l'étage, lui dit Robert.

— D'accord. Merci.

Elle pensa soudain à autre chose.

— Et si deux autres amies viennent également... est-ce que c'est possible ?

— Bien sûr. Encore une fois, il leur suffira de passer ici et de s'enregistrer avant de pouvoir entrer dans la propriété.

— Super. Merci !

Kenna ne savait pas si elle allait vraiment faire une soirée entre filles, mais si c'était le cas, elle se dit que Carly et Ashlyn voudraient sans doute venir aussi. Elle avait l'impression que si c'était seulement Élodie, Lexie et elle, elles allaient être trop tristes parce que leurs hommes étaient partis, alors ajouter les deux autres pouvait rétablir l'équilibre et les aider à se concentrer sur autre chose que leurs inquiétudes :

— À plus tard, Robert. Passez une bonne journée.

— Vous aussi, mademoiselle Madigan.

Kenna lui sourit et sortit du vestibule, Alfonso lui tenant la porte. Il ouvrit la portière arrière du taxi et, une fois que Kenna fut installée, la referma et rangea ses sacs dans le coffre.

Le trajet jusqu'à son appartement se fit sans incident et Kenna fut ravie quand le chauffeur de taxi l'aida à porter ses affaires chez elle. Dès qu'elle referma la porte derrière elle, le regard de Kenna se posa sur le gros pouf dans son salon, et elle soupira. Elle avait l'impression qu'elle allait voir et entendre des choses qui lui rappelaient Marshall pendant toute la durée de son absence.

En inspirant profondément, elle porta son sac dans sa chambre pour le déballer. Quand ce fut terminé, elle déposa les restes dans le frigo et rangea les choses qu'elle avait achetées à la foire. Enfin, elle s'assit pour faire une liste de courses.

C'était bizarre de faire ces corvées quotidiennes pendant que Marshall était quelque part à faire de son mieux pour sécuriser le monde. Mais la vie continuait, quoi qu'il arrive dans sa vie personnelle. La sienne ou celle de n'importe qui, d'ailleurs. Bien décidée à ne pas se complaire dans la peur où l'inquiétude – elle savait que Marshall aurait détesté cela – Kenna se concentra à nouveau sur sa liste.

* * *

Ce soir-là, le travail sembla passer bien plus lentement que dans le passé. Sans doute parce que Kenna n'avait pas de textos de Marshall qui l'attendaient, et elle savait qu'en rentrant chez elle, elle n'allait pas lui parler non plus.

Quand Alani demanda pourquoi Kenna semblait si déprimée, elle comprit qu'elle ne cachait pas très bien son inquiétude pour Marshall. Carly la surprit en abordant le sujet de leur déploiement et Kenna supposa qu'elle l'avait entendu par Jag. Elle avait envie de la taquiner au sujet d'être « juste » une amie du coéquipier de Marshall, mais elle n'était pas d'humeur.

Les deux femmes parlèrent un moment de l'endroit où ils pouvaient être, mais parce qu'aucune d'elles ne suivait les nouvelles internationales, elles ne savaient pas du tout où c'était tendu en ce moment. Et finalement, peu importe où ils étaient, tant qu'ils rentraient sains et saufs.

En fin de soirée, après avoir géré un client ivre au point de vomir sur lui-même, la table, et la chaise sur laquelle il était assis, ne pas avoir eu de pourboire d'une autre table, et avoir dû s'occuper de ce qui semblait plus que la quantité habituelle d'enfants qui criaient et se comportaient mal, Kenna était plus que prête à rentrer chez elle.

Paulo la raccompagna avec Carly jusqu'au parking à l'étage qu'ils utilisaient toujours, et après les avoir serrés dans ses bras, Kenna se dirigea vers sa voiture. Elle déverrouilla sa Malibu et s'y installa, verrouillant les portières derrière elle et posant son sac sur le siège passager. Elle mit la clé dans le contact et voulut démarrer... lorsque quelque chose attira son attention sur le pare-brise.

Un morceau de papier était coincé sous un essuie-glace.

Regardant soigneusement autour d'elle, Kenna ne vit rôder personne. Elle sortit donc et attrapa le mot. Elle revint s'asseoir dans sa voiture et verrouilla à nouveau les portières, restant particulièrement prudente. Elle déplia le bout de papier... et fixa les mots qui y étaient inscrits avec perplexité, ensuite colère, puis un peu de frayeur.

Tu n'aurais pas dû te mêler de mes affaires.

C'était tout. Ce n'était pas signé et il n'y avait aucun indice sur la personne qui avait laissé le mot sur sa voiture. Kenna avait pourtant l'impression de le savoir. L'homme du samedi soir... celui qu'elle avait dénoncé à la police. Les hommes comme lui n'appréciaient pas que l'on fourre son nez dans leurs affaires, surtout si on était une femme.

L'avait-il suivie jusqu'au parking depuis son travail l'autre soir ? Elle avait espéré que la police le maintiendrait au poste au moins jusqu'à ce qu'il redevienne sobre, mais ce n'était peut-être pas arrivé, puisque sa femme n'a pas porté plainte. Il était peut-être revenu chez Duke's et il l'avait regardée partir...

Elle avait supposé que sa famille et lui étaient des touristes, mais beaucoup d'habitants locaux fréquentaient Duke's. S'ils vivaient ici, il avait largement le temps de trouver un moyen de se venger.

Il était temps de partir. Elle était en train de se faire peur et il fallait qu'elle sorte de ce parking obscur. Elle ne voulait pas être une de ces héroïnes « trop stupides pour vivre » des films d'horreur et faire tout ce qu'il ne fallait pas en se mettant à la merci du type dangereux.

Kenna savait qu'elle devait sans doute apporter le mot à la police, mais elle voulait simplement rentrer chez elle, où elle se sentait en sécurité.

Non, ce qu'elle voulait *vraiment*, c'était parler à Marshall, mais ce n'était pas possible. Et elle avait touché la feuille, qui était maintenant couverte de ses empreintes. Elle ne savait pas du tout si le garage qu'elle utilisait possédait des caméras de surveillance, mais même si elle avait l'impression que le mot était menaçant, techniquement il ne l'était pas… en tout cas, c'est ce qu'elle supposait que son auteur – et la police – allait dire.

Détestant se sentir aussi vulnérable et déstabilisée, et sachant que c'était grandement augmenté par l'absence de Marshall, Kenna inspira profondément. Elle n'avait encore jamais dépendu d'un homme pour quoi que ce soit et pourtant, depuis le peu de temps qu'elle connaissait Marshall, il était devenu son point de repère.

Comme elle l'avait pensé la veille, son déploiement était sans doute bien pour elle, prouvant qu'elle avait besoin de continuer à être la femme forte et indépendante qu'elle avait toujours été. Mais Marshall manquait toujours à Kenna.

Elle roula jusqu'à chez elle avec un œil sur la route et un autre sur les voitures dans le rétroviseur. Bien sûr, comme elle n'était pas une super espionne, elle ne savait pas du tout ce à quoi elle devait faire attention ni comment savoir si quelqu'un la suivait. S'ils n'étaient pas collés à son pare-chocs, elle était incapable de savoir si l'une des paires de phares appartenait à l'homme qui avait laissé le mot sur sa voiture.

Quand elle arriva chez elle sans incident et qu'elle fut en sécurité dans son appartement, Kenna poussa un soupir de soulagement un peu tremblant. Elle était ridicule. Elle avait suivi des cours d'autodéfense : si cet enfoiré décidait de l'affronter en personne – au lieu d'être lâche et de lui laisser des mots comme s'ils étaient à l'école primaire – elle allait lui casser la figure, puis courir à toute vitesse.

Décider de dormir dans son pouf cette nuit-là ne voulait pas dire qu'elle était trouillarde. Non. C'était simplement confortable. Et si elle se concentrait très fort, elle pouvait encore sentir l'odeur de Marshall quand il s'était blotti contre elle pendant qu'elle faisait la sieste.

Kenna dormit très mal cette nuit-là. Elle fit des cauchemars, rêvant d'un homme sans visage qui entrait par effraction dans son appartement et qui lui tirait dessus. Puis Marshall arrivait pendant qu'elle essayait d'empêcher le sang de couler et il s'excusait de ne pas pouvoir l'aider, car il avait perdu ses deux bras en mission.

Inutile de dire que Kenna fut ravie de se lever le lendemain matin.

— Aujourd'hui est une nouvelle journée, dit-elle à voix haute en se grondant. Ressaisis-toi, Kenna. Un pied devant l'autre et un jour à la fois. Marshall reviendra bientôt et si le type de l'autre soir décide de faire quelque chose de stupide, tu sauras le gérer.

Se sentant mieux après son petit discours d'encouragement, Kenna passa dans sa chambre. Elle devait sortir pour courir. On aurait pu dire que c'était stupide après avoir reçu le mot la veille, mais elle n'avait pas fait de sport depuis un moment et elle avait besoin des endorphines de la course.

Juste avant de sortir, Kenna fit demi-tour et attrapa le spray anti-agression que ses parents avaient absolument voulu qu'elle achète pour sa sécurité. Elle était peut-être sûre d'elle et indépendante, mais elle n'était pas stupide.

— Sois en sécurité, où que tu sois, chuchota-t-elle en espérant que d'une façon ou d'une autre, Marshall sache qu'elle pensait à lui et qu'elle s'inquiétait pour lui. Puis elle inspira profondément... et reprit le cours de sa vie.

CHAPITRE QUINZE

— Es-tu certaine que nous avons le droit d'être ici ? demanda Carly à Kenna lorsqu'elles entrèrent dans le vestibule de l'immeuble de Coral Springs.

Elle gloussa.

— J'en suis sûre.

Cependant, Kenna ne pouvait pas en vouloir à Carly d'être mal à l'aise. Elle avait eu la même impression quand elle était revenue toute seule pour la première fois. Robert était de garde et il l'avait reconnue et accueillie, l'aidant à se sentir beaucoup mieux d'être là.

Au cours du mois passé, elle avait logé plusieurs fois dans l'appartement de Marshall. Elle avait ainsi l'impression d'être plus proche de lui. Elle ne s'était pas attendue à ce qu'il parte si longtemps. Pour une raison quelconque, elle avait cru que l'équipe de SEALs allait se précipiter dans le pays où ils étaient déployés, éliminer leur cible ou sauver la personne qu'il fallait sauver ou trouver l'information nécessaire, puis revenir au bout d'une semaine.

Quand elle avait finalement cédé et envoyé un texto à Élodie pour lui demander si c'était normal qu'ils restent en mission si longtemps, elle n'avait pas été rassurée quand l'autre femme lui avait répondu que c'était la première fois. En tout cas, depuis que Mustang et elle étaient ensemble.

Kenna avait donc décidé qu'il était largement temps d'organiser la soirée entre filles suggérée par Marshall. Elle aurait dû le faire quelques semaines auparavant, mais elle avait été réticente, car l'appartement ne lui appartenait pas. Elle avait fini par surmonter cela et avait demandé à Élodie et Lexie si elles avaient envie de passer une nuit avec elle chez Marshall. Et quand elle avait demandé à Lexie si elle pensait qu'Ashlyn aimerait venir, Lexie avait répondu qu'elle allait en être ravie.

Cela faisait un peu ado d'organiser une soirée-pyjama, pourtant Kenna ne tenait plus en place. Elle avait exagéré en achetant les boissons et les choses à grignoter, mais elle n'avait pas honte du tout. Elle voulait que tout le monde soit à l'aise et passe un bon moment.

Kenna venait de rejoindre Carly à l'extérieur et elle l'escorta dans l'immeuble.

— Bonjour mesdames, dit Robert avec un sourire.

— Bonjour Robert. Voici mon amie, Carly Stewart. Elle va passer la nuit avec moi dans l'appartement de Marshall.

— Avez-vous prévu une soirée sympa ? demanda Robert avec des yeux pétillants.

Kenna supposait qu'il avait entre quarante-cinq et cinquante-cinq ans. Il souriait toujours, était très amical et prévenant. Plus elle apprenait à le connaître, plus elle l'appréciait.

— Oui.

— Eh bien, si vous avez besoin de quoi que ce soit, vous avez mon numéro, dit-il à Kenna. Si vous souhaitez utiliser du matériel sur la plage, ou réserver un des barbecues, faites-le-moi savoir.

— Promis. Mais je pense que nous allons rester à l'intérieur ce soir.

— Nous avons une pièce remplie de DVD, si vous préférez. Presque plus personne ne les loue, maintenant qu'il existe tant d'abonnements télé, mais si vous vous ennuyez et que vous souhaitez un film spécifique, nous l'avons probablement et il pourra vous être apporté.

— Merci, lui dit Kenna.

Carly signa le registre et elles montèrent à l'appartement de Marshall. Quand Kenna posa la paume sur le panneau à côté de la porte, Carly ne put pas se retenir.

— Waouh ! Cet endroit est super chic ! s'exclama Carly avec de grands yeux quand la porte se déverrouilla automatiquement.

Kenna sourit.

— Tu ne vas pas me croire, mais on s'y habitue.

— Alors tu n'es plus une *bons* ? demanda Carly.

Kenna éclata de rire.

— Apparemment pas. J'ai découvert qu'il y a des avantages à être riche.

Elle fit signe à Carly d'entrer la première dans l'appartement, sachant exactement quelle réaction elle allait avoir.

Et elle ne fut pas déçue. Carly poussa un petit cri et avança tout droit vers le balcon.

Kenna la suivit en riant.

— Merde alors, dit Carly. C'est... je ne sais pas ce que c'est. C'est incroyable. Stupéfiant. Merveilleux. Hallucinant. Et tous les autres adjectifs superlatifs que tu peux imaginer.

— N'est-ce pas ? J'ai dit à Marshall que j'allais emménager ici la première fois que j'ai vu ce balcon. Que j'allais mettre un matelas dans le coin et vivre là.

Carly se tourna vers son amie.

— Je suis heureuse pour toi.

— Parce que mon petit ami a de l'argent ? demanda Kenna.

— Non. Enfin, oui, ça ne fait pas de mal. Mais plutôt parce que tu es si heureuse. Contente d'une façon que je n'ai encore jamais vraiment remarquée chez toi avant que tu rencontres Marshall. Et avant que tu réagisses bizarrement, je ne suis pas en train de dire que tu as besoin d'un homme riche pour être satisfaite. C'est juste que vous allez bien ensemble. Vous êtes parfaits tous les deux.

— Merci. Il me manque terriblement, mais je suis aussi très fière de lui. Eh oui, je me sens bien.

Elles se firent un sourire avant que Kenna retourne à l'intérieur.

— Allez, aide-moi à tout organiser avant que les autres arrivent.

Une heure plus tard, Kenna redescendit à l'accueil pour rejoindre Élodie, Lexie et Ashlyn. Après s'être inscrites auprès de Robert, elles montèrent toutes jusqu'à l'appartement-terrasse.

À la seconde où elles entrèrent, Élodie soupira et dit :

— Je ne me remettrai jamais de la vue qu'il y a ici.

— Moi non plus, intervint Lexie.

— Waouh ! s'exclama Ashlyn en avançant vers le balcon comme si elle était hypnotisée.

— Et voilà une fan de plus, plaisanta Kenna.

Tout le monde rit.

— Je me suis dit qu'Élodie, Lexie et toi vous pourriez loger dans la chambre d'amis ensemble. Marshall a un lit king size là-dedans, alors vous aurez la place. Carly, veux-tu dormir avec moi dans la chambre de Marshall ? demanda Kenna.

— Euh, non seulement *non*, mais *carrément* pas, rétorqua son amie.

— Quoi ? Pourquoi pas ?

— Parce que c'est là qu'Aleck et toi vous faites vos saletés, expliqua Carly en fronçant le nez.

Kenna faillit s'étrangler pendant que toutes les autres éclatèrent de rire.

— Pour info, Marshall et moi n'avons pas « fait de saletés » comme tu dis. Non pas que ce serait sale de faire l'amour à cet homme.

— Mince, vous n'avez rien fait ? demanda Carly. J'avais supposé que si.

— Oui, eh bien, c'était prévu le jour où il est parti. J'avais décidé que j'aimais trop l'anticipation et les préliminaires, alors je ne lui ai pas sauté dessus à la seconde où nous sommes revenus de la foire au troc. Nous sommes allés au supermarché, nous avons préparé le dîner, et nous nous préparions à ce que je pensais être la nuit la plus incroyable de ma vie... puis son téléphone a sonné.

— Merde, grommela Lexie.

— Oui, acquiesça Kenna avec un soupir.

— Eh bien, c'est nul, mais je ne vais quand même pas dormir dans son lit avec toi, affirma Carly.

— Et moi non plus, intervint Ashlyn. Je veux dire, je t'aime beaucoup, mais maintenant que Carly a abordé le sujet, je ne veux pas penser à un Aleck à poil dormant dans le lit où je me trouve.

Kenna voulut dire à l'autre femme de ne *jamais* penser à Aleck à poil, mais elle décida que c'était peut-être un peu trop acariâtre.

— Très bien, vous pouvez chacune prendre un des canapés ici. Marshall a une tonne de draps et de couvertures, alors ça devrait être assez confortable.

Elle choisit de ne pas aborder le fait que Marshall s'était probablement assis cul nu sur tout le mobilier de son appartement. C'était un homme, après tout, et d'après ce qu'elle avait vu, ils étaient bien moins gênés à l'idée de se balader sans vêtements. Particulièrement quand ils vivaient seuls.

— Ça marche, dit Carly avec un sourire.

— Nous pourrons laisser les portes du balcon ouvertes et avoir de l'air frais, ajouta Ashlyn avec enthousiasme.

Oui, Kenna aurait dû organiser une soirée plus tôt. Elle aimait voir ses amies aussi heureuses.

Lorsque Lexie et Élodie eurent posé leurs sacs dans la chambre d'amis, et que Carly et Ashlyn eurent déposé les leurs contre le mur, hors du passage, elles passèrent toutes dans la cuisine pour se servir à boire.

Pendant les heures qui suivirent, elles restèrent assises sur le balcon, à grignoter et à boire le vin que Kenna avait acheté. Quand elles revinrent à l'intérieur pour préparer le dîner, Lexie finit par jeter Élodie hors de la cuisine, car elle n'arrêtait pas d'essayer de transformer leur simple poulet rôti et salade en un repas plus élégant. Heureusement, elle en rit... ce qui ne l'empêcha pas non plus d'essayer de prendre le contrôle depuis sa place à la table de la salle à manger.

Le dîner fut accompagné de plus de rires et quand elles retournèrent sur le balcon, Kenna était un peu ivre et elle se sentait détendue et molle.

Après avoir poussé des cris d'admiration devant le coucher de soleil – qui était encore plus beau et brillant à cause du nombre de nuages dans le ciel – elles abordèrent enfin le sujet qui pesant.

— Scott me manque, dit Élodie avec tristesse.

— Moi aussi. Enfin, pas Mustang, mais Midas me manque, acquiesça Lexie.

— Penses-tu qu'ils vont bien ? chuchota Kenna.

Elle se dit que c'était évident que Marshall lui manquait et qu'il était inutile de le préciser.

— Oui, répondit Élodie fermement. Ils sont tellement doués dans ce qu'ils font. Je les ai vus en action.

— Mais Mustang n'a-t-il pas dit que tu lui as sauvé la vie ? Que si tu n'avais pas été là, ce pirate l'aurait abattu ? demanda Lexie.

— C'est vrai, mais si je n'avais pas été là, ils seraient sans doute sortis plus vite de la salle des machines et ils auraient trouvé ce type qui n'aurait donc pas pu le prendre par surprise, expliqua Élodie.

Kenna ne savait pas qu'Élodie avait sauvé la vie de Mustang, et c'était une histoire qu'elle voulait entendre. Plus tard.

— S'il se passait quelque chose, la marine ne vous préviendrait-elle pas ? demanda Ashlyn.

— Probablement pas moi, car Midas et moi ne sommes pas mariés, mais ils appelleraient certainement Élodie, expliqua Lexie.

— Et je n'ai reçu aucun appel, leur fit remarquer Élodie.

— Ce qui signifie que tout va bien, probablement, conclut Carly.

— Je déteste ce mot, probablement, maugréa Kenna.

— Oui, acquiesça Élodie.

— Nous devons penser de façon positive, annonça Ashlyn. Les hommes vont bien, ils font leur truc et ils reviendront nous embêter très vite.

— Alors... Slate t'embête ? demanda Kenna, préférant taquiner Ashlyn et Carly au sujet de leurs soi-disant inexistantes relations avec Slate et Jag plutôt que de penser qu'un des hommes puisse être blessé ou tué.

— Oui, évidemment, dit Ashlyn.

Tout le monde gloussa.

— Pourquoi riez-vous ? Il est pénible. Et impatient. Et autoritaire. Savez-vous qu'il m'a appelée avant de partir et qu'il m'a grondée parce que j'apporte de la nourriture à des personnes qui en ont besoin et qui le demandent ? Il m'a carrément ordonné de ne pas le faire.

— Qu'as-tu répondu ? demanda Lexie avec un sourire.

— Je lui ai dit qu'il n'était pas mon patron, j'ai tiré la langue au téléphone – ce qu'il n'a pas pu voir – et j'ai raccroché.

Tout le monde rit encore plus fort.

— Et qu'a-t-il fait ? demanda encore Lexie.

Ashlyn ne put cacher son sourire.

— Il m'a directement rappelée et il m'a fait un discours d'un quart d'heure sur les dangers de se rendre chez des inconnus. Il ne m'a lâchée que quand j'ai promis d'ajouter Lexie à mon cercle de personnes sur l'application de pistage de mon téléphone et de toujours porter du gaz lacrymo sur moi.

— Il t'aime, dit Élodie en hochant fermement la tête.

— Oui, ajouta Lexie.

— Je l'aime bien aussi... parfois, avoua Ashlyn.

— Non, il t'*aime*, clarifia Élodie.

— Bref. Je suis trop occupée pour sortir avec qui que ce soit. Je ne suis pas certaine de vouloir fréquenter un militaire. Il suffit de vous voir toutes mélancoliques et inquiètes.

— Et tu ne l'es pas ? Inquiète, je veux dire ? demanda Kenna.

Ashlyn regarda son verre de vin et maugréa :

— Je suis morte de peur, putain.

Kenna tendit la main et lui serra le bras pour la soutenir. Personne n'avait vraiment besoin de parler, elles savaient exactement ce qu'elle ressentait. Même si Slate et elle n'étaient pas ensemble, ils semblaient avoir un lien spécial.

— Et toi, Carly ? demanda Élodie.

— Moi, quoi ? rétorqua Carly.

— Que se passe-t-il entre Jag et toi ? Scott m'a dit que vous vous envoyez tout le temps des textos.

— Nous sommes amis, dit fermement Carly. *Juste* des amis.

— Mmm, songea Élodie.

— Tu aurais dû le voir ce soir-là chez Duke's, quand l'ex de Carly est arrivé tout énervé, raconta Lexie à Ashlyn. Je te jure que ce crétin n'était là que depuis deux secondes et Jag avait déjà éloigné Carly pour la mettre à l'abri.

— Il m'a aidée, insista Carly.

— Tu peux protester tout ce que tu veux, mais il est évident que vous êtes plus que des amis, affirma Kenna.

Carly soupira.

— Je suis très mauvaise pour choisir les hommes. La pire qui soit. Je pensais que Shawn était incroyable quand nous nous sommes rencontrés, et voyez comment ça a fini.

— Alors, quoi, tu penses que si tu ne sors pas avec Jag, il ne s'avérera pas être un con ? demanda Lexie.

— Quelque chose du genre, répondit Carly, sur la défensive.

— Il ne le sera pas, annoncèrent Élodie et Lexie en même temps.

Tout le monde rit en voyant qu'elles étaient sur la même longueur d'onde.

— C'est juste que je déteste devoir être constamment sur mes gardes. Vérifier si Shawn me suit, expliqua Carly.

— Est-ce le cas ? demanda Kenna, inquiète.

— Pas d'après ce que je vois. Mais j'ai aperçu son fils sur la plage chez Duke's l'autre jour.

— Attends, attends, attends ! Shawn a un *fils* ? demanda Kenna.

— Je ne l'ai jamais mentionné ?

— Non, absolument pas. Quel âge a-t-il ?

— Vingt-deux ans.

— Waouh, alors il a presque ton âge, lâcha Kenna.

— Oui. Et je pense que c'est pour ça qu'il n'aimait pas du tout que je sorte avec son père. Je crois que Shawn a été brièvement marié quand il avait la vingtaine. Ils ont eu un fils, sa femme l'a laissé tomber et lui a laissé Luke, et Shawn l'a élevé. J'étais impressionnée par ça quand je l'ai rencontré pour la première fois. Jusqu'à ce que je comprenne qu'ils n'avaient pas une relation très saine.

— C'est-à-dire ? demanda Élodie.

— C'est juste... bizarre. Comme s'ils étaient meilleurs amis, plus que père et fils, et pourtant *très* proches. Ce qui ne me gêne pas, mais Luke vit toujours avec Shawn. Et ils font tout ensemble. Je ne peux pas vraiment l'expliquer, mais c'est simplement... étrange.

— Ne devrais-tu pas signaler la présence de Luke ? demanda Lexie.

Carly haussa les épaules.

— Je n'ai pas d'ordonnance d'éloignement contre lui. Et il ne regardait même pas dans ma direction. Il était simplement assis au bord de la piscine.

— Ce qui est déjà assez bizarre, nota Kenna.

Carly haussa encore les épaules.

— Quoi qu'il en soit, c'est pour cela que j'ai laissé tomber les hommes. Je ne veux pas vivre le reste de ma vie à penser que l'un de mes ex, ou ses enfants, attend le bon moment pour me sauter dessus avec une machette, puisque je suis manifestement très mauvaise juge du caractère de quelqu'un. Les rendez-vous, c'est terminé pour moi.

— Tu n'es pas la pire juge des hommes, dit Ashlyn. Je pourrais bien te battre. J'ai déménagé à Hawaï à cause d'un type que j'ai rencontré dans un bar. J'ai cru qu'il était merveilleux. J'ai déraciné toute ma vie en venant ici. Puis j'ai découvert qu'il était taré. Crois-moi, tu n'as pas le monopole des tarés.

Ashlyn et Carly échangèrent des sourires en coin compatissants.

Kenna respira profondément et leva son verre de vin.

— On trinque ! dit-elle, sans doute un peu fort, mais elle s'en moquait.

— On trinque ! répéta tout le monde en levant les verres.

— Aux bons amis. À nos hommes... eh oui, ce sont tous nos hommes, peu importe, ce que vous voulez bien admettre ou pas, ajouta-t-elle en jetant un regard noir vers Ashlyn et Carly avant de continuer. Mais que les méchants se dépêchent de mourir ou abandonnent pour que nos SEALs puissent rentrer à la maison.

— Je trinque à ça !

— Amen !

— Tchin !

— Buvez, pétasses !

Kenna faillit cracher sa boisson en entendant les mots d'Ashlyn. Elle déglutit, puis elle rit avec toutes les autres.

Après avoir fini encore trois autres bouteilles de vin, et longtemps après le coucher du soleil, elles décidèrent qu'il était temps de dormir. Elles rentrèrent et partirent vers leurs lits respectifs pour la nuit.

Malgré l'absence de Marshall, Kenna était heureuse en se

préparant à se coucher. Elle avait un groupe d'amies avec lesquelles elle avait vraiment créé des liens, un travail qu'elle aimait, et rien n'était arrivé après le message laissé sur sa voiture. Cela faisait plus d'un mois, et elle n'avait eu aucune nouvelle du crétin qui avait frappé son fils chez Duke's. Comme la plupart des brutes, il avait pris son pied à lui faire peur, puis il avait disparu dans la nuit.

Oui, tout se passait très bien... sauf que son petit ami lui manquait.

Kenna s'allongea dans le lit de Marshall, serrant son oreiller – qui avait encore légèrement son odeur – et elle regarda les étoiles à travers les fenêtres. Elle ne savait pas du tout quelle heure il était à l'endroit où se trouvaient Marshall et le reste de son équipe, ni ce qu'ils faisaient, mais elle pria pour qu'ils aillent vraiment bien. Être avec un SEAL, ce n'était pas pour les âmes sensibles.

Les autres femmes dans l'appartement avaient rendu son absence plus facile, et une fois de plus, Kenna s'en voulut de ne pas les avoir rassemblées plus tôt. La prochaine fois, elle allait suggérer une soirée bien plus vite.

La prochaine fois...

Y aurait-il une prochaine fois ?

Oui, elle en était plutôt certaine. Sauf changement extrême, elle avait l'impression que Marshall et elle étaient engagés ensemble sur la durée.

CHAPITRE SEIZE

— Putain, grommela Aleck alors que ses coéquipiers et lui avançaient avec peine vers l'avion en Allemagne qui allait les ramener chez eux.

Cela faisait six semaines qu'ils étaient partis pour l'Iran. Six longues semaines difficiles, frustrantes et éreintantes.

Ils avaient été déposés à des kilomètres de l'endroit où, selon leurs informations, se trouvait l'américain qu'ils étaient venus sauver. Ils avaient fait un saut HALO en parachute, largage en haute altitude et ouverture du parachute en basse altitude, dans les montagnes iraniennes. De là, ils avaient marché pendant des jours, faisant de leur mieux pour rester discrets, ce qui impliquait d'avancer bien plus lentement que d'habitude. Ils avaient fini par localiser leur cible et l'avaient exfiltrée sans problème... sauf qu'ils avaient été aperçus à la dernière minute.

Il leur avait fallu fuir dans les montagnes avec le civil qu'ils avaient sauvé. Ils avaient passé encore deux semaines avant de pouvoir traverser la frontière vers l'Irak. Ce qui ne voulait pas dire qu'ils pouvaient rentrer chez eux. Ils avaient ensuite dû faire profil bas pendant un moment, puis il y avait eu les réunions en visioconférence avec leurs supérieurs et les informations qu'ils devaient transmettre sur la situation en Iran.

Toute l'équipe avait été sur ses gardes pendant six semaines, ils étaient surchargés d'adrénaline. Quand ils avaient enfin pu commencer les préparatifs pour retourner aux États-Unis, tout le monde était plus que prêt à rentrer.

Mais ils avaient fait ce qui était prévu : ils avaient sauvé un compatriote américain. Non pas que l'homme était très reconnaissant. Il avait râlé et grogné pendant tout le temps de leur fuite, quand ils essayaient de sortir d'Iran afin de ne pas *tous* être jetés en prison et oubliés. L'homme avait considérablement ralenti leur fuite – bien qu'ils y étaient préparés – et il n'avait pas marmonné un seul remerciement avant d'être pris en charge par le personnel médical pour un examen.

Aleck et le reste de son équipe ne faisaient pas leur travail pour les remerciements. Ils le faisaient pour leur pays, parce que c'était ce qu'il fallait faire... mais un tout petit peu d'appréciation, ou au moins du respect, aurait été agréable.

Maintenant, ils étaient simplement trop épuisés pour être amers que l'homme n'ait pas été reconnaissant pour leurs efforts.

Ils avaient pris l'avion pour l'Allemagne, où ils changeaient de vol avant de repartir à Hawaï. Personne n'avait voulu rester pour la nuit, même si cela impliquait un lit confortable et une douche. Ils voulaient simplement rentrer chez eux.

Aleck était terriblement impatient de revoir Kenna. Il s'était inquiété plus qu'il n'aurait dû, étant donné la concentration requise pour son travail. Il était parti bien plus longtemps que prévu. Allait-elle bien ? Avait-elle décidé de ne pas supporter la vie avec un SEAL ?

Aleck n'avait encore jamais été aussi incertain au sujet d'une relation et ça ne lui plaisait pas.

Il se laissa tomber sur un siège et Mustang s'installa à côté de lui. L'avion n'était pas bondé, ce qu'Aleck appréciait. Tout comme les autres militaires rentrant chez eux, car son équipe venait directement du terrain sans s'être douchée correctement depuis six semaines.

— Ça va ? demanda Mustang quand il se fut installé et que l'avion eut décollé.

— Je suis épuisé, sale, impatient de rentrer à la maison et de voir Kenna, mais oui, sinon ça va, répondit sincèrement Aleck sans faire le malin, pour une fois.

— Pareil pour moi, acquiesça Mustang. Sauf que je veux voir ma femme au lieu de ta Kenna.

Ta Kenna. Bon sang, ça sonnait bien.

— Pourtant, tu n'as pas l'air si content que ça pour un homme qui va bientôt voir sa petite amie, fit remarquer Mustang.

— Puis-je te demander quelque chose ? s'enquit Aleck.

— Bien sûr. Tu peux toujours me demander ce que tu veux.

— Les choses étaient assez intenses entre Kenna et moi quand j'ai quitté Hawaï. Nous sommes très vite passés d'un à mille. Je veux dire, j'en étais ravi, et je pense qu'elle aussi. Mais nous n'avons pas encore couché ensemble... foutu Huttner et son mauvais timing.

Aleck marqua une pause pour ricaner et secouer la tête.

— Quoi qu'il en soit, ça fait six semaines que je ne lui ai pas parlé. La première était la plus dure, parce que j'avais pris l'habitude de lui envoyer des textos et de l'appeler tous les jours. L'entendre rire et l'écouter parler de son travail améliorait ma journée, d'une façon ou d'une autre.

Il s'arrêta encore un instant.

Mais il n'eut même pas besoin de demander à Mustang ce qui l'inquiétait. Il savait.

— Et maintenant, tu as peur que parce que tu es parti si longtemps, les choses ne soient pas les mêmes en rentrant, termina Mustang.

— Exactement, dit Aleck avec un soupir de soulagement parce que son chef d'équipe avait précisément mis le doigt sur ce qui l'ennuyait.

— Veux-tu que je sois franc, ou préfères-tu que je te dise ce que tu as envie d'entendre ? demanda Mustang.

— La franchise. Toujours.

— Très bien, alors il est possible que vous ayez tous les deux été pris dans le feu de l'action. Que vos hormones aient pris le relais. Il se pourrait que tu reviennes et que les choses aient changé. Elle te semblera distante. Vous avez tous les deux pris l'habitude de ne pas vous parler, et il sera peut-être difficile de reprendre là où vous vous êtes arrêtés. Si ça se trouve, elle a rencontré quelqu'un d'autre au cours des six dernières semaines. Quelqu'un qui n'est pas dans l'armée et qui ne sera pas obligé de partir sans pouvoir dire où ni combien de temps.

— Merde, souffla Aleck.

— Tu m'as dit d'être franc, lui rappela Mustang.

— Je sais. Et je te remercie. Mais c'est nul.

Mustang pouffa.

— C'est vrai. Mais je n'avais pas terminé. J'allais ajouter que tu découvriras peut-être que vous êtes encore plus proches à cause du temps que vous avez passé l'un sans l'autre. Ne dit-on pas que l'éloignement renforce l'affection ?

— Qui est ce « on », d'abord ? maugréa Aleck.

Mustang rit encore.

— Va savoir. As-tu confiance en Kenna ?

C'était facile :

— Oui.

— Et que ressens-tu par rapport à elle, maintenant que tu as été absent ? demanda Mustang.

— Elle me manque. Elle a une façon de me faire voir les côtés positifs de la vie. Et elle m'a vraiment fait réfléchir à certaines de mes croyances. J'ai grandi sans avoir besoin de m'inquiéter pour l'argent, et même si je fais de mon mieux pour ne pas être influencé par cela, il est évident que ça joue. Elle met en évidence ma connerie, mais gentiment. J'aime aussi le fait que nous ayons toujours des sujets de discussion.

— Eh bien, tu ne la connaissais que depuis quelques semaines avant notre départ, rétorqua Mustang en riant.

— Tu sais ce que je veux dire.

— C'est vrai. Parce que je ressens la même chose pour Élodie. Je n'ai pas vraiment de bon conseil en dehors de voir où vous en êtes en rentrant. Êtes-vous gênés ? Est-elle ravie de savoir que tu es rentré ? Fait-elle des excuses pour ne pas te voir ? Semble-t-elle réticente ? Toutes les inquiétudes du monde ne vont pas t'aider. Il va simplement falloir que tu analyses la situation en la revoyant.

— Merde. J'espérais que tu aurais des conseils merveilleux qui m'auraient rassuré comme par magie, grommela Aleck.

— J'aimerais bien, mon vieux. Écoute. J'aime bien Kenna. Et il est évident que l'alchimie entre vous est électrique. J'ai une bonne impression à son sujet. Il me semble qu'à la seconde où vous allez vous revoir, tu sauras si ses sentiments ont changé pour toi... et inversement.

— Je l'espère. Et au fait... merci d'avoir abattu ce tango avant qu'il puisse me mettre une balle dans la tête. Je ne pense pas que Kenna aurait apprécié.

— Je t'emmerde. Tu sais que tu n'as pas à me remercier pour ça, dit Mustang.

Cela s'était passé juste après qu'ils avaient libéré leur cible, quand ils se faufilaient hors de la prison où il avait été détenu. Il avait été aperçu et Mustang avait abattu un garde avant que celui-ci puisse tirer – directement dans le crâne d'Aleck – et alerter le reste de la sécurité.

Aleck savait qu'il n'était pas obligé de remercier son chef d'équipe, mais maintenant qu'il avait une foutue bonne raison de rentrer à Hawaï en un seul morceau, il en ressentait le besoin.

— Tu parles comme Tex, dit Aleck en souriant.

Mustang éclata de rire.

— Que Dieu m'en préserve. Ce vieil enfoiré n'a jamais su accepter les remerciements, hein ?

— Non.

— Alors dans ce cas, avec plaisir, dit Mustang avec un grand sourire.

— Sais-tu qui d'autre me rappelle Tex ? demanda Aleck.

— Qui ?

— Baker.

— Merde, oui, tu as raison, acquiesça Mustang.

— As-tu eu des nouvelles de lui dernièrement ? Après être allé à New York pour Élodie, en a-t-il parlé davantage ?

— Non. D'après ce que je sais, la mafia est satisfaite de rester dans son coin de New York et Élodie est toujours hors de danger. Baker traîne chez lui sur le North Shore, surfant autant qu'il le peut tout en essayant de se débarrasser des démons du passé.

— Savons-nous ce qui lui est arrivé pour en faire un tel ermite ? demanda Aleck. Y a-t-il quelque chose que nous pouvons faire pour l'aider ?

— Je n'en suis pas certain, mais je crois que ça avait un rapport avec son équipe de SEALs. Il s'est passé quelque chose, l'équipe a été dissoute et il a pris sa retraite peu de temps après. Et je pense qu'il aime être seul. Je crois aussi que le fait d'aider les autres lui permet de ne pas devenir fou.

— Selon Midas, Baker s'intéresse à une femme.

Mustang tourna brusquement la tête pour fixer Aleck.

— Vraiment ?

— Oui. Il ne connaît pas son prénom ou quoi que ce soit, pourtant lorsqu'il a conduit Lexie au North Shore pour le rencontrer, une femme est arrivée dans un combi Volkswagen et Midas a dit que c'était comme si on avait appuyé sur un bouton. Il les a totalement ignorés, et il s'est dirigé vers elle.

— Intéressant, songea Mustang. J'espère que ça fonctionnera pour lui. Je n'ai jamais rencontré quelqu'un ayant autant besoin du soutien de quelqu'un d'autre que Baker. Il connaît tout le monde, il possède des contacts plutôt effrayants, pourtant il ne semble laisser personne s'approcher de lui. Ça va peut-être te paraître terriblement mièvre, mais maintenant que j'ai Élodie, je sais à quel point une femme bien peut changer la vie.

Aleck ne put cacher son sourire amusé.

— Va te faire voir, souffla Mustang sans méchanceté. Tu verras. Quand ça deviendra encore plus sérieux entre Kenna et toi, tu comprendras.

Le sourire d'Aleck s'estompa.

— Je le comprends déjà, répondit-il doucement.

— Ça deviendra pire. Attends d'être entré en elle, dit Mustang sans paraître lubrique. Il y a quelque chose quand on est avec la femme que l'on aime qui te change complètement. Et dans mon cas, le fait de savoir Élodie en danger a déclenché quelque chose. Je sais que c'est cliché d'avoir le sentiment qu'elle était une demoiselle en détresse que j'ai sauvée, mais... voilà. Elle est à moi. Corps et âme.

— Eh bien, je peux me passer d'avoir à sauver Kenna. Elle se sauverait sans doute elle-même. Elle est assez indépendante, plaisanta Aleck. Mais je suis totalement d'accord pour le fait d'être en elle.

Mustang hocha la tête, puis il soupira et posa la tête sur son dossier.

— Merci, Mustang. Je suis simplement si impatient de rentrer à la maison et de la voir, et je me suis soudain dit qu'elle pourrait ne pas ressentir la même chose.

— Tu le découvriras bien assez vite. J'ai remarqué que dormir fait passer le temps plus vite, dit-il en fermant les yeux.

— Waouh, tu n'es pas très subtil, dit Aleck à son ami.

Mustang sourit encore, mais il ne rouvrit pas les yeux.

Décidant de suivre son exemple, Aleck fit de son mieux pour se mettre à l'aise sur le siège pas très confortable. Il ferma les yeux, et même s'il n'avait pas dormi plus de quatre heures à la suite pendant les six dernières semaines, il sembla incapable de le faire maintenant. Il était trop fébrile. Trop angoissé. Il priait pour que Kenna soit contente d'apprendre qu'il était revenu.

* * *

Après bien trop d'heures de voyage, Aleck fut enfin rentré à Honolulu. Son équipe et lui devaient faire un débriefing, mais pendant le reste de la journée, ils étaient libres. Le lendemain après-midi, ils allaient se rendre juste quelques heures à la base, puis les quelques jours suivants ils allaient faire des journées de huit heures jusqu'à ce que chaque minute de leur mission ait été rapportée. *Ensuite*, ils avaient enfin quelques jours de repos pour décompresser avant de recommencer la routine habituelle.

En traversant le parking jusqu'à sa voiture, Aleck n'avait qu'une seule personne en tête. Kenna. Il ne l'avait pas encore appelée... il avait peur de le faire. Lui, un dangereux SEAL de la Navy était terrifié à l'idée d'appeler sa petite amie pour lui faire savoir qu'il était revenu.

Si elle disait qu'elle était trop occupée pour le voir, ou qu'elle n'avait pas bien supporté son départ en mission et ne souhaitait pas poursuivre leur relation, ça allait le détruire.

En regardant sa montre, Aleck vit qu'il était quinze heures. Elle partait peut-être au travail, de toute façon. Il voulait aussi être propre et soigné en la revoyant. Pour l'instant, il était tout le contraire. Sa barbe était encore plus longue que sur la photo qu'il lui avait montrée, et il avait l'impression d'avoir du sable et de la saleté dans chaque pore. Il avait besoin d'une longue douche chaude, d'un rasage, et de quelque chose à manger qui ne serait pas une foutue ration individuelle de combat.

Sa jeep colorée n'était pas difficile à trouver dans le petit parking réservé au personnel militaire et aux civils ayant accès à la base, et Aleck sourit en la voyant. Lui et le reste de son équipe avaient récupéré leurs clés et leurs téléphones et il appuya sur le bouton pour déverrouiller les portières en s'approchant de sa jeep.

Quelque chose attira son regard sur le pare-brise. Après avoir rangé son sac sur le siège arrière, il attrapa le morceau de papier coincé sous son essuie-glace. Irrité que quelqu'un soit venu placer des publicités sur les voitures dans le parking, Aleck déplia la feuille.

Ce n'était pas une publicité.

Le papier était usé par le soleil et il avait manifestement pris la pluie plusieurs fois, indiquant à Aleck qu'il avait été placé sur sa jeep au moins quelques semaines auparavant. Il lut les mots partiellement effacés... et chaque muscle de son corps se raidit.

Tu n'es pas aussi fabuleux que tu le crois.

La première personne qui lui vint à l'esprit en lisant ces mots fut Kylo connard de Braun.

Cette fois, il était allé trop loin.

En repliant le mot, Aleck grimpa au volant. Il rangea le message dans sa boîte à gants et prit une seconde pour respirer profondément.

Il supposa que Braun avait découvert que son équipe et lui avaient été déployés et il savait certainement quel genre de voiture Aleck conduisait, alors il en avait profité pour placer le mot à un moment où il ne pouvait pas être pris sur le fait. Cet homme était un lâche et il ne méritait pas une seconde de l'énergie d'Aleck, mais cela l'énerva tout de même énormément.

Comme Mustang et lui avaient parlé de Baker dans l'avion, celui-ci était encore frais dans sa tête. Il allait peut-être l'appeler et voir s'il pouvait trouver des éléments à charge contre Braun. Histoire de le faire transférer ailleurs.

Aleck ne se sentait pas du tout mal d'envisager sérieusement de pourrir la carrière de cet homme. Il l'avait cherché avec son harcèlement constant, et simplement en étant un enfoiré jaloux. Braun voulait jouer à ce petit jeu ? Aleck était partant. L'autre homme allait découvrir à la dure qu'il ne fallait pas emmerder un SEAL.

Satisfait par sa décision de se débarrasser une bonne fois pour toutes de cette épine dans le pied et en sachant que Baker était très capable de faire discrètement le nécessaire afin que Braun soit transféré ailleurs qu'à Hawaï, Aleck voulut démarrer la voiture… lorsqu'il pensa à autre chose.

Midas et Mustang avaient immédiatement appelé Lexie et Élodie après avoir récupéré leurs téléphones. Il n'aurait pas été surpris si Jag avait aussi envoyé un message à Carly.

Merde.

Il ne savait pas du tout si Kenna avait invité les autres femmes comme il l'avait suggéré, mais si c'était le cas, elle allait sans doute recevoir un message de l'une d'entre elles lui apprenant que l'équipe était rentrée.

Et si elle découvrait par quelqu'un d'autre qu'il était de retour, comme elle avait appris par une autre l'existence de son appartement, Aleck était dans la merde. Cela pouvait l'humilier à nouveau, elle risquait de se sentir mal qu'il ne l'ait pas appelée tout de suite comme l'avaient fait ses coéquipiers.

Avant même d'avoir fini ce train de pensées, il avait attrapé son téléphone. Il n'envisagea même pas d'envoyer un texto. Il cliqua sur son nom et retint sa respiration en portant le téléphone à son oreille.

Il sonna deux fois avant qu'elle réponde.

— Marshall ?

— Salut, bébé.

— Oh mon Dieu ! cria-t-elle. Tu es revenu ?

Il ricana.

— Je suis de retour, confirma-t-il.

Puis Kenna le stupéfia en fondant en larmes.

Merde !

— Kenna ? Tout va bien. Je vais bien. Comme les autres. Il n'y a aucun problème, tout le monde va bien.

— Je suis simplement si c-contente que tu sois rentré, hoqueta-t-elle.

— Respire, bébé. Tu m'inquiètes, lui dit Aleck.

Il l'entendit inspirer profondément, puis recommencer.

— Ça va mieux ?

Au lieu de lui répondre, elle demanda :

— Quand puis-je te voir ?

— Le plus tôt sera le mieux, dit-il sincèrement.

— Es-tu chez toi ? demanda Kenna.

— Pas encore. Je suis toujours à la base. Je voulais t'appeler et te faire savoir que j'étais rentré avant que tu reçoives un texto des autres filles.

— Merci. Vas-tu rentrer chez toi ou dois-tu encore travailler ? demanda-t-elle.

— Je rentre. Nous avons une réunion demain après-midi, mais nous sommes libres jusque-là.

— Est-ce que... ça te dérange si je viens ?

Aleck sentit son cœur battre un peu plus vite.

— Tu ne travailles pas ce soir ?

— Si, mais je peux me libérer. Alani comprendra.

Aleck écarquilla les yeux.

— Sérieusement ?

— Oui. Es-tu vraiment surpris ? demanda-t-elle.

— Un peu, dit-il franchement. Tu adores ton travail et tu as dit plus d'une fois que tu détestes les gens qui se font porter malades alors que l'entreprise et les gérants comptent sur la présence des serveurs en fonction de leur planning.

— Marshall, j'ai passé les six dernières semaines à m'inquiéter pour toi et tu m'as terriblement manqué. Si tu crois que je vais servir à quelque chose au travail en sachant que tu es enfin là, mais que je ne peux pas te voir, tu te trompes. Si tu ne veux pas que je passe tout de suite, dis-le-moi. Je serai déçue, mais j'essaierai de comprendre.

Putain, il adorait cette femme. Carrément. Sans aucune condition. Comment pouvait-il ne pas l'aimer alors qu'elle allait tout laisser tomber, y compris le travail qu'elle aimait, pour venir le voir ?

— Tu imagines que je pourrais ne pas vouloir te voir ? Bon sang, Kenna, tu m'as manqué chaque minute de mon absence, lâcha-t-il. Alors oui, je veux que tu viennes. J'ai l'air un peu affreux pour l'instant, et je dois me laver et essayer de débroussailler mon visage, mais je veux te voir plus que je veux respirer.

Il l'entendit renifler et se dit qu'elle pleurait à nouveau.

— Ne pleure pas, ordonna-t-il.

— Dans ce cas, ne dis pas des choses aussi gentilles, rétorqua-t-elle.

Aleck se rendit compte qu'il souriait comme un aliéné, et qu'un observateur aurait sérieusement pensé qu'il était devenu fou.

— Viens, s'il te plaît, dit-il tendrement. Il me tarde de te tenir.

— Pareil pour moi. As-tu besoin que je passe au magasin en venant ? As-tu terriblement envie de quelque chose depuis ton départ ?

— Oui, mais non, répondit Aleck. Cela prendrait trop de temps. Je veux simplement te voir.

— D'accord. Et d'ailleurs, il y a des choses à manger chez toi. Tu as dit que je pouvais loger là-bas parfois, alors je l'ai fait. Il n'y a pas une tonne de nourriture dans ton frigo, mais il y en a assez pour te faire tenir jusqu'à ce que tu puisses passer à l'épicerie.

Savoir qu'elle avait passé du temps dans son appartement, dormi dans son lit, fit bondir le cœur d'Aleck... et durcir sa verge.

— Fais attention en voiture, ordonna-t-il. Je ne veux pas que tu aies un accident en roulant comme une folle pour venir chez moi.

— Promis. Et je ne roule jamais comme une folle, précisa-t-elle.

— Kenna ?

— Oui ?

— C'est si bon d'entendre ta voix. Nos appels et nos textos m'ont manqué.

— Idem, dit-elle doucement.

— Je te vois bientôt.

— Bientôt, répéta-t-elle. Au revoir.

— Au revoir.

Aleck eut l'impression qu'une tonne de briques venait de tomber de ses épaules. Il démarra la voiture et sortit de sa place de parking, ayant déjà oublié le mot qu'il avait trouvé et rangé dans sa boîte à gants. Il devait au moins se doucher avant l'arrivée de Kenna. Elle était peut-être pressée de le revoir, mais elle n'allait pas être très impressionnée par son odeur si elle arrivait avant qu'il ait le temps de se laver.

CHAPITRE DIX-SEPT

Kenna n'arrivait pas à croire que Marshall était vraiment rentré. Cela faisait si longtemps qu'elle rêvait de ce jour, et il était enfin arrivé. Après avoir raccroché avec Marshall, elle appela immédiatement Alani et lui expliqua la situation. Sa gérante fut très compréhensive, et parce que Kenna se faisait rarement porter malade quand elle était censée travailler, elle fut presque heureuse de lui donner sa soirée de congé. Étant donné qu'elle aurait dû commencer bientôt, c'était encore plus généreux de la part d'Alani d'accepter sa requête.

Elle prit le temps de retirer son uniforme de Duke's, enfila un short et un t-shirt, mais ne s'occupa pas de ses cheveux qu'elle avait attachés en queue de cheval pour le travail.

Pendant qu'elles se changeaient, son téléphone commença à recevoir les textos des filles.

Élodie : Ils sont rentrés !!!!

Élodie : Si tu n'as pas de mes nouvelles pendant un moment, ne t'inquiète pas, j'hiberne au lit avec mon mari !

. . .

Lexie : As-tu appris la nouvelle ? Nos hommes sont revenus !
    Lexie : Midas m'a dit qu'Aleck parlait tout le temps de toi.
    Lexie : Fonce !

Carly : J'ai reçu un message de Jag. Il a dit qu'ils étaient enfin rentrés. Je suis tellement soulagée !

Ashlyn : Waouh ! Je n'arrive pas à le croire : Slate m'a envoyé un message pour me dire qu'il est à la maison. Je suis beaucoup plus enthousiaste que je le devrais. Il est assez con, mais c'était super gentil de sa part de me le faire savoir !

Ne souhaitant pas perdre une seconde de plus que nécessaire avant de rejoindre Marshall, Kenna renvoya un rapide texto à chacune de ses amies avant de sortir de son appartement. Même si Marshall avait prétendu ne rien vouloir du supermarché, elle s'arrêta quand même en route vers Coral Springs. Elle voulait fêter son retour d'une façon ou d'une autre.

Elle rassembla tout ce qu'elle savait qu'il adorait manger. Les chips à l'oignon Maui auxquelles il était accro, du café Kona parce qu'elle pensait avoir fini le dernier paquet qu'il avait, des mangues fraîches, du jus POG – passion, orange et goyave – et un sachet de pop-corn hawaïen qu'il aimait tant, celui avec le croquant au moka et le furikake. Kenna trouvait cela dégoûtant, mais puisque Marshall aimait ça, elle allait lui apporter.

Elle avait aussi voulu s'arrêter et acheter quelques malasadas nature de Leonard's Bakery, mais cela aurait pris trop de temps. Elle tricha donc et en récupéra au supermarché avec des beignets. Ils n'allaient pas être aussi bons, mais ça ferait l'affaire. Elle se rattraperait plus tard en achetant les bons.

Tout en elle la poussait à se rendre le plus vite possible à l'appartement de Marshall. Intellectuellement, elle savait qu'il n'allait pas disparaître avant qu'elle arrive, mais émotionnellement, elle n'en était pas aussi certaine.

Kenna fit de son mieux pour ne pas être impatiente à la caisse, mais elle eut l'impression de mettre une éternité à se remettre en chemin. Plus elle se rapprochait de l'appartement de Marshall, plus elle devenait nerveuse. C'était bête. Il avait paru enthousiaste de la voir et plus qu'accueillant, mais elle ne pouvait s'empêcher de se demander si les choses entre eux allaient être différentes.

De son côté, elle ressentait toujours la même chose pour lui. Il lui avait terriblement manqué et elle avait même dû se résoudre à relire les vieux messages qu'il avait envoyés avant de partir en mission, juste pour se sentir plus proche de lui.

Quand elle finit par arriver et se garer, des papillons tourbillonnaient dans son ventre.

Robert l'avait manifestement vue se garer – cet homme remarquait tout –, car quand elle ouvrit sa portière, Alfonso marchait déjà vite vers son véhicule.

— Bonjour, dit-elle lorsqu'il s'approcha.

— Bonjour, mademoiselle Madigan. Laissez-moi prendre cela pour vous, dit-il en tendant la main vers les sacs qu'elle portait.

— Merci.

Elle les lui donna avec reconnaissance.

Alfonso lui sourit pendant qu'ils marchaient vers l'entrée.

— Monsieur Smart est de retour.

C'était assez mignon de voir l'air enthousiaste d'Alfonso en disant cela.

— Je sais, répondit-elle en souriant. C'est pour cette raison que je suis là. Je devais travailler ce soir, mais comment aurais-je pu me concentrer sur autre chose en sachant que Marshall était revenu ?

Kenna savait qu'elle parlait pour ne rien dire, mais elle était excitée et angoissée en même temps.

— Si vous avez besoin de quoi que ce soit, n'hésitez pas à nous contacter, rappela Alfonso en lui ouvrant la porte.

— Je suis passée acheter certains des aliments préférés de Marshall, même si je n'ai pas voulu attendre pour récupérer les malasadas de chez Leonard, poursuivit-elle. J'en ai donc acheté des ordinaires. Sa gourmandise devrait quand même être apaisée.

Alfonso lui sourit.

Quand ils s'approchèrent du poste de sécurité, Robert se leva. Il affichait lui aussi un immense sourire.

— Bonjour, mademoiselle Madigan. Je suppose que vous êtes heureuse du retour de monsieur Smart.

— Oh oui, répondit Kenna du fond du cœur.

Robert eut un petit rire.

— Je suis certain qu'Alfonso l'a déjà dit, mais si vous avez besoin de quelque chose, veuillez me le faire savoir.

— Je ferai ça. Merci. Comme j'ai traîné chez lui, j'ai laissé à manger dans les placards et le frigo de Marshall. Nous devrions avoir ce qu'il nous faut.

— Très bien, répondit Robert. Passez une bonne soirée.

— J'en ai bien l'intention, murmura Kenna.

Puis elle se tourna vers Alfonso.

— Je vais prendre ça, dit-elle en hochant la tête vers les sacs qu'il portait.

— En êtes-vous sûre ? Je peux vous les monter, proposa-t-il.

— J'en suis sûre. Le jour où je ne pourrais pas porter quelques sacs de courses, sera le jour où je... eh bien, où je les ferai monter pour moi, je suppose, finit-elle maladroitement.

Cela fit rire Robert et Alfonso.

— Et voilà, dit Alfonso en lui tendant les courses.

Kenna le remercia, inspira profondément et marcha vers les ascenseurs. Elle supposa qu'elle aurait dû prévenir Marshall de son arrivée par texto, mais c'était trop tard maintenant... elle avait les mains pleines.

Elle fit de son mieux pour ne pas vomir d'angoisse pendant

que l'ascenseur s'élevait jusqu'au dernier étage. Avant qu'elle puisse poser un des sacs sur le sol pour frapper, la porte s'ouvrit.

Elle faillit ne pas reconnaître Marshall. Son visage était couvert d'une barbe assez conséquente et ses cheveux avaient poussé.

— Viens là, grogna-t-il en faisant passer un bras autour de sa taille et en la serrant contre lui avant de faire un pas en arrière.

À la seconde où elle s'approcha de lui, Kenna reconnut son odeur, celle qui avait fini par disparaître de ses oreillers. Elle avait été bouleversée la nuit où elle s'était rendu compte qu'elle ne le sentait plus sur ses draps.

Kenna laissa tomber les sacs, et tant pis si elle écrasait les chips, et elle s'accrocha à Marshall. Elle l'entendit fermer la porte derrière eux, puis il posa une main dans son dos et l'autre sous sa queue de cheval, où il serra sa nuque.

En poussant un soupir de contentement, Kenna enfouit son nez dans le creux de son cou et s'accrocha à lui de toutes ses forces. Sa barbe lui chatouilla le visage, mais elle était plus douce qu'elle s'y était attendue. Il la tenait tout aussi fébrilement. Être avec lui, voir de ses propres yeux qu'il était sain et sauf, le tenir... c'était trop.

Une fois de plus, à son grand désarroi, Kenna fondit en larmes.

Marshall ne la lâcha pas. Il la serra plus fort et fit de son mieux pour la réconforter.

— Je vais bien, dit-il en sachant exactement pourquoi elle était submergée par l'émotion. Je suis là. C'est si bon de te voir, de te tenir. Tu as exactement l'odeur de mon souvenir. Je n'aurais jamais cru que la noix de coco pouvait être aussi réconfortante. Bon sang, tu m'as manqué.

Kenna ne savait pas combien de temps ils passèrent debout et enlacés dans son entrée. Tout ce qu'elle savait, c'était qu'elle pouvait enfin se détendre. Jusqu'à cette seconde, elle ne s'était pas rendu compte comme elle avait été tendue pendant le dernier mois et demi.

Finalement, elle inspira profondément et s'écarta légèrement. Il ne la lâcha pas.

— Bonjour, dit-elle. C'est si bon de te voir.

— Pareil pour moi, répondit-il. Tu es si jolie... si belle. Je ne trouve même pas les mots.

Kenna sourit. Elle n'avait rien fait de spécial avec ses cheveux et ne s'était pas maquillée en dehors de ce qu'elle portait déjà pour aller travailler. Elle aimait que Marshall soit si généreux avec ses compliments.

Elle leva la main pour toucher son visage, puis elle hésita.

— Puis-je ?

Il prit sa main dans la sienne et l'appuya contre sa joue.

— Tu peux me toucher quand tu veux.

En souriant, Kenna passa la main sur son visage.

— Qu'en penses-tu ? Dois-je la garder ? demanda Marshall.

Kenna haussa les épaules.

— C'est différent. C'est vrai que je n'ai pas l'habitude de te voir ainsi. Mais je n'ai pas assez d'informations pour décider si tu dois la garder ou la raser.

Il sembla perplexe.

— Des informations ?

Kenna fit de son mieux pour garder un visage sérieux.

— Oui, je suppose qu'il faut que je voie ce que ça donne quand tu m'embrasses.

— Ah oui ? dit Marshall d'une voix rauque.

Kenna n'eut même pas le temps de répondre avant qu'il baisse la tête et pose ses lèvres sur les siennes.

C'était comme de rentrer à la maison.

Elle avait eu besoin de ça. Ils n'hésitèrent pas, s'embrassèrent comme s'ils ne s'étaient pas vus depuis des années au lieu de six semaines. Quand Marshall s'écarta, ils haletaient comme s'ils venaient de sprinter sur plus d'un kilomètre.

— Alors ? demanda-t-il avec un sourire en coin.

Kenna leva une nouvelle fois la main et fit courir ses doigts à travers sa barbe. Elle était longue à ce point.

— Vas-tu être contrarié si je te dis que je préfère t'embrasser quand tu es rasé de près ? demanda-t-elle.

— Non. En fait, j'ai les ciseaux et le rasoir dans la salle de bains en ce moment, prêts à l'emploi. Tu veux m'aider ?

Kenna le dévisagea un moment.

— Alors, si tu avais déjà l'intention de te raser, pourquoi m'as-tu demandé ce que j'en pensais ? Et si j'avais dit que je voulais que tu la gardes ?

Marshall haussa les épaules d'un air nonchalant.

— Dans ce cas, je l'aurais gardée.

— Comme ça ? demanda Kenna d'un ton sceptique.

— Oui, comme ça, acquiesça-t-il. J'ai eu beaucoup de temps pour penser à nous pendant la mission.

Kenna lui fit les gros yeux.

— Tu es censé penser à l'endroit où se trouvent les méchants, et à ne pas poser le pied sur une de ces choses explosives. Et à la façon de rentrer chez toi en sécurité, le gronda-t-elle.

Marshall ricana.

— C'est ce que je faisais. Mais si je pensais continuellement à cela, je deviendrais fou. Alors quand ça devenait trop difficile, je pensais à nous. À toi.

Waouh. Cet homme.

— Et ? demanda-t-elle.

— Et j'ai compris ce que tu représentes pour moi. Tout est allé très vite entre nous, mais j'ai toujours eu l'impression que c'était... bien. Je me demandais ce que tu faisais. Comment tu allais. Si tu avais eu beaucoup de clients pénibles, si tu passais du temps à mon appartement. Si tu mangeais bien. Bref, j'ai pensé à tout et n'importe quoi. Je sais que j'ai de la chance et que si tu peux supporter mon travail, mes départs d'une durée indéterminée ici et là, alors je ne peux rien faire de moins que me plier en quatre pour rendre ta vie plus facile et plus riche.

Alors... si ça signifie que tu veux que je garde la barbe, je le ferai. Si tu veux que je la rase, je le ferai. Il n'y a aucune différence pour moi.

— Marshall, chuchota Kenna, extrêmement touchée.

— Ne pleure pas, ordonna Marshall. Je n'ai pas dit tout ça pour te bouleverser.

— Dans ce cas, c'est un gros échec, dit Kenna en reniflant et en essuyant les larmes sous ses yeux.

Marshall lui serra affectueusement le cou et dit :

— Regarde-moi, bébé.

Kenna inspira profondément et leva les yeux vers l'homme dont elle était tombée complètement amoureuse. Elle aurait dû le savoir puisqu'il lui avait manqué si terriblement. Elle n'avait jamais ressenti autant de choses pour un homme. Jamais. Un jour, elle avait passé une semaine sans parler à un de ses petits amis, et ça ne l'avait pas du tout perturbée.

— Tu es la femme la plus capable que j'ai jamais rencontrée. Je suis certaine que tu peux faire tout ce dont tu as envie. Le fait que tu sois avec moi m'a obligé à me pincer pendant les six dernières semaines. Tu me tiens par le bout du nez. Il te suffit de dire ce que tu veux et je te le donnerai.

— Toi. C'est *toi* que je veux, répondit Kenna sans délai.

— Heureusement, putain, souffla Marshall.

Kenna fut surprise de voir le soulagement dans ses yeux. Comment pouvait-il ne pas le savoir ?

— Allez, viens. Allons retirer ces poils de mon visage, puis nous irons nous trouver quelque chose à manger.

Kenna hocha la tête et il serra encore une fois tendrement sa nuque, puis il se pencha et ramassa les sacs qu'elle avait apportés. Après s'être extasié devant tout ce qu'elle lui avait acheté, ils rangèrent l'ensemble et partirent vers la chambre.

Kenna avait laissé une partie de ses affaires dans la salle de bains, parce qu'elle faisait des allers-retours d'ici à son appartement. En hochant la tête vers le comptoir où elle avait posé sa brosse à dents, son dentifrice et sa crème hydratante sur le côté du lavabo, il sourit.

— J'adore voir ton bazar ici.

Puis, en scrutant la pièce, il ajouta :

— Je pense que la meilleure façon de faire, c'est si je m'assois sur le bord de la baignoire. Tu pourras plus facilement m'atteindre.

— Mais il y aura des cheveux partout sur le sol, protesta Kenna.

— Oui, et alors ?

— Et alors il faudra les balayer. Puis passer l'aspirateur pour être sûr que tout a été ôté.

— Et ? demanda Marshall. Nous allons en mettre partout, puis nous nettoierons. Ce n'est rien.

— D'accord, acquiesça Kenna, qui appréciait son attitude décontractée. Mais pourquoi ne pas mettre au moins une poubelle sous toi, histoire d'en attraper autant que possible ?

Il hocha la tête et Kenna attrapa la petite poubelle en plastique sous son lavabo et la plaça entre les jambes de Marshall qui s'était assis sur le bord de la baignoire.

Marshall montra alors une paire de ciseaux très coupants qu'il lui tendit en disant :

— Madame, si vous voulez bien commencer.

— Euh, je vais faire n'importe quoi, hésita Kenna en lui prenant les ciseaux.

— Tu ne peux pas faire d'erreur… enfin, sauf si tu me poignardes avec ça. Il te suffit de couper les poils. Approche-toi autant que possible de mon visage. Plus ils seront courts, plus ce sera facile de raser le reste.

— D'accord, mais si je te poignarde et que tu te vides de ton sang sur le sol de la salle de bains, il ne faudra pas venir râler, plaisanta-t-elle.

Marshall leva la main et attrapa son poignet.

— J'ai confiance en toi, dit-il avec sérieux.

Kenna déglutit et hocha la tête. Ce n'était pas comme si elle devait faire une coupe particulière. Elle ne pouvait pas faire de bêtises... sauf si elle entaillait son visage. En grimaçant mentalement à cette idée, elle inspira profondément, puis elle se mit au travail.

Elle commença par le plus facile : les poils qui pendaient de son menton. Elle les coupa et les laissa tomber dans la poubelle. Elle coupa précautionneusement le reste de sa barbe, jusqu'à ce qu'elle arrive à un point où il lui fallait placer les ciseaux juste à côté de sa peau.

— Détends-toi, Kenna, tu t'en sors très bien, lui dit Marshall.

Elle hocha la tête, toujours tendue.

Il ne l'aida pas quand elle sentit ses mains sur ses hanches. Elle baissa la tête.

— Quoi ? demanda-t-elle en pensant qu'elle avait fait quelque chose de mal.

— Continue, l'encouragea-t-il.

Kenna coupa encore d'autres poils... et elle s'était heureusement arrêtée pour examiner son travail quand il faufila les mains sous son t-shirt et caressa sa peau nue.

Elle lui rappela :

— Je crains les chatouilles.

Son contact devint immédiatement plus ferme, mais elle resta figée pendant qu'il l'explorait avec les mains.

— Tu as fini ? demanda-t-il en sachant très bien que ce n'était pas le cas.

— Non.

— Eh bien, ne mets pas toute la soirée, la taquina-t-il. Je pense que nous avons d'autres choses à faire.

Et soudain, l'atmosphère de la pièce changea, devenant plus électrique.

Les tétons de Kenna durcirent sous son t-shirt et comme ils étaient à hauteur d'yeux de Marshall, il le remarqua. Il remonta les mains, les passa sous son soutien-gorge et entoura ses seins.

Kenna ferma les yeux et gémit en posant les mains sur les épaules de Marshall afin de ne pas perdre l'équilibre. Elle fit attention à ne pas le piquer avec les ciseaux.

— Tu es si réactive, souffla-t-il en massant sa chair.

— C'est seulement avec toi, dit-elle sincèrement.

Elle ne se souvenait pas avoir déjà réagi ainsi au contact d'un autre homme. Il suffisait à Marshall de *respirer*, et elle lui mangeait dans la main.

Au bout d'un moment, Kenna prononça le nom de Marshall d'un ton presque plaintif.

Ce fut au tour de Marshall d'inspirer profondément, puis il se leva, faisant sursauter Kenna. Il retira ses mains et attrapa les ciseaux. Puis il l'entraîna vers le comptoir.

Kenna l'observa en silence pendant qu'il retirait rapidement les derniers poils accessibles avec les ciseaux. Ensuite, il prit une bombe de mousse à raser et s'en couvrit le bas du visage avec des gestes rapides et efficaces. Il souleva le rasoir et demanda :

— Veux-tu à nouveau faire le début ?

Kenna écarquilla les yeux d'horreur.

— Non, dit-elle fermement.

Marshall rit tout bas, puis il se mit au travail en rasant le reste des poils ayant poussé au cours des six dernières semaines. L'idée de manier le rasoir près de son visage fit frissonner Kenna, mais elle l'observa avec fascination pendant qu'il répétait un geste qu'il avait sans doute fait des milliers de fois dans sa vie. Elle vint se coller contre son dos et posa les bras autour de sa taille tout en le regardant dans le miroir.

Quand il fit une pause pour rincer le rasoir, elle sourit et glissa les mains sous *son* t-shirt.

Il chercha immédiatement son regard dans le miroir. Même avec le visage à moitié couvert de mousse – ce qui aurait dû lui donner un air ridicule – il excitait Kenna. C'était un très bel homme.

Elle fit remonter les doigts jusqu'à atteindre ses tétons avec lesquels elle joua. Elle les pinça et les titilla. Ils durcirent immédiatement, et Kenna ne put s'empêcher de se coller davantage contre lui.

— Veux-tu que je finisse ça ? demanda-t-il.

Elle eut un sourire en coin.

— Oui.

— Alors, tu vas devoir bouger tes mains.

Bouger ses mains ? C'était possible.

Lentement, elle parcourut son ventre plat avec les paumes et les posa juste au-dessus de sa taille. Il fit quelques mouvements supplémentaires avec le rasoir, puis elle passa à la manœuvre suivante.

Marshall portait un pantalon de jogging gris, ce qui aurait dû être illégal. Les hommes bien pourvus portant des joggings étaient un aphrodisiaque pour la plupart des femmes, mais la vue de *son* homme, avec *son* jogging, donna envie à Kenna de jeter tous les pantalons de jogging au monde afin que personne ne puisse voir ce qu'elle avait.

Cette pensée n'était même pas surprenante. Marshall était à elle... tout comme elle était à lui.

Elle glissa vite les mains sous la taille élastique et toucha sa verge pour la première fois.

Elle était déjà à moitié en érection, mais dès qu'elle la toucha, elle se durcit, s'allongeant dans sa main pendant qu'elle la serrait plus fort.

— Putain, grogna Marshall quand elle le caressa.

Il toléra son contact un peu plus longtemps avant de se pencher en avant et de raser agressivement le reste de sa barbe. Il fut bien plus brutal que ce que Kenna aurait fait et elle ouvrit la bouche pour lui dire de faire attention juste au moment où il jeta le rasoir dans le lavabo. Il s'essuya le visage, retirant les derniers restes de mousse à raser avant de jeter la serviette sur le comptoir.

Il enleva les mains de Kenna de son pantalon avant de se retourner. Elle eut une fraction de seconde pour admirer son visage rasé de près – avec bien plus de plaisir, maintenant qu'il ressemblait au Marshall dont elle se souvenait – avant qu'il pose les lèvres sur les siennes.

Ensuite, elle pensa seulement à essayer de se rapprocher de son homme.

Elle inclina la tête et remonta une jambe pendant qu'ils s'embrassaient. Marshall les fit tourner tout en la soulevant, et Kenna se retrouva soudain assise sur le comptoir. Il n'arrêta pas de l'embrasser pendant qu'il écartait ses jambes et se plaça entre elles. Avec une main sur ses fesses, il la tira jusqu'au bord du comptoir afin que sa queue appuie exactement là où elle en avait le plus envie.

Leur baiser fut chaotique et mal coordonné, et plus torride que tout ce qu'elle avait vécu. Il attrapa le bas du t-shirt de Kenna et retira sa bouche juste assez longtemps pour dire :

— Lève les bras.

Kenna ne pensa pas du tout à protester. Elle était à cent pour cent partante pour tout ce qu'il avait prévu... tant que le résultat était qu'ils finissent nus tous les deux. L'élastique qui maintenait sa queue de cheval tomba quand il fit passer le t-shirt par-dessus sa tête, mais elle le remarqua à peine. Elle posa les mains à l'arrière de sa tête quand il se pencha en avant pour sucer les sommets de ses seins passés au-dessus de son soutien-gorge.

Il avait les mains occupées au niveau de sa taille, déboutonnant et ouvrant la fermeture éclair de son short. Il leva les yeux vers elle et ordonna :

— Lève tes hanches pour que je puisse t'enlever ça.

— Oui, dit-elle en se léchant les lèvres.

Elle savait qu'elle mouillait, elle sentait l'humidité de sa culotte. Après s'être débarrassée de son short d'un coup de pied, elle chercha à attraper son pantalon de jogging, mais il chassa ses mains et palpa à nouveau ses fesses. Il n'hésita pas à s'accroupir et à poser la bouche sur sa culotte trempée.

— Waouh, mince ! s'exclama Kenna en se cambrant entre ses mains.

— J'ai besoin de toi. Besoin de te goûter. Il y a six semaines, je n'ai pas pu te sentir jouir sous ma langue et j'en ai assez d'attendre, dit-il, plus pour lui que pour elle, avant de tirer brusquement le gousset de sa culotte sur le côté et de baisser encore la tête.

Kenna avait fréquenté des hommes qui lui avaient fait des cunnilingus, mais aucun n'avait montré autant d'enthousiasme que Marshall.

Elle eut des difficultés à rester sur le comptoir pendant qu'il la dévorait comme s'il était affamé. Il lécha la longueur de ses plis avec la langue, puis donna un petit coup sec sur son clitoris, la faisant tressaillir.

— Doucement, murmura-t-il. Descends la main et tiens ta culotte sur le côté.

— Et autoritaire, en plus, se plaignit Kenna, mais elle n'hésita pas à descendre une de ses mains entre ses jambes. Tu sais que ce serait plus facile si tu enlevais ma culotte ?

— J'peux pas attendre, dit-il avant de recommencer à sucer et lécher ses plis trempés.

Maintenant qu'il avait les deux mains libres, il la maintint fermement contre son visage et fit perdre la tête à Kenna. Il suça, mordilla, lécha, et elle fut bientôt au bord de l'orgasme.

— Je ne vais pas tarder ! dit-elle en haletant.

Marshall gémit et reprit de plus belle ses bons soins entre ses jambes. Comme s'il savait exactement ce dont elle avait besoin pour jouir, il referma les lèvres sur son clitoris, utilisa sa langue comme un vibromasseur, et suça en même temps.

Kenna se mit à trembler et elle bascula soudain dans la jouissance. Marshall n'arrêta pas de stimuler son clitoris. En fait, il suça plus fort, faisant durer son orgasme. Ce n'est que lorsqu'elle lui tira les cheveux en disant : « Assez, s'il te plaît ! Merde, Marshall » qu'il la lécha une dernière fois puis il releva la tête vers elle.

Il affichait un air très satisfait, mais Kenna n'eut pas la force de le taquiner à ce sujet. Il la surprit à nouveau en se penchant pour lécher ses plis avec douceur, récoltant sa sève sur la langue.

— Si j'avais su ce que j'avais raté à une heure près, je n'aurais peut-être pas survécu à cette mission, marmonna Marshall.

C'était...

Kenna ne savait pas ce que c'était.

Sans prévenir, Marshall se leva et la souleva du comptoir avec les mains sous son cul. Kenna poussa un cri et s'accrocha à lui pendant qu'ils marchaient vers sa chambre. Il la fit tomber sur le lit sans délicatesse, mais Kenna n'en fut pas outrée. Elle était trop occupée à l'observer avidement pendant qu'il enlevait son t-shirt qu'il laissa tomber sur le sol.

— Enlève ta culotte et ton soutien-gorge, dit-il en baissant son jogging.

Kenna ne détourna pas les yeux de la bosse entre ses jambes pendant qu'elle levait les hanches et retirait sa culotte, puis qu'elle cambrait le dos et dégrafait son soutien-gorge qu'elle jeta sur le côté.

Elle écarquilla les yeux quand Marshall libéra sa queue qui rebondit hors de son boxer. Elle était énorme. Et épaisse. Et elle en eut l'eau à la bouche.

Elle le voulait en elle. Maintenant.

Il était manifestement sur la même longueur d'onde, car il se pencha et ouvrit un tiroir à côté du lit. Elle savait déjà qu'il y avait une nouvelle boîte de préservatifs là-dedans, car elle les avait vus un soir. Il arracha l'emballage et enfila bientôt un préservatif sur sa queue magnifique.

Elle voulait la toucher. *Le* toucher. Mais elle était bien plus pressée de le sentir entre ses jambes. Elle aurait le temps de l'explorer plus tard. Bien plus tard.

Il posa un de ses genoux sur le matelas et Kenna sourit.

— Es-tu prête pour ça ? demanda-t-il en tenant la base de sa queue et en caressant ses bourses en même temps.

— Oui, dit-elle d'une voix rauque.

Et c'était le cas. Elle rêvait de ça depuis des semaines. D'être avec lui.

Marshall attrapa une de ses chevilles et la tira vers lui.

Kenna rit en tombant sur le dos, mais son hilarité s'estompa quand Marshall écarta ses jambes en s'avançant entre ses genoux. Elle crut qu'il allait la pénétrer rapidement, sans préambule, mais il la surprit en se penchant en avant et en posant les mains de chaque côté de ses épaules. Il la regarda d'en haut et elle sentit sa verge pulser contre son ventre.

— Tu es à moi, grogna-t-il presque.

Sa voix était plus grave que d'habitude, et le bruit de son désir fit frissonner Kenna.

— Et tu es mienne, répondit-elle.

Il sourit alors, et Kenna faillit fondre. Bon sang, il était tellement beau.

— Je vais te baiser. Vite et fort. Ça te va ?

— Oh oui, souffla-t-elle.

— Puis, quand tu auras joui sur ma queue, je vais te faire l'amour lentement jusqu'à ce que tu jouisses encore.

— Ça ne me semble pas très amusant pour toi, plaisanta Kenna. Quand auras-tu ton orgasme ?

— Oh, je vais jouir, bébé, dit-il avec un sourire en coin. Après toi. Je veux te regarder, sentir tes muscles onduler le long de ma queue, savoir que je suis l'homme à l'intérieur de toi, celui qui a le privilège de voir ces seins fabuleux trembler pendant que je te prends, celui qui te fait étaler ta crème sur sa verge.

Kenna gloussa et leva les yeux au ciel.

— Jusqu'ici il y a beaucoup de paroles et pas beaucoup d'action, se plaignit-elle en gigotant contre lui, souhaitant le sentir en elle.

Il bougea alors, se redressant sur ses genoux et la rapprochant de lui. Il utilisa son pouce pour caresser son clitoris et elle tressaillit.

— Es-tu prête à me prendre ? demanda-t-il.

— Oui.

— Je ne le crois pas, pas encore. Je ne veux pas te faire mal.

Il semblait davantage parler à lui-même qu'à elle, et Kenna eut l'impression que cet homme allait changer sa vie pour toujours. Elle n'allait plus être la même après ce soir, elle le savait.

Avec plus de retenue que ce dont elle l'estimait capable, et beaucoup plus qu'elle n'en avait elle-même, il joua avec son clitoris, faisant remonter son excitation. Il utilisa son gland pour étaler son humidité autour des lèvres de son sexe, et quand il estima enfin qu'elle était assez glissante pour le prendre sans douleur, il la pénétra lentement.

Quand il fut entré en elle, il ne s'arrêta pas avant d'arriver au fond. Il ne lui donna pas de temps pour s'adapter à sa taille et avança simplement en continu jusqu'à ce qu'elle sente ses bourses contre ses fesses.

Kenna gémit et écarta les jambes, essayant de se rapprocher. Elle était assez humide pour qu'il ne lui fasse pas mal du tout. Elle avait l'impression d'être remplie, bien remplie, mais il n'y avait pas de douleur.

— Mmm, dit-elle.

— C'est bon ? demanda-t-il.

— Très, le rassura-t-elle.

Ce fut tout ce dont il avait besoin. Marshall s'écarta, puis il s'enfonça brusquement en elle, faisant s'échapper un grognement de la gorge de Kenna.

Il recommença. Et encore. Il la baisa vite et fort, comme promis. Kenna ne savait pas du tout ce qu'aimaient les autres femmes quand leur homme était en elles, mais elle adorait être prise ainsi. Elle n'avait pas besoin de réfléchir à ce qu'elle devait faire pour atteindre l'orgasme. Il lui suffisait de prendre ce que Marshall lui donnait.

Et il lui donnait tout ce qu'il avait. Chaque fois qu'il s'enfonçait, un sursaut d'extase traversait tout son corps. Ce n'était pas facile pour elle de jouir sans la stimulation de son clitoris, mais grâce à tous les préliminaires avant qu'il la pénètre, elle se sentit une fois de plus sur le point de succomber au plaisir.

L'orgasme lui-même la prit par surprise. Elle profitait de la sensation de Marshall en elle, qui avait un air intense et concentré, et soudain, elle se mit à jouir. Ses jambes tremblèrent et son estomac se contracta.

Kenna se cambra pendant que Marshall continuait à la baiser à travers les tremblements qui la secouaient.

— Tu es si belle, souffla Marshall.

Quand elle s'arrêta de trembler, il s'enfonça jusqu'au bout et passa une fois de plus les mains entre eux.

— Marshall, non, haleta Kenna.

— Non ? demanda-t-il en s'immobilisant au-dessus d'elle.

Merde. Kenna se souvint qu'il lui avait dit un jour qu'au moment où elle prononcerait ce mot, tout allait s'arrêter. Elle ne voulait pas arrêter ce qu'ils faisaient, mais sa chair était extrêmement sensible.

— J'ai besoin d'une petite pause, expliqua-t-elle. Mais je t'en prie, continue ce que tu fais, dit-elle avec un sourire en caressant ses cuisses.

Il sourit aussi.

— D'accord. Mais je suis humain, et je rêve de ça depuis six semaines. Je ne vais pas pouvoir te baiser très longtemps avant de jouir.

— Alors, jouis, rétorqua-t-elle logiquement.

Kenna faillit rire en voyant sa moue.

— Mais je voulais te sentir jouir encore une fois contre ma queue. Je l'ai raté la première fois, parce que j'étais trop occupé à te baiser.

Là, elle rit vraiment.

— D'accord, désolée.

Elle aimait qu'ils se taquinent ainsi. Aimait que le sexe avec Marshall soit si amusant. Oui, c'était intense, et elle était presque submergée par la sensation de lui en elle, mais le rire apportait une nouvelle dimension au sexe qui était rare, d'après ce qu'elle avait vécu.

— Vas-y doucement. Je n'ai pas eu autant d'orgasmes si rapprochés... jamais.

— Jamais ? répéta-t-il.

— Merde, j'ai créé un monstre, hein ?

— Oh que oui ! Un monstre accro à la chatte de sa copine, dit-il crûment.

— Fais-moi l'amour, chuchota-t-elle. Mais vas-y doucement sur mon pauvre clitoris.

Marshall hocha la tête et sortit lentement de son corps, puis revint à l'intérieur. C'était... agréable. Presque apaisant. Pas trop intense. Il posa une de ses mains sur sa poitrine en allant et venant paresseusement en elle, et il pinça son téton.

En cambrant le dos, Kenna gémit et sentit son périnée se serrer autour de la verge de Marshall.

— Tu aimes ça, dit-il.

Il ne posait pas la question. C'était assez évident puisqu'elle avait presque étranglé sa queue.

Pendant les minutes qui suivirent, Marshall titilla ses tétons en apprenant où et comment elle aimait être touchée. Il ne fallut pas longtemps avant que Kenna soit à nouveau prête à jouir.

— Caresse-toi, dit-il. De cette façon, je ne te ferai pas mal.

Pendant que Marshall pinçait ses tétons et jouait avec ses seins, Kenna se massait le clitoris. Elle utilisait son petit doigt pour caresser sa verge chaque fois qu'il sortait de son corps, souhaitant lui donner autant de plaisir qu'elle en avait à ce moment-là.

— Il faut que tu jouisses, l'avertit Marshall. Mais dis-le-moi juste avant.

En hochant la tête, Kenna redoubla de vigueur sur son renflement charnu extrêmement sensible.

— J'y suis presque...

Marshall s'enfonça à nouveau dans son corps et resta

immobile en pinçant un de ses tétons avec plus de force qu'avant. La stimulation supplémentaire suffit à Kenna pour atteindre une fois de plus les sommets du plaisir. L'orgasme ne fut pas tout à fait aussi intense que les précédents, mais elle se sentit trembler et ses muscles intérieurs eurent des spasmes autour de la queue de Marshall, toujours enfouie loin dans son corps.

— Il n'y a vraiment pas de meilleure sensation au monde que ta jouissance sur ma queue, haleta Marshall.

Puis, sans mouvement brusque, elle le sentit frissonner au-dessus d'elle quand il se laissa enfin abandonner au plaisir.

Ils transpiraient tous les deux et Kenna avait l'impression d'avoir fait un marathon de vingt-quatre heures, mais elle ne se souvenait pas d'avoir été plus satisfaite après le sexe qu'en ce moment.

— Je crois que tu viens de me tuer, dit-elle quand Marshall tomba en avant et sur le côté, l'entraînant avec lui.

Il glissa hors de son corps pendant leur mouvement et ils soupirèrent tous les deux.

Il embrassa sa tempe et dit :

— Mais quelle mort !

— C'est vrai, acquiesça Kenna.

Ils restèrent longtemps allongés ensemble. Au bout d'un moment, Marshall soupira encore.

— Il faut que je m'occupe de ce préservatif.

Kenna hocha la tête et le regarda se glisser hors du lit pour se diriger vers la salle de bains. Son cul était magnifique. Rond, musclé, à faire baver d'envie. Mais ce n'était rien par rapport à la vue quand il revint.

Elle n'avait pas fini de le reluquer quand il ouvrit le drap et lui fit signe de passer dessous. Ils n'avaient même pas pris la peine de baisser les couvertures et Kenna rit. Ils avaient été trop impatients d'être enfin ensemble pour s'inquiéter de choses aussi banales que de passer *sous* les couvertures.

Il était encore très tôt, mais Kenna s'en moquait. Elle se

blottit contre Marshall et caressa son visage maintenant rasé de près. Il était un peu irrité par le rasoir, ce qui ne la surprit pas. Il n'avait pas été très doux à la fin de son rasage.

— Tu sais, dit-elle avec autant de nonchalance que possible...

Elle était une adulte. Elle pouvait parler de contraception sans rougir. Peut-être.

— Je prends la pilule.

Il la fixa sans cligner des paupières.

— Je veux dire... au cas où tu ne voudrais pas utiliser un préservatif. Je suis aussi clean, je n'ai pas de maladies. Je sais que la pilule n'est pas efficace à cent pour cent, alors si tu veux continuer à les utiliser, ça me va aussi. Je ne suis pas prête pour un enfant. Pas du tout.

— Je me fais tester deux fois par an par la marine. Et j'ai passé chaque test haut la main, dit Marshall.

— C'est bien, souffla Kenna.

— Tu es en train de dire que je peux être en toi sans préservatif ? demanda-t-il.

— Eh bien, oui. Nous n'avons pas vraiment eu l'occasion d'avoir cette conversation plus tôt. Mais merci de ne pas avoir été un enfoiré par rapport au préservatif...

Marshall ne dit rien pendant un long et pénible moment, et elle commença à se sentir gênée. Était-ce trop tôt pour aborder le sujet ? Aurait-elle dû attendre ?

Puis il bougea rapidement. Il poussa Kenna sur le dos et s'accroupit au-dessus d'elle. Elle sentit le bout de son érection maintenant larmoyante frotter contre ses replis humides. Sans un mot, il s'enfonça encore en elle. Il n'était pas aussi dur que la première fois, mais il la remplissait toujours facilement.

— Marshall ? demanda-t-elle en s'agrippant à ses biceps.

Il ne fit pas de va-et-vient, se contentant de s'enfoncer en elle et de rester immobile.

— Je suis désolé, je n'ai pas pu m'en empêcher. Il m'a fallu tout de suite entrer en toi sans préservatif. Tu es si canon. Et terriblement mouillée. Si tu pouvais sentir la même chose que moi, tu le comprendrais.

Kenna rit et il poussa un grognement.

— Merde, même ça, c'est incroyable, se plaignit-il à moitié.

— Ne fais surtout pas attention à moi, je vais juste rester allongée ici, le taquina-t-elle.

— Je vais jouir très vite. Je suis désolé.

Elle redevint sérieuse en comprenant que Marshall était au bord de l'orgasme.

— Est-ce vraiment si différent ? demanda-t-elle.

— Je n'ai encore jamais été en quelqu'un sans préservatif. C'est tellement incroyable. Tu n'as pas idée.

Bizarrement, ce fut très intime d'observer la réaction de Marshall qui la baisait sans protection. À ce moment précis, ce grand méchant SEAL ne fut pas très intimidant.

— Bouge, Marshall. Je parie que ce sera encore mieux.

Elle eut l'impression d'être une mère maquerelle apprenant à un puceau à faire l'amour. Cette pensée la fit sourire.

Marshall la regarda dans les yeux en commençant lentement à la pilonner. Ses pupilles étaient tellement dilatées qu'elle ne voyait presque plus ses beaux yeux marron.

— Je suis désolé, bébé ! Je ne peux pas me retenir.

— Alors, ne te retiens pas.

Quelques poussées de plus et elle sentit le membre de Marshall tressaillir en elle quand il jouit une deuxième fois. Elle était impressionnée non seulement parce qu'il avait pu avoir une nouvelle érection si vite, mais aussi parce qu'il avait pu jouir à nouveau aussi rapidement.

Il frissonna, puis il se laissa retomber sur le côté. Cette fois cependant, il garda la main sur le cul de Kenna et la fit tourner avec lui afin qu'ils restent reliés physiquement. Kenna finit allongée sur son torse large, et la verge de Marshall était assez longue et épaisse pour ne pas immédiatement glisser hors de son corps.

— Oh, mon Dieu, je n'ai pas besoin de me lever, dit Marshall avec un sourire émerveillé.

— Ce sont les avantages de ne pas avoir de préservatif. Mais les désavantages sont assez... sales, prévint-elle.

— Je laverai nos draps tous les jours, dit-il d'une voix traînante.

Il était si mignon et Kenna n'avait jamais été plus heureuse.

Elle posa la tête au creux de son cou et elle le sentit serrer les bras autour d'elle. Il posa une main sur sa nuque. Ce geste familier était déjà devenu quelque chose dont elle avait besoin.

— Kenna ?

— Oui ?

— Je t'aime.

Elle resta figée. Était-il à moitié endormi ? Avait-il vraiment eu l'intention de dire ça ?

Elle le sentit serrer sa nuque un peu plus fort.

— M'as-tu entendu ?

Elle supposa que cela répondait à ses deux questions.

— Oui, répondit-elle doucement.

— Bien. Tu n'es pas obligée de le dire à ton tour, parce que je sais que je te fais sans doute paniquer, mais je ne pouvais plus le garder en moi. Le jour où tu as sauté sur ma tête était le meilleur jour de ma vie.

— Je n'ai pas sauté sur ta tête, protesta-t-elle automatiquement.

— Je voulais juste faire en sorte que tu saches que ceci n'est pas une histoire sans lendemain pour moi. Ce n'est pas du court terme. Je te veux dans ma vie pour la durée. Et... je n'ai encore jamais dit à une femme que je l'aimais.

— Ah bon ?

— Non. Le lien que nous avons est spécial et je le sais. Je serais idiot si je ne m'accrochais pas à toi. Je t'aime. Je le dis sans y rattacher d'obligation, mais maintenant tu sais où j'en suis.

Kenna savait que c'était fou. Ils ne se connaissaient pas

depuis très longtemps, mais au fond de son cœur, elle savait qu'il avait raison. Le lien qu'ils avaient été effectivement spécial.

— Je pense que je t'aime aussi, chuchota-t-elle.

Il ricana.

— C'est mieux que rien.

— C'est juste que...

— Chut, tu n'es pas obligée de te justifier. Je suis déjà ravi que tu me le dises. Sache que je vais faire tout ce que je peux pour changer ton « je pense » en « je sais ».

Kenna sourit.

— Je crois que ça ne sera pas difficile, avoua-t-elle.

Ils restèrent tous les deux silencieux pendant quelques minutes avant que Marshall demande :

— Il est encore tôt, mais veux-tu dormir ?

Kenna n'était pas très fatiguée, mais elle hocha néanmoins la tête.

— Bien. Je suis épuisé, avoua Marshall. Et j'ai l'impression que je voudrais profiter encore de toi quand nous nous réveillerons.

Kenna gloussa.

— J'ai créé un obsédé du sexe.

— Seulement avec toi, la rassura-t-il.

Il tourna ensuite la tête et l'embrassa une fois de plus sur la tempe.

— Merci d'être là. D'avoir envie de me voir dès mon retour. D'avoir baratiné Robert... eh oui, il a parlé de toi en continu à mon retour. Et simplement merci d'être toi-même.

— Merci à *toi* d'être revenu en un seul morceau, rétorqua Kenna.

Marshall ne mit pas longtemps à s'endormir. Kenna supposa que si elle avait fait le même voyage que lui, sans doute depuis l'autre bout du monde, elle aurait été épuisée également. Sans mentionner le fait qu'il avait eu deux orgasmes par-dessus le marché.

Il finit par glisser hors de son corps en poussant un grognement dans son sommeil. En souriant, Kenna se déplaça afin de
ne plus être allongée sur lui, mais elle se blottit contre son
flanc. Elle regarda par la fenêtre le soleil qui se couchait lentement et elle ne se souvenait pas d'un moment où elle avait été
aussi contente.

CHAPITRE DIX-HUIT

Aleck se réveilla dans la soirée, alerte et aussi reposé que s'il avait dormi douze heures d'affilée. Il lui fallut un moment pour comprendre où il était et réaliser que Kenna était allongée à côté de lui. Incapable de résister à l'envie de descendre le long de son corps pour la goûter une fois de plus, il la réveilla et elle lui grimpa dessus, lui donnant le spectacle de sa vie. Elle le chevaucha et lui fit l'amour jusqu'à ce qu'enfin, ils jouissent en même temps.

Après quoi, ils se rendormirent.

Il revint à lui quelques heures plus tard en sentant la bouche de Kenna autour de son membre et il dut se retenir pour ne pas exploser immédiatement.

Aleck pouvait affirmer sans le moindre doute que Kenna et lui étaient plus que compatibles au lit, et il était parfaitement conscient de sa chance. Il savait aussi que leur vie sexuelle pourrait ralentir un jour... mais plus tard que tôt. Il n'était pas près de se lasser de cette femme.

Lorsqu'ils s'éveillèrent une troisième fois, le soleil commençait à peine à poindre à l'horizon. Ils étaient au lit depuis au moins douze heures et Aleck se sentait merveilleusement bien.

Il câlinait Kenna pendant son sommeil lorsque des coups retentirent contre la porte.

— Quoi, encore ? marmonna-t-il en se dégageant de ses bras.

C'était forcément mauvais signe.

— Qu'est-ce que c'est ? demanda Kenna d'une voix ensommeillée en se redressant sur un coude.

La vision dans son lit faillit pousser Aleck à retourner sous les couvertures. Elle dévoilait un sein et ses cheveux étaient en désordre. En découvrant les quelques suçons légers qu'il lui avait faits la veille au soir sans le vouloir, il sentit sa queue tressaillir à nouveau.

Lorsqu'un autre coup se fit entendre, il poussa un juron à mi-voix.

— Reste ici. Je vais voir ce que c'est. Ensuite, on pourra prendre une douche.

— Ensemble ? fit-elle avec un sourire.

— Oh, que oui.

En voyant son expression lascive, il comprit qu'il lui avait donné la réponse qu'elle attendait.

Il passa son sweat-shirt, qui traînait encore sur le sol, sans même prendre la peine d'enfiler un t-shirt. La personne qui frappait à la porte allait supporter de le voir torse nu. C'est ce qui arrive quand on ose venir déranger les gens si tôt dans la matinée.

Lorsqu'Aleck jeta un œil à la vidéosurveillance sur le panneau à côté de la porte, il eut la surprise de découvrir Robert. Il ouvrit la porte en priant pour qu'il ne soit rien arrivé de grave. Il tenait à passer la matinée à gâter Kenna.

— Robert, dit-il en hochant la tête.

— Je suis vraiment désolé de vous déranger si tôt, Monsieur Smart. Je vous laisse tranquille dans un instant, mon service commence bientôt. Hier, quand Madame Madigan est arrivée, elle a dit à Alfonso qu'elle était déçue de ne pas avoir pu s'arrêter chez Leonard et acheter des malasadas pour vous souhaiter la bienvenue. Alors, j'y suis passé sur le chemin du travail et j'en ai pris pour vous deux.

Aleck resta sans voix. Il prit la boîte que Robert lui tendait.

— Eh bien... Euh, merci.

— De rien, c'est le moins que je puisse faire pour vous remercier de vos services.

Robert hocha la tête en signe de respect, puis se retourna et s'éloigna en direction du hall.

Aleck le regarda partir un instant, puis il sourit en refermant sa porte. Alors que l'arôme des pâtisseries lui montait au nez, l'estomac d'Aleck se mit à gronder. Il ne se rappelait pas à quand remontait la dernière fois qu'il avait dégusté un bon repas, et même si les confiseries que contenait cette boîte n'étaient sûrement pas très bonnes pour sa santé, il pouvait largement se permettre de faire des folies après ce qu'il avait mangé – ou pas – ces six dernières semaines.

Aleck avait l'intuition que ce n'était pas pour lui que Robert avait fait l'impossible. Il était souvent rentré d'un long déploiement dans le passé, et jamais il n'avait eu droit au traitement royal de Robert. C'était grâce à Kenna, le genre de femme que tout le monde voulait côtoyer et faire sourire. Et Aleck avait la conviction que c'était exactement l'effet que produiraient sur elle les pâtisseries hawaïennes emblématiques.

Sans prendre la peine d'aller chercher une assiette ou des couverts, il emporta la boîte dans la chambre.

— C'était qui ? lança Kenna depuis la salle de bain.

Aleck ne put s'empêcher de fermer les yeux avec plaisir. Était-ce donc ce que ressentaient Mustang et Midas ? Certainement. Cette matinée était tellement... normale. Elle lui demandait qui était venu frapper à la porte tout en se brossant les dents dans la salle de bain. C'était tout ce qu'Aleck désirait sans même en avoir conscience.

En souriant, il ouvrit la boîte et s'approcha de la porte de la salle de bain.

— La fée malasada, lança-t-il.

Kenna venait juste de s'essuyer la bouche après s'être rincée et elle se tourna vers lui, visiblement perplexe... mais dès qu'elle vit la boîte dans ses mains, elle afficha un énorme sourire.

— Oh, mon Dieu, je meurs de faim ! On n'a pas vraiment dîné hier soir ! s'exclama-t-elle en prenant l'une des pâtisseries poisseuses aux allures de beignet.

Elle mordit une grosse bouchée et ses yeux roulèrent dans leurs orbites pendant qu'elle mâchait, en pure extase.

— C'est Robert qui les a apportés.

Dès que Kenna eut avalé, elle s'écria :

— *Notre* Robert ? D'en bas ?

— En personne. Apparemment, tu as dit à Alfonso que tu n'avais pas pu en avoir hier et il a dû en parler à Robert. Alors, il s'est arrêté sur le chemin du travail pour en acheter.

— Sérieusement ?

— Oui.

— Dis donc, nous allons devoir trouver un moyen de le remercier. C'était... il s'est vraiment surpassé sur ce coup-là. Oh, je sais ! Je vais lui offrir un chèque-cadeau pour Duke's. Il a dit qu'il y allait souvent.

Aleck se contenta de sourire en constatant que le mot « nous » lui venait si facilement. Il aimait former un couple avec Kenna. Non, il *adorait* ça.

— Tu veux qu'on aille s'asseoir sur le balcon et se gaver de malasadas avant de prendre une douche ?

Elle s'empressa d'acquiescer. Elle avait enfilé un peignoir dont Aleck savait pertinemment qu'il n'était pas dans son appartement au moment de son départ. Ce qui signifiait qu'elle avait apporté d'autres affaires, et il était aux anges.

C'était le plus beau matin de sa vie. En temps normal, après une mission, il avait du mal à tourner la page, ressassant ce qu'il avait fait et ce qu'il aurait pu mieux faire. Mais ce matin-là, il se délectait sereinement du magnifique lever de soleil et de la femme tout aussi exquise à ses côtés.

Ils grignotèrent sur le balcon et prirent une douche – qui se transforma en un autre échange passionné –, puis il prépara des omelettes pour deux. Après un solide petit-déjeuner, ils s'installèrent sur son canapé, Kenna tout contre lui, et rattrapèrent le retard pris à Oahu pendant son absence. Aleck se sentait heureux et détendu. Bien sûr, le sexe jouait un rôle important dans ce sentiment de plénitude, mais c'était surtout la présence réconfortante de Kenna. Elle ne posait pas de questions sur sa mission, et même s'il lui avait manqué, elle s'était très bien débrouillée toute seule – il n'en avait pas douté.

Il comprenait maintenant combien il appréciait son indépendance. Auparavant, quand il pensait à la femme avec qui il vivrait jusqu'à la fin de ses jours, il imaginait toujours quelqu'un qui aurait *besoin* de lui... ou du moins, de son argent. Et aussi prétentieux que cela puisse paraître, il croyait vouloir rencontrer une femme qui vénérerait le sol sur lequel il marchait. C'était ridicule, maintenant qu'il y pensait. Si Kenna avait été de ce genre-là, elle n'aurait pas pu supporter son départ en mission.

Après avoir entendu parler de la soirée de Kenna et des autres femmes dans son appartement, et de certains des clients les plus mémorables – pour de bonnes et de mauvaises raisons – qu'elle avait servis récemment chez Duke's, ainsi que de son rapprochement avec Robert et les autres employés de la sécurité, Aleck se sentit profondément satisfait et reconnaissant d'avoir rencontré une femme comme elle.

L'heure à laquelle il devait se rendre à la base pour le premier compte-rendu approchait. L'équipe et ses officiers supérieurs devaient passer en revue ce qui s'était passé en Iran, pourquoi et comment leurs actions pouvaient être améliorées à l'avenir, tant de la part de leur équipe que de ceux qui avaient planifié les missions. Kenna devait également rentrer chez elle avant d'aller travailler.

— Tu termines comme d'habitude ce soir ? s'enquit Aleck.

— Sauf s'il se passe quelque chose d'exceptionnel. Pourquoi ?

— Si ça ne te dérange pas, j'aimerais venir chez toi ce soir.

Kenna était blottie contre lui et Aleck avait son bras sur ses épaules. Elle inclina la tête pour le regarder dans les yeux.

— Mais tu as dit que tu devais travailler tous les jours pendant le reste de la semaine. Ça fait un long trajet depuis mon appartement jusqu'à la base.

— Ce n'est pas si loin que ça. Après tout, les gens de la base navale viennent de toute l'île.

— Quand même... protesta Kenna.

Aleck sentit son estomac se nouer. Elle ne *voulait* pas qu'il vienne chez elle ?

— En fait, voilà, reprit-il doucement. Maintenant que j'ai passé la nuit à te tenir dans mes bras, je n'ai pas du tout envie de dormir tout seul si je n'y suis pas obligé. Je sais que parfois, nous n'aurons pas le choix, mais une dizaine de kilomètres de trajet en plus, ce n'est rien si ça me permet de te voir après ton service et serrer dans mes bras pendant que je dors.

Kenna le dévisagea avec une expression indéchiffrable.

— Si tu préfères que je ne vienne pas, dis-le-moi.

À ces mots, elle écarquilla les yeux et secoua immédiate-ment la tête.

— Non ! Pas du tout. Je veux dire, oui ! J'aimerais vraiment que tu passes la nuit chez moi. Mais ce ne serait pas plus cohé-rent que moi, je vienne ici ? Je n'ai pas à me lever tôt demain, contrairement à toi.

Le soulagement envahit Aleck.

— Tu es farouchement indépendante, commenta-t-il.

Elle parut troublée par ce brusque changement de sujet.

— Oui, concéda-t-elle.

— Tu es seule depuis longtemps. Tu es parfaitement capable de te débrouiller. C'est plus qu'évident... mais je dois admettre que je n'aime toujours pas t'imaginer venir jusqu'ici au volant après la tombée de la nuit.

Kenna se renfrogna légèrement et il poursuivit :

— Si tu viens ici après ton travail, il sera tard. Je serai à ma réunion quand tu partiras pour aller chez Duke's, alors je ne pourrai pas t'y conduire. Ce n'est sûrement pas une bonne idée que je vienne te chercher, parce que ta voiture restera au garage à Waikiki toute la nuit. Je pourrais venir chez toi et te récupérer après ton retour, puis te ramener ici, mais si je dois conduire jusque-là, autant rester. Seulement... j'ai pensé à toi pendant six semaines, et ta présence me détend au-delà du compréhensible. Tu apaises les démons dans ma tête.

— Marshall, chuchota Kenna.

— Enfin, si tu n'es pas prête à dormir avec moi sur une base régulière, ce n'est pas grave, reprit Aleck en essayant de la rassurer. Je ferai mon possible pour te voir au maximum dans la journée. Quoi qu'il en soit, je ne veux pas revenir à ce que nous étions avant mon départ. Te voir une fois par semaine, ce ne sera pas suffisant.

Il prit une longue inspiration en prenant conscience qu'il avait parlé très vite, comme si cela pouvait la convaincre.

— Tu as fini ? demanda Kenna avec un petit sourire.

— Oui, répondit-il, tout penaud.

— J'adorerais que tu viennes ce soir. Mon appartement n'a rien à voir avec le tien, mais si tu veux venir, tu es le bienvenu. Il n'y a pas d'agents de sécurité exceptionnels comme Robert ni de plage où s'allonger, mais j'ai un pouf plutôt sympa.

— Je t'aime, lâcha tout à coup Aleck.

Il refusait de se sentir mal d'avoir prononcé ces mots à un stade aussi précoce de leur relation.

— Moi aussi, je t'aime, répondit-elle, un peu intimidée.

— Tu *penses* que tu m'aimes ou tu *sais* que tu m'aimes ?

Elle sourit alors avec assurance.

— Je le sais. D'ailleurs, je le sais depuis un moment. Mais hier soir, ça m'a fait bizarre. Je n'en revenais pas que tu puisses m'aimer en retour.

Aleck se pencha et l'embrassa tendrement. Même s'il avait

envie de la repousser sur le canapé et de lui montrer physiquement combien il tenait à elle, ils n'avaient pas le temps. Il devait
se contenter de ce baiser léger.

— Si tu m'envoies un texto avant la fin de ton travail, je
peux partir et te retrouver à ton appartement.

— Je ferai un double de ma clé cet après-midi avant d'aller
travailler, lui dit Kenna. Comme ça, tu pourras aller et venir
comme ça te chante. Je n'ai pas non plus de serrure biométrique. Tu vas devoir te contenter d'une bonne vieille clé à
l'ancienne.

Aleck ferma les yeux, laissant la chaleur de ces paroles le
traverser pendant un moment.

— Marshall ?

— Tout va bien, répondit-il sans ouvrir les paupières. Je
mémorise ce moment, c'est tout.

Il sentit qu'elle se déplaçait à côté de lui, puis elle s'assit sur
ses genoux. Il rouvrit les yeux et se retrouva nez à nez avec
Kenna. Elle posa une main sur sa nuque, l'autre sur sa joue. Il
se sentit entièrement entouré et l'enveloppa à son tour dans ses
bras, la serrant avec force contre lui. Si elle ressentait la même
chose lorsqu'il posait la main sur sa nuque, ce n'était pas étonnant qu'elle aime tant cette posture. C'était proche, intime, et il
aimait cette sensation.

— C'est vrai que je suis indépendante, dit-elle. Je le suis
depuis longtemps. Je paie mon propre loyer, je fais mes
courses, je décide moi-même où travailler, qui sont mes amis et
ce que je fais sur mon temps libre. Mais ce n'est pas une raison
pour ne pas te vouloir dans ma vie autant que possible. Parfois,
c'est difficile d'être indépendant. Je n'en avais pas conscience
avant de te rencontrer. J'ai conduit de nuit pendant des années
et personne ne m'en a jamais parlé. J'aime que tu t'inquiètes
pour moi. J'aime que tu veuilles me faciliter la vie. Mais c'est
aussi ce que je ressens envers toi. Tu travailles très dur et je ne
voudrais pas être un stress supplémentaire dans ta vie.

— Pas du tout, répondit Aleck sans y réfléchir à deux fois.

— Eh bien, c'est encore tout nouveau entre nous, dit-elle avec un sourire, passant son pouce sur sa joue rasée de près.

C'était un peu étrange après avoir porté la barbe pendant si longtemps, mais il ne regrettait rien. Il aimait sentir le contact de sa peau sur la sienne.

— Tu n'es pas un stress supplémentaire dans ma vie, insista-t-il. Et j'ai le sentiment que tu ne le seras jamais. Qu'on soit ensemble depuis un mois ou quarante ans, je serai toujours conscient de ma chance et je ferai mon possible pour ne pas tout faire foirer... et pour te gâter, aussi. Alors, conduire vingt à trente minutes de plus pour aller au travail, ça en vaut la peine si cela me permet de te souhaiter bonne nuit en personne et de me réveiller à tes côtés le matin.

— Tu es trop gentil avec moi, chuchota Kenna.

— Pas du tout, répondit Aleck.

Ses doigts se crispèrent dans son cou et il se pencha en avant pour l'embrasser tout doucement sur le front.

Au bout d'un moment, elle lui dit :

— N'hésite pas à apporter quelques affaires pour ne pas transporter un sac en permanence.

— Je le ferai, promit-il.

Rien ne lui plairait davantage que de voir ses vêtements et ses affaires de toilette mêlés aux siens dans son appartement.

Enfin, à l'exception de *toutes* ses affaires ici, dans *son* appartement.

Mais si elle vivait avec lui, elle serait contrainte de faire le trajet dans le noir après le travail. Il fronça les sourcils en réfléchissant à la logistique de leur relation.

— Pourquoi fais-tu cette tête ? demanda-t-elle.

— L'organisation, répondit-il en toute honnêteté.

— De quoi ?

— De nous deux. On en discutera plus tard. Pour le moment, je suis content de te voir ce soir.

Mais il pensait déjà à l'avenir. Il pourrait peut-être revendre son appartement et trouver une copropriété à

Waikiki. Il y avait de nombreux logements de luxe plus près de son travail.

— Moi aussi, répondit-elle.

Aleck soupira. Il devait s'en aller s'il voulait être à l'heure au compte-rendu.

— Tu dois partir, lui dit Kenna comme si elle lisait dans ses pensées.

Après une dernière caresse sur sa joue, elle descendit de ses genoux. Elle tendit la main comme pour l'aider à se relever.

Aleck sourit. Il lui prit la main et se leva, puis il la serra dans ses bras.

— Merci.

— Pour quelle raison ? demanda-t-elle dans son cou alors qu'ils s'embrassaient.

— Parce que tu es incroyable. Parce que tu m'aimes. Parce que tu me laisses t'aimer. Parce que tu m'encourages dans ce que je fais.

Elle ne répondit pas, mais resserra sa prise.

— C'est normal, dit-elle à mi-voix.

Il la sentit prendre une profonde inspiration, puis elle s'écarta.

— Je vais sortir en même temps que toi.

— Avec joie.

Quelques minutes plus tard, ils se tenaient la main et se dirigeaient vers l'ascenseur. Ils émergèrent dans le hall d'entrée. Aleck s'amusa en voyant Kenna lui lâcher la main pour contourner le bureau de la sécurité et aller embrasser Robert.

— Merci beaucoup pour les pâtisseries de ce matin. C'était une très bonne surprise ! Vous n'étiez pas obligé de faire ça, mais nous avons beaucoup apprécié, tous les deux.

— C'était un plaisir, Madame Madigan, répondit Robert avec un sourire.

— Vous croyez que vous m'appellerez Kenna un jour ? plaisanta-t-elle.

— Sûrement pas. Les règles de l'entreprise, vous savez.

Kenna secoua la tête.

— Eh bien, je me fiche de comment vous m'appelez tant que vous me considérez comme une amie.

Robert parut décontenancé pendant un moment, puis il lui répondit avec un sourire si éclatant qu'Aleck crut bien qu'il allait se mettre à danser de joie, juste là, dans le hall.

— Conduisez prudemment, tous les deux, lança-t-il tandis que Kenna prenait à nouveau la main d'Aleck et qu'ils se dirigeaient vers les portes d'entrée.

— Promis ! s'écria Kenna.

Aleck répondit par un hochement du menton.

Lorsqu'ils arrivèrent à la Malibu de Kenna, Aleck prit son visage dans ses paumes et la dévisagea en silence.

— Quoi ? Pourquoi ce regard intense, tout d'un coup ? demanda-t-elle en refermant les mains autour de ses poignets.

— Je veux te ramener à l'intérieur, arracher tes vêtements et enfouir mon visage entre tes cuisses, répondit Aleck.

Kenna rougit et resserra sa prise autour de ses poignets.

— Eh bien, nous devons nous comporter comme des adultes et faire des choses d'adultes, lui dit-elle.

— Te baiser jusqu'à ce qu'on explose tous les deux, c'est complètement un truc d'adulte, plaisanta-t-il.

— Oui, mais je voulais parler du travail, des courses, d'un tas de responsabilités... ce genre d'activités matures.

— Sérieusement, la nuit dernière a été la plus incroyable de ma vie, lui dit Aleck avec gravité.

— Il faut dire que tu étais pratiquement vierge, répondit-elle sans ciller.

— Tout me semblait être comme une première fois... parce que c'était avec toi.

Aleck ne savait pas d'où lui venait cette sottise, mais il s'en fichait. Il était bien conscient que Kenna parlait du fait qu'il n'avait jamais fait l'amour à une femme sans préservatif auparavant, pourtant tout ce qu'ils avaient fait lui avait paru plus grandiose... plus intense.

— Alors, où est mon grand méchant SEAL ? demanda-t-elle.

— Ici, bébé, répondit Aleck. Je tuerai quiconque osera toucher à un seul de tes cheveux. Ou alors, je demanderai à mon ami Baker de les retrouver et de leur faire regretter de t'avoir touchée.

— Bon, très bien. Tiens, c'est pour toi.

Elle se pencha en avant et lui déposa un tendre baiser sur le menton. Puis sur la joue. Et enfin, sur les lèvres.

— J'aime ton côté sentimental autant que je respecte et admire ton côté militaire. Et je devrais protester contre le fait de tuer, mais j'avoue que c'est plutôt sexy.

— Tu ne m'aides pas du tout à calmer mon envie de te jeter sur mon épaule pour te ramener dans notre lit, lui dit-il.

Elle éclata de rire, puis posa les deux mains sur son torse et le repoussa. Ce n'était pas un geste très brutal et Aleck lâcha son visage pour reculer d'un pas.

— Et ça, c'était convaincant ? demanda-t-elle avec un sourire.

— Dommage, répondit Aleck. Mais... merci. J'étais à deux doigts d'envoyer l'armée se faire voir et de m'asseoir sur les conséquences.

— Je suis sûre qu'ils ne t'auraient pas viré, fit Kenna avec désinvolture. Ton équipe serait juste venue te chercher par la peau des fesses et se serait moquée de toi pendant le reste de tes jours s'ils nous avaient pris sur le fait.

— Pas touche à la peau de mes fesses, ronchonna Aleck.

Les lèvres de Kenna frémirent.

— Sauf toi, reprit-il.

Cette fois, elle ne put se retenir de rire.

— Bon, si moi je peux, alors ça va. Tu devrais voir ta tête !

Aleck se rendit compte qu'il avait plus souri et ri que jamais au cours de ces dernières vingt-quatre heures. Il en avait mal aux joues.

— Allez, mets-toi au travail, lui lança-t-elle en retrouvant son sérieux. On se parle tout à l'heure et on se voit ce soir.

— Tu peux y compter !

Sur ce, il la prit par la nuque et la rapprocha pour un autre baiser long et intense. Ils avaient le souffle court lorsqu'il s'écarta enfin.

— Sois prudente sur la route, lui dit-il.

— Toi aussi.

— Je t'aime, bébé.

— Moi aussi, je t'aime.

Aleck suivit la Malibu de Kenna hors du parking et klaxonna lorsqu'elle tourna à droite et lui à gauche. Ce ne fut qu'une fois arrivé au portail de la base qu'Aleck se rendit compte qu'il souriait toujours. La vie était belle. Très belle.

CHAPITRE DIX-NEUF

La semaine suivante fut l'une des plus fabuleuses de la vie de Kenna. Elle passa toutes les nuits avec Marshall, soit chez elle, soit chez lui. Elle n'avait pas honte d'admettre qu'elle préférait de loin son appartement au sien, bien trop exigu à son goût. D'abord, son lit était plus vaste. Marshall aimait avoir de la place, aussi bien pour dormir que pour lui faire l'amour. Sans compter que sa douche et sa salle de bain étaient bien plus propices aux ébats. Et elle aimait son plancher chauffant, ainsi que la serviette toujours chaude qui l'attendait quand elle sortait enfin de la douche.

Et puis, il y avait Robert. Et le balcon de Marshall. Ainsi que son incroyable cuisine.

Oh, bon sang, elle aimait absolument tout à Coral Springs. Elle avait du mal à croire qu'elle avait été gênée en apprenant que Marshall y vivait. Elle s'était amplement habituée au luxe de son appartement.

Quant à Marshall, il était tout ce qu'elle avait toujours rêvé chez un homme. Il faisait son possible pour la choyer... et c'était efficace. La seule chose qui inquiétait Kenna à propos de leur relation, c'était le fait que, tôt ou tard, il allait devoir repartir. Maintenant qu'elle le voyait tous les jours, son prochain départ en mission serait encore plus difficile. Parce qu'elle se ferait un sang d'encre et qu'il lui manquerait encore plus.

Enfin, elle se débrouillerait. Après tout, c'était ce que faisaient les petites amies et les épouses de militaires.

C'était vendredi, et elle avait passé la nuit dernière à l'appartement de Marshall. Ils avaient passé ensemble ses quelques jours de congé. Son équipe, ainsi qu'Élodie et Lexie, étaient venus pour un barbecue dans le jardin de la copropriété, et Kenna avait ri comme jamais. Élodie avait donné des ordres aux garçons qui essayaient de faire griller des hamburgers. À l'évidence, c'était une habitude entre eux. Après le repas, tout le monde était monté à l'appartement de Marshall et Kenna avait continué à boire avec Élodie et Lexie.

Dès la seconde où la porte s'était refermée derrière leurs amis, Marshall l'avait soulevée dans ses bras. Sans même se rendre dans sa chambre, il l'avait prise sur la table de la salle à manger avec une vigueur bestiale que Kenna ne soupçonnait pas.

Elle était un peu endolorie ce matin, mais elle n'aurait échangé pour rien au monde l'expérience érotique de la nuit passée.

À présent, elle se rendait au travail. Marshall, Jag et Pid la rejoindraient chez Duke's plus tard dans la soirée. Marshall lui avait promis qu'ils ne la dérangeraient pas et qu'ils resteraient au bar pour boire un verre ou deux, puis qu'il la suivrait chez elle. Samedi soir, après son service, ils retourneraient à son appartement. Leur plan était de passer le dimanche sur la côte nord. Marshall avait un ami qui y vivait et qu'il voulait lui présenter.

Kenna avait entendu parler du mystérieux Baker. Elle était presque aussi excitée à l'idée de faire enfin sa connaissance qu'elle l'avait été en pensant que Marshall et elle marchaient en douce sur la plage privée de Coral Springs.

Elle était d'excellente humeur, ce jour-là – le contraire eût été impossible, après la dernière semaine avec Marshall –, et souriait joyeusement à tout le monde dans les boutiques de l'Outrigger pour se rendre chez Duke's.

Dès qu'elle fit son entrée en cuisine, elle fut happée dans un tourbillon frénétique. Le restaurant était bondé et les clients dégageaient une sorte de vibration animée. Tout le monde semblait heureux d'être entre amis ou en famille, de manger de bons plats et de fêter le début du week-end.

Kenna dut attendre une heure après le début de son service pour avoir l'occasion de prendre un peu de repos. Elle était dans la cuisine, à essayer de se détendre pendant une dizaine de minutes, lorsque Carly arriva.

La bonne humeur dans laquelle Kenna avait été toute la soirée s'évanouit quand elle vit son amie.

— Tu as une petite mine, lâcha-t-elle.

— Eh bien, merci, répondit Carly avec un petit rire qui se transforma rapidement en quinte de toux sèche.

— Rentre chez toi, lui conseilla Kenna.

Carly secoua la tête.

— Je n'ai pas de fièvre. Promis. Je vais bien.

— Oui, mais cette toux est atroce et tu as la migraine.

Carly fit la grimace.

— Comment peux-tu le savoir ?

— Parce que tu plisses les yeux. Et au lieu de tourner la tête, tu pivotes tout ton corps. En plus de ça, tu es pâle comme un linge. Rentre chez toi, répéta-t-elle.

— Je me sentirais trop mal. C'est vendredi soir. Et il y a eu un marathon aujourd'hui. Le resto est plein à craquer, protesta Carly.

— Charlotte et moi, on peut prendre tes tables en attendant qu'Alani appelle quelqu'un en renfort. Tu sais que Justin sera probablement ravi de venir, surtout un vendredi en sachant que les pourboires seront bons. En plus, on annonce une terrible tempête ce soir, avec des vents violents et une pluie apocalyptique. La dernière chose dont tu as besoin, c'est de te retrouver dehors en étant malade comme un chien. Tu as bien le droit de prendre un jour de congé, finit Kenna avec douceur.

Carly soupira, les yeux au sol.

— Mais Jag va venir, répondit-elle enfin à voix basse.

Kenna avait envie de brandir le poing en criant : « Je le savais ! » Au lieu de quoi, elle garda pour elle son triomphe devant l'intérêt évident de son amie pour le soldat.

— Et tu crois qu'il se sentira comment en te voyant dans cet état ? Ça ne lui plaira pas, dit Kenna, répondant à sa propre question.

Carly poussa un soupir déchirant.

— Je sais que tu as raison. Mais je ne l'ai pas vu depuis leur retour et j'attendais ce soir avec impatience.

Kenna avait le sentiment que si son amie ne se sentait pas aussi malade, elle ne l'aurait jamais admis à voix haute.

— Mais tu lui as parlé, non ?

— Oui, on s'est envoyé des textos. Et il m'a appelée, l'autre soir, avoua Carly.

— Tu peux lui écrire pour lui dire que tu es malade et que tu rentres chez toi. Il comprendra.

Les épaules de Carly s'affaissèrent, mais elle hocha la tête.

— Je me sens atrocement mal.

— Parles-en à Alani. Envoie un message à Jag et rentre chez toi. Il ne faudrait pas que ça s'aggrave. Crois-moi, une fois, j'ai eu de la fièvre pendant dix jours et j'ai cru mourir. Je ne pouvais pas me lever sans être étourdie. J'avais froid une seconde et chaud la suivante. Une horreur. Et surtout, tu dois éviter d'ajouter de la fièvre à ce cocktail.

— Bon, d'accord, j'y vais. Est-ce que tu...

La voix de Carly s'éteignit, mais Kenna savait ce qu'elle allait lui demander.

— Je vais parler à Jag, je lui dirai que tu regrettes d'être partie sans le voir.

— Merci. Mais ne lui fais pas croire que je suis à l'article de la mort. Cet homme est bien capable de débarquer sur le pas de ma porte avec un bol de bouillon de poulet et une tonne de médicaments.

— Et ce serait une mauvaise chose ? demanda Kenna sans le moindre sarcasme.

— Oui, marmonna Carly. Je ne peux pas tomber amoureuse de quelqu'un en ce moment. C'est impossible.

Kenna voulait protester, convaincre son amie que Jag était un type bien et pas du tout comme son ex. Mais elle avait le sentiment que, quoi qu'elle dise, Carly continuerait à s'obstiner. Elle était têtue comme une mule. Honnêtement, elle ne pouvait pas le lui reprocher, pas après l'enfer que Shawn lui avait fait vivre.

Carly tourna les talons pour aller chercher Alani avant de se retourner brusquement vers Kenna.

— Oh, je voulais te dire... Je crois bien avoir vu Luke, tout à l'heure.

— Qui ça ? fit Kenna, déboussolée.

— Luke. Le fils de Shawn. Il était encore sur la plage, en face du restaurant.

— Qu'est-ce qu'il fichait ?

— Rien. Il était juste là, debout. Il ne regardait pas du tout le Duke's, il était tourné vers l'eau. J'ai été distraite par une table, et quand je me suis retournée, il était parti. Ça ne veut sûrement rien dire du tout et tu sais que mon injonction concerne Shawn, pas son fils, mais je crains toujours de revoir mon ex, alors ça m'a un peu étonnée d'apercevoir Luke dans le coin.

— Tu penses que ça veut dire que Shawn est là, lui aussi ? demanda Kenna. Ou qu'il t'espionne pour le compte de son père ?

— Aucune idée. Mais je voulais te le dire, au cas où tu verrais Shawn. Il n'est pas censé s'approcher de chez Duke's, alors si tu le vois, appelle la police.

Kenna était contente que son amie soit aussi vigilante et soulagée qu'elle soit d'accord pour impliquer les autorités au cas où Shawn enfreindrait l'ordonnance restrictive. Kenna craignait presque qu'après tout ce temps, Carly veuille simplement oublier tout ce drame, au risque de commettre des imprudences.

— D'accord, je le ferai. Fais très attention en rentrant chez toi.

— Promis. Surtout après les messages qu'il m'a envoyés.

— Des messages ?

Kenna commençait à sentir un malaise lui nouer les tripes.

— Oui. Ce connard se croit si malin, comme si je ne savais pas que c'est lui qui me les laisse.

— Je ne savais pas que tu recevais des messages de sa part. Tu l'as dit à la police ? s'enquit Kenna.

— Quel intérêt ? Je les ai gardés, juste au cas où, mais j'ai l'impression qu'une plainte ne ferait que l'exciter encore plus. J'ai essayé de ne pas lui accorder la moindre attention, dans l'espoir qu'il se rende compte qu'il n'obtiendra pas de moi la réaction qu'il souhaite et que je ne retournerai jamais avec lui.

— Ce n'est pas une bonne nouvelle. Il ne devrait pas t'envoyer de messages, préviens la police.

Carly soupira.

— Si j'en reçois encore, je le ferai.

— Merci. Je m'inquiète, c'est tout. Je ne veux pas qu'il t'arrive quoi que ce soit, lui dit Kenna.

— J'apprécie plus que tu ne le penses. Crois-moi, j'ai été la femme la plus attentive et sur le qui-vive de toute l'île, ces deux derniers mois. Je ne fais pas du tout confiance à Shawn. Ce n'est pas parce qu'il n'a rien fait, à part laisser des messages énigmatiques sur ma voiture, qu'il ne mijote pas quelque chose. Il est patient et sournois. Il me fiche une frousse bleue. C'est terrible si j'ai presque envie qu'il passe à l'action ? Je sais que l'interdiction de m'approcher a dû le mettre en rogne et j'ai l'impression qu'il attend juste le moment idéal pour jouer au con.

— Eh bien, s'il tente quelque chose, il ira tout droit en

prison, commenta Kenna.

Sur ce, elle serra son amie dans ses bras.

— Je suis fière de toi et je tiens beaucoup à toi. Je ne sais pas ce que je ferais s'il t'arrivait quelque chose. Maintenant, rentre chez toi et dors. Et envoie-moi un message demain pour me dire si tu te sens mieux.

— Ça marche. Moi aussi, je tiens à toi. Merci d'être une si bonne amie. Quand j'ai commencé ici, je ne savais pas si j'allais m'y plaire, mais grâce à toi, je me sens comme à la maison.

Kenna lui sourit, puis Carly partit à la recherche de leur manager.

Elle n'était pas contente de constater que, des mois plus tard, Carly était toujours sur les nerfs, à attendre que son ex tente quelque chose. Naïvement, elle avait pensé que Shawn aurait compris que c'était bien fini avec Carly.

Alors que Kenna réfléchissait à la situation de son amie, une autre pensée la frappa.

Si Shawn envoyait des messages à *Carly*... peut-être que celui qu'elle avait reçu ne venait pas du client furieux de chez Duke's, tout compte fait. C'était peut-être Shawn.

Merde ! Elle ne s'en était pas doutée, mais à bien y penser, c'était logique. Si Shawn était furieux de ne pas pouvoir atteindre Carly, il était possible qu'il s'en prenne à ses proches. D'autant plus que Kenna l'avait énervé en lui mettant la pression, la dernière fois qu'il était passé chez Duke's.

Se promettant d'être plus observatrice pour son amie – ainsi que pour elle-même – et de parler à Marshall de la situation dès que possible pour connaître son point de vue, Kenna prit une profonde inspiration et se remit au travail.

Une heure plus tard, Vera lui annonça que Marshall et ses amis étaient arrivés. Elle n'avait pas beaucoup de temps, mais il était hors de question qu'elle n'aille pas les accueillir en personne. Comme si Marshall pouvait la sentir, il se retourna au moment où elle approchait.

Kenna se blottit directement dans ses bras en soupirant de

bonheur. Elle aimait l'excitation qu'elle éprouvait toujours à la perspective de le voir. Il devait ressentir la même chose, lui aussi. En se retirant, Kenna sourit à Marshall, puis se tourna vers ses amis.

— Salut. C'est un plaisir de vous voir, les gars.

Kenna adressa un petit sourire à Jag.

— Carly est triste de t'avoir raté.

Il haussa les épaules.

— Je n'aurais pas voulu qu'elle reste juste pour me voir si elle était malade. Je la verrai une autre fois.

— Pour info, poursuivit Kenna, incapable de se taire, elle va changer d'avis. Elle est juste un peu changeante, en ce moment.

Elle aurait pu jurer qu'elle voyait les épaules de Jag se détendre un peu à ses paroles.

— Je ne peux pas lui en vouloir. Son ex lui en a fait voir de toutes les couleurs.

Kenna acquiesça.

— J'aimerais bien que tu restes là à discuter, mais tu dois sûrement retourner au travail, lui dit Marshall.

Après un rapide baiser, il lui dit :

— Ça te va toujours si on s'installe au bar ?

— Bien sûr, lui répondit Kenna. Je passerai quand je pourrai.

— Ça va aller. Fais ce que tu as à faire.

Kenna regarda les trois hommes se diriger vers le bar, incapable de retenir un sourire.

— Dis donc, ma belle, pas mal, ces trois-là ! lança Vera. Si je n'étais pas attirée par les filles, je pourrais bien te faire de la concurrence.

Kenna rit à la remarque de l'hôtesse.

— Pour ce que ça vaut, il n'y en a qu'un qui est à moi.

— Dommage, moi qui pensais que tu étais dans un trip pervers, répondit Vera à mi-voix avec un clin d'œil avant de retourner à sa place derrière le pupitre, à l'accueil du restaurant.

Secouant la tête aux plaisanteries de sa collègue, Kenna s'en alla dans la salle.

***

Une heure plus tard, Aleck était toujours incapable de détacher ses yeux de Kenna qui s'activait dans le restaurant. Il avait passé presque chaque minute depuis son arrivée à penser à ce qu'il aurait envie de lui faire plus tard dans la soirée, quand ils seraient rentrés chez elle.

— Content de voir que tout se passe bien entre vous, lui dit Jag à côté de lui.

Aleck détourna son attention de Kenna pour se concentrer sur son ami. Ils étaient attablés près du bar et discutaient, profitant d'un moment de répit.

— Elle est incroyable, confirma Aleck. Au fait, qu'est-ce qui se passe entre Carly et toi ?

Il n'avait pas pu s'empêcher de lui poser la question.

Jag haussa les épaules.

— C'est compliqué.

À côté, Pid renifla.

— On peut dire que c'est l'euphémisme du siècle, grommela-t-il.

— Ça m'énerve, parce que son ex l'a tellement terrorisée qu'elle vit comme une recluse. Ce connard a même laissé un mot sur ma voiture quand je suis venu voir si Carly était au travail, l'autre jour. Il est de pire en pire... et Carly croit toujours que si elle l'ignore, il finira par s'en aller.

— Attends, quoi ? Un mot ? fit Aleck en posant son verre un peu trop fort sur la table.

— Oui. Il avait écrit : « Elle est à moi ». Ce n'était pas signé, mais ça venait forcément de lui. De qui d'autre ? fit Jag.

L'esprit d'Aleck tournait à plein régime, encombré par tout ce qu'impliquait la révélation de Jag. Il ne pouvait s'empêcher de penser au message qu'il avait retrouvé sur sa propre voiture.

Il avait cru que c'était de Kylo Braun. Mais si ce n'était pas le cas ? Si c'était Shawn qui lui avait laissé ce mot ?

Il ouvrit la bouche pour dire à Jag et Pid qu'il avait reçu quelque chose, lui aussi, mais à ce moment-là, une rafale de vent souffla depuis la plage, renversant un verre presque vide sur une table voisine. La cliente attablée poussa un cri de surprise.

La tempête arrivait et un frisson parcourut Aleck, lui hérissant les poils. Il se sentait exactement comme en mission, juste avant que les ennuis n'éclatent.

Son regard balaya le restaurant à la recherche de Kenna. Il avait besoin de la voir, de s'assurer qu'elle allait bien. Ce n'était pas un sentiment qu'il pouvait expliquer, mais il savait sans le moindre doute que le danger était proche. Beaucoup *trop* proche, putain !

* * *

La tempête annoncée était bel et bien là, maintenant. Le personnel de chez Duke's s'activa pour déplier les bâches en plastique tout autour du restaurant. Ils les fermaient la nuit, mais elles restaient presque toujours relevées quand le Duke's était ouvert. Ils avaient attendu un peu trop longtemps, cependant, et le vent s'abattait violemment sur le bar et le restaurant, envoyant voler les serviettes et projetant les verres sur le sol. Heureusement, la précipitation du dîner était passée et les quelques clients assis près de la plage rentrèrent à l'intérieur de la salle à manger tandis que le personnel s'efforçait de fermer les bâches aussi vite que possible.

Kenna venait d'installer la dernière protection en plastique lorsqu'elle entendit un bruit derrière elle. Elle se tourna par réflexe vers le bar, où les garçons étaient toujours assis. Marshall la dévisageait avec un regard intense qu'elle n'arrivait pas à interpréter.

Elle n'eut pas le temps de s'interroger que le cri d'une

femme lui parvint.

Elle se retourna alors vers le bruit et resta figée, en état de choc, devant la scène qu'elle découvrit.

Shawn traversait le restaurant à grandes enjambées, tout droit sur elle. L'ex de Carly.

Et le moins qu'on puisse dire, c'était qu'il avait l'air furieux.

Il portait un gilet qui ressemblait beaucoup à celui de Marshall en mission. Il avait de nombreuses poches, mais ce qui attira son attention, ce fut le boîtier attaché à l'avant.

Il y avait une lumière rouge au centre, qui clignotait.

Alors qu'il s'approchait, Shawn fouilla dans l'une de ses poches et en sortit un pistolet. Il s'arrêta à un mètre de Kenna, son arme braquée sur son visage, et grogna :

— Où est Carly ?

Pendant une fraction de seconde, aussi cliché que cela puisse paraître, la vie de Kenna défila devant ses yeux.

En voyant le canon de cette arme, elle prit conscience qu'elle voulait éperdument survivre. Soudain, elle avait envie d'appeler ses parents. Cela faisait trop longtemps qu'elle ne leur avait pas parlé. Elle voulait passer une autre nuit avec Marshall. Les nuits de toute une vie. Elle voulait voyager. Se marier. Avoir des enfants.

— Où est Carly ? aboya Shawn de nouveau tout en se rapprochant.

Avant même qu'elle puisse bouger, il lui empoigna le bras, colla le pistolet contre sa tempe et la traîna vers le bar.

Exactement là où elle voulait aller. Vers Marshall et ses amis, qui, avec un peu de chance, pourraient éliminer ce connard comme ils l'avaient déjà fait.

Kenna entendit des gens crier autour d'elle et se bousculer pour essayer de rejoindre la plage et de s'éloigner du forcené armé.

— Elle est partie plus tôt, répondit Kenna sans hésiter.

Elle n'avait jamais été aussi heureuse de toute sa vie que son amie ne soit pas là.

La série de jurons qui franchirent les lèvres de Shawn à sa réponse l'étonna. Non que Kenna soit offensée par les jurons – elle n'était pas la dernière pour les grossièretés, quand les conditions s'y prêtaient –, mais elle n'avait jamais *entendu* certains des mots employés par Shawn.

Elle donna un coup sur son bras pour tenter de lui échapper, mais les doigts de Shawn s'enfoncèrent dans sa chair, la forçant à continuer vers le bar.

Comme elle s'en doutait, Marshall, Jag et Pid n'avaient pas détalé dans la direction opposée aux premiers signes de grabuge. Tous les trois étaient debout près de leurs chaises et observaient attentivement la scène. Paulo et Kaleen étaient figés derrière le bar.

Shawn tourna l'arme vers eux et, sans prévenir, tira une balle, brisant une bouteille d'alcool sur une étagère en hauteur.

Ce fut au tour de Kenna de hurler. Pendant une fraction de seconde, elle avait cru qu'il visait Marshall.

Jag et Pid bondirent alors par-dessus le bar, atterrissant de l'autre côté pour aider les deux barmen à rejoindre la sécurité relative du long meuble tout en bois.

Mais Marshall se redressa de l'endroit où il s'était légèrement baissé et fixa Shawn avec courage. Elle voulait lui dire de ne pas faire de bêtise, qu'il devait vivre, mais elle n'en eut pas le temps.

— Bien sûr, le grand méchant SEAL ne bronche pas, dit Shawn en ricanant.

— Je n'ai pas peur des brutes, rétorqua Marshall d'une voix gutturale, sèche et glaciale que Kenna n'avait jamais entendue auparavant.

Elle avait appris à connaître Marshall en tant qu'homme. Il était drôle, sarcastique, et il ne lui avait jamais parlé autrement que sur un ton respectueux, enjôleur ou affectueux. Là, c'était une facette entièrement différente de sa personne. Un homme différent.

C'était le soldat redoutable et mortel.

— Pose ton arme avant d'aggraver ton cas, ordonna-t-il.

— Je ne pense pas. Tu vois, ça ? fit Shawn en faisant un geste vers la boîte avec la lumière rouge clignotante. C'est une bombe. Une putain de *grosse* bombe. Avec assez d'ANFO pour faire sauter non seulement ce restaurant, mais tout ce putain de bâtiment. Je peux tout faire exploser en un clin d'œil.

Kenna ne savait pas exactement ce qu'était l'ANFO, mais elle avait regardé assez d'épisodes de *Mythbusters* pour comprendre que la situation était grave.

— Le mieux, c'est qu'il y a un interrupteur à bascule au mercure comme détonateur.

Kenna ignorait les détails de ce dispositif, mais à en juger par le visage de Marshall, elle comprit que c'était mauvais signe. Très mauvais signe.

— C'est ça, abruti, alors si toi ou tes amis, vous essayez encore de me plaquer au sol, on va tous sauter. Si vous me tirez dessus et que je tombe, on saute. Il suffirait d'un mouvement brusque de ma part pour qu'on saute tous. Bon... maintenant que j'ai votre attention et que nous savons qui est le boss ici, ajouta-t-il en regardant Jag et Pid, qui s'étaient levés de derrière le bar. Je vous conseille de foutre le camp !

Les deux soldats avaient l'air furieux, mais ils firent ce que Shawn leur ordonnait.

Il ne restait plus que Shawn, Kenna, Marshall, Paulo et Kaleen dans le restaurant, pour autant qu'elle puisse en juger. Au moins, si ses collègues avaient fui, ils étaient restés discrets. Elle l'espérait – tout comme elle espérait qu'ils avaient déclenché l'alarme silencieuse pour appeler la police en sortant. Tous les autres avaient déguerpi sur la plage, dans l'obscurité de la tempête, ou par l'entrée principale du Duke's.

Sans lâcher le bras de Kenna, Shawn s'approcha de Marshall.

Elle vit un muscle de sa mâchoire se contracter et ses mains se crisper. À part ça, son homme restait de marbre.

Shawn s'arrêta hors de portée de Marshall et brandit à

nouveau son pistolet.

Le cœur de Kenna s'emballa dans sa gorge et elle faillit cesser de respirer.

Mais au lieu de tuer Marshall, Shawn était d'humeur bavarde.

— C'est bien ce que je pensais… tu n'es pas aussi fort que tu le crois, dit-il en souriant.

Kenna aperçut quelque chose dans les yeux de Marshall à ces mots. Elle aurait juré que c'était du respect. Mais c'était forcément un jeu de lumière.

À moins que Marshall choisisse de narguer Shawn le temps de trouver un moyen de l'éliminer.

— Beau travail. Je ne savais pas que c'était toi qui avais laissé ce mot sur ma Jeep. Comment es-tu entré sur le parking de l'armée ? C'est strictement surveillé.

L'esprit de Kenna tournait à plein régime. *Un mot ?* Il avait reçu un mot, lui aussi ?

— L'autocollant militaire, sur ma voiture. J'ai fait quelques travaux à la base, lui expliqua Shawn. Tu pensais que ce message venait de qui, exactement ?

Kenna avait l'impression d'être dans la quatrième dimension. Si Shawn ne tenait pas Marshall en joue, et s'il n'avait pas une *bombe* rattachée à son corps, elle aurait pu croire que les deux hommes étaient de vieux camarades qui se retrouvaient après une longue séparation.

— Il y a un type à la base qui me fait chier depuis un moment, répondit Marshall qui ne semblait pas décontenancé par le canon de l'arme braquée sur lui. Il m'a dit presque mot pour mot ce que contenait le message, il n'y a pas très longtemps. Je me suis dit qu'il se moquait encore de moi.

Shawn partit d'un rire sans joie, exprimant une forme de satisfaction cynique.

— Et le message que tu as reçu ? demanda-t-il en secouant Kenna. Tu as flippé, j'espère !

— Non, répondit-elle le plus courageusement possible.

— Putain de menteuse. *Toutes* des salopes et des menteuses, s'emporta Shawn en l'agitant encore plus fort, sa poigne toujours plus douloureuse.

Kenna aurait de terribles hématomes pendant une semaine après ça... si elle survivait aussi longtemps. Son bras palpitait à l'endroit où Shawn le cramponnait, et une fois de plus, elle essaya de se dégager, mais il se contenta de rire.

Kenna était déjà terrifiée, pourtant le regard fou de Shawn lui glaça le sang. Elle pouvait entendre les sirènes, à présent. Elle priait pour que la police se dépêche. En même temps, elle s'inquiétait de ce qu'ils allaient faire. S'ils n'étaient pas au courant pour la bombe, ils pourraient essayer d'éliminer Shawn. Et s'il tombait, la bombe exploserait.

Oh, non !

Shawn commença à reculer sans prévenir, l'arme sur sa tempe, et Kenna faillit trébucher en se laissant entraîner.

— J'allais juste prendre ce qui m'appartient et partir, leur expliqua Shawn. Mais cette putain de salope a tout gâché, comme d'habitude. Je sais qu'elle était ici, tout à l'heure. J'ai observé et attendu que vous soyez tous les trois au même endroit.

— Qu'est-ce que tu allais faire ? demanda Marshall en s'avançant, suivant lentement Shawn qui se dirigeait vers la sortie de la plage.

Le vent s'était vraiment levé, maintenant, et hurlait de l'autre côté des bâches en plastique que Kenna avait installées. La pluie tombait à grosses gouttes. Elle ne voyait même plus le rivage, et pourtant, l'océan n'était pas loin du restaurant.

— Prendre ce qui m'appartient après t'avoir tué, toi et cette garce qui se mêle de tout, répondit Shawn sans hésiter.

Kenna tremblait de tous ses membres. Seigneur, quel cauchemar !

— Et maintenant ? fit Marshall.

— Je veux toujours Carly. Je veux ce qui est à moi.

Il secoua Kenna encore une fois, la faisant trébucher.

— Mais je vais me contenter de cette garce-là en attendant de pouvoir la récupérer.

— Hors de question, assena Marshall sur un ton assassin.

Shawn éclata de rire.

— Désolé, soldat. C'est exactement ce qui va se passer. Tout est prévu et tu ne peux rien y faire. On va partir et tu pourras souffrir en pensant à ce que je suis en train de faire à ta poupée de baise, en te demandant si elle aura peur, si elle aura mal. Et je te le dis tout de suite, elle aura mal. Elle regrettera d'avoir fourré son putain de nez dans mes affaires, tout comme toi.

À ces mots, Shawn tendit son arme vers Marshall.

Kenna réagit par pur instinct à la seconde où son bras bougea. Elle abattit sa main libre sous son biceps aussi fort que possible, le repoussant vers le haut juste au moment où il appuyait sur la détente.

Marshall avait déjà bondi sur le côté, s'écrasant contre une chaise en travers de son chemin.

Aussitôt, Shawn frappa Kenna au visage avec le pistolet et elle poussa un cri alors que la douleur irradiait dans sa tempe. Elle sentit du sang couler sur le côté de son visage, mais elle ne perdit pas l'équilibre.

Pendant tout ce temps, il ne lui lâcha pas le bras. Les sirènes retentissaient à l'extérieur, beaucoup plus proches à présent. Shawn n'attendit pas que Marshall se relève. Il recula, beaucoup plus rapidement cette fois, impatient de s'en aller avant l'arrivée de la police... que Kenna attendait d'une seconde à l'autre.

— On s'en va, grogna-t-il.

Kenna ignorait s'il lui parlait à elle ou à Marshall, mais c'était sans importance. Elle ne savait pas où ils allaient. Ils ne pouvaient pas s'éloigner sur la plage et se fondre dans la foule inexistante. Il y avait un ouragan et tout le monde s'était mis à l'abri. Mais de toute évidence, Shawn avait un plan d'évasion.

Kenna priait simplement pour parvenir à s'échapper avant qu'il ne réussisse.

CHAPITRE VINGT

Aleck était hors de lui, si furieux qu'il avait du mal à penser correctement. Ses options étaient cruellement limitées. Shawn était complètement fou, mais il n'était pas bête. Il s'était débrouillé pour qu'il soit extrêmement difficile de l'arrêter.

Il était fort probable que la bombe soit réelle. Aleck n'était pas un expert en explosifs, et pendant une seconde, il regretta que l'ancien SEAL que Mustang avait rencontré en Californie, quand il s'était envolé pour l'audition de leur ami Phantom, ne soit pas là. Ce type s'appelait Dude. Il avait la réputation d'être l'un des meilleurs experts en explosifs que l'armée ait jamais connus. Il aurait su si la bombe était réelle ou non, et comment abattre cette ordure sans transformer la plage en cratère géant. Mais il n'était pas là. Et Aleck devait trouver un moyen de mettre fin à cette situation sans déclencher le dispositif.

Il y avait de fortes probabilités que Shawn n'ait pas activé la bombe avant d'arriver au restaurant. Les interrupteurs au mercure pouvaient être compliqués et les interrupteurs à bascule encore plus. Un simple mouvement brusque pouvait le faire sauter et Aleck refusait de mettre Kenna encore plus en danger qu'elle ne l'était déjà.

Mais la pensée de ce connard en train de la torturer faisait monter son adrénaline en flèche. Aleck se sacrifierait plutôt que de laisser Shawn s'enfuir avec elle.

Il avait bien remarqué le regard de l'homme constamment tourné vers l'océan, même s'il ne pouvait pas voir grand-chose à travers la pluie et le vent. L'échappatoire la plus évidente était par la voie de l'eau. La police devait converger vers Waikiki à l'heure actuelle et il n'y avait aucune chance qu'il puisse s'échapper en véhicule ou à pied. Pas après avoir menacé de démolir un bâtiment tout entier.

Aussi énervé qu'Aleck puisse être, il était fier de Kenna. Elle n'avait pas paniqué, n'avait rien fait d'irréfléchi. Elle restait raisonnablement calme étant donné les circonstances, à attendre sans doute de voir comment il allait la sortir de là.

Le pire, c'était qu'Aleck n'en avait aucune idée. Shawn avait le dessus.

À la seconde où il mit le pied sur la plage après avoir quitté le restaurant, il se retrouva trempé jusqu'aux os. Si la situation n'avait pas été aussi tendue, il aurait pu être impressionné par la puissance de la tempête qui faisait rage tout autour d'eux. La plage de Waikiki, calme et placide en temps normal, était méconnaissable. L'océan déferlait, ses vagues s'abattant avec colère. Même si elles n'étaient pas aussi puissantes qu'au nord, Aleck n'en avait jamais vu d'aussi hautes ce côté de l'île.

C'était le seul élément qui jouait en sa faveur. La tempête pourrait entraver la fuite rapide que Shawn avait prévue.

Jag et Pid n'étaient pas loin après avoir quitté le bar. Il savait qu'ils étaient derrière lui alors qu'il traquait sa cible. Mais Aleck était démuni, sans la moindre idée de ce qu'ils pouvaient faire pour arranger les choses. Il n'y avait nulle part où se cacher sur la plage, Shawn verrait chacun de leurs mouvements. Son esprit s'emballa alors qu'il tentait de trouver un plan, mais pour le moment, il ne pouvait qu'attendre que Shawn se plante et ne recommence pas à tirer.

Shawn et Kenna étaient à une dizaine de mètres devant lui.

Aleck redoutait de s'approcher plus. Il ne voulait pas que Shawn fasse du mal à Kenna.

— Laisse-la partir ! cria-t-il, sa voix portant par-dessus le hurlement du vent.

— Va te faire foutre ! rétorqua Shawn tout en traînant Kenna avant de tirer une autre balle.

Aleck sentit le projectile lui frôler la jambe, mais il ne trébucha même pas. Il n'allait pas mourir ici. Hors de question. Pas après tout ce qu'il avait vu et fait dans sa vie. Il avait affronté certains des pires terroristes que le monde ait jamais vus. Des hommes et des femmes qui n'avaient aucun respect pour la vie humaine. Il avait été battu et torturé, avait marché des kilomètres et des kilomètres sur tous types de terrain et avait même passé une semaine sans manger... on lui avait même déjà tiré dessus.

Non, ce fumier n'allait pas l'abattre, alors que c'était la mission la plus importante de sa vie. Garder la femme qu'il aimait en sécurité. Il n'avait pas rencontré Kenna pour la perdre maintenant.

C'était impensable. Il n'y survivrait pas.

Shawn reculait dans l'eau et Aleck était terrifié. Ce fou savait forcément qu'il n'en fallait pas beaucoup pour déclencher la bombe. Pourquoi risquait-il d'entrer dans les vagues et de perdre l'équilibre ?

Rien de ce que faisait ce type n'avait de sens.

— Doucement, murmura-t-il, plus à lui-même qu'au forcené en face de lui.

— Tu veux m'avoir ? Viens me chercher, connard ! lui lança Shawn. Tu ne me prendras pas vivant, et si je suis mort, cette salope crève aussi !

Aleck entendait un brouhaha derrière lui, à présent. La police était enfin arrivée. Comme ils ne hurlaient toujours pas sur Shawn pour menacer de le tuer, il comprit qu'ils avaient été mis au courant de la situation. Certainement par Jag ou Pid, toujours quelque part derrière lui.

— Reculez maintenant, monsieur, dit l'agent le plus proche. On s'en occupe.

Mais Aleck ne battait toujours pas en retraite. Au contraire, il fit un pas de plus vers l'eau. L'adrénaline déferlait dans ses veines, réprimant la colère et la frustration pour mieux le pousser à agir, à se précipiter vers la femme qu'il aimait et l'arracher au danger. Mais il ne pouvait *rien* faire, pas sans risquer de la blesser ou de la tuer.

Il n'était pas en mesure d'aider Kenna.

Il ne s'était jamais senti aussi impuissant de toute sa vie.

Le ciel continuait à déverser des trombes d'eau comme si Mère Nature elle-même était déchaînée contre lui.

Une fois de plus, Shawn regarda l'océan derrière lui et Aleck comprit qu'il cherchait un bateau. C'était son plan d'évasion. Soit son partenaire était en retard, soit il avait chaviré dans la tempête. Aleck ne pouvait s'empêcher d'espérer un naufrage. C'était cruel, certes, mais quiconque était de mèche avec Shawn et avait prévu de l'aider à kidnapper une innocente méritait de mourir.

La douleur et le regret envahirent Aleck alors qu'il regardait Kenna se débattre sous la poigne de Shawn. À quoi lui servait toute sa formation de SEAL s'il ne pouvait pas utiliser ces compétences lorsqu'il en avait désespérément besoin – pour sauver la femme qui comptait plus que n'importe qui d'autre à ses yeux ?

* * *

Kenna n'était pas aussi sereine qu'on aurait pu le croire de l'extérieur. Dans sa tête, elle voyait rouge. Mais elle refusait de montrer ses émotions à Shawn. Dévoiler ses faiblesses ne l'aiderait pas, ni elle ni la situation.

Alors, elle garda les yeux rivés sur Marshall, pleurant sur tout ce qu'ils n'auraient jamais la chance de faire...

En secouant la tête, Kenna chassa ses pensées défaitistes.

Elle n'était pas encore morte. Marshall non plus. Si quelqu'un pouvait la sortir de ce mauvais pas, c'était bien lui.

Pourtant même de loin, à travers la pluie battante, elle devinait la peur et la frustration sur son visage.

Marshall et ses coéquipiers ne pouvaient pas risquer une charge. La bombe exploserait certainement et ils périraient tous.

Shawn s'enfonçait dans les vagues et Kenna fronça les sourcils, perplexe.

— Qu'est-ce que vous faites ?

— La ferme, répliqua Shawn.

Mais elle l'ignora.

— Vous allez vous enfuir à la nage ? C'est de la folie ! Vous allez mourir. Je n'ai jamais vu une telle tempête et...

— J'ai dit : la ferme ! grogna-t-il. J'ai un plan. On va sortir d'ici et on va s'amuser ensemble. Quand Carly me sera livrée, tu seras morte. Et je m'assurerai de faire savoir à cette garce que c'est à cause d'elle. On ne joue pas avec moi. Elle regrettera d'avoir *essayé* de me plaquer...

Il continuait à marmonner et Kenna prit conscience que ce type avait complètement perdu la tête. Elle avait déjà le sentiment qu'il n'était pas très équilibré, mais à présent qu'il était incapable de mettre la main sur Carly et que ses plans tombaient à l'eau... il avait basculé dans la folie.

Et un homme fou, une bombe et un pistolet, ça ne faisait jamais bon ménage.

Marshall cria : « Lâche-la ! » et Kenna sursauta, apeurée, lorsque Shawn dégaina le pistolet.

— Arrêtez ! hurla-t-elle, la colère prenant le pas sur sa peur. Vous allez le tuer !

— C'est l'idée, s'esclaffa Shawn. Cet abruti se prend pour un gros dur. Qui est-ce qui commande, maintenant ?

Les vagues déferlaient contre leurs mollets, et chaque fois que l'une d'elles les frappait, Shawn titubait un peu plus. Pas suffisamment pour perdre l'équilibre, mais assez pour lui donner une idée.

Le sable aspirait déjà ses pieds, et plus ils s'enfonçaient dans l'océan, plus il était difficile de rester debout. Ce n'était qu'une question de temps avant que Shawn ne dégringole et ne tombe, l'entraînant dans sa chute et déclenchant les explosifs attachés à son torse.

En évaluant la distance entre le restaurant, Marshall et l'endroit où elle se tenait dans les vagues, elle comprit que le mieux qu'elle puisse faire, c'était de limiter les dégâts et les blessures humaines en reculant encore. Plus loin, elle ne serait pas capable de courir assez vite dans l'eau agitée pour mettre suffisamment de distance entre la bombe et elle.

Soudain, tous les bruits autour d'elle disparurent.

Kenna ignorait si son plan allait fonctionner. Il pouvait lui tirer dans le dos à la seconde où elle bougerait. Mais elle refusait de rester là, docilement, et laisser Shawn la tuer – ou la traîner dans le bateau qu'il semblait attendre.

L'arrivée d'un groupe de policiers détourna l'attention de Shawn.

La prise sur son bras se relâcha légèrement.

Kenna croisa une dernière fois le regard de Marshall. Elle voyait presque la tension vibrer dans tout son corps. Il était sur le point de faire quelque chose. Elle le sentait.

Mais Shawn avait toujours son arme. Il tuerait l'homme qu'elle aimait avant même qu'il ne puisse s'en approcher. Elle le savait aussi bien qu'elle connaissait son propre nom.

Avec un dernier « je t'aime » à Marshall, elle prit une profonde inspiration.

Il secoua la tête, la peur crispant tous ses traits...

Au même moment, une vague s'écrasa contre ses jambes.

Shawn changea de position pour garder l'équilibre.

Et Kenna passa à l'action.

Dégageant son bras mouillé de son emprise, elle s'élança,

fendant les vagues qui tentaient de l'entraîner, leur force la poussant vers la plage.

Une autre vague s'abattit contre elle lorsqu'elle sortit de l'eau. Kenna trébucha, retrouva son équilibre et courut aussi vite que possible dans le sable, loin de l'arme. Loin de la bombe. En espérant et en priant que la police s'occuperait de Shawn.

Pendant un moment atroce, elle n'entendit rien.

Puis plusieurs coups de feu retentirent.

Kenna redoubla de vitesse.

Une fraction de seconde plus tard, une explosion violente éclata et une onde de choc la percuta si fort que Kenna fut projetée en avant. Elle atterrit brutalement, son menton dans le sable.

Une onde brûlante lui entama le dos. Des vitres se brisèrent dans un son cristallin que même le hurlement du vent et des vagues ne parvenait pas à couvrir.

Kenna resta allongée sans oser respirer. Elle souffrait, mais elle était vivante.

— *Kenna !*

Elle n'avait jamais entendu de bruit aussi beau de toute sa vie.

Ravalant un gémissement, elle se retourna sur le dos et leva les yeux vers l'homme qu'elle aimait de tout son cœur.

— Kenna, parle-moi ! Est-ce que tu vas bien ? Putain, tu as le menton en sang.

Elle sourit. La pluie lui tombait dans les yeux et elle cligna rapidement des paupières. Son bras lui faisait mal, et sa tête aussi, là où Shawn l'avait frappée. Son menton la faisait souffrir. Mais elle respirait toujours. Tout comme Marshall.

Alors, en fin de compte, elle allait à merveille.

Passant sa main sur la nuque de Marshall, elle l'attira à elle.

— Je t'avais dit que je n'avais pas besoin d'un homme, dit-elle faiblement, d'une voix un peu hésitante.

Sur ce, elle l'embrassa comme si sa vie en dépendait.

CHAPITRE VINGT ET UN

Aleck grogna contre l'infirmière qui terminait de recoudre sa jambe. Tout ce qu'il voulait, c'était ramener Kenna à la maison. Il avait insisté pour attendre que sa jambe soit examinée tant qu'elle n'aurait pas été prise en charge. Le sable avait un peu amorti sa chute et elle n'avait pas été blessée dans le dos par la bombe, mais son menton était écorché. La blessure avait dû être nettoyée, puisqu'il y avait du sable à l'intérieur, puis recousue. Il lui avait tenu la main pendant toute la procédure, refusant de la lâcher.

Il avait failli la perdre.

Il avait bien vu le moment où elle avait pris la décision d'agir et il n'avait jamais eu aussi peur de sa vie.

Mais elle avait parfaitement prévu sa fuite. Shawn avait trébuché lorsqu'une vague s'était écrasée sur eux. Il avait cherché son équilibre pendant quelques précieuses secondes, le temps pour Kenna de rejoindre la plage.

La dernière décision que Shawn avait prise dans sa misérable existence avait été de braquer son pistolet sur Kenna alors qu'elle s'enfuyait.

Les agents n'avaient pas hésité à tirer plusieurs balles sur lui.

Aleck avait eu le temps de crier : « À terre ! » avant que l'enfer se déchaîne.

En fin de compte, Shawn n'avait pas menti sur la quantité d'ANFO qu'il avait utilisée. Heureusement, il était tombé à la renverse dans la mer agitée et une autre vague s'était abattue sur son corps au moment où la mèche s'était déclenchée. Sinon, l'explosion aurait sans doute détruit le Duke's, ainsi qu'une grande partie du centre Outrigger. Mais l'eau avait permis d'étouffer la déflagration.

Il restait tout de même un énorme cratère dans le sable, et des éclats du corps de Shawn étaient éparpillés sur la plage. Cependant, la prise d'otage s'était conclue sans autre mort à déplorer.

Aleck avait couru vers le corps inerte de Kenna, le cœur dans la gorge. Elle s'était alors retournée et lui avait souri. La sensation de sa main sur sa nuque lui avait fait monter les larmes aux yeux. Mais ce n'était que lorsqu'elle l'avait embrassé avec fougue qu'il avait vraiment compris qu'elle allait bien.

Et maintenant qu'elle avait été recousue, c'était son tour. Aleck avait horreur des hôpitaux. Il aurait préféré laisser Pid ou Jag refermer l'entaille causée par la balle de Shawn sur sa jambe, mais Kenna s'y était opposée. Et parce qu'il ferait n'importe quoi pour la femme de sa vie, il avait cédé.

— Ne fais pas l'enfant, dit-elle en lui souriant.

— Les hommes les plus grands et les plus costauds sont souvent des enfants, commenta l'infirmière en riant.

Aleck les entendait à peine. Il ne pouvait s'empêcher de dévorer Kenna du regard. Ses cheveux étaient en bataille et toujours pleins de sable. On lui avait donné une blouse à enfiler qui engloutissait son corps. Elle avait l'air fatiguée et des cernes sombres obscurcissaient ses yeux… mais elle était vivante et en un seul morceau. Aleck ne demandait rien de plus.

L'infirmière termina de recoudre sa jambe et annonça

qu'elle reviendrait dans un moment, laissant Aleck et Kenna seuls dans la petite salle d'examen.

Avant qu'il puisse prendre Kenna dans ses bras et la serrer tendrement, le rideau fut tiré et toute son équipe entra.

Mustang, Midas, Slate, Jag, Pid, et même ce foutu Baker Rawlins... Tout à coup, ils étaient tous là.

Aleck ravala l'émotion qui s'était accumulée dans sa gorge à la vue de son équipe.

Il ignorait comment ils avaient réussi à obtenir la permission de venir, mais pour l'heure, il s'en fichait. Assis sur la table d'examen, il passa ses jambes sur le bord, ignorant l'élancement de douleur. Kenna se blottit contre lui, et dès qu'il la toucha, Aleck eut l'impression de pouvoir enfin se détendre.

— C'est bon de te voir en vie et pas en mille morceaux, lui dit Pid.

— C'était dingue, marmonna Jag en passant une main dans ses cheveux.

— La tempête s'est calmée environ cinq minutes après l'explosion de la bombe, précisa Mustang. Comme si la nature avait envoyé ce connard se faire foutre, bien contente que l'explosion l'ait expédié tout droit en enfer.

— Il paraît qu'ils vont passer des jours à ramasser des morceaux de corps sur la plage, ajouta Midas.

— C'est dégoûtant, fit Kenna avant de prendre une inspiration et de se redresser. Mais il le méritait.

— Dommage que sa mort ait été indolore, renchérit Baker.

Kenna lui lança un coup d'œil, comme si elle venait de réaliser qu'il y avait quelqu'un qu'elle ne connaissait pas dans la pièce.

— Baker, lui dit-il en tendant la main.

Kenna la lui serra, mais après cela, il ne lâcha pas la sienne.

— J'ai vu les vidéos de sécurité. C'était un geste courageux, ajouta-t-il.

Si elle était surprise que Baker ait déjà vu les vidéos de

sécurité du Duke's ou de l'Outrigger, elle n'en laissa rien paraître.

— C'était une situation sans issue, répondit-elle. Je devais faire quelque chose moi-même ou laisser Marshall tenter quelque chose qui risquait de le blesser ou de le tuer, à moins d'attendre le bateau qui allait venir nous chercher et souffrir encore plus entre les mains de Shawn.

— Je ne pouvais absolument rien faire de peur que ce connard fasse exploser Kenna, reprit Marshall sur un ton hagard. Je ne me suis jamais senti aussi impuissant de toute ma vie.

— Parfois, le mieux c'est encore d'attendre une ouverture, dit Mustang.

— C'est ce que j'ai fait, répondit Kenna.

— Ça te dérangerait de lui rendre sa main ? demanda soudain Aleck à Baker, qui tenait toujours celle de Kenna dans la sienne.

Les lèvres de Baker se crispèrent, mais il acquiesça et fit un pas en arrière.

— Alors, c'est vous, le tristement célèbre Baker, précisa Kenna.

— C'est moi.

Kenna ouvrit la bouche pour dire quelque chose, mais au même instant, des bruits se firent entendre de l'autre côté du rideau.

Tout le monde se retourna lorsqu'Élodie et Lexie se précipitèrent dans la pièce, suivies par l'infirmière qui venait de recoudre la jambe d'Aleck.

Cette dernière soupira.

— Vous avez tous deux minutes pour dire ce que vous avez à dire, puis vous devez sortir d'ici. Et je ne vous accorde ce temps que parce que j'ai entendu parler de ce qui s'est passé ce soir, et je sais combien cela a dû être pénible. Vos amis ne sont pas retenus toute la nuit, alors vous pourrez bientôt leur poser toutes vos questions. Mais ailleurs. *Pas* dans ma salle des urgences.

Aleck lui adressa un signe de tête reconnaissant tandis qu'Élodie et Lexie fondaient sur Kenna pour l'entraîner dans une étreinte à trois.

Baker se rapprocha.

— Je vais trouver qui l'a aidé, dit-il à voix basse. Personne n'emmerde les forces spéciales.

— Le premier sur la liste est son fils, Luke, répondit Jag.

— Déjà sur mon radar, celui-là.

Aleck jeta un œil vers l'homme plus âgé.

— J'aimerais participer, dit-il sobrement.

Baker haussa les épaules d'un air évasif.

Aleck se renfrogna. Il savait que Baker avait un code. Ça ne le dérangeait pas de sortir des limites de la loi et il aimait travailler seul.

— C'est ma femme, ma responsabilité, objecta Aleck à mi-voix, heureux que Kenna soit occupée avec ses amies au lieu de prêter attention à Baker et lui.

Il était bien conscient que le reste de son équipe écoutait, en revanche. Ils avaient tous un intérêt dans cette affaire, surtout Jag. Ce dernier ne disait pas grand-chose, mais le fait que Shawn soit l'ex de Carly devait le ronger de l'intérieur.

Baker ne semblait pas perturbé par la déclaration d'Aleck. Il se contenta de hausser à nouveau les épaules.

— Elle fait partie de notre groupe, maintenant, commenta-t-il.

Sur ce, il fit un signe de tête à Aleck et au reste de l'équipe avant de quitter la pièce sans un mot de plus.

— Dommage, je voulais parler à Baker, protesta Élodie. Il file toujours avant que je puisse avoir une vraie conversation avec lui.

— Eh bien, ça devra attendre une prochaine fois, répondit Mustang.

— Comme toujours, souffla Élodie en faisant la moue.

Kenna retourna auprès d'Aleck. Il se leva lentement, testant sa jambe, content de constater que les anti-douleurs qu'on lui avait administrés faisaient leur effet. Il ressentait à peine un vague élancement. Mais il était bien conscient que, pendant les prochains jours, Kenna et lui souffriraient encore un peu. Il avait prévu de rester enfermé avec elle dans son appartement, sans sortir pendant une semaine. Ils prendraient soin l'un de l'autre... et se réjouiraient d'être encore en vie.

— Au moins, nous n'avons pas à craindre que ce connard s'en prenne encore à Carly, observa Élodie en s'appuyant sur Mustang.

Aleck croisa le regard de Jag et comprit qu'il pensait la même chose. Certes, Shawn était hors course, mais son complice courait toujours.

Carly l'ignorait peut-être, mais elle était sur le point d'avoir un soldat collé aux basques pendant un moment. Jag assurerait personnellement sa sécurité jusqu'à ce que l'homme en bateau soit découvert et que toute menace envers Carly soit écartée une bonne fois pour toutes.

— Je n'en reviens pas qu'un type ait été assez fou pour s'aventurer sur l'océan dans cette tempête, marmonna Kenna. Enfin, à supposer que ce soit comme ça que Shawn compte quitter la plage comme le pense la police. Dans ce cas, c'était certainement Luke. Son fils.

— Nous allons découvrir qui c'était et faire en sorte qu'il ne représente plus la moindre menace pour Carly à l'avenir, déclara Jag avec une détermination sans faille.

— On pourrait parler du message que tu as reçu... et dont tu ne m'as pas parlé ? demanda Aleck à Kenna.

Elle se tourna vers lui.

— Honnêtement, je pensais que c'était cet abruti de chez Duke's. Celui qui maltraitait sa femme et son enfant, et pour lequel j'avais appelé les flics. Le mot me demandait de me mêler de mes affaires. Je l'ai reçu juste après cet incident, le lendemain de ton départ. Honnêtement, je l'ai oublié avec tout ce qui se passait, d'autant que je n'en ai pas reçu d'autres. D'ailleurs, toi non plus, tu ne m'avais pas dit que tu avais reçu un message.

Aleck prit une profonde inspiration. Il n'avait pas le droit d'être en colère contre elle alors qu'il avait lui-même reçu un mot dont il n'avait pas tenu compte. Il regrettait amèrement de ne pas l'avoir pris plus au sérieux.

— Tu as raison. J'aurais dû dire quelque chose. Jag en a reçu un, lui aussi.

Kenna regarda son ami avec de grands yeux.

— Vraiment ?

— Oui. Je me doutais que ça venait de Shawn, mais comme tout le monde, je ne m'attendais pas à ce qu'il tente quelque chose d'aussi extrême, précisa Jag.

— À la seconde où j'ai appris que Jag avait reçu un mot, j'ai rassemblé les pièces du puzzle, mais il était trop tard, dit Aleck. Shawn était déjà dans le restaurant.

— Carly a reçu un message. Plus d'un, en fait, dit Kenna avec un frisson. Je suis tellement contente qu'elle soit rentrée chez elle.

— Est-ce que quelqu'un d'autre a reçu ces putains de mots ? lança Mustang en regardant Élodie et Lexie.

— Pas moi, rétorqua immédiatement Élodie en secouant la tête.

— Non, moi non plus, ajouta Lexie.

— Eh bien, à l'avenir, si quelqu'un reçoit des messages de menace, quel que soit l'expéditeur que vous soupçonnez, est-ce qu'on pourrait se mettre d'accord pour en parler ? proposa Mustang.

Tout le monde acquiesça sans hésiter.

Aleck aurait dû se sentir rassuré de ne pas être le seul à avoir négligé le message, mais ce n'était pas le cas. Parce que son erreur avait failli causer la mort de Kenna. Il ne se serait jamais pardonné si elle avait été blessée plus gravement que son entaille au menton.

— Bon, c'est l'heure, lança l'infirmière en revenant dans la pièce. Tout le monde dehors.

Les hommes se rapprochèrent pour donner à Kenna une étreinte chaleureuse. Aleck était presque au bord des larmes en voyant combien ils s'inquiétaient et se souciaient d'elle. Certains auraient pu être jaloux, mais pas lui. Il *voulait* que ses amis aiment sa femme, autant qu'il aimait les leurs.

Élodie et Lexie mirent un peu plus longtemps à prendre congé, la première promettant de préparer plusieurs repas pour que Kenna n'ait pas à se soucier de la cuisine.

— Apporte-les chez moi, lui dit Aleck.

Elle sourit.

— Bien sûr.

Kenna lui lança un regard de travers, mais elle n'émit aucune protestation.

Lexie lui promit de passer la voir bientôt et de venir avec Ashlyn.

Quant à Slate, il annonça à Aleck qu'il attendrait et les ramènerait chez eux.

— Vos deux voitures sont à Coral Springs, les rassura-t-il avant de s'en aller.

Après le départ de tous leurs amis, la pièce sombra dans le silence.

— Je vais vous apporter vos papiers de sortie, dit l'infirmière. Asseyez-vous. Reposez cette jambe et détendez-vous, ordonna-t-elle avant de s'éclipser.

Aleck n'obéit pas. Il allait bien. Sa jambe allait bien. Tout ce dont il avait besoin, c'était de tenir Kenna. Il la serra contre son torse et poussa un profond soupir. La soirée avait été mouvementée, et à plusieurs reprises, il avait redouté de ne plus jamais pouvoir la serrer dans ses bras.

— Ça craint, murmura-t-elle contre son cou.

— Oui.

— Alors, c'est comme ça en mission ?

Aleck ne put s'empêcher de ricaner.

— Pas du tout.

Kenna leva les yeux vers lui.

— Vraiment ?

— Vraiment. Je ne me suis jamais senti aussi impuissant que ce soir. Je n'avais aucun plan. J'étais pétrifié par la peur. Je savais que si je prenais la mauvaise décision, cela risquait d'entraîner ta mort. Je n'avais pas mon équipe à mes côtés. Enfin, pas toute. Jag et Pid n'avaient pas de plan, eux non plus. C'est un sentiment atroce pour un SEAL. Et par-dessus tout, je savais que je ne serais pas capable de survivre s'il t'arrivait quelque chose. Je ne m'en serais jamais remis. Alors oui, ça craint.

— Marshall, chuchota-t-elle.

— Je suis fier de toi, lui dit-il en passant une main sur sa nuque dans ce geste familier qu'ils aimaient tant, tous les deux. Depuis la première fois que tu m'as sauté sur la tête, je sais que tu es une femme d'action. Tu ne resterais jamais assise à ne rien faire alors que quelqu'un est en danger, même si ce quelqu'un, c'est toi.

— Je ne t'ai pas sauté sur la tête, grommela-t-elle sans conviction.

— Je t'aime, lui dit Aleck. À tel point que ça me fait presque peur. Tu as changé ma vision de la vie, en quelque sorte. Le soleil semble plus éclatant, l'eau plus fraîche, l'air plus pur. Je me réveille en pensant à toi et je m'endors en pensant à toi aussi. Tu es littéralement la meilleure chose qui me soit arrivée, et je n'ai aucune idée de ce que je ferais sans toi dans ma vie.

— Je n'irai nulle part, promit-elle. Tu es coincé avec moi.

— Pour toujours ?

— Oui.

— Formidable. Alors, on se marie ?

Kenna gloussa.

— Euh...

— Tu as dit pour toujours.

Kenna se pencha pour l'embrasser sur les lèvres. C'était un baiser très bref et Aleck avait très envie de l'approfondir. Mais il aurait le temps plus tard de lui montrer qu'ils étaient tous les deux vivants. Il avait prévu de lui faire l'amour pendant des jours. Des ébats langoureux et suaves, mais aussi passionnés et brutaux. Il voulait rester en elle, même lorsqu'ils seraient tous les deux comblés. Il avait besoin de leur connexion, de sentir son cœur battre contre sa poitrine alors qu'il l'étreindrait.

— Oui, dit-elle simplement. Mais pas ce soir. Ni demain. Et je veux un luau. Avec le truc du cochon grillé dans le sol. Il faut que ce soit une grande fête et pas guindée du tout. Je veux que tout le monde soit à l'aise et heureux. Alors... si c'est d'accord, dit-elle, un peu penaude.

Aleck eut un petit rire.

— Tant que nous terminons la journée avec mon alliance à ton doigt, et la tienne au mien, tu peux avoir le mariage de tes rêves.

— Nos parents viendront, ajouta-t-elle.

— Bien sûr. J'ai hâte de te présenter ma famille, lui dit-il en sachant déjà que sa mère et son père tomberaient éperdument amoureux de Kenna, tout comme lui.

— Moi aussi. Je t'aime, Marshall. Tellement. J'avais si peur que tu meures !

— C'est fini, lui dit Aleck, sourd à cette petite voix dans sa tête qui lui rappelait que le danger n'était pas terminé.

— Vous êtes prêts à partir, tous les deux ? leur dit l'infirmière en entrant dans la pièce.

Kenna sursauta contre lui, surprise par le retour de la femme.

Aleck resserra son étreinte pendant une seconde, puis la relâcha lentement. Elle se retourna et hocha la tête.

— Oui, nous sommes prêts.

Vingt minutes plus tard, ils étaient assis sur la banquette

arrière de la Chevy Trailblazer noire de Slate. Kenna discuta avec lui pendant tout le trajet jusqu'à son appartement, en prenant soin de ne pas mentionner Shawn, le Duke's ni rien de ce qui s'était passé.

Slate se gara aussi près que possible de la porte d'entrée et contourna le véhicule pour ouvrir la portière et laisser sortir Kenna et Aleck. Il était presque trois heures du matin et il n'y avait personne, ce dont Aleck se réjouit. Il voulait emmener Kenna à l'étage et la mettre au lit avant qu'elle ne s'effondre.

Slate l'étonna en l'attirant dans ses bras pour un câlin rapide mais sincère.

— Je suis content que tu ne sois pas mort.

Puis il leur fit un signe de tête avant de retourner promptement vers le côté conducteur de la voiture.

— J'aime tes amis, dit Kenna à voix basse.

Aleck aussi.

— Viens, on va te mettre au lit.

— Toi, surtout. Ta jambe doit te faire souffrir le martyre.

En effet, elle commençait à palpiter un peu, mais Aleck ne l'avouerait pas devant Kenna. Il était plus soucieux de son bien-être à elle.

Ils saluèrent l'agent de sécurité de nuit, mais ne s'arrêtèrent pas pour discuter.

Sans un mot, dès qu'ils furent entrés dans l'appartement et que la porte se fut refermée derrière eux, Kenna et Aleck se dirigèrent vers la chambre principale. Là, ils se changèrent et se brossèrent les dents avant de grimper dans le lit.

Kenna se pelotonna alors contre Aleck, et pour la première fois depuis qu'il avait vu Shawn l'emmener avec lui, chez Duke's, il s'autorisa à se détendre.

Ils gardèrent le silence. Il n'y avait rien à dire. Ils étaient tous les deux en vie, et pour le moment, c'était tout ce qui comptait.

Kenna s'endormit presque immédiatement, mais Aleck mit un peu plus de temps. Il était allongé dans le noir, avec dans ses bras la chose la plus précieuse et la plus importante de sa vie, réfléchissant aux différents scénarios qui auraient pu se dérouler ce soir. Finalement, il s'endormit avec la vision de Kenna couverte de sable, allongée sous la pluie battante avec un sourire aux lèvres. Elle n'avait peut-être pas besoin d'un homme, mais lui, il avait besoin d'*elle*.

ÉPILOGUE

— Non. Absolument pas, s'exclama Kenna avec emphase.

Marshall et elle s'étaient presque entièrement remis de cette horrible nuit, deux semaines plus tôt. Ils avaient passé la première semaine cloîtrés dans son appartement. Robert avait appris ce qui s'était passé et s'était assuré qu'ils aient tout ce dont ils avaient besoin. Élodie avait envoyé les repas les plus appétissants, quant à Lexie et Ashlyn, elles les avaient bombardés de messages.

Les coéquipiers de Marshall, eux aussi, s'étaient montrés attentionnés à leur manière. Ils avaient récupéré leurs véhicules sur le parking de Waikiki et tenaient Aleck au courant de ce qui se passait au travail.

Le seul bémol, c'était Carly. Kenna ne lui avait parlé que brièvement et son amie n'avait pas cessé de sangloter, s'excusant abondamment, dévastée par ce qui s'était passé. Kenna avait beau lui jurer que ce n'était pas sa faute, Carly ne l'acceptait pas.

Enfin, Kaleen avait envoyé un message à Kenna pour lui annoncer que Carly avait quitté le Duke's.

Maintenant, son amie ne répondait plus à ses appels ni à ses textos.

Kenna était prête à se rendre chez Carly pour la forcer à lui parler quand Aleck lui avait annoncé que Jag était en contact permanent avec elle, lui assurant que Carly avait seulement besoin de temps pour digérer ce qui s'était passé. Kenna n'était pas enchantée par la situation, mais elle faisait confiance à Jag, et maintenant qu'elle savait qu'il gardait un œil sur Carly, elle avait décidé de la laisser tranquille... pour le moment.

Elles allaient certainement avoir une longue discussion, un de ces jours, mais si elle avait vraiment besoin de temps pour digérer tout ça, Kenna le lui accorderait.

Marshall était retourné au travail et elle avait déjà assuré quelques services du midi chez Duke's. Kenna avait hâte de revenir à la normale le plus tôt possible. Shawn avait perturbé leur vie bien assez longtemps.

Marshall et elle venaient de finir de dîner et ils étaient assis sur son balcon, à profiter de la soirée, quand il lui lâcha une véritable bombe.

— C'est pour le mieux, s'empressa de préciser Marshall.

Kenna secoua la tête.

— Non, sérieusement. Hors de question, répondit-elle. Je n'en reviens pas que tu envisages de vendre cet appartement.

— C'est plus logique pour nous deux de vivre à Waikiki, reprit Marshall d'un ton résolument calme. J'ai déjà cherché en ligne et il y a des appartements incroyables là-bas. Avec vue sur l'océan, puisque je sais que tu adores ce balcon.

— Il n'y a pas que le balcon, insista Kenna. Il y a la plage où nous avons eu notre premier vrai rendez-vous. Il y a Robert... Je n'imagine pas ne plus le voir tous les jours. Il y a la salle de bain où tu m'as fait un cunnilingus la première fois... Ce sont les *souvenirs*, Marshall. J'aime cet appartement. Je ne veux pas vivre ailleurs.

— Viens là, lui dit-il en tendant la main.

Kenna n'était pas sûre d'avoir envie de faire des câlins en ce moment, mais elle se leva tout de même et lui prit la main. Il l'attira à côté de lui sur la chaise et passa un bras autour de son dos, la retenant fermement. Ils restèrent étendus là pendant plusieurs minutes avant qu'il ne reprenne la parole.

— Je me suis dit qu'acheter un appartement à Waikiki te faciliterait la vie. Tu as passé toutes les nuits ici, ces deux dernières semaines, et c'est une douleur pour toi de devoir conduire si loin pour aller travailler.

Kenna se redressa sur un coude pour pouvoir le regarder dans les yeux.

— Je sais que j'ai piqué une crise quand j'ai découvert que tu vivais ici, mais j'ai fini par tout aimer à Coral Springs. Les souvenirs que nous avons ici sont irremplaçables. Bien sûr, je comprends que nous ne vivrons sans doute pas ici pour le restant de nos vies et que les souvenirs sont éternels, mais ce n'est pas nécessaire de déménager maintenant.

— Je n'aime pas que tu conduises si tard le soir, protesta-t-il.

Kenna était consciente de ce qu'était une relation. Donner et recevoir. Elle voulait insister, lui jurer qu'elle était parfaitement capable de conduire seule de nuit. Mais après tout ce qui s'était passé, elle comprenait aussi son besoin obsessionnel de la protéger.

— Et si je venais te chercher après ton service ? proposa Marshall. Je ne pourrai pas dormir tant que tu ne seras pas rentrée, de toute façon. On pourrait chercher un service de covoiturage ou de taxi, quelque chose pour que tu ailles chez Duke's dans l'après-midi, puisque je serai encore au travail. Ça te conviendrait ?

— Si ça peut nous permettre de rester ici, à Coral Springs, alors oui. C'est plus proche de la base pour toi. En cas d'urgence, tu pourras y aller plus vite.

Marshall se pencha et l'embrassa à pleine bouche. Lorsqu'il releva la tête, Kenna était excitée. Son regard glissa sur sa poitrine, puis revint vers son visage. Elle pouvait sentir ses tétons frotter contre son t-shirt. Elle n'avait pas pris la peine de mettre un soutien-gorge lorsqu'elle s'était changée en rentrant de son service, plus tôt dans l'après-midi.

Sans un mot, Marshall se leva, lui prit la main et se dirigea vers l'intérieur si rapidement qu'elle le suivit en titubant. Mais elle n'avait pas peur de tomber, Marshall ne l'aurait jamais laissé toucher le sol.

Il ne s'arrêta pas avant d'avoir atteint le côté de leur lit. Sans un mot, il lui retira son t-shirt et fit glisser son legging et sa culotte sur ses hanches. Puis il la souleva et la jeta sur le matelas comme si elle n'était pas plus lourde qu'une plume.

En riant, Kenna se redressa sur les coudes pour regarder Marshall se déshabiller à son tour. En quelques secondes, il était au-dessus d'elle. Ils ne parlèrent pas alors qu'il s'installait entre ses jambes, les écartant davantage avant de s'étendre sur elle.

Kenna sursauta, frémissante d'excitation. Marshall et elle avaient souvent fait l'amour depuis cette terrible nuit, deux semaines auparavant, mais il s'était toujours montré extrêmement précautionneux. Elle avait beau adorer qu'il fasse preuve de douceur, cette partie de sa personne lui avait manqué. Le côté autoritaire, impatient, dominateur, qui prenait ce qu'il voulait sans hésitation ni permission.

La libido de Kenna devenait folle quand il était comme ça. Elle gémit alors qu'il la dévorait avidement, comme s'il ne pouvait jamais se lasser. Il la lécha et la suça, ses doigts jouant en elle et sa bouche se refermant sur son clitoris. Il ne lui fallut pas longtemps pour atteindre l'orgasme. Elle tremblait encore lorsqu'il se dressa à genoux, se caressant à plusieurs reprises pour humidifier son membre sur toute sa longueur. Bientôt, son gland se pressait entre ses cuisses.

— Oui, souffla-t-elle pour l'encourager lorsqu'il hésita une fraction de seconde.

Soudain, il fut en elle. Elle était si humide, si excitée qu'elle le reçut aisément, comme si elle était faite pour cet homme – honnêtement, elle avait l'impression de l'être.

Après quoi, il la baisa avec vigueur, gémissant à chaque coup de reins. Passant une main entre leurs corps, il effleura son clitoris d'un geste assuré. Il savait exactement comment et où la toucher pour la faire jouir.

Bientôt, elle explosa. Ses parois internes se contractèrent autour de lui au moment de l'orgasme. Marshall gémit en la prenant avec force tandis qu'elle se disloquait sous l'effet du plaisir, s'enfonçant en elle si profondément que Kenna tressaillit une dernière fois. Enfin, il jouit à son tour. Avec une telle puissance qu'elle crut bien qu'il n'allait jamais s'arrêter.

Lorsqu'il rouvrit enfin les yeux pour la regarder, elle se sentit fondre devant son affection.

Il se laissa tomber sur le côté, les mains toujours agrippées à ses fesses pour maintenir son membre en elle, puis roula sur le dos. C'était l'une des positions préférées de Kenna. À cheval sur sa taille, sa queue en elle et son torse en guise d'oreiller. Ses mains restaient sur ses fesses, lui confirmant que cette position lui convenait tout autant.

Il reprit la parole pour la première fois depuis qu'il l'avait attirée dans la chambre.

— Je t'aime, Kenna. Je vivrais sur la lune si tu le voulais. Je veux juste que tu sois en sécurité. Et heureuse.

— Je le suis. Je ne peux pas nous imaginer ailleurs.

— D'accord.

— Ça va ? s'enquit-elle. On reste ici ? On ne parle plus de vendre et de déménager à Waikiki ?

Marshall hocha la tête.

— Super ! se récria Kenna avec un immense sourire.

Marshall sourit à son tour, délicieusement agacé.

— Tu sais qu'il est encore tôt, n'est-ce pas ? reprit-elle. Tu veux dormir maintenant ?

Son sourire se fit un peu plus malicieux.

— Une sieste seulement. Ensuite, tu vas me sucer et je vais te dévorer. Puis je veux te prendre par derrière, avant de te baiser à nouveau en te regardant dans les yeux.

— Est-ce que j'ai mon mot à dire ? fit-elle en plaisantant.

— Non.

Mais elle savait qu'il la taquinait. Il ne ferait jamais rien qui ne lui convienne pas à cent pour cent.

— D'accord. Mais je veux essayer la cow-girl inversée. Tu sais, sur le dessus mais face à tes pieds.

— Avec joie, répondit-il sans la moindre hésitation.

Comme s'il pouvait objecter sur ce point.

Elle se trémoussa légèrement et il resserra les mains sur ses fesses.

— Reste tranquille, lui dit-il. Je veux m'endormir en toi.

Seigneur, elle adorait son côté autoritaire.

Elle se pressa contre son membre et le sentit aussitôt se contracter.

— Non, dit-il avec une légère tape sur ses fesses. Il est encore trop tôt et je t'ai prise sans ménagement. Tu as besoin de récupérer.

Oh oui, elle aimait clairement cet aspect de sa personne.

— Alors, arrête de m'exciter, se plaignit-elle.

Il sourit alors et elle soupira de plaisir lorsque sa main libre vint se poser sur son cou.

— Je t'aime, chuchota-t-il. Tellement fort.

— Moi aussi, je t'aime, répondit-elle.

Ils gardèrent le silence pendant un long moment, se prélassant dans le bien-être et l'amour.

La main de Marshall dans son cou finit par se détendre et il s'assoupit. Kenna ne savait pas s'il était sérieux quand il avait proposé une sieste. Il devait être un peu stressé de lui parler du déménagement.

Quant à elle, elle n'était pas du tout fatiguée, mais elle adorait rester allongée sur son homme pendant qu'il somnolait. Il se réveillerait bien assez tôt et ferait exactement ce qu'il avait promis. Cet homme tenait toujours parole et c'était l'une des mille et une choses qu'elle aimait chez lui. Elle avait arrêté de lui chercher des défauts. Il en avait forcément, mais elle savait aussi qu'ils étaient insignifiants en comparaison avec toutes ses qualités.

Kenna regarda par la fenêtre les nuages cotonneux et le ciel bleu. Le soleil allait se coucher dans une trentaine de minutes... et elle ne pouvait s'empêcher de songer à la différence avec la météo de l'autre fois. Ce fameux soir, quinze jours plus tôt. Sans la tempête, elle préférait ne pas imaginer ce qui se serait passé. La pluie et le vent étaient effroyables, mais ils lui avaient sauvé la vie. Et celle de Marshall.

— Kenna. Tu ne fais pas la sieste, marmonna Marshall alors que sa main se resserrait une fois de plus sur sa nuque.

— Désolée, murmura-t-elle sans la moindre contrition.

— Tu vas avoir besoin de dormir.

— D'accord, d'accord, je ferme les yeux.

Il tourna la tête, déposa un baiser sur sa tempe et se remit presque aussitôt à ronfler.

Kenna avait peut-être cru ne pas avoir besoin d'un homme, mais elle avait tort.

Elle avait besoin de *cet* homme.

Et elle s'endormit avec un sourire aux lèvres, sachant que quoi qu'il arrive dans le futur, elle aurait *toujours* besoin de Marshall à ses côtés.

* * *

Un mois plus tard, Pid et le reste de l'équipe étaient tendus. Ils s'envolaient en hélicoptère vers l'ambassade américaine d'Algérie. Le pays était au cœur d'une intense lutte pour le pouvoir... le peuple contre le président en place depuis plus de vingt ans. Une part sans précédent de la population était descendue dans la rue pour protester contre son maintien au pouvoir. Au début, les manifestations étaient pacifiques, mais au fil du temps, elles étaient devenues de plus en plus violentes et les États-Unis avaient décidé d'évacuer leurs ressortissants jusqu'à nouvel ordre.

Le plus triste, c'était le nombre d'étrangers qui s'étaient rendus dans le pays pour profiter de l'instabilité des infrastructures. Les maisons et les entreprises étaient cambriolées ou incendiées et le pillage devenait une véritable épidémie.

— Test, test, test, répéta Mustang dans son micro pour s'assurer que leurs radios fonctionnaient correctement.

— Je te reçois.

— Cinq sur cinq.

— Impeccable.

Les autres membres de l'équipe répondirent, faisant savoir à leur chef qu'ils pouvaient l'entendre sans problème.

— Nous allons atterrir dans cinq minutes. Les familles cherchent désespérément à s'échapper, alors nous allons devoir faire de notre mieux pour maintenir l'ordre. Rassurez-les en leur disant que tout le monde sera évacué, mais qu'il y aura plusieurs voyages et quelques hélicoptères différents, déclara Mustang.

Pid hocha la tête comme les autres. Il connaissait le plan, ils l'avaient revu plusieurs fois, ainsi que les scénarios d'urgence. Chez les forces spéciales, on avait toujours un plan de secours pour le plan de secours. Ils avaient tous étudié les cartes de la zone autour de l'ambassade et ils savaient où se retrouver s'ils étaient séparés.

Quatre minutes et quarante-trois secondes plus tard, l'hélicoptère se posait sur la plateforme d'atterrissage, sur le toit de l'ambassade.

Pid et ses coéquipiers sortirent avec empressement et se dirigèrent vers le groupe d'hommes, de femmes et d'enfants regroupés près de la cage d'escalier.

Mustang prit les devants et s'adressa au groupe, expliquant combien de personnes participeraient à ce premier voyage. Pid et Midas vérifièrent les cartes d'identité pour s'assurer de ne rapatrier que des citoyens américains. C'était l'une des parties les plus difficiles du travail. Souvent, ils avaient dû refuser des amis et des proches des Américains qu'ils secouraient parce qu'il n'y avait pas de place pour tout le monde, sans compter qu'ils n'avaient pas les papiers nécessaires pour les faire sortir du pays.

Dix personnes partiraient par le premier hélicoptère. Pid vérifia les identités de l'ambassadeur et de sa femme qui attendaient pour embarquer. Elle avait deux petits garçons blottis à ses côtés. Ils avaient tous l'air terrifiés. Pid s'efforça de leur sourire de manière rassurante, mais il n'avait jamais été très doué avec les enfants et ils se contentèrent de le dévisager en serrant leur mère plus fort.

Il se tournait vers la personne suivante quand il sentit qu'on tirait sur sa ceinture. En baissant les yeux, il vit l'un des petits garçons – le plus âgé, à l'évidence –, debout à côté de lui.

Pid s'agenouilla devant le garçon.

— Tout va bien se passer, lui dit-il.

— Monica, répondit le garçon d'une voix tremblante et effrayée.

Le soldat se renfrogna.

— Quoi ?

— Monica n'est pas là.

— Qui est Monica ?

— Notre nounou. Papa a dit qu'il n'avait pas le temps de retourner à la maison, mais je ne veux pas y aller sans elle. Elle nous attend et elle doit avoir peur !

Pid tapota maladroitement l'épaule du garçon.

— Nous la retrouverons.

— C'est promis ?

Il hésita une seconde avant de hocher la tête.

— Promis.

Le garçon lui lança un regard de détresse au moment où sa mère lui reprenait la main, le faisant marcher rapidement vers l'hélicoptère comme si elle avait peur que quelqu'un change d'avis et leur refuse l'accès.

Pid se leva alors et se tourna vers Slate.

— Tu as entendu ?

Slate hocha la tête.

— Nous ne sommes pas censés courir dans toute la ville à la recherche des retardataires. Nous avons des ordres, rappela-t-il à Pid.

— Je sais, mais on dirait qu'elle attendait qu'ils retournent la chercher.

— Nous ne savons même pas si elle est américaine, objecta Slate.

Pid acquiesça, les sourcils froncés. Il ne savait pas pourquoi ce garçon avait touché une corde sensible en lui. Peut-être parce que, même si le gamin était effrayé, il aimait tant sa nounou qu'il avait osé s'adresser au soldat.

— Une fois que cet hélicoptère sera chargé, il faudra un certain temps avant que le prochain arrive. J'ai étudié les cartes et je sais que la maison de l'ambassadeur n'est pas loin d'ici...

Slate le regarda fixement pendant un moment, puis il finit par acquiescer.

— Je vais parler à Mustang et je viendrai avec toi.

Pid soupira de soulagement en hochant la tête. Ils allaient se rendre là-bas et parleraient à la nounou. Si elle était américaine, ils la ramèneraient ici pour l'extraire. Sinon, ils lui expliqueraient que la famille était en sécurité et qu'elle devait faire profil bas. Ils pouvaient être de retour dans une vingtaine de minutes. Trente, tout au plus.

* * *

Monica Collins faisait des allers-retours avec angoisse. Mais où étaient-ils ? La famille aurait déjà dû être de retour.

Desmond Laws, l'ambassadeur américain en Algérie, et sa femme étaient partis avec leurs deux petits garçons depuis deux heures pour faire une course et ils n'étaient pas revenus. C'était sa matinée de congé, alors elle ne les avait pas accompagnés. Ce n'était pas très malin de sortir avec les manifestations en cours, mais Desmond lui avait demandé de ne pas s'inquiéter et il était parti. Et maintenant, ils ne rentraient toujours pas et les manifestants se rapprochaient de plus en plus de la maison.

Elle avait peur de rester, mais encore plus de sortir. Quand elle était enfant, le mantra de son père était toujours : « Ne fuis jamais. Protège ce qui est à toi. » Mais Monica ne se sentait pas en sécurité dans cette maison pour le moment.

La foule était de plus en plus agitée à mesure que les manifestations prenaient de l'ampleur. Elle avait vu aux actualités des gens briser les vitres des commerces et des maisons, piller des magasins et même brûler des voitures et des bâtiments. La maison que le gouvernement américain avait fournie aux Laws se trouvait dans un quartier habituellement très sûr, mais rien n'était plus comme avant, à l'époque où Monica était arrivée dans le pays.

Un bruit à la porte de derrière la fit sursauter et elle se retourna pour voir un homme debout de l'autre côté de la vitre. Il portait un pantalon et une chemise de camouflage verts, les manches retroussées. Il avait un tissu sur la bouche et le nez, et de la peinture noire étalée sur son visage. Il portait également un fusil en bandoulière autour du torse et elle apercevait un tatouage noir sur son avant-bras.

Ils se dévisagèrent pendant un moment, puis l'homme lui sourit. Elle savait qu'il souriait, car elle pouvait voir des rides se former autour de ses yeux. Mais quelque chose dans leur intensité lui laissait entendre qu'il essayait seulement de la mettre à l'aise...

Il était plutôt concentré par ce qu'il prévoyait de faire ensuite.

Elle n'appréciait pas spécialement les militaires. Étant donné son enfance, c'était compréhensible.

— Tout va bien ! cria-t-il pour se faire entendre à travers la vitre. Je suis un Navy SEAL et je suis là pour vous sauver. Ouvrez la porte.

Comme elle ne bougeait toujours pas, l'homme fronça les sourcils.

— Mon ami fait le tour par l'avant. Nous sommes ici pour vous aider. Allez, ouvrez la porte, je ne voudrais pas la casser.

Au lieu de se diriger vers la porte coulissante, Monica fit volte-face et détala vers les escaliers.

Son instinct et les années de conditionnement de son enfance lui intimaient de se cacher. De s'éloigner du soldat.

Des souvenirs de son père en uniforme de camouflage lui revinrent à l'esprit et elle redoubla d'efforts.

Au moment où elle atteignait le haut de l'escalier, des coups de feu retentirent dans toute la maison, suivis d'éclats de verre brisé.

Une voix grave lança :

— Je suis un SEAL ! Vous pouvez me faire confiance !

Non. Monica misait tout sur la discrétion. À la chair de poule sur sa peau dès qu'elle avait entendu la voix de l'homme et au souvenir de l'intérêt dans ses yeux quand leurs regards s'étaient croisés, elle avait le sentiment que sa vie dépendait de sa capacité à rejoindre sa cachette sans le moindre bruit. SEAL ou pas, elle ne lui faisait pas confiance.

Elle ne faisait confiance à *personne*.

On lui avait montré à de nombreuses reprises que la plupart des gens n'étaient pas dignes de confiance et totalement imprévisibles. Elle ne baissait complètement sa garde qu'avec les enfants. Au moins, eux n'étaient pas contaminés par la vie. Ils étaient honnêtes jusqu'à la moelle. Ils disaient ce qu'ils pensaient, au lieu de cacher leur mépris et leur dégoût.

Juste après s'être faufilée dans sa cachette, elle entendit le grincement familier des planches du palier.

Elle retint son souffle sans oser bouger un muscle. Elle n'avait pas entendu l'homme gravir les marches. À l'évidence, il était passé en mode furtif.

C'était un chasseur maintenant, et elle était sa proie.

Les yeux fermés, Monica fit de son mieux pour ralentir les battements de son cœur. S'il trouvait sa cachette, elle allait passer un mauvais quart d'heure. Elle le sentait jusqu'au bout des orteils.

Quand le SEAL entra dans la pièce, Monica pria plus fort qu'elle ne l'avait jamais fait auparavant.

Il ne doit pas me trouver. Pitié, faites qu'il ne me trouve pas.

* * *

Ne ratez pas le prochain tome de la série Hawaï : Soldats d'élite: *Un paradis pour Monica*

NOTES

Chapitre Trois

1. *Smart aleck* signifie petit malin, Monsieur je-sais-tout en anglais.
2. *Slate* signifie *ardoise*.

DU MÊME AUTEUR

Autres livres de Susan Stoker

Hawaï : Soldats d'élite
Un paradis pour Élodie

Un paradis pour Lexie

Un paradis pour Kenna

Un paradis pour Monica (10 May 2022)

Un paradis pour Carly

Un paradis pour Ashlyn

Un paradis pour Jodelle

Forces Très Spéciales : L'Héritage
Un Sanctuaire pour Caite

Un Sanctuaire pour Brenae

Un Sanctuaire pour Sidney

Un Sanctuaire pour Piper

Un Sanctuaire pour Zoey

Un Sanctuaire pour Avery

Un Sanctuaire pour Kalee

Mercenaires Rebelles
Un Défenseur pour Allye

Un Défenseur pour Chloé

Un Défenseur pour Morgan

Un Défenseur pour Harlow

Un Défenseur pour Everly

Un Défenseur pour Zara

Un Défenseur pour Raven

Ace Sécurité

Au Secours de Grace

Au Secours d'Alexis

Au Secours de Bailey

Au Secours de Felicity

Au Secours de Sarah

Forces Très Spéciales Series

Un Protecteur Pour Caroline

Un Protecteur Pour Alabama

Un Protecteur Pour Fiona

Un Mari Pour Caroline

Un Protecteur Pour Summer

Un Protecteur Pour Cheyenne

Un Protecteur Pour Jessyka

Un Protecteur Pour Julie

Un Protecteur Pour Melody

Un Protecteur pour l'avenir

Un Protecteur Pour Les Enfants de Alabama

Un Protecteur Pour Kiera

Un Protecteur Pour Dakota

Delta Force Heroes Series

Un héros pour Rayne

Un héros pour Emily

Un héros pour Harley

Un mari pour Emily

À PROPOS DE L'AUTEUR

Susan Stoker est une auteure de best-sellers aux classements du New York Times, de USA Today et du Wall Street Journal. Elle a notamment écrit les séries Badge of Honor: Texas Heroes, SEAL of Protection et Delta Force Heroes. Mariée à un sous-officier de l'armée américaine à la retraite, Susan a vécu dans tous les États-Unis, du Missouri jusqu'en Californie en passant par le Colorado, et elle habite actuellement sous le vaste ciel du Tennessee. Fervente adepte des fins heureuses, Susan aime écrire des romans où les sentiments laissent place au grand amour.

http://www.StokerAces.com

facebook.com/authorsusanstoker

twitter.com/Susan_Stoker

Instagram.com/authorsusanstoker

goodreads.com/SusanStoker